www.ingramcontent.com/pod-product-compliance
Lightning Source LLC
LaVergne TN
LVHW041844070526
838199LV00045BA/1427
9789360494179

أمايا بوذا

Translated to Arabic from the English version of
Amaya The Buddha

فارغيز في ديفاسي

أوكيو توتو للنشر

جميع حقوق النشر العالمية مملوكة من قبل

أوكيو توتو للنشر

تم النشر في عام 2023

ISBN 9789360494179

www.ukiyoto.com

الإهداء

شجعتني فالسما توماس، أختي، أفضل صديقة لي في طفولتي ومراهقتي، على قراءة الخيال باللغة المالايالامية. لدي ذكريات جميلة ونحن نقرأ القصص معًا، ونجلس على الأغصان المنخفضة لأشجار المانجو، مخبأة خلف أوراق الشجر الفاخرة، لساعات معًا، في عالم حصري خاص بنا، في مزرعة قريتنا في أيانكونو، كيرالا، تطفو على الساهيادري مثل عش الوقواق.

شكر وتقدير

أشكر دار أوكيوتو للنشر وفريقها التحريري المتميز على إخراج مثل هذا الكتاب الرائع والرائع. ساعدني إيشفي ميشرا، محرري، في تلميع هذه الرواية ويعكس المنتج النهائي إحساسها الجمالي الممتاز إلى جانب الموضوعية والفطنة الأدبية.

كانت كتابة هذه الرواية تأملًا، ورحلة إلى وجودي. لقد مررت بتجربة طريق مسدود، حيث سافرت عدة مرات إلى الآخرين، ولكن دون جدوى. ساعدني فيباسانا على كسر الحدود للقفز إلى المجهول - من الوعي المعقد إلى الوعي المصاحب والانعكاسي. لقد كان وحيًا أنه يمكنني الانتقال من "لا أعرف" إلى "أعرف" و "أعرف أنني أعرف"، التنوير النقي. كانت زيارة مجمع معبد ماهابودي، بوده جايا، متواضعة وساعدتني في التشكيك في صحة وجودي في صورة ظلية للكون. علمتني نالاندا بعض الدروس المتواضعة: مراقبة الواقع وفهم اليقين كما هو. كانت رحلتي إلى دير GHUM ،Yiga Choeling، رحلة إلى نفسي سهلت لي التركيز والتفكير والعمل، وتحليل القالب الإلحادي وضرورة بقاء الإنسان. مكنني المعبد الذهبي كوشالناغارا من إدراك وجودي من الخارج كما يقول سارتر إن الوجود يسبق الجوهر. من الناحية المعرفية، أصبحت موضوع استفساري مع تقدم الكتابة.

كل رجل لديه امرأة بداخله ؛ تختلف الدرجة ؛ أمايا هي أنا، وجودي في بُعد مختلف يندمج في بُعد واحد بشكل متكرر. بصفتها بطلة الرواية، تحولت أمايا من خلال كل جملة وفصل من خلال إشراك نفسها في البيانو والبحث والممارسة القانونية وفيباسانا. بالنسبة لها، ترمز المحكمة والعملاء والزملاء والآباء وبوده جايا ونالاندا إلى بقائها على قيد الحياة. كان اجتماعها مع سوبريا، ابنتها، لأول مرة في السجن هو التنفيس، وكانت رحلتها إلى راجا أمبات تتويجًا للتنوير. هذا الكتاب هو ملخص لتجاربها. أنا ممتن لكل شخص قابلته في هذه البعثة الساحرة.

أنا ممتن لأولئك الذين ساعدوني في كتابة هذه الرواية، وخاصة جيلسي وأنجو وأبارنا وجيلز لقراءة المخطوطة وتقديم اقتراحاتهم النقدية.

المحتويات

1

الأم وابنتها

أثناء حضورها المكالمة، لم تتخيل أمايا أبدًا أن الشابة التي تتحدث هي ابنتها سوبريا، التي اختطفها والدها قبل أربعة وعشرين عامًا من مستشفى للولادة في برشلونة. كانت أمايا في غيبوبة عندما ولدت، وكان الطفل قد اختفى بالفعل بحلول الوقت الذي استعادت فيه وعيها بعد ثلاثة أسابيع.

كان هناك شوق يتجاوز الشوق، ورغبة تتجاوز الرغبة في مقابلة سوبريا بينما سافرت أمايا عبر أوروبا والهند بحثًا عن ابنتها. في وقت لاحق، في عزلتها داخل منزل والدتها في ولاية كيرالا، رسمت مليون صورة لابنتها على جدران قلبها بألوان وأبعاد متنوعة. بمجرد أن بدأت ممارستها القانونية، أثارت سوبريا الأمل في أعماق نفسها حيث جادلت أمايا في المحكمة للدفاع عن حقوق المرأة.

تقول أمايا في ذهنها: "سأكون معك دائمًا، سوبريا، لحمايتك في جميع المواقف".

في المساء، من الخامسة، كانت هناك العديد من المكالمات الهاتفية لتحديد مواعيد معها للحصول على المساعدة القانونية، وكانت الساعة التاسعة والربع بالفعل عندما رن الهاتف.

ربما دعت أمايا اسم ابنتها في مناسبات لا حصر لها على مدى السنوات الأربع والعشرين الماضية. "سوبريا"، مع تعجب، "أحبك"، تعانقها. الشعور بقلب الرضيع سوبريا النابض، كانت العلامات الأولى لحميمية الأم والابنة، الصادقة والنقية والحساسة ونكران الذات، تجربة مثيرة. كانت سوبريا أطول قليلاً ؛ كان والدها يبلغ من العمر ستة أعوام. كان كاران يبتسم ابتسامة ساحرة. كان في سوق الأسهم، يشتري ويبيع أسهم أندية كرة القدم في أوروبا، وخاصة إسبانيا وفرنسا وألمانيا والمملكة المتحدة، ويجمع الثروة. كانت كرة القدم، وهي ظاهرة ثقافية لا تنفصم، رمزًا للفخر الإسباني. كان هناك مئات الكتب عن كرة القدم في منزلهم في برشلونة، وأصلها، ونموها، وهوس كرة القدم في إسبانيا، وخاصة في كاتالونيا، ونوادي كرة القدم، وسوق الأسهم.

تحتوي فيلا أمايا وكاران الصغيرة على غرفتي نوم وقاعة ومطبخ ومنطقة لتناول الطعام تم تطويرها بشكل جميل ودراسة مع كتب عن كرة القدم وأجهزة الكمبيوتر وأجهزة الاتصال الأخرى. تحتوي الفيلا على شرفتين، واحدة في الشرق والأخرى في الجنوب. كان المنظر من الشرفات مذهلاً، حيث كان من المريح مشاهدة البحر الأبيض المتوسط الأزرق اللطيف لساعات، مثل موجة من أوراق الموز الخضراء المزرقة الفاتحة المنتشرة إلى الأبد. كان لشروق الشمس روعة استثنائية على البحر مثل ديكلو، وهي مجوهرات نسائية رومانية مغطاة بالحجاب، عندما رقصت، شوهدت في شوارع هلسنكي خلال الصيف. كانت أشعة شمس الصباح الثاقبة مثل امرأة شابة تبحث عن صديقها المختبئ تحت أوراق نخيل جوز الهند على جانبي بحيرة فيمباناد، تخترق ألابوزا قبل سباق قوارب الثعابين في بونامادا في موسم أونام. كان النسيم المنعش المستمر يداعب جسدها العاري عندما وقفت مع كاران في المعرض المفتوح. تردد صداها من خلال الخياشيم، وملء الرئتين، وانتشرت في جميع

الخلايا مثل تأمل فيباسانا الذي مارسته في بوذا فيهار في نالاندا، بعد سنوات، حيث كان الجنس لعنة. مرات لا تحصى، كانوا على الشرفة، عراة، يعانقون بعضهم البعض، يمارسون الحب. كانت الوحدانية المطلقة التي كانت تتوق إليها من أيام دراستها الثانوية دون التعبير شفهيًا عن حاجتها. نظرت عبر الشاطئ، وتجاهلت عمداً عيون سائحة فضولية ومتيقظة تبحث عن مغامرات جنسية بينما عانقها كاران بشغف.

ظهرت كازا ميلا، المعروفة أيضًا باسم لا بيدريرا، وهي نسخة طبق الأصل من صخور بيلار في كودايكانال، على مسافة من خلال اللوحة الزجاجية المنزلقة الكبيرة. كان لدى كاران بيانوه على الشرفة الجنوبية، وعزف على تشايكوفسكي وباغانيني وبرامز وكلارا شومان. كانت المفضلة لديها موزارت وباخ وشوبان وبيتهوفن. لقد لعباها لساعات معًا، وفيما بينهما، توقفت عن اللعب وشاهدت بإعجاب أصابعه تتحرك على لوحة المفاتيح بلطف. ومع ذلك، في بعض الأحيان، أحدثت موسيقاه أصداء صاخبة من الرعد وسط جبال الألب التي سمعت فوق بحيرة ليمون في جنيف. كان الأمر أشبه بتأليف الموسيقى في لا ساجرادا فاميليا وهي لا تزال تستمع إليها. كان لموسيقى الكنيسة عرض جنسي مكثف ومركّز، مغناطيسي، مغري ومتراكب، مما جعل الجعبة المتكررة في الجسم مع الرغبة المسحورة تجاهه تتحدى المقاومة. دعا كاران البيانو "حبنا" والفيلا "اللوتس". كان المكان الأكثر راحة في حياتهم في تلك الأيام. يمكنه أن يشعر باحتياجاتها وأن يكون مستعدًا دائمًا ليكون معها. أثناء وجوده في الشرفة، كان يعانقها في كثير من الأحيان ؛ كان جسده دافئًا، وكانت تحب كل خطوة يقوم بها أثناء ممارسة الحب.

لا شك أن سوبريا ستكون مثل كاران. كان بإمكانها أن تشعر بالحب المتدفق لسوبريا، وتعانقها في قلبها. نشأت سوبريا في ذات والدتها السرية في كل لحظة من حياتها. كطفلة صغيرة، كانت تجسد الحب ورشيقة وتبتسم أثناء الطفولة. عندما كانت طفلة، كانت معقدة، فضولية لمعرفة ذلك، كجرو بوميراني يبلغ من العمر ثلاثة أشهر. عندما كانت مراهقة، كانت ذات عيون حبار عملاقة، بلا شك ذكية من الدلافين، وهادئة مثل الفيل الصغير. ستكون سوبريا في الرابعة والعشرين من عمرها قريبًا بثقة ومسؤولية.

"ما اسمها ؟"

"بماذا يناديه ؟"

لكن أمايا أعطتها اسمًا، سوبريا ؛ بلغتها الأم، المالايالامية، كان يعني "أكثر المحبوبين".

كان الشعور بالحميمية مع ابنتها تجربة ذوبان الجليد ؛ شلال صغير من قمة التل بالقرب من منزل والديها، على بعد ثلاثين دقيقة بالسيارة من كوتشي، لطيف ومتألق. في الصيف، أصبحت مجموعة من القطرات الصغيرة. ولكن خلال الرياح الموسمية، فاضت. كان التيار المتساقط من التل بين النباتات الفاخرة والزواحف والشجيرات الطويلة، المحاط بأشجار جوز الهند والمانجو والجاك فروت، إغراءً سياحيًا: المساحات الخضراء والهواء النقي والطيور النقيق والسناجب القافزة والببغاوات الخضراء ذات المناقير الذهبية. كانت مشاهدة السناجب تقفز من فرع شجرة مانجو إلى آخر أقرب إلى لاعبي الكرة الطائرة المدربين وهم يحطمون الكرة. كانت السناجب أفضل البهلوانات، لأنها كانت قادرة على القفزات الرأسية والأفقية التي من شأنها أن تخجل كريستوفر ريف في سوبرمان. كان حيوانها الغامض

الأكثر روعة هو السنجاب، وكثيرًا ما تساءلت كيف يمكنه الصعود والنزول على شجرة والتعليق رأسًا على عقب دون عناء. كان الأمر سرًا بالنسبة لها حتى سألت كاران وهي تشاهد سنجابًا يتسلق شجرة نخيل التمر في جزيرة الكناري بجوار شرفتهما يومًا ما. في غضون دقائق، توصل كاران إلى نتيجة بحثية في صحيفة نيويورك تايمز.

تتمتع السناجب بأرجل خلفية قوية لمنحها قوة دفع قوية. معاصم أرجلهم الخلفية مزدوجة المفاصل وقابلة للتمديد بشكل مفرط حتى يتمكن السنجاب من عكس اتجاه المخلب والركض إلى أسفل الشجرة بأسرع ما يمكن. تساعد المخالب الصغيرة الحادة والأرجل الخلفية القابلة للعكس السنجاب على التعلق رأسًا على عقب عندما يريد ذلك. تسمح المخالب الحادة أيضًا للسنجاب بالعثور على مرسى آمن في أي مكان. وضحكت كاران وهي تشرح نتائج البحث.

قال وهو ينظر إلى أمايا: "يجب أن نكون مثل السناجب".

كان لديه نظرة حائرة كما لو كان نادمًا على التعليق عليها. لكن أمايا لاحظت أن السناجب تحب أن تصنع صراخ السناجب، حيث أن السناجب في برشلونة تحب الصعود والنزول من نخيل التمر في جزيرة الكناري. بعد سنوات، تذكرت تلك السناجب وكلماته كلما عانقت سوبريا في خيالها.

كانت تحب الذهاب إلى قمة التل مع سوبريا لمشاهدة الشلال من الأعلى أثناء أحلام اليقظة. كان حبها للابنة مثل تلك السلسلة الجميلة، ولم يتضاءل تمامًا.

كانت أمايا ممتنة لروز وشانكار مينون لحدثين فريدين في حياتها - أول تسمية لها أمايا. أخبرها العديد من أصدقائها في إسبانيا أنه كان أحد أجمل الأسماء الإسبانية. كان كل شخص تعرفه تقريبًا في مدريد وبلد الباسك يعبر عن الاسم الذي يناسبها تمامًا. كان الأصدقاء سعداء لرؤيتها، ينادونها "أمايا". سمعت في كثير من الأحيان ملاحظة مفادها أنها اكتسبت اسمًا إسبانيًا ونظرات إسبانية. كانت ساحرة ورائعة بشكل رائع بالنسبة لبعض الإسبان، مثل إيناس ساستر وأمايا أوريزار.

ومع ذلك، قالت مضيفة جوية في مطار سان سيباستيان عندما ذهبت أمايا في جولة دراسية مع صديقاتها من المدرسة إن أصل اسمها كان بلغة الباسك، الثمينة، أو الساحرة بشكل مذهل. على عكس ما قاله لها معلموها الناطقون بالإسبانية عند دراستها في المستوى الخامس في مدرسة مدريد الابتدائية، كانت كلمات المضيفة الجوية أكثر واقعية. كان الباسك فخورين بأرضهم، التي تطفو على جبال البرانس، حتى خليج بسكاي، بين إسبانيا وفرنسا. لقد أحبوا تلك الشظية من الأرض مثل قلوبهم. كانت لغتهم فريدة ومختلفة تمامًا عن أي لغة أخرى في أوروبا. كانت التقاليد التي عقدت أكثر من خمسة آلاف سنة، ثقافتهم دمج وقوية. كانت أخواتهم وزوجاتهم موهوبات للغاية، على قدم المساواة مع الرجال في جميع النواحي، مثل نساء الفايكنج. كان رجال الباسك شرسين، محبين للحرية، مستقلين، أذكياء ورياضيين. كانت الهوية المنفصلة التي يمتلكونها مختلفة تمامًا عن الأوروبيين الآخرين من حولهم. كانت أمايا واحدة من أسمائهم الجميلة، التي سرقها الإسبان منهم، كما لاحظت أينهوا، وهي عضو نشط في منظمة تقاتل من أجل الحرية.

أحبّت أمايا اسمها الأول بدلاً من مينون، الاسم الأخير. ولدت في برشلونة عندما كانت روز في جولة هناك من مدريد. أرادت رسم المبنى الأكثر شهرة الذي صممه أنطوني غاودي

أثناء عملها كمصممة هيكلية لشركة معمارية في مومباي. كان زوجها، وهو ضابط كبير في السفارة الهندية في إسبانيا، يرافق زوجته في جميع رحلاتها، حيث كان عليه أيضًا السفر في كثير من الأحيان، في جميع أنحاء إسبانيا، فيما يتعلق بواجبه الرسمي.

عندما زار مينونس لا ساغرادا فاميليا، البازيليكا في برشلونة، أنجبت روز ابنتها داخل الكنيسة. نظرًا لأن الولادة حدثت فجأة، دون علامات تحذيرية، كان كل من مينون في حيرة من أمره ولم يكن مستعدًا حتى عن بُعد لوصول طفلهما. أخبرهم كاهن الكنيسة أن طفلهم هو الطفل الوحيد المولود في المناطق المقدسة في كنيسة العائلة المقدسة. كانت أثمن ما لدى الله، على الرغم من إحضار عشرات الأطفال إلى البازيليك للمعمودية كل أسبوع. أخذت راهبة، وهي عضو في راهبات لوريتو، ظهرت فجأة هناك، الطفل بين يديها ونقلت الأم والطفل على الفور إلى ديرها المجاور للكنيسة. بقيت روز والمولود الجديد في دير الراهبات لمدة عشرة أيام، حيث ولد الطفل قبل ستة أسابيع ؛ كانت بحاجة إلى مراقبة مستمرة ورعاية طبية. أخذت الراهبة التي تدعى أمايا الطفل بين يديها. تكريما للراهبة، أطلق روز وشانكار مينون على ابنتهما اسم أمايا ؛ ومع ذلك، أطلقوا عليها اسم مول، عزيزي العزيز، باللغة المالايالامية.

كان لدى أمايا حب خاص لـ لا ساغرادا فاميليا، ودير لوريتو الرائع بنفس القدر، ومدينة برشلونة المتوسطية الملونة والمهيبة والنابضة بالحياة، والكاتالونية الأنيقة. كما أحبت بلاد الباسك، والشعب، ولغتهم اللطيفة، وأوسكارا، وتقاليدهم وثقافتهم منذ طفولتها.

في برشلونة، خارج البازيليكا، كان هناك اكتناز عملاق على الطريق الرئيسي، ووقفت أمايا أمامه لمدة دقيقة كلما زارت مسقط رأسها. نقلت الرسائل معنى قويًا، برشلونة في كاتالونيا، ونحن نتحدث الكاتالونية. وبالمثل، كانت هناك كنوز في جميع أنحاء إقليم الباسك، كل عشرة كيلومترات، تعلن: نحن أمة مستقلة تسمى Euskadi، ونحن نتحدث Euskara.

حصلت أمايا على تعليمها الابتدائي في مدريد في مدرسة تديرها راهبات لوريتو. حتى عندما كانت طالبة، كان لديها شغف تجوال متأصل. عندما استقال والدها من الخدمة الخارجية الهندية وانضم إلى شركة متعددة الجنسيات كمحلل معلومات، كان لديها المزيد من الفرص للسفر مع والديها في جميع أنحاء أوروبا ؛ استمتعت بإقامتهم القصيرة في المدن الكبرى خلال عطلاتها. كانت مراقبة العديد من الناس وبيئتهم وأنماط حياتهم وتقاليدهم وثقافتهم عن كثب خلال هذه النزهات تجربة رائعة. لقد أحبت استقلالهم وعززت قناعتها بأن الحرية تصنع البشر ؛ الحرية لا تنفصل عن العدالة. أحب برشلونة وبامبلونا وسان سيباستيان استقلالهم وصدقهم. كان للسماء والهواء والماء والبيئة الكاتالونية والباسكية سحر فريد من نوعه، وشهدت الحرية في أي مكان في زوايا كاتالونيا وبلد الباسك.

عندما كانت في الثالثة عشرة من عمرها، قبلت شانكار مينون منصبًا جديدًا كرئيس تحرير للكلمة، نُشر في مومباي، وانضمت أمايا إلى مدرستها الثانوية في المدينة. لقد زرعت ذكريات حية عن إسبانيا مثل الحائك الرئيسي لكانور، حيث تشابكت الزخارف المشرقة في نولها من خلال ربط خيوط اللحمة بحكمة. كانت مدريد وبرشلونة ومنطقة الباسك في جبال البرانس خيالات ممتعة من خلال التخيل حول السفر إلى هناك والتواصل باللغات الإسبانية والفرنسية والإنجليزية والأوسكارا والكاتالونية.

في مومباي، فضلت الانضمام إلى مدرسة تحمل اسم قديس الباسك الذي قاد جيشه بصفته ضابط جيش في مملكة نافار وهزم الحامية الإسبانية في معركة بامبلونا في أوائل القرن السادس عشر. بعد ذلك، أسس جمعية يسوع وستة من رفاقه. كان اسمه إغنازيو لويولاكوا، وفي اللاتينية، كان يسمى إغناطيوس دي لويولا.

بعد التسجيل، التحق أمايا بالمرحلة الثانوية العليا في كلية التميز، سانت كزافييه، التي سميت على اسم المؤسس المشارك لجمعية يسوع. كانت تعرف أن كزافييه من الباسك من نافار، وهو أستاذ في جامعة باريس، ورفيق إغناطيوس لويولا. كان في غوا وكيرالا لبضع سنوات كمبشر.

شجع اليسوعيون أمايا على التحدث أمام الجمهور، وبرزت كخطيب قوي. كلما خاطب الجمهور في تجمع، هتف "أمايا، أمايا"، مما خلق أصداء داخل جدران قاعة المؤتمرات العظيمة في سانت كزافييه وفي رؤوس معلميها وزملائها الطلاب. يمكنها التحدث بشكل مقنع، وشرح إيجابيات وسلبيات القضية، حيث كانت الأفكار التي تعرفها مؤطرة بإيجاز ومبررة جيدًا. طلب منها العاملون في الأحزاب السياسية الانضمام إليهم ؛ وبالتالي، فإنها ستعزز قدراتها وتقنع الناس بما تؤمن به، إلى جانب تنفيذ تلك الأفكار لصالح البلاد. كما كانت هناك دعوات من العديد من المنظمات غير الحكومية تطلب منها الانضمام إليها لتعزيز جهودها.

لم تكره السياسة ولكنها أحبت الصحافة أكثر، فخورة بكونها صحفية، العدد الثاني الذي كانت ممتنة لوالديها من أجله. عندما استقرت في مومباي مع والديها، أرادت أن تكون شجاعة وموضوعية وتحليلية. كانت قراءة الافتتاحية التي كتبها والدها في "الكلمة" كل صباح أول شيء فعلته. كانت واحدة من أكثر الصحف احترامًا في الهند، وكانت تعتز بكل كلمة موجودة فيها، على الرغم من أنها كانت صغيرة. التأمل في المقالات، كلمة بكلمة، جملة بجملة ؛ غالبًا ما تكون مندهشًا من وضوح الأفكار، وقوة الرسالة المنقولة، والعبارات القصيرة، والأسلوب اللغوي الرائع. كل تعليق على افتتاحيات والدها محفور بشكل جذاب لعرض الفكرة المثالية، لتعكس وجه المجتمع من حوله. وهكذا، أصبح قوة قوية في حياة ابنته من خلال نحت أنماط التفكير العقلاني، مما يعكس عقلًا ناضجًا ودماغًا متقدمًا. رفع والدها رأسه عالياً، حتى أثناء الإغراءات والاضطرابات. كان له صوت خاص به، ورفض أن يكون خادعًا للأثرياء، وكان قويًا سياسيًا.

بالنسبة لأمايا، كان والدها يقدر البيانات الواقعية والنزاهة الشخصية أكثر من أي شيء آخر، ولم يستمتع أبدًا بالتأثير السياسي والاجتماعي أو الضغط النفسي لأنه وقف بمفرده على قدميه مثل عمود الصخور في كودايكانال. كل يوم أحد، كتب عمودًا بعنوان The Pillar Rocks على الصفحة الثالثة للصحيفة، وانتقل كل قارئ إلى الصفحة الثالثة لقراءته قبل إلقاء نظرة خاطفة على العناوين الرئيسية في الصفحة الأولى. بصفته رئيس التحرير، رفض شانكار مينون إلزام الحزب الحاكم أو المعارضة، التي تتألف في الغالب من "سياسيين غير مستنيرين وأميين وجنائيين وغير مهذبين ومتغطرسين".

لمدة عشرين عامًا، عمل مينون في السلك الدبلوماسي في لندن وطوكيو وكانبيرا وريو وبكين ومدريد. كان المترجم الأول للأحداث القانونية والاجتماعية والاقتصادية والسياسية

في بلد وظائفه للحكومة في الوطن. وثقت السلطات بالتفسيرات التي قدمها. صاغت الحكومة سياساتها الخارجية بناءً على تحليل شانكار مينون. ومع ذلك، استقال من الخدمة الخارجية الهندية بسبب تدخل بعض الوزراء، لأنهم أرادوا نتيجة مسبقة. لذلك، يمكنهم تحقيق مكاسب مالية وسياسية من المعلومات غير الموثقة عندما تتعامل الحكومة مع البلاد في المجالات الاقتصادية التي يعمل فيها مينون.

كانت الصحافة وتسلق الصخور شغف شانكار مينون عندما كان شابًا. كل عام في لويولا، أحمد أباد، حضر المخيمات الصيفية في معهد تسلق الصخور في جبل أبو لمدة شهرين، وتعلم أساسيات تسلق الصخور في جبال أرافالي، وخاصة تلك التي تواجه بحيرة نكي. بينما كان طالبًا جديدًا في معهد الصحافة في بنغالور، قام الطلاب بجولة دراسية في تاميل نادو. كانت أيديولوجيات الأحزاب السياسية الدرافيدية موضوع دراستهم. عند زيارة كودايكانال، تحدى بعض زملائه شانكار لتسلق صخور بيلار، دون معرفة خلفيته في تسلق الصخور في جبل أبو. أخبروه أنه لم ينجح أحد في رفع قمته، وأولئك الذين حاولوا قهر تلك الكتلة الهائلة لم يحصلوا على فرصة أخرى للسير على الأرض. استغرق شانكار سبع ساعات للتغلب على ذلك الجرانيت العملاق. من ذروته في الجنوب كان وادي كامبوم ومعبد مادوراي ميناكشي. كان معبد بالاني والمدينة المحيطة به في الشمال. في الغرب كانت التلال الخضراء لمونار ؛ في الشرق، كانت هناك كلية الفلسفة لليسوعيين في شينباغانور. كان شانكار يقدّر الوقوف على القمة ويريد أن يكون على تلك المغليث لفترة طويلة. جعله صعود هذا العمود العمودي بطلاً بين زملائه في الكلية، وحاولوا إعادة تسميته شانكار روكس. ومع ذلك، بعد سنوات، أطلق مينون على منشوره صخور العمود.

كان الانضمام إلى السلك الدبلوماسي أيضًا تحديًا لشانكار مينون. لقد كان رائعًا وذكيًا وكفوًا، واحترمه كبار ضباطه ومرؤوسيه لنزاهته وشعروا بالفخر به. في لندن، التقى روز، وهي مهندسة معمارية متخصصة في الرسم والتصميم. بينما كان كلاهما يتحدثان المالايالامية، أقاما تقاربًا وعلاقة فورية. تزوجا في مكتب المسجل، ثريسور، وولدت أمايا بعد خمسة عشر عامًا من الحياة الزوجية.

في السفارة الهندية في مدريد، كان لدى مينون ضابط إسباني شاب كانت وظيفته الأساسية ترجمة الوثائق الإسبانية والفرنسية والكاتالونية والأوسكارا إلى الإنجليزية، وكانت إليكسان. زارت منزل مينون مع ابنتها وزوجها كلما أقام مينون حفلة لزملائهم وعائلاتهم. كانت ألاسن، ابنة إليكسان، في عمر أمايا تقريبًا، وأصبح كلاهما صديقين مقربين أثناء التحاقهما بنفس الصف في نفس المدرسة. تعلمت أمايا أوسكارا من ألاسن، ويمكنها التحدث بها مثل أي متحدث أصلي في بلاد الباسك. أحب روز وشانكار مينون إليكسان وعائلتها، وغالبًا ما زاروا منزل أجداد إليكسان في سان سيباستيان على خليج بسكاي. روى إليكسان وزوجها هوغو قصص شعب الباسك وتاريخهم ولغتهم وثقافتهم وتقاليدهم والنضال من أجل الاستقلال عن إسبانيا وفرنسا في رحلاتهم العديدة. لقد حلموا بدولة تضم جميع مناطق الباسك في فرنسا وإسبانيا. سافرت أمايا مع والديها، إليكسان، الاسني وهوغو إلى أرابا، بيسكاي، غيبوثكوا، نافار، بايون، وإبارالدي في مناطق الباسك المنتشرة في إسبانيا وفرنسا. نشأت على سماع قصص حقوق الإنسان وبطولات شعب الباسك. تدريجيا، أصبحت أمايا باسكية باسمها ولغتها وروحها. تعلمت أمايا من روز وشانكار مينون كيف تكون مستقلة

وتتخذ قراراتها بنفسها. كان والداها سعيدين ؛ كان بإمكان ابنتهما الوقوف على قدميها. تعلمت أمايا دروسًا أساسية في حقوق الإنسان في رحلاتها مع والديها وصديقها ألاسن.

بعد تخرجها في الصحافة، التحقت أمايا بكلية الحقوق، بنغالورو، للحصول على ليسانس الحقوق. بعد سنوات، عندما أصبحت محامية في محكمة عليا، كان مجالها المفضل هو حقوق الإنسان للمرأة. بعد حصولها على ليسانس الحقوق، ذهبت أمايا إلى برشلونة في منحة دراسية للبحث عن قصص حول حقوق الإنسان في الصحف والقنوات الإخبارية التلفزيونية في إسبانيا. هناك في كافتيريا الجامعة، في يوم من الأيام، التقت كاران. غير هذا الاجتماع حياتها تمامًا، بما يتجاوز كل خيالها، وقضت عامًا واحدًا في السفر بشكل متقطع إلى لندن والمدن الكبرى الأخرى في أوروبا، بحثًا عن ابنتها. اعتقدت أن ابنتها كانت في مكان ما هناك، مع والدها.

ذهبت أمايا إلى منزل والديها في اكتئاب عميق. لم يستطع أحد أن يتفهم وحدتها وألمها وعذابها باستثناء والدتها، روز، التي أخذت إجازة طويلة من شركتها في مومباي لتكون مع ابنتها. كانت شانكار مينون في مومباي مع ذا وورد واتصلت بابنتها باستمرار. اقترحت روز على أمايا حضور برنامج تدريبي لمدة عشرة أيام فيباسانا لتهدئة عقلها. لم تتفاعل ونظرت إلى والدتها لفترة طويلة. ثم ضحكت بصوت عالٍ، لكن الضحك تحول إلى صرخة خارقة للقلب بعد مرور بعض الوقت. عانقت روز ابنتها مرارًا وتكرارًا ؛ وقضت أيامًا وليالٍ معها. في السنة الثانية، كررت روز طلبها مرة أخرى. تأملت أمايا كلمات والدتها وجلست صامتة لأيام معًا. ذهبت إلى قمة التل، وشاهدت غروب الشمس، ونظرت إلى الأشجار، وعانقتها لتشعر بنبضات قلبها. تجولت حول الشجيرات وهي تشم الزهور دون أن تلتقطها. أرادت أن تلمس كل شيء وتشعر به، الخضرة، والمياه المتدفقة، والهواء، والضوء، وحتى الظلام، وشاهدت بفضول السلاحف والأرانب، وركضت وراء الفراشات، ولعبت لعبة الغميضة بالظلال. بالنظر إلى أعشاش العصافير وطيور الوقواق، ركضت بسرعة وحاولت الغناء مثل الوقواق. كانت السلسلة أرق عندما وضعت ساقيها في الماء لتشعر بالتدفق. كانت السناجب تحاول إخفاء المكسرات التي جمعتها.

من حين لآخر، انضمت روز إلى مول ؛ تحدثت عن طفولتها وأصدقائها ومدارسها وكليتها وجامعتها. استمعت إليها بفضول وتساءل. ساعدتها روز على التحدث، وسكب أحزانها، وفتح قلبها وتهدئة عقلها. بعد الاستماع إليها، وإبقاء ذراعيها حول رقبتها مثل صديق، روت روز قصصًا عن والديها وإخوتها وأصدقائها. لقد كانت مشاركة حميمة، ساعدت في فتح الآفاق الداخلية لحياتهم. كان للمشاعر مكان عظيم في الحياة وشكلت جوهر وجود الشخص. في كثير من الحالات، تحتاج المشاعر إلى تجاوز الأسباب. أوضحت روز أن العقلانية كانت مثل العظام في الجسم، في حين أن المشاعر كانت من لحم ودم. لم يكن البشر عقلانيين في مواقف الحياة الحميمة ؛ كانت القرارات البشرية غير عقلانية، وكان رد فعل أمايا، ووافقت روز مع ابنتها. أضافت روز أن اختيار الملابس والطعام والكلمات المستخدمة في المحادثات اليومية كان يعتمد على المشاعر. ستشرح أمايا أن مجال الدراسة الذي تم اختياره للتعليم، والأصدقاء في المدارس، والكلية، والمهنة، ومكان الإقامة، والمنزل، وقراءة الصحف، والبرامج التلفزيونية التي تمت مشاهدتها، كل ذلك يعتمد على المشاعر. حتى في انتخاب ممثل مثل رئيس الوزراء أو الرئيس، لعبت العواطف الدور المهيمن، تضيف روز.

قالت روز: "في الحياة، تختبئ الأسباب في الهوامش".

كانت أمايا تنظر إلى والدتها كما لو أنها تتفق معها.

"أخيرًا، عند اختيار شريك الحياة، لا مكان للعقلانية. كانت المشاعر مهيمنة عندما اختارك والدي كشريك له، والعكس صحيح، أنا متأكد من ذلك،"أدلى أمايا ببيان.

"هذا صحيح. يقول علماء النفس إن حوالي خمسة وتسعين في المائة من القرارات البشرية تستند إلى المشاعر، وليس الأسباب. قد تسميها تحيزات، ولكن في النهاية، كلها مشاعر. كان قصف هيروشيما وناغازاكي نتيجة للمشاعر. كان العديد من الأمريكيين من أصل جرماني ولم يرغبوا في القضاء على أراضي آبائهم وأجدادهم. لذلك، فضلوا اختبار القنبلة على اليابان. إلى جانب ذلك، كان اليابانيون غرباء تمامًا ؛ اعتقد الأمريكيون أن قتل الغرباء لا يهم. لذلك، لم ينتج عن قصف اليابان في المنتصرين أي ألم دائم، كما حللت روز.

"أتفق معك يا أمي ؛ حتى قراري باختيار كاران كان بناءً على مشاعر نقية وبسيطة. قالت أمايا: "لم يكن هناك ذرة من السبب". نظرت روز إلى ابنتها وهي تعانقها، وهي تعرف أن مول يستمتع بالعناق. يمكن أن يشعر كلاهما بالنسيم البارد والتذمر الناعم للشلال.

في السنة الثالثة، كانت روز تقنع ابنتها مرة أخرى بحضور دورة مدتها عشرة أيام حول فيباسانا وهي تجلس بالقرب منها وتقول: "في الرسومات والتصاميم المعمارية، هناك وعي متخيل. دعونا نسميها عقل هيكل المبنى المقترح لأنه ليس سوى العقل البشري الذي يعطي كمال ووحدة ووحدة المبنى. العقل هو سبب جمال الهيكل وديناميته وعظمته. إنه يجذبك، ويجبرك على مشاهدته ويغريك للاستمتاع بروعته. يجب أن يكون العقل المتخيل للهيكل هادئًا ومتكوّنًا لتحقيق صحته وحيويته الهيكلية. يجب أن يجذب الهواء ويغري الضوء ويدعو إلى الحيوية في ديكوراته الداخلية. هذا الهدوء والكرامة وشخصية المبنى تجعله رائعًا إلى الأبد. انظر إلى عائلة لا ساغرادا، وتاج محل، ومعبد بادمانابا ؛ كلهم لديهم هذا العقل المتخيل، والوعي المركب، والهدوء الداخلي. إذا كان هذا الهدوء مفقودًا، فستكون النتيجة وحشية. ربما تكون قد رأيت الآلاف من هذه الهياكل غير السارة في كل ركن من أركان كل مدينة. يفتقرون إلى الصفاء والموسيقى الداخلية. عندما تنظر إلى أنغكور وات أو قصر فرساي أو قلعة نويشفانشتاين، فإنك تنسى كل شيء ؛ تركز فقط على شيء واحد، ليس المبنى ولكن روح الصرح. أنت ضائع ولكن في وجود المطلق. معبد ميناكشي هو، في الواقع، رمز الكون. لتحقيق الوحدة مع الكون، يجب أن تكون هادئًا. العقل البشري ليس حقيقة متخيلة ؛ إنه يتطور عبر ملايين السنين من التغيير. إنه ليس عقلك بل واقع مستقل متشابك مع عقلك ؛ يمكنك تسميته الوعي في العمل. فقط من خلال التحكم في عقلك يمكنك تحقيق هذا الوعي الكامل. وإلا، فإنك تتجول بلا نهاية في جميع زوايا وزوايا هذا العالم الداخلي الذي لا حدود له. العقل غير المنضبط ينسج الأوهام التي تجلب لك الأحزان والعذاب والألم لأنه يحاول تحليل الموقف كما يحلو له. وستكون النتيجة صراعا لا نهاية له، ومسعى لا معنى له، وبحثًا بلا هدف، ورحلة بلا مسار ".

بعد الاستماع إلى روز، كانت الابنة تنظر إلى والدتها. كانت عيون روز مليئة بالتعاطف. بدأت كلمات المهندس المعماري هذه تتردد في دماغ الابنة بشكل متكرر.

كانوا يجلسون بالقرب من الشلال، وكانت كلمات الأم تتدفق معه.

"لو لم تكن موجودًا، لما كان هناك شيء. الخضرة، الشلال، هذه الطيور والحيوانات، الشمس والقمر والنجوم، وفي النهاية هذا الكون هو نتاج دماغك. عندما تعرفهم، يأتون إلى الوجود. كل شيء له معنى فقط من خلال عقلك وعقلك ووعيك. لكن عقلك يمكن أن يصاب بالجنون، وتجد صعوبة في السيطرة عليه. غالبًا ما يبدأ العقل في الإمساك بك ويأخذك في جولة. إنه يرغمك على التفكير فيما لا يمكن تصوره، وتصبح عبداً له. كن رئيسه من خلال التحكم في عقلك. تحتاج إلى تدريب مكثف وصارم للسيطرة عليه. ضع في اعتبارك أن عقلك يمكن أن يصبح عدوك الأول. تنبع شخصيتك وفرديتك ووجودك من ثلاث حقائق مستقلة ولكنها مترابطة. إنهم جسدك وعقلك وعقلك. بدون الجسم، لا يمكن أن يوجد الدماغ ولا العقل. بدون العقل، تصبح خضارًا ولا يمكنك البقاء على قيد الحياة. عندما يتحكم العقل في الجسد والعقل، تصبح عبداً. لذلك، يجب أن توجه عقلك إلى السعادة والرضا والتحقيق. خلال العملية التطورية، نما حمضنا النووي وتطور وتغير ".

سيستمر الحديث لفترة طويلة مع الابتسامات والعناق، وتستمع الابنة والأم إلى بعضهما البعض كما لو كانتا تتحدثان لأول مرة بعد انفصال طويل.

مثل الأرض النابضة بالحياة، كانت الأم تحتضن ابنتها أثناء الجلوس. سيتدفق الشعور بالدفء والحب مثل شلال مستمر، وأشعة الشمس المسائية بعد انفجار السحب، ونسيم الطفل بجانب العاصفة، والبهجة، والحيوية، والمداعبة لقلوب الأشجار والنباتات وأوراقها. كانت الابنة تبقي رأسها بالقرب من بطن والدتها للاستماع إلى الموسيقى الداخلية لرحمها. لقد أحبت ذلك الرحم الجميل الذي حملها منذ اللحظة التي التقى فيها واحد من ملايين الحيوانات المنوية الراكضة والقلقة ببويضتها الثمينة التي تطورت إلى كائن جديد يعرج وعقل وهوية منفصلة. بالاندماج مع هذا الانسجام الأساسي، كانت تستمع إلى حديثها. كان صوتها مثل عاصبة مهدئة فوق قلبها المجروح.

"توسع الفكر البشري تدريجياً ؛ استغرق الأمر ملايين السنين. الآن أثبتنا أن الذكاء يمكن أن يوجد بدون العقل. ذكاء الكمبيوتر أعلى بكثير من الذكاء البشري. عندما يبدأ الكمبيوتر في خلق العقل، سيطيع البشر الكمبيوتر. العقل هو أقوى كيان في هذا الكون. لكن يحتاج المرء إلى التحكم في العقل وتطويره وتوجيهه. فيياسانا هي طريقة للتحكم في العقل وتصميمه. إنه مثل تدريب الجسم. عليك أن تدرك أن الجسد والفكر والعقل جزء منك. أنت الكمال ؛ أنت السيد. إنه يدرك نفسك باستمرار ولا يسمح لجسمك أو عقلك أو عقلك بالسيطرة عليك. أنت، كشخص، تتجاوز كل منهم. عندما تتحكم في عقلك وتصوغه، تزداد إنتاجيتك مائة ضعف، وتشعر بالسعادة بمظهر جسمك وأجزائه وقدراته. أنت تستخدم عقلك لتلبية احتياجاتك، وتصبح أكثر تعاطفاً، وتعمل على تخفيف المعاناة الإنسانية ". في النهاية، ستشرح روز أننا بحاجة إلى التغلب على الألم من خلال الانضمام إلى ابنتها في المشي تحت المطر.

جاءت الرياح الموسمية في يونيو بسحرها وجمالها، عندما بدا الصباح وكأنه أمسيات، وسحب ضبابية فوق الجبل مثل تسونامي فوق المحيط الهندي وجاك فروت فاتنة، وخلايا نحل العسل العملاقة. نمت السلسلة بشكل أسرع وأعلى صوتًا مثل ركض قطيع من البيسون المهيب ذو القرن الأسود المهيب في وادي مانجامباتي. تردد صدى الرعد بين المنازل الطينية على التلال الخضراء المتموجة. اهتزت بذور الخيزران النائمة داخل رحم الأرض

مع توقعات باحتضان وشيك لقطرات المطر الثرثارة التي تخترق الطين الناعم العصاري. تسلق الطاووس، وتسلق طيور الوقواق إلى عش لوضع البيض داخل الأوراق الوفيرة لشجيرات القهوة حيث بدت مجموعات من الفاصوليا الحمراء الخضراء مثل عدد لا يحصى من الوفرة مع نشوة متألقة. قفزت الأم وابنتها، ودارتا، وتمايلتا، وغمرتا نفسيهما بينما كانت الاستحمام فاتنة ومشرقة في فناء طابقهما الضفيري. كان الجو رطبًا، وكان الماء في كل مكان حيث بدت أوراق نخيل جوز الهند مبللة بالقطرات. بدت شجرة السيكويا الوحيدة التي جلبتها روز من جبال سييرا نيفادا رائعة. استمر الغامبل، وضحكوا بحرارة، ونظروا إلى مظهر تمثال بعضهم البعض. كانت هذه هي المرة الأولى منذ ثلاث سنوات التي تضحك فيها أمايا. عانقت روز ابنتها وقبلت خديها وعينيها المبللتين.

صرخت روز: "أحبك يا مول".

"أحبك يا أمي"، قالت أمايا وهي تداعب والدتها وتفترق عن شعرها، وهي تغلف عينيها وتقبلهما.

كانت رحلة حج لروز للسفر مع ابنتها وسط المساحات الخضراء المحاطة بغطاء مائي شاسع في بحيرة فيمباناد وكوتاناد وألابوزا وكوفالام وإدوكي، حيث أحب أمايا الطبيعة. أثناء القيادة، تحدثت روز عن الحياة ومعناها والذات وقواها الهائلة. في أحد الأيام، وهي جالسة على الشاطئ في كوفالام، قالت عن ضرورة وجود عقل هادئ ليعيش حياة رشيقة. أثناء وجودها على تلال تيكادي ومونار، ذكّرت روز ابنتها بإمكانية استعادة نفسها من خلال فيباسانا. التزمت أمايا الصمت العميق ؛ فكرت لعدة أيام معًا وقررت الذهاب إلى نالاندا لحضور تدريب فيباسانا لمدة عشرة أيام.

كانت تلك بداية التغيير. أخذت أمايا حقيبة ظهر وذهبت للتأمل فيباسانا. كانت نالاندا جديدة. استمعت بعناية إلى المعلم لمدة عشرة أيام، واتبعت جميع التعليمات، وبذلت قصارى جهدها للقيام بالتمرين، ويبدو أنها لم تتأثر. في غضون أيام قليلة، كانت هناك تغييرات داخلها، وهو تحول داخلي انعكس في أفعالها وتصوراتها. ركزت على أنفاسها، واختبرت أنفاسها فقط، وأصبحت واحدة مع أنفاسها. كان ذلك وجودها. كان ذلك إتقانًا للعقل. ساعدتها المعلمة في استكشاف سبل جديدة للوساطة، وكررت التمرين ألف مرة. توقف عقلها عن الشرود، وظل معها تمامًا، وأطاع كل تعليماتها. يمكنها التحكم في عملية تفكيرها ورسم الحدود. أطاعها العقل في كل تعليمات القيادة، وأخيراً، تمكنت من التركيز بشكل كامل.

عادت أمايا إلى المنزل كشخص جديد. كانت روز سعيدة برؤية مظهرها الواثق ووقوفها واتزانها ووعيها الذاتي. أمضت ساعات طويلة في المشاركة والمناقشة مع والدتها وتجولت على قمة التل، ولمست المياه الهادئة للشلال. كان الشلال مهيبًا، ويمكنها أن تستمتع بقوتها وجمالها الداخلي. كانت السناجب لا تزال هناك، تقفز من شجرة إلى أخرى. ابتسمت وهي تراقبهم. اختفت تلك السناجب التي تتسلق صعودًا وهبوطًا في نخيل التمر في جزيرة الكناري، وكانت أمايا تتطور كشخص جديد ؛ استمر تأملها فيباسانا كل صباح ومساء. في غضون أسابيع قليلة، سجلت كمحامية. كانت في الثامنة والعشرين من عمرها عندما بدأت ممارسة المهنة في المنطقة والمحكمة العليا. كانت خدماتها المهنية متاحة فقط للنساء، ضحايا خداع الذكور والفساد والعنف والاغتصاب والهجر.

كانت أمايا محامية ناجحة ناقشت قضاياها بقوة بعد إعداد دقيق، ودراسة إيجابيات وسلبيات حجج خصمها المحتملة. وقفت مع النساء، وكان موقفها دائمًا مهنيًا، استنادًا إلى القانون وأحكام المحكمة العليا والمحكمة العليا. كانت متأكدة من أنه لن تصبح أي امرأة ضحية لخداع الذكور أثناء معاناتها. لم تظهر أي تعاطف مع الرجال الذين كانوا متوحشين وارتدوا أقنعة متعددة.

بعد شراء فيلا في المدينة، على بعد خمس دقائق بالسيارة من المحكمة، زودت أمايا مكتبتها بكتب قانونية واسعة ومجلات وأحكام مهمة على النساء. وبجوار المكتبة، كانت لديها غرفة اجتماعات مع عملائها ؛ وبجوارها كانت غرفة الانتظار حيث يمكن لحوالي عشرة عملاء الجلوس. كانت الرسوم التي فرضتها رمزية وبأسعار معقولة لعملائها ؛ بالنسبة للكثيرين، مثلت أمام المحكمة دون فرض رسوم. لقد حافظت دائمًا على علاقة مهنية مع عملائها وزملائها وموظفيها، ومع ذلك فإن الفهم ينبع من أفعالها تجاه النساء المحرومات والمضطهدات والمستغلات اللواتي اتصلن للحصول على سبل انتصاف قانونية. قامت بتقييم كل موقف بموضوعية، مع الأخذ في الاعتبار وجهة النظر القانونية والأثر النفسي لحججها.

كانت المقابلة والمناقشة مع العميل أمرًا حتميًا، مما ساعد على تذكر الحقائق. بعد إملاء الطلبات المكتوبة، وجهت الصغار لإعداد ملفات القضية. سمحت لاثنين من صغارها بالحضور معها أثناء مقابلة العميل وإملاء طلب المحكمة حتى يتعلم صغارها ويطوروا القدرة على أن يكونوا أفضل المحامين في المستقبل عندما يمارسون المهنة بشكل مستقل. قبلت أمايا المحاميات فقط كصغار لها ؛ واعتنت بنموهن المهني. في غضون خمس سنوات، كان العديد من خريجي القانون على استعداد ليكونوا صغارها. بعد إجراء مناقشة شخصية معهم، اختارت الأشخاص الأكثر جدارة والتزامًا.

كان هناك حوالي عشرة موظفين لإدارة مكتبها، جميعهم من النساء. عاملتهم أمايا جميعًا باحترام ؛ ودفعت أجورًا معقولة للجميع، أكثر بكثير من المبلغ الذي قدمه الأشخاص المشابهون. زاد عدد العملاء بشكل كبير، وزاد عبء العمل أيضًا. قامت أمايا بالتأمل فيباسانا لمدة ساعة كل يوم بعد أن استيقظت في الرابعة من عمرها. ساعدها ذلك على التحكم في عقلها وأفكارها ورغباتها. نادرًا ما يتجول عقلها، ويمكنها تطوير حب عميق لابنتها دون اجترار الألم الذي تعرضت له. قامت أمايا بالتأمل لمدة ساعة واحدة قبل النوم لمساعدتها في النوم السليم. على الرغم من أنها لم تكرهه أبدًا، إلا أنها سامحت كاران، وهو قرار صعب. كافحت أمايا لسنوات لتحقيق هذه المرحلة من الاستقرار وأخذت ممارستها القانونية على محمل الجد، وعرفت أنها الطريقة الوحيدة التي يمكنها من خلالها تحقيق العدالة لموكليها ونفسها.

كانت القضايا التي جادلت فيها أمثلة مقنعة لممارسة القانون أمام المحكمة. كلما مثلت أمام القضاة، امتلأت المحكمة بمحامين آخرين، حتى كبار السن والمعلمين والطلاب من كليات الحقوق المختلفة. في بعض الأحيان، وجد القضاة صعوبة في طرح أسئلة توضيحية، ولم تكن هناك مناسبة خسرت فيها أمايا قضية. في السنة العاشرة من ممارستها، كان لديها محام مبتدئ، فعال، على دراية وملتزم. كانت سوناندا، وأمايا وثقت بها كثيرًا. كلما خرجت أمايا لحضور ندوة ومؤتمرات ومثول أمام المحكمة في مدن أخرى، أدارت سوناندا مكتب أمايا

ومثلت أمايا أمام المحكمة. كان لدى سوناندا مفتاح احتياطي لمقر إقامة أمايا ومكتبها وسيارتها.

أصبحت أمايا نباتية عندما بدأت في التأمل فيباسانا. لم تحتقر أكل اللحوم لكنها قررت أن النباتية كانت مناسبة لحياتها الشخصية. بقيت وحدها ودعت موظفيها وصغارها لتناول الطعام معها في عطلات نهاية الأسبوع. طهوا أطباقًا مختلفة معًا واستمتعوا بالحفلة بالموسيقى والرقص لأنهم اعتقدوا أن الحياة كانت احتفالًا بالسعادة والتكاتف. قامت بالترتيب اللازم لعودة أولئك الذين حضروا حفلاتها إلى منازلهم بحلول الساعة التاسعة.

أصبحت الخدمات المجتمعية جزءًا لا يتجزأ من روتينها حيث انضمت إلى كلية الحقوق المحلية لنقل الوعي القانوني بين ربات البيوت والنساء من الطبقة العاملة. اعتقاداً راسخاً بأن المعرفة بالحقوق الأساسية والمبادئ التوجيهية لسياسة الدولة والتشريعات المختلفة المتعلقة بالزواج والميراث والرعاية وحماية الأطفال والطلاق من شأنها أن تساعد النساء على العيش حياة كريمة، عملت مع النساء. وجدت أمايا الوقت لمخاطبة طلاب المدارس والكليات كلما تمكنت من مقابلتهم في مؤسساتهم التعليمية. دعت كلية العمل الاجتماعي أمايا بانتظام لإلقاء محاضرات حول تأثير القانون على التنظيم المجتمعي والرعاية الاجتماعية. أصبحت جزءًا من عمل الكلية للأطفال المهجورين والأميين.

أعطى البيانو أمايا سعادة هائلة. لقد لعبتها لساعات معًا في عطلات نهاية الأسبوع. علمتها والدتها العزف على البيانو. في وقت لاحق، عرفتها راهبات لوريتو على الملحنين العظماء. كانت عضوًا نشطًا في مجموعة الحفلات الموسيقية في المدرسة، والتي قدمت برامج في مختلف المراكز الثقافية في مدريد كل شهر. في لويولا وسانت كزافييه، كان لديها العديد من فرص البيانو. ولكن في كلية الحقوق في بنغالورو، كانت مشغولة تمامًا بدراستها ومناقشاتها القانونية والمحكمة الصورية وأنشطة التوعية القانونية.

في كوتشي، أثناء ممارسة القانون، طورت أمايا مكتبة منفصلة للخيال. كان كاتبها المفضل مادهافيكوتي لتعبيراتها المتعمقة عن الصحوة الجنسية والرمزية والتحليل النفسي والاجتماعي لمكانة المرأة في مجتمع كيرالا. من بين كتاب القصة القصيرة، كانت تحب زكريا أكثر لأفكاره غير المطابقة والمتفجرة التي تفضح الظلامية الجنسية والسياسية والدينية والشخصيات الكافكية. كان للقصص التي قضت على المعاناة تأثير مغناطيسي في قراءتها حيث كان هناك سعي مستمر لحياة خالية من المعاناة، ليس فقط لنفسها ولكن أيضًا للآخرين. ومع ذلك، كان مثالًا طوباويًا، حياة بدون معاناة، حيث كانت المعاناة جزءًا لا يتجزأ من حياة الإنسان. فقط من خلال المعاناة يمكن للشخص أن ينمو ويخلق المعرفة ويقود تجربة مرضية. ولكن كان هناك شوق أبدي فيها لتجاوز المعاناة. بالنسبة لها، كان الخيال أقرب إلى الحياة من أي تحليل اجتماعي أو أحداث حياة أو نظريات علمية. في عالم رواياتها، كان هناك مفهوم العدالة. نشأت في الأفراد، وكان هناك تقاسم متبادل للعدالة بين الأفراد. لم تكن العدالة هي الهدف فحسب، بل كانت الطريق أيضًا. الحقيقة والعدالة يسيران جنبًا إلى جنب ؛ إذا واجهوا، قفوا مع العدالة، فالحقيقة كانت مثالية ولم تكن موجودة، لكن العدالة كانت عملية. لم تقلق بشأن العدالة الكاملة في وقت معين لأنها لم تكن موجودة.

كانت العدالة فكرة قوية في حياة الإنسان، وتمارس في الحياة اليومية، وكان هذا الجزء من العدالة كاملاً وغير مكتمل في وقت واحد. لهذا السبب استمتعت بروايات توني موريسون. سعت شخصياتها إلى تحقيق العدالة بملئها مع الرضا عن العدالة التي اختبرتها في وقت معين. في كافكا، كانت الرغبة في العيش ذات أهمية قصوى. تردد صدى الحياة حتى أثناء إعدام بطل الرواية، وهو السعي للعيش. أعطت قراءة كامو تأملات لا نهاية لها. كان من غير الضروري أن ينتظر البشر النهاية لتجربة العدالة في مجملها، لأنها كانت كلية في كل لحظة من الحياة. كان هذا البحث عن الكل في جزء هو سبب الرغبات البشرية.

في الذكرى العشرين للممارسة في المحكمة العليا، دعت أمايا جميع زملائها، سوناندا والصغار، لتناول العشاء في منزلها. كانت بالفعل محامية كبيرة، وتم اقتراح اسمها لتكون قاضية في المحكمة العليا. لكن أمايا رفضت ذلك بأدب لأنها استطاعت شرح القانون أمام القضاة الذي يمكن أن يساعد مئات النساء اللواتي كن في حاجة ماسة إلى يد العون. كانت الحفلة التي رتبتها تجمعًا لحوالي عشرين شخصًا. كان الطعام نباتيًا، مع العديد من الأطباق، بما في ذلك الأرز والبولاف والباياسام. بعد الحفلة، بينما غادر الضيوف، كان هناك مكالمة على هاتفها المحمول، لكن أمايا لم تتمكن من الحضور. بعد خمس عشرة دقيقة، كان هناك مكالمة مرة أخرى عندما كانت وحدها. كشف الرقم أن الشخص نفسه كان يتصل مرة أخرى.

تلقت أمايا المكالمة.

"مرحبًا"، اتصل أحدهم من الطرف الآخر. كان صوت امرأة.

أجابت أمايا: "مرحبًا".

"آسف لإزعاجك يا سيدتي. أنا بورنيما، من شانديغار".

"نعم، بورنيما، ماذا يمكنني أن أفعل لك ؟" تساءلت أمايا.

"سيدتي، هل أنت أمايا ؟" سألت بورنيما.

"نعم، أنا أمايا. ماذا تريدين يا بورنيما ؟" سألت.

"آسف، سيدتي، على طرح أسئلة شخصية. يجب أن أطلب منه أن يعطي السلام لعقلي ". بدا بورنيما صريحًا.

"أخبرني، لماذا تريد أن تعرف تفاصيلي ؟" سأل أمايا.

"سيدتي، هل كنت مغرمة بشاب ؟"

يا له من سؤال غبي. ومع ذلك، كان هناك رعد في ذهن أمايا. كانت مغرمة بشاب بجنون. لكنه لم يرغب في تذكر المخاوف والآلام التي تسببها. رفضت التأمل في الأحداث اللاإنسانية التي وقعت في السنوات الماضية والتي تغلبت عليها مثل الثور الإسباني دون رمح للدفاع عنه. حاولت السيطرة على عقلها. قالت لعقلها: "كن هادئًا، لا تربكني". ثم بصوت خافت، سألت نفسها: من هذا ؟ أرادت أن تشرك عقلها في حل اللغز، وأن تكون شريكًا نشطًا في حل المشكلات وأن تتصرف كخادم لها.

"بورنيما، جميع النساء يحملن ذكريات ماضيهن. دائمًا ما يقع الجميع تقريبًا في حب شخص ما، أمير مشرق. أنا أيضا، كان لدي ماضيي ". كانت كلمات أمايا ناعمة ولطيفة.

"هل تعرف والدي شخصياً ؟" كان سؤالًا مباشرًا دون أي زخرفة.

ولكن كان هناك هزة في بورنيما، كما يتضح من صوتها. كان هناك شيء مؤلم للغاية ؛ شيء ما تلاعب بسلامها ؛ كانت تحاول استعادة رباطة جأشها.

"سيدتي، كان والدي يعرف شخصًا يدعى أمايا. بدا أنه كان قريبًا جدًا منها، أو أنها كانت لا تنفصل. اتصلت بمائة أمايا في إسبانيا خلال الأشهر الثلاثة الماضية، وهو اسم إسباني، الباسك. حتى أنني اتصلت بالعشرات في أجزاء أخرى من أوروبا. يمكنك أن تتخيل معاناة الاتصال بالغرباء على الهاتف. كانت أزمة وجودية وكأنني لا أعرف ما أتوقعه وما لا أفعله. شعرت بخيبة أمل كاملة في بعض الأحيان، واستنزفت قوتي العقلية وتوازني وأمنيتي. لقد كان صراعاً بين الحياة والموت من حيث القيمة الحقيقية. كان من الممكن أن يصيبني هذا الكفاح من أجل البقاء بالشلل العقلي ؛ كان الألم لا يطاق وفظيعًا ومدمرًا. كل يوم، كان بعض الناس يصرخون في وجهي. كانت التجربة الأكثر ترويعاً في حياتي. حتى في الهند، اتصلت بعشرات الأشخاص بهذا الاسم. سيدتي، أنا سعيدة للغاية. أخيرًا، لم تصرخ في وجهي ".

استطاعت أمايا سماع تنهدات بورنيما التي استمرت لبضع ثوان. كان مثل صوت ثاقب القلب، تجربة انفجار. كانت تعرف ذلك جيدًا. كانت قد تعرضت لنفس الضيق لمدة أربع سنوات بعد اختطاف سوبريا. شعرت أمايا بتعاطف عميق مع بورنيما.

"سيدتي، اسمحي لي بالاتصال بك غدًا حوالي الساعة الثامنة والنصف مساءً. عقلي مضطرب ومتحمس الآن لأنني أجد صعوبة في التحدث. لكنني سعيدة للغاية. أعتذر بشدة لك عن الاتصال بك بعد الساعة التاسعة مساءً. أنا ممتن لك يا سيدتي. قالت بورنيما: "طابت ليلتك يا سيدتي".

"أنت حر في الاتصال بي غدًا في الساعة الثامنة والنصف مساءً. طابت ليلتك يا بورنيما ".

كان هناك ارتجاف في أعماق نفسها. كانت مغرمة بكاران، لكن ذلك كان قبل خمسة وعشرين عامًا. خضعت المعاناة بشكل كبير، وربما تحملت بورنيما نفس العذاب ؛ كان حزنها لها. كان الألم الذي لا هوادة فيه، والثقل المدمر للذات في القلب، والرغبة في المعرفة، والجهد اليائس للتغلب على جدار اليأس لا يطاق. كيفية تجربة عالم يتجاوز المعاناة. في تلك الأيام، أرادت أن تطير مثل النورس إلى جزر بعيدة، دون أن ترفرف أجنحتها، حيث لم تكن هناك معاناة،

فجأة، سيطرت على عقلها، وعادت إلى العالم الحقيقي، وتجنبت فقدان أجوائها العقلية ورباطة جأشها. أثناء أدائها دور فيباسانا، كانت هادئة مرة أخرى ولم تفكر في بورنيما. لم يكن هناك مرة أخرى أي تهيج في ذهنها. كان التأمل اليومي محاولة لمعرفة الذات دون التفكير في أي شيء. كانت فيباسانا تتجاوز الأفكار، ولم يكن هناك ما تشعر به. لا يجب أن تقلق. لم يساعد عقلها على أن يظل مسالمًا ومنتجًا وقويًا. لقد أحبت عالم الفراغ، حيث لا يوجد شيء. كانت فارغة ولكن لديها القدرة على الحصول على كل شيء. ركزت أمايا على أنفاسها. كانت وحيدة وشهدت دماغها ورأسها ووجهها وثدييها وقلبها ورئتيها وكبدها

ومعدتها وأمعائها ورحمها وأعضائها التناسلية وبويضاتها وعظامها وملايين الخلايا والدم الذي يدور في كل منها مع الحياة. كان هناك العقل والعقل والوعي. لكنها كانت مختلفة عن الجميع. كان شخص أمايا مختلفًا وفريدًا، بعيدًا عن كل أجزائها، بعيدًا عن مجملها. كانت موجودة بشكل مستقل. كان هناك وعي بالوجود، ووعي بوجود وقرب عيد الغطاس لها. كانت الحدة في ملئها.

ابنة تنادي

كان يوم الاثنين. كانت الحفلة مع زملائها في الليلة السابقة رشيقة. بعد الصباح الباكر فيباسانا، اطلع أمايا على تفاصيل القضايا المدرجة لهذا اليوم في محاكم مختلفة. كانت هناك سبع قضايا في ثلاث محاكم ؛ اثنتان للقبول، وثلاث لجلسة استماع أولية لمنح انتصاف مؤقت واثنتان للجلسة النهائية. إحداها كانت حالة سونيتا البالغة من العمر ثمانية وأربعين عامًا، والتي استغلها زوجها ماليًا. عندما قرر زوجها الزواج من محاسبه الشاب، فهمت سونيتا خطورة الوضع. كانت هناك علاقة غرامية بين زوجها ورجل أعمال ثري ومحاسبه منذ عامين، حيث كانا يقضيان العطلات معًا في جزر المالديف وبالي وأماكن غريبة أخرى.

قبل سنوات، كان مادهاف صاحب متجر لمستحضرات التجميل في أحد الممرات المؤدية إلى محطة السكك الحديدية. اعتاد أن يجلس القرفصاء في متجره الصغير، حيث لم يكن هناك مساحة للوقوف بشكل مستقيم. باع مادهاف العديد من منتجات التجميل للنساء ؛ كان لديه موهبة في جذب الصغار والكبار ؛ تحدث إليهم بأدب، ووجدوا ابتسامة دائمًا على شفتيه. فضلت الفتيات والفتيات اللواتي يذهبن إلى المدرسة متجر تجميل مادهاف لأن كل ما يحتجنه كان متاحًا هناك. رأته سونيتا جالسًا في متجره كل صباح بينما كان يركض نحو محطة السكك الحديدية للحاق بقطار الصباح لمدرستها.

اشترت سونيتا الصابون والكاجال والكريمات من مادهاف عدة مرات أثناء عودتها. كان يتحدث معها بلطف كلما ذهبت إلى متجره ؛ كان نهجه لطيفًا. بعد عام، في أحد الأيام، تقدم لخطبة سونيتا ؛ مادهاف، البالغة من العمر خمسة وعشرين عامًا آنذاك، وسونيتا، البالغة من العمر ثلاثة وعشرين عامًا، وهي معلمة في مدرسة ابتدائية لمدة عامين. ناقشت مع والدها، وهو أرمل ومعلم مدرسة متقاعد، حول مادهاف. قال والدها إنه ليس لديه اعتراض لأن سونيتا كانت تعرف مادهاف طوال العام الماضي. إذا كان رجلاً صالحًا، فامضِ قدمًا، أكد الأب لطفله الوحيد. احتفلت سونيتا ومادهاف بزواجهما في معبد الحي في غضون أسبوع. كانت مادهاف في شقة مستأجرة من غرفة واحدة مع اثنين آخرين، وانتقل على الفور إلى منزل سونيتا، وهي شقة من غرفتين يملكها والدها في الضاحية. كانت حياتهم الزوجية الأولية ذهبية، حيث كان مادهاف زوجًا محبًا ومهتمًا. شجعته سونيتا على فتح متجر أكثر شمولاً في منطقة أكثر ملاءمة.

أعطت سونيتا مادهاف شيكًا بمبلغ مليون روبية في الذكرى الثانية لزواجهما، والذي كانت قد وفرته من راتبها. كانت تلك بداية ميمونة لمادهاف، الذي أطلق على مؤسسته الجديدة اسم سونيتا بيوتي كير. في غضون خمس سنوات، افتتح متجرين آخرين في أجزاء مختلفة من المدينة. في هذه الأثناء، باعت سونيتا شقتها المكونة من غرفتين، لأن والدها لم يعد موجودًا، ومع المال، اشترى مادهاف منزلًا جديدًا باسمه.

في السنة العاشرة، أنشأت مادهاف وحدة أيورفيدا للعناية بالشعر لتصنيع وتسويق زيت الشعر التجميلي للنساء. وادعى أن الزيت الذي صنعه ساعد على نمو شعر داكن ولامع

وصحي بوفرة. كانت المبادرة الجديدة غير مسبوقة ؛ حيث افتتحت وحدة تصنيع ميكانيكية حديثة للغاية تضم خمسة وعشرين عاملاً في غضون ثلاث سنوات على أطراف المدينة. عين مادهاف نصف دزينة من ماجستير إدارة الأعمال لتسويق منتجاته في جميع أنحاء البلاد.

واصلت سونيتا عملها، وهي الآن مديرة مدرسة ابتدائية، ولاحظت تغييرًا تدريجيًا في سلوك مادهاف، التي توقفت عن مشاركة غرفة النوم مع سونيتا. كانت سونيتا دائمًا بمفردها في المنزل حيث كان مادهاف في جولة أو مشغولًا بأعماله. نادرًا ما تحدث مادهاف إلى زوجته ولم يكن لديه أي مشاركة أو تكاتف، بدأ في إجبار زوجته على الطلاق. بنى فيلا من خمس غرف نوم في الضاحية وانتقل إلى هناك بمفرده في غضون عام. عندما استقرت ابنتها الكبرى، وهي طبيبة، في مدينة أخرى، وذهبت الأخرى إلى الخارج للحصول على ماجستير في إدارة الأعمال، عانت سونيتا من الرفض والوحدة. كان مادهاف مستعدًا لإعادة مليون سونيتا، لا شيء أكثر من ذلك. قابلت سونيتا أمايا وأقامت دعوى للحصول على تعويض مناسب ونفقة لأنها لم تكن راضية عن حكم محكمة الأسرة. كان الالتماس مدرجًا في قائمة الجلسة النهائية في ذلك اليوم.

أثناء مراجعة ملف القضية، فكرت أمايا فجأة في المكالمة الهاتفية التي تلقتها من شانديغار في الليلة السابقة. من كانت بورنيما ؟ هل كانت حقيقية ؟ كانت أمايا تفكر بعمق لبعض الوقت. أثناء دخول غرفة أمايا، أعربت إحدى صغارها عن دهشتها لرؤية أمايا في انعكاس عميق، وهو ما لم يكن نموذجيًا بالنسبة لأمايا في الصباح.

كان صغارها هناك لمناقشة مع أمايا طلب القبول من قبل خديجة محمد قطي حسن. كانت خديجة في الثامنة والعشرين من عمرها ومتزوجة من محمد قطي حسن، البالغ من العمر ستة وثلاثين عامًا. أنجبت ثلاث بنات وصبيين. كان لدى كوتي حسن مقهى بالقرب من سوق السمك، وهو مشروع تجاري مقابل ألف روبية في اليوم، منها ثمانمائة كانت أرباحه. أعطى خديجة ثلاثمائة روبية، مائتان لكل من زوجتيه السابقتين وسبعة أطفال. استمتع بكوب من الكحول المخمر محليًا، بتكلفة حوالي خمسين روبية، والباقي خمسون روبية دفعها إلى نبيسة، التي زارها مرة كل أسبوعين لمدة ساعة تقريبًا. تزوجت كوتي حسن من خديجة عندما كانت في الرابعة عشرة من عمرها بعد تقديم شهادة ميلاد مزورة لخديجة، مدعية أنها في الثامنة عشرة من عمرها.

قبل أسبوع من لقاء خديجة مع أمايا، طلب كوتي حسن من خديجة وأطفالهم إخلاء منزله لأنه كان قد أعلن الطلاق الثلاثي على خديجة بموجب قانون الأحوال الشخصية الإسلامي ؛ ورأى فتاة أخرى كانت في الفصل الثامن في مدرسة بلدية. مع أطفالها الخمسة، أصبحت خديجة بلا مأوى ؛ وكان خيارها الوحيد هو اتباع نبيسة. طلبت أمايا من صغارها إبلاغ خديجة بالحضور في المحكمة. أوضحت أمايا لصغيرها أن الطلاق الثلاثي جريمة جنائية ؛ فقد نص على عقوبة السجن لمدة ثلاث سنوات لرجل مسلم ارتكب الجريمة. أخبرتها أمايا الصغرى أن عقوبة السجن لن تحل مشكلة خديجة وأطفالها، لأنهم بحاجة إلى مكان للعيش ومعيشة كريمة. لم تكن هناك إمكانية للحصول على تعويض من كوتي حسن لأنه كان مفلسًا. طلبت أمايا من صغارها العثور على وظيفة لخديجة لإطعام أطفالها وإيوائهم. وفي الوقت نفسه، كان من الضروري العثور على مرافق الرعاية النهارية لطفليها الأصغر سنًا ومرحلة

ما قبل المدرسة لشخصين. حضر أحد الأطفال الفصل الأول في مدرسة محلية، وهي مدرسة ابتدائية.

راجعت أمايا بدقة جميع ملفات القضية السبعة وناقشت القانون المتعلق بالقضية والحجج المحتملة لنظر المحكمة. كانت واثقة من التأكيد على حججها. كانت إلحاحاتها موجزة دائمًا مع التفكير المنطقي، والتأكيد على سبل الانتصاف القانونية. كان هناك اتساق ووضوح في عروض قضية أمايا أمام المحكمة، حيث كانت تحليلية وشفافة وموضوعية، بناءً على القانون والسوابق المسموح بها.

أثناء توجهها نحو المحكمة، تذكرت أمايا حديثها مع بورنيما من شانديغار. كانت قد ذهبت إلى تلك المدينة مرتين ؛ الأولى كانت لعقد مؤتمر حول تركيب السلى والقضاء على الطفلة التي لم تولد بعد لإنجاب ابن من قبل الوالدين الهنود، والثانية لتمثيل امرأة مهجورة في المحكمة للحصول على تعويض مناسب من زوجها. كان هناك ألفة في صوت بورنيما كما لو كانت قد سمعته عدة مرات. أكثر من ذلك، كان يلمس قلبها.

مثُل أمايا أمام المحكمة في جميع القضايا، وتجاوزت النتائج التوقعات. وقررت المحكمة أن لسونيتا الحق في الحصول على خمسين في المائة من العقارات والمؤسسات التجارية والأسهم وغيرها من الثروات من مادهاف. كان حرًا في الاقتراب من محكمة القمة في غضون واحد وعشرين يومًا للطعن في الحكم. وقالت المحكمة إن صديق المحكمة الذي تعينه المحكمة سيعتني بتنفيذ الأمر.

تم إدراج طلب خديجة في الجلسة النهائية، ووجهت المحكمة كوتياسان بدفع مبلغ يومي قدره خمسمائة روبية إلى خديجة وأطفالها. وأمرت المحكمة قطي حسن بإخلاء منزله حتى الجلسة النهائية، مما سمح لخديجة وأطفالها باحتلاله. بكيت خديجة بفرح ولم يكن لديها كلمات لتشكر أمايا على مساعدتها.

كانت قضية لينا ماثيو فريدة من نوعها، وأصدرت المحكمة حكمها النهائي. كان والدا لينا مزارعين يملكون فدانين من الأراضي على تلال إيدوكي. ووجدوا صعوبة في توفير ما يكفي من الغذاء والملبس والتعليم لأطفالهم الثلاثة، فتاة واحدة وصبيان، أصغر بكثير من لينا. اضطرت لينا إلى المشي حوالي ثمانية كيلومترات للوصول إلى مدرستها، وعبور بعض الجداول، والتي كانت خطيرة خلال الرياح الموسمية. بسبب الانهيارات الأرضية، كانت الأمطار الغزيرة متكررة على التلال المحيطة بعقارات الشاي. سارت لينا حافية القدمين لمدة عشر سنوات ؛ أكملت شهادة الثانوية العامة بامتياز. شجعت الراهبات اللواتي أدرن المدرسة لينا على مواصلة دراستها الثانوية لمدة عامين، وبدعمهم المالي، أكملت لينا المدرسة في المرتبة الأولى في المنطقة التعليمية. سمحت الراهبات للينا بالبقاء في نزل للمنح الدراسية للتحضير لفحص القبول الطبي. كانت لينا من بين أفضل خمسين مرشحًا ظهروا في اختبار القبول عندما جاءت النتيجة. سرعان ما انضمت لينا إلى كلية الطب في بنغالورو ؛ وكانت منحتها كافية لتغطية جميع نفقاتها.

أكملت لينا تخرجها والماجستير في غضون سبع سنوات، وتخصصت في الأنف والأذن والحنجرة. سرعان ما انضمت الدكتورة لينا كجراحة في مستشفى كبير مقابل أجر جيد. أرسلت جميع أرباحها تقريبًا إلى والديها ؛ تلقى إخوتها تعليمًا ممتازًا بدعمها. ساعدت

الدكتورة لينا والديها في بناء فيلا بالقرب من المدينة. كانت مساعدة والديها وإخوتها هي رغبتها الوحيدة للدكتورة لينا، لذلك نسيت أن تتزوج لتكوين أسرة، لأنها كانت قلقة دائمًا على رفاهيتهم. أرادت الدكتورة لينا دعم والديها في شيخوختهما. تزوج إخوتها، واستقروا في مدن أخرى ونسيوا أختهم الكبرى، التي قضت حياتها من أجل تحسين أوضاعهم. لسوء الحظ، تعرضت لينا لحادث أثناء القيادة إلى مكان عملها. كانت الإصابة شديدة ؛ أصيبت يدها اليمنى بالشلل. كانت لينا تبلغ من العمر ثمانية وخمسين عامًا واستخدمت كرسيًا متحركًا في الأشهر الأولى.

عندما وصلت إلى منزل والديها الراحلين، رفض إخوتها وزوجاتها وأطفالها دخول لينا إلى المنزل. بمساعدة بعض الأخصائيين الاجتماعيين، استأجرت لينا شقة من غرفتين وفتحت عيادة في إحدى الغرف. في غضون شهر، التقت لينا بأمايا، وناقشت مشكلتها وطلبت من أمايا تناول قضيتها والتقدم بطلب للحصول على سبل انتصاف قانونية. كان شقيقاها هما المستجيبان. شرحت أمايا للمحكمة بالتفصيل مأزق موكلها وآثاره القانونية في حياة طبيب محب وبسيط القلب، جراح مشهور. سلطت أمايا الضوء على تأثير الحالة على الشباب في المجتمع وحياتهم الأسرية. مدافعة بشكل منهجي عن حقوق موكلها، وفضح وهدم الحجج التي لا يمكن الدفاع عنها قانونًا والتي أثارها خصمها، أقنعت أمايا أن عدالة المحكمة كانت بالكامل إلى جانب موكلها. في الحكم النهائي، أمرت المحكمة المدعى عليهم بإخلاء المنزل الذي بنته أختهم لوالديها من خلال تسليم ملكيته وحيازته إلى الدكتورة لينا ماثيو على الفور. كما وجهتهم المحكمة بدفع مائة ألف روبية كل شهر للدكتورة لينا، وهو تعويض مدى الحياة لرعايتهم بشكل مريح منذ طفولتهم وتعليمهم. لقد كان انتصارًا مدويًا لأمايا وموكلها.

وصلت أمايا إلى المنزل في الخامسة مساءً. ستكون في مكتبها بحلول الساعة السادسة، وسيكون جميع صغارها هناك. كانت أوقاتهم من الثامنة صباحًا إلى الخامسة مساءً ثم من السادسة إلى الثامنة. أرادت منحهم تدريبًا صارمًا لتعلم المهارات في ممارسة القانون، والذي تضمن إجراء مقابلات مع العميل وجمع الأدلة الوثائقية اللازمة. كما كانت مهامهم هي تقديم المستندات حسب التسلسل الزمني، وتقديمها أمام الأقدم، وصياغة الالتماسات، وإعداد الملاحق، وتطوير عدد كافٍ من النسخ. وكان تقديمها إلى المحكمة للنظر فيها، والحضور أثناء جلسات الاستماع، وتسجيل قرارات المحكمة على نفس القدر من الأهمية. وكانت الخطوة الأخيرة هي جمع نسخ من الأحكام الموثقة من مكتب المسجل.

كان صغارها منتبهين لكيفية مناقشة أمايا للقضية خلال الجلسة، والوثائق المحددة التي قدمتها أمام المحكمة والكلمات والمفاهيم القانونية التي استخدمتها. وأخيرا، حاولت أمايا دحض حجج الخصم وكيف دافعت عن موكلها، مشددة على الأحكام الدستورية والتشريعات المختلفة والسوابق القضائية.

لاحظت أمايا امرأة شابة تجلس في غرفة الانتظار عند دخول مكتبها. أبلغ صغارها أمايا أن المرأة كانت أستاذة مساعدة في إحدى كليات المدينة وأرادت مناقشة قضيتها. في غضون خمس عشرة دقيقة، اتصلت بها أمايا وطلبت شرح مشكلتها. كان لديهم ساعة من المناقشة. كان اسم المرأة تيريزا جوزيف ؛ تخرجت في العلوم وما بعد التخرج في الفيزياء من جامعة معروفة. بعد حصولها على منحة دراسية، بحثت تيريزا للحصول على درجة الدكتوراه في إحدى جامعات رابطة اللبلاب في الولايات المتحدة الأمريكية. على الرغم من وجود

عروض عمل مغرية من الجامعات والمؤسسات البحثية في الخارج، عادت تيريزا إلى الهند للعمل في بلدها. وفي الوقت نفسه، نشرت مقالتين في مجلات دولية خاضعة لمراجعة الأقران.

في غضون شهرين من عودتها إلى الهند، ظهرت تيريزا للاختيار لمنصب أستاذ مساعد في كلية تابعة لجامعة تابعة للأسقف الكاثوليكي في بلدة. كانت قواعد الجامعة ولجنة المنح الجامعية، وهي الهيئة العليا في التعليم العالي في الهند، إلزامية للكلية. كان راتب أعضاء هيئة التدريس والموظفين الإداريين من حكومة الولاية. أحبت تيريزا التدريس والبحث والتوجيه البحثي لطلاب الدراسات العليا. كان لدى الطالبات رأي عالٍ في معرفتها ومهاراتها وموقفها.

في غضون ستة أشهر من الالتحاق بالكلية، بدأت إدارتها في الإصرار على أن تدفع تيريزا رشوة قدرها خمسة ملايين روبية لتأكيد تعيينها. إذا لم تتمكن من دفع خمسة ملايين في مبلغ مقطوع، كان الخيار هو دفع نصف مبلغ راتبها الشهري الأساسي حتى تقاعدها. رفضت تيريزا الالتزام، وأنهى الأسقف خدماتها على الفور. نظرًا لأنها كانت أمًا عزباء، فستكون مثالًا سيئًا للطلاب حيث لم تكشف تيريزا عن أنها كانت أمًا عزباء أثناء المقابلة، وهو ما كان سبب إنهاء خدماتها. في وقت لاحق، أدركت تيريزا أن جميع أعضاء هيئة التدريس والموظفين الإداريين دفعوا رشاوى كبيرة مقابل تعيينهم أو تأكيد خدمتهم. لم يكن لدى تيريزا أي دخل لإعالة أمها البالغة من العمر عامين والأرملة، التي اعتنت بالطفل.

كان الفساد متفشياً في تعيين أعضاء هيئة التدريس وغيرهم من الموظفين في المدارس والكليات التي تديرها إدارة خاصة، بما في ذلك الجماعات الدينية، على الرغم من أن الحكومة دفعت رواتب الموظفين. تنتمي معظم المؤسسات التعليمية والمستشفيات والصناديق الخيرية في ولاية كيرالا إلى مجموعات خاصة ومجتمعات ومنظمات دينية. كان تأثيرهم في انتخابات الجمعية التشريعية للولاية هائلاً. لم تعتقد أي من هذه الكيانات أن قبول رشوة بملايين الروبيات جريمة وعمل غير مقبول من الناحية الأخلاقية. نادرًا ما تصرفت الجامعة والمحتوى الذي ينشئه المستخدمون والحكومة ضد الإدارة الخاطئة. لذلك، كانت هناك موافقة ضمنية على الانغماس في مخالفات خطيرة. كان وضع تيريزا واضحًا لأنها اضطرت إلى مغادرة الهند للحصول على حياة كريمة ؛ وإلا، فإن المحكمة وحدها هي التي يمكن أن تساعدها في معاقبة الأسقف على أخطائه. طلبت أمايا من صغارها إكمال الخطوات اللازمة على الفور لإلغاء قرار الإدارة بإنهاء خدماتها.

كان هناك عميلان آخران ينتظران هناك. ناقشت معهم وطلبت من صغارها الاطلاع على ملفات قضاياهم لاتخاذ مزيد من الإجراءات. بحلول الساعة الثامنة والنصف، رن هاتفها ؛ وكانت المكالمة من بورنيما.

"مساء الخير يا سيدتي ؛ أنا بورنيما من شانديغار. بالأمس اتصلت بك. آسف، سيدتي، لإزعاجك مرة أخرى ". كان صوتًا مشرقًا ومتميزًا. كان صوتًا مألوفًا كما لو أنها سمعته عدة مرات في خيالها وأحلامها وساعات استيقاظها.

"نعم، بورنيما، مساء الخير. أتذكر حديثنا ".

"سيدتي، لا أعرف كيف أبدا. كنت دائما هناك في حياتي. يمكنني أن أشعر بك وأختبرك طوال حياتي. كان شعوراً، واقعاً غير مرئي، وليس متخيلاً. كنت شعورًا قويًا بداخلي ؛ كنت أشعر بك ؛ كنت غير مكتمل بدونك. على مدى الأشهر الثلاثة الماضية، أقنعت نفسي أنك كنت في مكان ما في هذا العالم. أنت أيضًا كنت إنسانًا من لحم ودم، شخص يمكنه التفكير والتصرف والشعور بمشاعر الحياة المعقدة ".

كان هناك شعور بالوحدة مع الشخص الذي كان يتحدث. كان الأمر كما لو أن بورنيما كانت جزءًا من حياتها، وكان هناك رابط لا ينفصل بينهما.

"بورنيما، أستطيع أن أفهم مشاعرك. لكن من فضلك قل لي ما الذي تريد أن تخبرني به بالضبط."

"سيدتي، أجد صعوبة في التعبير اللفظي، لكن دعيني أشرح. أحتاج إلى مساعدتك، إلى حضورك. ستكون معاناتي أبدية بدونك، ولا أستطيع أن أتخيل مثل هذه المحنة. ستكون نهاية وجودي ".

"بورنيما، أجد صعوبة في الفهم. هل يمكنك التوضيح من فضلك ؟"

"سيدتي، كان والدي فاقدًا للوعي خلال الأشهر الثلاثة الماضية. أنت فقط يمكن أن تساعده على استعادة وعيه ". كانت كلمات بورنيما بسيطة.

وجدت أمايا الطلب غريباً. لم تكن طبيبة أعصاب، ولا حتى طبيبة لتقديم المساعدة لاستعادة وعي الشخص. احتاج والدها إلى رعاية طبية متخصصة واختبار علمي والتحقق والتحليل وتفسير وضعه العقلي والجسدي. الممارس القانوني ليس لديه تدريب للقيام بهذا العمل. على الأكثر، يمكنها مساعدة الأب وابنته في حماية حقوقهما قانونًا. لكنها لم ترد على بورنيما، ولم ترغب في إيذائها، لأن محاولة القضاء على المعاناة كانت حاجة، والواجب النهائي.

"بورنيما، قد لا أكون قادرًا على مساعدتك كثيرًا في هذا الصدد. تحتاج إلى الحصول على خدمات أفضل أطباء الأعصاب والأطباء وعلماء النفس. اذهب لإجراء تحقيق شامل في الحوادث الماضية في حياته، حتى لو كانت غير مهمة. في كثير من الأحيان قد تسبب الأحداث التي تبدو غير مهمة الألم العقلي لدى الشخص ". كانت نصيحة مع الإعراب عن القلق.

"سيدتي، هذا هو السبب المحدد الذي جعلني أقترب منك. بالنسبة لي، أنت أفضل طبيب أعصاب وطبيب نفسي لمساعدة والدي على استعادة وعيه ". كانت بورنيما دقيقة.

كان لكلمات بورنيما سحر، لكنها كانت غير واقعية. كانوا جذابين، يفتنون المستمع، ويغريون ضمنيًا بتصديق جوانب معينة من الحياة في عالم الواقع المتخيل من خلال قبولها كحقائق، لكنها لم تكن موجودة. كانت كلمات بورنيما وهمية لأنها خلقتها دون موضوعية حقيقية وبقيت أساطير. لقد طورت أسطورة من مخاوفها وقلقها وآمالها بما يتجاوز الحقائق واثقًا من أنها حقيقية. أصبح سوء الفهم ملموسًا بالنسبة لها ويمكن أن يؤدي إلى جنون العظمة. كان هناك صمت طويل.

"سيدتي، أعتذر مرة أخرى لعدم الوضوح. عقلي مهتاج، وأخفق في التعبير عن أفكاري بعقلانية. اسمحوا لي أن أوضح. والدي فاقد الوعي ؛ بشكل متقطع، اتصل بـ أمايا، أمايا.

"أراد أن يقول لي شيئًا وهو ينظر إليّ بصرامة. كان يتوسل إلي أن أستمع إليه بعناية. تساءلت فقط عن ماهية أمايا. لم أستطع فهم معناها ".

كان هناك نحيب خافت ؛ كانت بورنيما تنفجر بالعواطف. تبع ذلك صمت طويل. مرة أخرى، كان هناك اضطراب وخز شديد. على الرغم من أنه كان شبه واعٍ، إلا أنه تلا اسمها، وروت ابنته الحادث.

"هل لي أن أعرف ما هو اسم والدك ؟" انكسر الصمت ؛ كانت الكلمات واضحة.

"إنه الدكتور أشاريا."

كان اسمًا مألوفًا ؛ سمع أمايا ذلك عدة مرات، حيث كان رئيسًا لشركة أدوية في شانديغار. سألت عن اسمه لمساعدة بورنيما كما ذكرته.

"هل هو ممارس طبي ؟"

"إنه جراح أعصاب، متخصص في رسم خرائط الدماغ وإعادة بناء الدماغ. استولى والدي على الشركة بعد وفاة جدي ". كانت بورنيما محددة.

كانت شركة أشاريا للأدوية شركة تصنيع أدوية مشهورة على مستوى العالم، وواحدة من أفضل المؤسسات البحثية. كانت هناك مقالات عن إنجازاتها العلمية في تطوير اللقاحات والأدوية لإصلاح أدمغة الإنسان التالفة. كانت قد قرأت باهتمام مقالة قانونية طبية في مجلة محكمة حول دواء ناجح للغاية صممته الشركة لعلاج الخرف، وتحديداً لمرض الزهايمر. ولكن بعد أن كان لها تأثير جانبي يرضي الدماغ، حظرت السلطات الدواء واللقاح. تسبب في مشاعر هلوسة تشبه مواقف الحياة في خمسة وستين إلى سبعين في المائة من الموضوعات قيد الدراسة. أظهرت البيانات أن واحد وثمانين في المائة من الأشخاص الذين تناولوا الدواء لمدة أسبوع يمكن أن يخلقوا "مزاجًا عاديًا". بدا كل شيء في الحياة وردياً ومريحاً وأثيرياً لمثل هؤلاء الناس. في وقت لاحق، كان هناك اعتراض قوي وخوف بين الأخوة الطبية والباحثين من أنه يمكن إساءة استخدام الدواء للتلاعب بالدماغ. ومع ذلك، فإنه لم يؤد إلى أي ضرر جسدي أو عقلي أو نفسي لدى الشخص، إلا أن الإفراط في استخدام الدواء قد يضع الشخص في غيبوبة لأسابيع معًا. سحبت الشركة الدواء مباشرة بعد طرحه.

"لكنني لا أعرف ما تتوقعه مني. ما هو دوري ؟ بقدر ما أرى، ليس لي علاقة بمشكلتك. لكن أخبرني كيف يمكنني مساعدتك ؟" كانت أمايا صريحة.

واصلت بورنيما الحديث. وأوضحت أن الدكتور أشاريا التقى بحادث سيارة قبل ثلاثة أشهر وظل فاقدًا للوعي. بعد وفاة زوجته المفاجئة، لم يستطع تحمل الخسارة. كانوا قد تزوجوا في سن مبكرة أثناء قيامهم بالتخرج في الطب. ذهب كلاهما إلى المملكة المتحدة للتخرج ؛ في وقت لاحق، ذهب والدها إلى الولايات المتحدة، بحثًا عن إعادة بناء الدماغ وإصلاحه، وانضمت إليه والدتها لأنها لا تستطيع العيش بشكل منفصل. كانا يحبان بعضهما بجنون دائمًا. ولكن حتى بعد سبع سنوات من الزواج، لم تستطع والدتها الحمل، مما أزعجها إلى حد كبير. أصبحت مكتئبة ومزاجية ووحيدة، ولم يستطع زوجها تحمل معاناة زوجته. حذره الأطباء النفسيون من أن زوجته قد تتطور لديها ميول انتحارية. أقنع زوجته بلباقة بأنهما سينجبان طفلاً في غضون عامين. وذهبا إلى أوروبا لمدة عامين للاستمتاع بشمس ورمال

البحر الأبيض المتوسط والتمتع براحة البال. في نهاية السنة الثانية، ولد بورنيما. في وقت لاحق، أمضوا بضعة أشهر في كل من مانشستر وفرانكفورت وأمستردام وبراغ لمدة عام. بعد عودته إلى شانديغار، تولى الدكتور أشاريا رئاسة شركة الأدوية.

استمعت أمايا إلى بورنيما باهتمام شديد. كانت الساعة التاسعة بالفعل، وطلب المتصل إذنها للاتصال بها في اليوم التالي في الساعة الثامنة والنصف.

ماذا كان دورها في القصة، ولماذا سمتها بورنيما ؟ كان الرد بمثابة سبر في العزلة أن بورنيما لديها حياة حية ومعقدة مثل حياتها.

ومع ذلك، كان هناك عدم ارتياح غير مبرر في القلب، مصادفة استفسار حاد ومذهل وخز لكنه مهدئ. كانت بلا شك مفعمة بالحيوية والشاعرية والهدوء في الأبدية، وارتقت أمايا إلى محيط حيوي جديد من الميتانويا.

بعد أن أنجبت فيباسانا، تقاعدت إلى الفراش في العاشرة.

كانت هناك ست حالات مدرجة لهذا اليوم. استعرضت أمايا القائمة التي أعدها صغارها، وقراءة القضايا الرئيسية مرة أخرى وتدوين الحجج الأساسية للدفاع. عادة، قدمت تظلم مقدم الالتماس بشكل موضوعي، مع التأكيد على القانون، والتأكيد على مزاياه وصحته القانونية، وأخيراً التأكيد على انتهاكات الحقوق في سياق الحرية والمساواة وتكافؤ الفرص. كانت القضايا التي مثلتها موضوعية وديناميكية ؛ وكثيراً ما أعرب القضاة عن تقديرهم لإيجازها وعفويتها وفطنتها القانونية.

نتج تميزها في القانون عن سنوات من الانضباط الصارم والمشاركة الحاسمة مع موكليها وقضاتها ومحاميها. لم تشعر أمايا بالخجل أبدًا من قبول عدم إلمامها بحقائق أو وجهات نظر قانونية محددة. تعلمت من التجربة أن قبول الجهل يعزز احترامها وجدارتها بالثقة. لم تكن الحجة أمام المحكمة مجرد عرض لمعرفتها ؛ بل طبقت القانون على القضية قيد المناقشة. كان الجزء الأكثر أهمية هو الحجج اللازمة لإصدار حكم إيجابي. وهكذا، طورت بيئة نفسية قانونية مقترنة أمام القضاة وعرض الحقائق، بناءً على السوابق القضائية المرتبطة ارتباطًا وثيقًا بالدفوع قيد النظر. كما بحثت ما إذا كانت مثل هذه السوابق القضائية ملزمة للهيئة القضائية، التي استمعت إلى المسألة. كانت أمايا حذرة في إدارة الوقت، حيث لا ينبغي أن تكون الحجج قصيرة جدًا، وترفضها على أنها خالية من الجوهر أو طويلة جدًا لتشتيت انتباه القضاة. حرصت بنفس القدر على إظهار الاحترام للخصم، وسرقت احترام الجميع.

حضرت أمايا مسابقات المحكمة الصورية في مدن مختلفة أثناء دراستها في كلية الحقوق، وحضرت زميلتها سوريا راو وغيرها لمدة ثلاث سنوات متتالية. وقد قلد التمرين كله المحامين والقضاة الذين يترأسون محكمة حقيقية. لقد زودت أمايا بفرص ديناميكية لتطوير المهارات والممارسة، وبالتالي واجهت مواقف معقدة سيواجهها المحامي. كيفية التعامل مع القضية عند الاستئناف، وعند الحكم، مثل البحث، وجمع البيانات ذات الصلة، وتحليل القضايا، وتخصيص السوابق القضائية، والصياغة، والتقديم الكتابي، والحجة النهائية. رحبت أمايا بالمشاكل التي لم يتم حلها أو أي حكم بدا مثيرًا للجدل.

مرة واحدة في مسابقة المحكمة الصورية في كلكتا، دافعت أمايا بقوة عن مساواة المرأة في مكان العبادة. في بعض أماكن العبادة، كان هناك تقليد بأن النساء في سن الحيض، من عشر إلى خمسين سنة، لم يُسمح لهن بالدخول، وتم حظر دخولهن. استندت هذه الممارسة إلى الاعتقاد بأن الإله كان عازبًا. ستغري النساء في سن الحيض الإله، وتفقد عفته. جادل أمايا بقوة ضد التقاليد وصلى إلى المحكمة لمنح المساواة للنساء مع الرجال. جادل خصمها بأن حظر دخول النساء كان ممارسة قديمة ويجب احترامها، لأنها كانت ممارسة أساسية لمكان العبادة هذا. قبل كل شيء، كان إيمانًا قويًا لبعض أتباع هذا الإله.

جادلت أمايا بأن الحيض لدى المرأة كان طبيعيًا وليس نجسًا لمواجهة خصومها. كان الحيض، وهو حقيقة بيولوجية، الخطوة الأولى نحو تصور طفل. حتى جميع الرجال ولدوا من نساء حائضات. إذا كانت النساء الحائضات نجسات وقذرات، فكيف يمكنهن دخول مكان العبادة إذا كانت النساء الحائضات نجسات ؟ من خلال منع دخول المرأة، كان هناك إنكار للمساواة وتكافؤ الفرص للمرأة. ومن ثم، ألغت هذه الممارسة حقوق الإنسان للمرأة. كان ذلك حرمانًا من دخول النساء اللواتي تتراوح أعمارهن بين العاشرة والخمسين، على الرغم من أنهن قد لا ينتمين إلى الفئة العمرية للحيض. لذلك، شكلت الممارسة نفي الأنوثة. جادل أمايا بأن الحظر المفروض على النساء لم يكن على الحيض وحده ؛ بل هاجم حرية المرأة المنصوص عليها في الدستور. وسقط أي إنكار قائم على التقاليد ونماذج التقييم أمام حقوق الإنسان وكرامة المرأة والمساواة وتكافؤ الفرص. لم يكن الحرمان من الحقوق القائم على التقاليد غامضًا فحسب، بل كان قديمًا أيضًا.

وقف الإنكار على الخرافات والأساطير والأحكام المسبقة. وأدى ذلك إلى انتهاك قوانين بلد ديمقراطي. الممارسات الدينية القائمة على الأساطير والخرافات وإنكار الحقوق الأساسية للمرأة في الدستور تشكك في معنى الوجود الإنساني. نقلت أمايا حكمًا قضائيًا على دارغا في مومباي. في حكمها، قالت المحكمة بشكل قاطع: "يُسمح للنساء بدخول حرم دارغا على قدم المساواة مع الرجال". وبالتالي فإن الحظر "يتعارض مع الحقوق الأساسية".

يضمن دستور الهند الحرية والمساواة وتكافؤ الفرص لكل مواطن. يجب أن تتاح للنساء من جميع الأعمار في الهند فرصة التمتع بهذه الحقوق على قدم المساواة مع الرجال. لذلك، جادلت بأن مكانًا معينًا للعبادة يحتاج إلى رفع الحظر المفروض على النساء. كان عرضها الشفوي موضوعيًا وواقعيًا وقائمًا على القانون وقويًا وملهمًا.

في ساعات المساء، كان هناك العديد من العملاء الجدد. كان أحدهم طالب قانون من كلية في أوائل العشرينات من عمرها، كمالا. كانت الكلية تابعة لجامعة، وكان بها حوالي ألف طالب، تديرها إدارة خاصة. كان لديه بكالوريوس في القانون لمدة ثلاث سنوات وخمس سنوات وماجستير في القانون لمدة عامين وبرنامج ماجستير في إدارة الأعمال في الإدارة القضائية. كان الطلاب من أماكن بعيدة، وكان لدى الكلية نزلان منفصلان كبيران للرجال والنساء في حرمها الجامعي المترامي الأطراف، ويقعان على بعد ساعتين بالسيارة من المدينة في منطقة شبه غابات. كان مكتب الإدارة في الحرم الجامعي. كان الرئيس رجلًا غير متزوج، حوالي خمسة وستين عامًا، بشخصية تشبه الإله. كان وزيرًا في مجلس الوزراء لمدة خمس سنوات، وأقام اتصالات واسعة وجمع ثروة وسلطة غير محدودة. كان البيروقراطيون المحليون، مثل جامع المقاطعة ورئيس الشرطة وضباط الإيرادات وبعض القضاة، تلاميذه

الروحيين. غالبًا ما كان أصحاب النزل، وخاصة النساء، يثرثرون، والرئيس، وهو مفترس جنسي، عاش حياة سرية، والنزل، سيراجليو. أولئك الذين ناموا معه حصلوا على خدمات خاصة ومنح دراسية، مما أدى إلى أسلوب حياة فخم، لكن الضحايا التزموا الصمت العميق.

جاءت كامالا لمقابلة أمايا لتمزيق تجربتها المروعة. كانت تنتمي إلى عائلة من الطبقة المتوسطة الدنيا، حيث كان والدها يعمل في مزرعة شاي ؛ لم تعد والدتها موجودة وكان لديها شقيقان أصغر سناً. كان على كمالا قضاء لياٍل مع رئيس مجلس الإدارة خلال الأشهر الثلاثة السابقة. كل ليلة، بحلول العاشرة، دخلت حاشيته الخاصة بهدوء إلى النزل وأخذت كامالا. في البداية، كانت كمالا في حالة إنكار ؛ اعتدى عليها الرئيس جسديًا وجعلها خاضعة. في غضون يومين، كان على كمالا أن يوافق على رغباته لكنه كان وحشيًا أثناء ممارسة الجنس. في كثير من الأحيان، كان على كمالا الانخراط في أنشطة غير طبيعية معه، ولم تكن هناك إمكانية للهروب من الحرم الجامعي.

بعد أسبوعين، ناقشت كامالا العبودية الجنسية التي كانت تخضع لها مع صديق مقرب. اقترحت أن تسجل كامالا محادثة الرئيس باستخدام أدوات تسجيل صغيرة مثبتة على ملابسها، إلى جانب التقاط الصور أثناء إجبارها. ركبت كامالا كاميرا خفية على زر البلوزة وأدوات تسجيل الصوت. استمعت أمايا إلى كمالا في صمت تام. كان الأمر يتعلق بالجرائم التي يرتكبها شخص شغل مناصب مجتمعية مهمة. لم يحترم اللص الجنسي أبدًا كرامة المرأة ويمكن أن يصبح عنيفًا ويقتل ضحيته. لإخفاء جرائمه، يمكنه تحريك السماء والأرض في وقت واحد. وقفت النخب السياسية والرؤساء الدينيون والبيروقراطيون بقوة مع هؤلاء المغيرين. كانت معرفتها من حالات مختلفة تعاملت معها على مدى السنوات العشرين الماضية.

سجلت كمالا المحادثة عدة لياٍل والتقطت صورًا في غرفة الرئيس. قالت أمايا إنها تريد الاستماع إلى المحادثة المسجلة ورؤية الصور للتحقق مما إذا كان بإمكانها الوقوف ضد تدقيق القانون.

مع إجراء الامتحان النهائي، لم تعد كمالا إلى الكلية. طلبت أمايا من الصغار إعداد ملف القضية على الفور ووعدت كمالا بمساعدتها المهنية.

كانت راهبتان هناك لمقابلة أمايا ؛ واحدة منهم كانت متفوقة. قدموا أنفسهم إلى أمايا، وأخبروها أن ديرهم، الواقع في قرية داخلية، به أربع راهبات. وكان اثنان منهم معلمين في مدرسة تديرها أبرشية وحصلوا على منح رواتب حكومية. وكان الاثنان الآخران يعملان في عيادة تابعة لهما في نفس القرية. كان لدى طائفتهم الدينية عضوية إجمالية من ست وأربعين راهبة، تعمل جميعها في المناطق الريفية والأحياء الفقيرة. عمل كاهن الرعية كمدير محلي ورئيس للمدرسة. واجهت الراهبات مشكلة حادة حيث كان الكاهن يضايق باستمرار إحدى الراهبات للحصول على خدمات جنسية. اعتدى جنسياً على الراهبة مرة عندما ذهبت إلى مكتبه. أصبح الإزعاج لا يطاق، وأبلغت الراهبات الأسقف كتابيًا عدة مرات. لكن لم يكن هناك رد من الأسقف، وكان صمته شديدًا. بدا أنه يدعم ضمنيًا المغامرات الجنسية للكهنة العزاب أو السلوكيات الجنسية المفترسة، مما يعني أنه من الطبيعي أن تحقق الراهبات رغبات الكاهن.

كانت الراهبات خائفات من التمرد على الأسقف لأنه كان رأسهم الروحي والزمني. كانت الراهبات يعتمدن عليه مالياً، حيث كان للأسقف رأي نهائي في عيادتهن وحياتهن اليومية. لم تستطع الراهبات، المحرومات من مصدر رزق آخر، مغادرة الجماعة. بعد أن تخلوا عن حياتهم الأسرية من خلال قبول حياة العذرية والطاعة والفقر، أصبحوا أيتامًا، وخاليين من الخيارات للحصول على حياة كريمة. كان الرئيس عاطفيًا إلى حد ما أثناء شرح المعضلة. وقالت إنها ليست المرة الأولى التي تصبح فيها الراهبات ضحايا لرجال الدين المجرمين. توسلوا إلى أمايا لمساعدتهم عن طريق إرسال إشعار تحذير سري إلى كاهن الرعية. بعد تفكير قصير، وافقت على إرسال رسالة مكتوبة إلى الكاهن.

أثناء تصفح رسائل البريد الإلكتروني الخاصة بها، وجدت أمايا واحدة من والدتها. تلقت رسائل بريد إلكتروني منتظمة من روز مرة واحدة على الأقل أسبوعيًا، لأنها تحب كتابة رسائل طويلة. بدا أن بصرها لا يزال مثاليًا، على الرغم من أن روز كانت في الثمانينيات من عمرها. أحبت أمايا قراءة رسائلها بينما كان الفناء المعبر عنه يفيض في كل كلمة. غالبًا ما اقتبست روز القصائد والحكايات وأرسلت صورًا للمباني التي صممتها في مدن مختلفة. من حين لآخر، كتبت عن طفولتها التي قضتها في كوتايام.

على عكس والدتها، فضل والدها الاتصال بمول على الهاتف، واستمتعت أمايا تمامًا بالاستماع إلى قصصه التي لا توصف. تقاعد شانكار مينون من ذا وورد، وعاد إلى كيرالا، وانضم إلى روز، واستقر في منزل قريتهم مع شلال فاخر على جانبه خلق مساحات خضراء فاخرة مع عدد كبير من النباتات والحيوانات من حوله.

كانت الساعة حوالي الثامنة والنصف، وشعرت أمايا بالسعادة حيال عمل ذلك اليوم. فجأة رن هاتفها. كانت المكالمة من بورنيما.

والد الابنة

كانت بورنيما تعاني من آلام نفسية مؤلمة. ربما بدأ الأمر بوفاة والدتها قبل ثلاث سنوات، وربما أدى حادث سيارة والدها إلى تفاقمه. أثرت حالة والدها اللاواعية لأشهر معًا بشكل لا يتغير على سلامها ورفاهها. لكن معاناتها كانت أبعد من ذلك، حيث أصبحت واعية بمشكلة غريبة تتعلق بأمها وأبيها ونفسها. أرادت أن تعرف ما هو بالضبط. بقيت والدتها مع زوجها أثناء البحث عن الدكتوراه في كاليفورنيا. كانت في حالة اكتئاب عندما أدركت أنها لم تستطع الحمل حتى بعد سنوات عديدة من العمل الجماعي. أخاف تحذير الطبيب النفسي الدكتورة أشاريا. أراد تجنب المأساة بأي ثمن. لذلك، أخذ زوجته إلى مرسيليا وبرشلونة وأمضى عامين هناك. هناك في برشلونة، أنجبا ابنتهما بورنيما. لكن بورنيما لم تستطع أن تفهم لماذا كرر والدها اسم أمايا عندما أصبح شبه واع لثانية أو اثنتين. كان ذلك لغزًا بالنسبة لها، البحث عن رابط اتصال. اعتقدت أن الرابط يمكن أن ينقذ حياة والدها.

"مرحبا، سيدتي، مساء الخير. أنا بورنيما ". بمجرد أن أخذت أمايا الهاتف، كان هناك ذلك الصوت الواضح والمتميز.

اعترفت أمايا بندائها: "مرحبًا بورنيما".

"سيدتي، آسف لإزعاجك مرة أخرى. عقلي متوتر للغاية ؛ من الضروري التحدث إليك. أريد أن أعرف بعض الحقائق لإنقاذ حياة والدي ".

كان هناك صمت بديهي في أمايا.

"سيدتي، أنا أحب والدي بقدر ما تحب أمي. لا أستطيع أن أتخيل حياة بدونه. لقد أثرت عليه وفاة والدتي، وما زال يعاني. أعتقد أنه يمكنك إعادته إلى وعيه الكامل. ربما يبحث عنك، ويريد مقابلتك "، قالت بورنيما.

استمعت إليها أمايا بصمت.

"انظر، بورنيما، أنا لا أعرف والدك. لم أقابله من قبل. لا أعتقد أنني أستطيع مساعدته على استعادة وعيه. لكنني أشعر بالسوء حيال معاناتك. المعاناة النفسية هي أسوأ شكل من أشكال المأساة ". كانت أمايا هادئة، وتم قياس كلماتها.

"سامحني على طرح بعض الأسئلة الشخصية عليك. أرجوك ". كان التوسل من الطرف الآخر.

"نعم، تفضلي".

"سيدتي، هل كنت في إسبانيا ؟"

"لماذا تسأل هذا السؤال ؟ ما علاقة ذلك بالحالة اللاواعية لوالدك ؟" بعد وقفة، تساءلت أمايا.

"عندما كان والدي يكرر اسمك، يومًا بعد يوم، كنت أتساءل عن معنى كلمة أمايا. بحثت في كل مكان لمعرفة معنى ذلك. أخبرني أحدهم أن أمايا اسم إسباني. ثم بحثت في جوجل ؛ وأدركت أنه الباسك، الذي استعاره العرب عندما غزوا إسبانيا. حتى هذا الوحي لم يحل اللغز. راجعت بدقة جميع الأوراق المتعلقة بوالدي من أيام دراسته الجامعية. لم يكن هناك ذكر لأمايا في أي مكان. لكنني كنت أسمعه ينادي "أمايا" كلما كان شبه واعٍ. كان من الصعب فك الشفرة، لكنني شعرت أنه اسمك. فجأة أدهشني ؛ أمايا لها علاقة بي ؛ كنت بحاجة للبحث عنها، والعثور عليها ". مرة أخرى، تحدث بورنيما كلمة بكلمة، كما لو كان كل مقطع مليئًا بالمعنى.

"قد يكون اسمًا شائعًا في جميع أنحاء إسبانيا. في أماكن أخرى في أوروبا، أصبح هذا الاسم شائعًا. حتى في الهند، قد يكون لدى البعض. لذلك، لا يوجد اتصال منطقي أن الشخص الذي يبحث عنه والدك هو أنا ".

"لا يمكنني إجراء أي خصم معقول. لكن من فضلك سامحني على طرح سؤال شخصي. هل ولدت في برشلونة ؟" اعتذرت بورنيما مرة أخرى.

"نعم. أجابت أمايا: "لقد ولدت في برشلونة".

"الحمد لله. الآن يمكنني حل المشكلة. عندما لم أتمكن من الحصول على أي فكرة عن أمايا في وثائق والدي حتى سنواته في الولايات المتحدة، بحثت بدقة عن العامين اللذين قضاهما والداي في مرسيليا وبرشلونة. في أحد دفاتره رأيت ورقة مكتوب عليها: "أمايا." سيدتي، شعرت بالارتياح لرؤية تلك الورقة الصغيرة. لقد كانت ثمينة للغاية، وأكثر قيمة بكثير من شركتنا الصيدلانية ". تردد صدى كلمات بورنيما بثقة.

"لكن هذا لا يثبت أي شيء عن ارتباطي بوالديك"، كانت أمايا قاطعة.

"نعم، هذا لا يثبت. دعني أبحث عن المزيد من الأدلة. هل يمكنني الاتصال بك غدًا في الساعة الثامنة والنصف ؟" توسل بورنيما.

"نعم، بورنيما، إذا كان بإمكاني تقليل معاناتك." كان الرد صريحًا.

"سيدتي، لقد استمتعت بالحديث معك. عندما أشعر أنك على الجانب الآخر، أشعر أنني أعرفك إلى الأبد. تصبحين على خير يا سيدتي ".

"ليلة سعيدة، بورنيما. اعتني بنفسك ".

في اليوم التالي، أثناء وجوده في المكتب، ومراجعة تفاصيل الحالات المدرجة لذلك اليوم، ظهر بورنيما فجأة في التفكير. لقد ثابرت، وبحثت مثل المحقق، وعلى استعداد لتقديم حقائق يمكن التحقق منها. اختبرت بورنيما أصالة كل كلمة تحدثت بها ؛ وأظهرت التعاطف والاحترام للآخرين. ربما خضعت للتنشئة الاجتماعية الكافية على الفور واستوعبت القيم التي يعتقد الآخرون أنها ضرورية. اشتبهت بورنيما في أن الشخص الذي تحدثت معه ربما كان له ارتباط لا يسبر غوره مع والديها ؛ كانت هذه العلاقة ثمينة بالنسبة لهم. كل كلمة من كلمة بورنيما مليئة بسر الامتنان وتأمل في تحطيم أي وهم.

مكث والداها في مرسيليا وبرشلونة لمدة عامين لإحلال السلام في ذهن والدتها. ربما تلقت والدتها مساعدة طبية في مرسيليا أو برشلونة أو كليهما. قد يكون ذلك من أجل المساعدة النفسية والجسدية في التغلب على الصدمة العقلية لعدم الحمل أو العلاجات الطبية للحمل. كما ادعت بورنيما، كانت إقامة والديها في مرسيليا وبرشلونة ناجحة ؛ كان لها نهاية سعيدة. ولدت في برشلونة في نهاية السنة الثانية من إقامتهم هناك. لكن أيامهم هناك خلقت أيضًا لغزًا لابنتهم. وهي تحاول حل السر منذ أن تعرض والدها لحادث سيارة. ظل فاقدًا للوعي، وكلما أصبح شبه واعٍ لبضع ثوانٍ، تلا الاسم، أمايا. كان لدى اللاوعي لدى والدها صورتها، وتذكرها في كل لحظة من حياته. كانت أمايا هي التي تمكنت من مساعدة والدها على استعادة وعيه. بحث بورنيما عن أمايا، معتقداً أنها صديقته، متأصلة بعمق في ذاكرته. إن تقديمها أمامه من شأنه أن يشفيه لأنها يمكن أن تساعده على تذكر أيامه السعيدة معها. اعتقدت بورنيما أن أمايا تمتلك القوة والسحر والقرب لمساعدة والدها على استعادة وعيه الكامل. أرادت أن تكتشف الحقيقة الصريحة التي تحطم الرعب الذي يصارعها، وتفكك هاجس الاتصال بأشخاص مجهولين حتى في ساعات غريبة، وتتحد مع السلام لتهدئة عقلها. كان ضمنيًا في دعوتها أيضًا الرغبة الشديدة في الكشف عن هذا الوجه.

انحنت أمايا إلى الوراء على كرسيها. كان هناك بورنيما والدكتور أشاريا وزوجته. على الرغم من أن والدة بورنيما لم تعد موجودة، إلا أن الصورة الذهنية كانت واضحة. كان الدكتور أشاريا فاقدًا للوعي، وغير قادر على التعبير عن احتياجاته. في المرة القادمة كانت تسأل بورنيما عن الاسم الأول لوالدها. "لماذا أنت فضولي للغاية ؟ لماذا تريد أن تعرف اسمه الأول ؟" شككت في نواياها. ومع ذلك، أرادت معرفة المزيد عنه لمساعدة بورنيما على التغلب على محنتها العقلية. حاولت أمايا استبدال كاران بدلاً من الدكتورة أشاريا. كانت هناك ذكريات حية لكاران. كان رجلاً ذا بنية جيدة في أواخر العشرينات من عمره ؛ وقد قابلته لأول مرة في كافتيريا الجامعة. بدا أنه كان يبحث عن شخص ما.

تألق برشلونة. وصلت أمايا إلى حرم الجامعة في برشلونة قبل أسبوع من مقابلة كاران. جهزت نفسها لدراسة التقارير الإعلامية بشكل منهجي عن انتهاكات حقوق الإنسان في إسبانيا. منحة دراسية في متناول اليد أضاءت مسعاها. كانت مهتمة حقًا بالصحافة وحقوق الإنسان وقررت دراسة ظاهرة معينة من خلال جمع البيانات الكمية. كانت الدراسة حول كيفية انعكاس حقوق الإنسان في المقالات الصحفية والمقالات الافتتاحية والقنوات الإخبارية التلفزيونية حصريًا على تقرير مصير الشعوب المضطهدة.

كانت حقوق الإنسان مُثُلًا سامية، لكن الصحافة المحملة بالتفضيلات الفردية والمجتمعية والاقتصادية والسياسية غالبًا ما تحول انتباه الناس بسبب الإكراه النخبوي. ظهرت حوادث انتهاكات حقوق الإنسان في وسائل الإعلام من أجل المنفعة غير المباشرة لشخص يعيش في جيوب حصرية للسلطة والسياسة. أصبح المستضعفون المنفصلون على الطرف الآخر من الطيف ضحايا، على الرغم من أن النخب نفت بشدة دورهم في قمع الجماهير. تتجسد الكراهية مع نغمات شائنة في اندلاع انتهاكات حقوق الإنسان، واتسع نطاق الانفصال من أي وقت مضى مع حجم مرعب. أصبحت الانتهاكات التي أثرت على العديد من الأشخاص جديرة بالنشر لحماية مصالح الأشخاص الذين لم يتم الكشف عنهم. في بعض الحالات، كانت انتهاكات حقوق الإنسان سرية وتم قمعها من قبل قوى مجهولة. ومن شأن انتهاك طائش

لحقوق الإنسان أن يصبح مشكلة الأمة بأسرها في ظروف محددة. أرادت أمايا تحليلها لمدة عام واحد ثم العودة إلى الهند لممارسة القانون.

كانت برشلونة مكانًا رائعًا للعيش فيه ؛ عرفت أمايا المدينة لأنها ولدت هناك وقضت طفولتها في مدريد. كانت بعض الجامعات في برشلونة تحتل المرتبة الأولى في أوروبا. ساعد التقدم بطلب للحصول على منحة دراسية في الجامعة أمايا لأنها تعرف الكاتالونية والأوسكرا والإسبانية، وجعلت الجامعة عملية صنع القرار أسهل. أعرب مجلس المقابلة في كلية الصحافة عن سعادته بقبول أمايا. حصلت على غرفة مفروشة جيدًا في النزل، حيث يختلط الطلاب والطالبات ليلًا ونهارًا. كانت حياة الحرم الجامعي مثيرة حيث كان هناك بيئة من التعلم والبحث الدقيق. كانت الهندسة المعمارية رائعة، وتذكرت أمايا زياراتها إلى الحرم الجامعي مع والدتها. أحب روز الطراز القوطي، وأعاد ابتكارها بتقنيات جديدة ودمجها مع المباني المنزلية التقليدية في ولاية كيرالا.

كان للطعام المتوسطي والهواء النقي والشمس المشرقة سحرهم. كان لدى المعارض الفنية في الحرم الجامعي مئات الزوار يوميًا، بما في ذلك الطلاب وأعضاء هيئة التدريس والسياح. كانت الحياة الليلية مفعمة بالحيوية والألوان مع الموسيقى والرقص والأفلام والمسرحيات ذات الفصل الواحد والمعارض الثقافية والمناقشات والتجمعات والمسابقات. لكن لم يختلس أحد النظر في الحياة الخاصة لشخص آخر. كانت هناك حرية مطلقة ومساواة وتكافؤ في الفرص. قدمت الجامعة، التي يبلغ عمرها حوالي خمسمائة وخمسين عامًا، العديد من الدورات، مع طلاب من جميع الدول الأوروبية تقريبًا. كان هناك اثنا عشر طالبًا من الهند، وكان أمايا هو الوحيد في كلية الصحافة. نمت رغبتها في الدراسة في الجامعة عندما زارت الجامعة لأول مرة منذ سنوات مع والدتها. يقع الحرم الجامعي داخل المدينة بالقرب من بلاكا كاتالونيا مع حوالي سبعين برنامجًا جامعيًا وأكثر من ثلاثمائة وخمسين برنامجًا للماجستير. امتلكت كلية الصحافة جميع التقنيات والمرافق الحديثة لإجراء البحوث المعروفة دوليًا. وجدت أمايا مكتبتها مجهزة تجهيزًا جيدًا بآلاف الكتب والمجلات والدوريات والصحف، وكان الفيليكور ممتصًا ونابضًا بالحياة. كانت المكتبة الرقمية رائعة. أمضت أمايا وقتًا طويلاً داخل المكتبة.

في وقت لاحق، بدأت أمايا في زيارة القنوات التلفزيونية ومكاتب الصحف ومؤسسات الاتصال الأخرى في مدن مختلفة في إسبانيا إلى جانب كاران، الذي وثقت به وأحبته أكثر من أي شيء آخر. وعلى مدى السنوات الأربع والعشرين التالية، بحثت أمايا عن ابنتها ووالدها كاران. لقد كانت مطاردة أبدية بدأت في جناح الولادة في مستشفى برشلونة. ذكرت سجلات المستشفى أن كاران، والد المولود الجديد، نقل الطفل إلى منزله في اليوم الثامن عشر. كان ذلك المنزل، الذي أطلقوا عليه اسم اللوتس، مكانًا للحب والسعادة، حيث قضى أمايا وكاران عامًا معًا. كان لديها ذكريات حية عن الذهاب إلى المستشفى مع كارنا. وبإذن من المستشفى أخذ كاران الطفل إلى المنزل. كان الطفل بصحة جيدة ودودًا، على الرغم من أن أمايا كانت في غيبوبة أثناء الولادة. نظرًا لأن المولود الجديد قد خضع لفحوصات طبية إلزامية وتلقى جميع اللقاحات اللازمة، فإن إبقاء الطفل في جناح الولادة عندما تكون الأم في غيبوبة لم يكن مطلوبًا. وسمح المستشفى لكاران بأخذ الطفل إلى المنزل، وبقيت الأم في

غيبوبة لمدة اثنين وعشرين يومًا. لكنها لم تستطع رؤية وجه ابنتها عندما كانت خارج الغيبوبة. أثناء القيادة نحو المحكمة، تذكرت أمايا معاناتها.

في ذلك اليوم، مثلت أمايا وسوناندا امرأة تدعى بارفاتي، كانت في أوائل السبعينيات من عمرها. بعد ثماني سنوات من الزواج، عندما كانت في السادسة والعشرين من عمرها، فقدت زوجها في انهيار أرضي خلال الرياح الموسمية في قريتهم. بقيت غير متزوجة لرعاية طفلها الوحيد وأرسلته إلى المدرسة والجامعة، على الرغم من أنها واجهت صعوبة في جمع ما يكفي من الأموال. بعد سنوات، شيدت منزلًا به ثلاث غرف نوم مع حمامات ملحقة. حصل ابنها على وظيفة جيدة الأجر في بنك في بلدة قريبة وتزوج من زميله. اعتنت بارفاتي بابنيهما ونظفت المنزل وطبخت الطعام وغسلت ملابس الجميع على مدى السنوات الخمس والعشرين التالية. بحلول ذلك الوقت، حصل أحفادها على وظائف وهاجروا إلى مدن أخرى. عندما كانت بارفاتي في الثامنة والستين من عمرها، ذهب ابنها وزوجة ابنها للحج إلى فاراناسي وفريندافان والعديد من الأماكن المقدسة الأخرى في شمال الهند. أخذوا بارفاتي معهم لأنه كان حلمها أن تذهب في رحلة حج.

بعد شهرين، عندما عاد ابنها وزوجة ابنها، لم تكن بارفاتي معهم. أبلغوا أقاربهم وأصدقائهم وجيرانهم أن والدتهم انهارت على ضفة نهر جانجا المقدس عند زيارة فاراناسي وتوفيت. وفقا للعادات الدينية، أحرقوا جسدها ورمادها وغمروها في النهر المقدس. قدم ابن بارفاتي شهادة الوفاة، موقعة حسب الأصول من قبل كاهن وسلطات الحرق الأرضية، إلى البلدية لنقل المنزل باسمه. في غضون أسبوع، رتب وظيفة دينية في ذكرى والدته الراحلة، تليها الطعام حسب العادات.

في إحدى الأمسيات، بعد ثلاث سنوات، ظهرت امرأة مسنة في القرية التي كان يقيم فيها ابن بارفاتي. على الرغم من أنها كانت مرهقة، إلا أن القرويين تمكنوا من التعرف عليها بملابس غير نظيفة. كانت بارفاتي. أثناء وجودها في فريندافان في ماتورا، غادر ابنها وزوجة ابنها بارفاتي وسط الحشد واختفيا. بحثت بارفاتي عنهما لأيام معًا. لم تكن تعرف إلى أين تذهب أو تعرف عن ابنها. دون معرفة الهندية، لم تستطع التواصل مع أي شخص. لكنها اعتقدت أن ابنها سيأتي وينقذها من البؤس يومًا ما. جائعة ومتعبة، ذهبت بارفاتي إلى منزل للأرامل، يديره المعبد. كان هناك الآلاف من الأرامل الأخريات اللواتي تركهن أطفالهن. بقيت بارفاتي هناك لمدة عامين، وهربت من الملجأ في أحد الأيام واستقلت القطار. سافرت إلى العديد من الأماكن لمدة عام. عندما كانت بارفاتي في محطة سكة حديد فيجاياوادا، التقت بممرضة ذاهبة إلى ولاية كيرالا. أخبرت الممرضة أنها تريد الذهاب إلى كيرالا لكنها لا تملك المال. أخذت الممرضة تذاكر القطار الخاصة بها، واشترت الطعام وسافرت إلى كيرالا. ساعدت بارفاتي على ركوب حافلة إلى قريتها. كان لدى بارفاتي قصة مفجعة ترويها. كانت قصة خداع وهجر من قبل ابنها. قبلت أمايا التماس بارفاتي ضد ابنها وزوجة ابنها، وكان هذا يوم الجلسة الأخيرة.

قضية أخرى ظهرت فيها أمايا كانت لقاصر يبلغ من العمر أربعة عشر عامًا. قام مدرس المدرسة، وهو رجل يبلغ من العمر سبعة وخمسين عامًا، بحملها. اغتصب الضحية لمدة عامين، وأخبرها أن ما كان يفعله كان علاجًا جعلها أكثر ذكاءً، مما سيساعدها على تعلم اللغة العربية دون عناء. بعد المرافعات الأولية، حددت المحكمة يومًا آخر للجلسة النهائية.

كان اليومان التاليان عطلة للمحكمة، السبت والأحد، وكان صغار أمايا وموظفو المكتب أحرارًا من مساء الجمعة إلى صباح الاثنين. اطلعت أمايا على المجلات والدوريات التي وردت خلال الأسبوع. كانت أيام السبت لاستكمال العمل الشخصي وتنظيف المنزل والعزف على البيانو وقراءة الروايات وكتابة رسائل البريد الإلكتروني ومشاهدة الأفلام.

استمتعت تمامًا بأفلام هاري بوتر لأنها قرأت جميع الكتب. كان لدى أمايا إعجاب خاص بجنيفر لورانس في مباريات الجوع. من حين لآخر، شاهدت أمايا أجزاء معينة من اثني عشر عامًا من العبودية ؛ أعجبت بمدينة نالوانجا في ملكة كاتوي. كان رمزيًا ويعتقد أن كل فتاة صغيرة يمكنها تحقيق العظمة بشكل مناسب. اعتبرت أمايا أداء ريس ويذرسبون في وايلد رائعًا. كتبت أمايا مراجعة حول حق الاقتراع في الصحيفة المحلية، وظلت كاري موليجان وميريل ستريب وآن ماري داف وهيلينا بونهام كارتر ممثلاتها المثاليات.

كانت مشاهدة الأفلام المالايالامية التي تركز على النساء شغفها. عرفت أن الفيلم كان له سحر كبير عندما حصلت البطلة على الدور القيادي للتمثيل. كان التعامل الدقيق مع العواطف، مثل الحب والأذى والقلق والألم والعذاب والخوف والتوقعات من قبل النساء في المالايالامية، لا مثيل له. اعتبرت أمايا بارفاثي ثيروفوثو ومانجو وارير ممثلين عالميين، على قدم المساواة مع ميريل ستريب أو أنجلينا جولي. كانت Parvathy في أويار و Manju Warrier في لوسيفر أفضل خياراتها. أحبت أمايا كافيا مادهافان في بيرومازا وشعرت أن كافيا لم تحصل على فرص كافية للتعبير عن مواهبها التمثيلية الرائعة. من بين الممثلين في الأمس، فضلت أمايا شيلا في الخمين، وشرادة في إيروتينتي أثمافو، ومونيشا في ناخاكشاتانجال. كانت تحب أفلام بوليوود القديمة ؛ ممثلوها المفضلون هم سميتا باتيل وشبانة عزمي.

كانت أمايا وحدها في مكتبها. كان المساء هادئًا ؛ من النافذة، كان بإمكانها رؤية أضواء الشوارع في صورة ظلية لفروع الأشجار الطويلة المحملة بالمساحات الخضراء. وفجأة، فكرت في منزل طفولتها في مدريد داخل مجمع السفارة الهندية ومدرستها في الضاحية. كان هناك الكثير من الأشجار في مجمع المدرسة. كانت الراهبات مميزات للغاية في وجود وفرة من النباتات، والتي اعتقدن أنها ستخلق بيئة تعليمية أفضل للتلميذ. أحبت أمايا أكثر راهبة تدعى أليسا، معلمة العلوم. كان لدى أليسا موهبة طبيعية في مناقشة العلوم وشرحت كل مفهوم بشكل منهجي مع أمثلة مناسبة. وهكذا، بادرت الطلاب إلى التفكير وتطوير استنتاجاتهم، مما جعلهم مستقلين. كان تدريسها شاملاً في المعرفة والمهارات وخلق المواقف، حيث لم يكن أبدًا مكانًا لجمع المعلومات.

كانت أليسا هي الأخت الصغرى التي أخذت أمايا على الفور بعد ولادتها داخل كنيسة كنيسة العائلة المقدسة في برشلونة. عند الاستماع إلى أمايا وهي تروي القصة، ضحكت أليسا بفرح وعانقت أمايا. كانت تلك بداية علاقة وثيقة وصحية، وعلمت الراهبة أمايا التفكير بشكل مستقل، واتخاذ قراراتها، وتقييم المواقف بموضوعية، وتفسير الأحداث والأفكار. لكن أمايا فشلت مرة واحدة فقط لأنها لم تستطع تقييم أهم شخص في حياتها بفشلها في تقييمه. لكن لم يكن من السهل تحديد ذلك لأنه اختلف عن الجميع تقريبًا، محطمًا وجريئًا وديناميكيًا. وثقت به أمايا بعمق ولم تتوقع أبدًا أي شيء يتعارض مع إيمانها الراسخ بالبشر. مثل الإله اليوناني بيستيس، جاء إلى حياتها، تجسيد الثقة والصدق والثقة.

في إحدى الأمسيات، في الكافتيريا في كلية الصحافة، كانت أمايا تستمتع بفنجان قهوتها. ثم رأته، شاب جذاب، طويل القامة بشعر داكن متدفق حتى شحمة أذنه. بدا وكأنه يبحث عن شخص ما.

قال وهو ينظر إلى أمايا: "مرحبًا".

أجابت أمايا وهي تنظر إليه: "مرحبًا". كان مظهره مذهلاً.

"هل لي أن أجلس"، مشيرًا إلى كرسي فارغ على طاولة القهوة بجانبها، طلب إذنها.

قالت أمايا: "بالطبع، من فضلك".

"أنا كاران"، بعد أن جلس بثبات على الكرسي، ومد يده اليمنى، قدم نفسه.

قالت وهي تصافحه: "سعيد بمقابلتك، كاران ؛ أنا أمايا".

"إنه اسم جميل. سعدت بلقائك يا أمايا "، قال بابتسامة. كان من اللطيف النظر إلى وجهه وهو يبتسم. اعتقدت أن مظهره كان كريماً ومغناطيسياً.

"شكرًا لك، كاران ؛ إنه الباسك. لكن الإسبان يدعون ذلك، وكذلك العرب ".

"تبدين جميلة وساحرة أكثر من أي شخص رأيته في إسبانيا. من أين أتيت ؟" بينما كان يمدحها، تساءل.

قالت أمايا: "أنا من ولاية كيرالا".

أوضح كاران: "أنا أيضًا من الهند لكنني استقرت هنا، وأقوم بأعمال تجارية".

وأضاف أمايا: "أنا أبحث في كلية الصحافة عن حقوق الإنسان".

"أوه، هذا رائع. أنت مثقف، وفي الوقت نفسه ناشط اجتماعي "، أدلى كاران ببيان.

كانت لغته الإنجليزية لهجة أمريكية. ثم تناولوا القهوة معًا.

"أنا أشرب الكثير من القهوة. لدينا شيء مشترك. قال كاران: "لنبدأ من هنا".

نظرت أمايا إلى كاران. كان وجهه مثل تمثال محفور، شيء غير عادي ؛ كان لعينيه المغناطيسيتين ضوء نادر.

اقترح كاران: "دعونا نشرب القهوة معًا كل يوم".

قالت أمايا كما لو كانت تنتظر دعوة: "بالتأكيد". كانت لديها رغبة ملحة في مقابلته مرة أخرى.

قال كاران: "أمايا، سأعود غدًا في هذا الوقت ؛ أحب أن ألتقي بك".

وعدني أمايا: "سأكون هنا".

نهض وابتعد. من ظهره، بدا أنيقًا ؛ شعره الداكن المتدفق كان به اهتزازات محيرة. لكن أمايا لم تعرف أبدًا لماذا وعدته بمقابلته مرة أخرى ولم تستطع فهم السبب. ربما حدث ذلك في اللحظة الحاسمة. لقد كان قرارًا اتخذه عقلها، وليس عقلها. اعتقدت أنه لا يوجد سبب لذلك أو

بعض الدوافع اللاواعية. ربما تكون قد قمعت تلك الدوافع أثناء وجودها في المدرسة والكلية. مشغول بالقانون والمناقشات القانونية في كلية الحقوق. في المحكمة الصورية، كانت سوريا راو شريكها بشكل أساسي. كان الطلاب الذكور في كل مكان حولها ولكن إجراء محادثات شخصية معهم كانت فكرة غريبة، على الرغم من أنها كانت طبيعية للجميع. بسبب شعبيتها، ربما قمعت مثل هذه الرغبات. فجأة كانت أمايا في بيئة جديدة ؛ كان وجود كاران مغريًا، وكان مظهره مهيبًا عندما وطأت قدمه أمامها. لقد أحبته ؛ أرادت إجراء محادثات طويلة معه، لأنها كانت ساحرة.

حملت أمايا كاران في ذهنها طوال المساء، لأن الحياة الليلية في الحرم الجامعي ربما خلقت شغفًا لرفيق ذكر. كانت مغرية كأضواء أكثر إشراقًا وموسيقى أعلى وحميمية وثيقة. ابتلعها الأمل، وكان هناك توق لمقابلة رجل، وكان كاران ذلك الصديق لها. ومع ذلك، كانت أمايا قلقة مما إذا كان سيحضر في اليوم التالي لأنها شعرت أنه يمكن أن يملأ في غياب صديق ذكر. كانت مشاعرها نتاج الانجذاب نحو رجل قوي، لكن هذا وحده لا يمكن أن ينمو في حب حقيقي، لأنها لا تريد البقاء في عالم الافتتان. لكن التفكير فيه كان تجربة ممتعة. على الرغم من أنها أرادت تجاوز الرغبة، إلا أنها كانت تتوق إلى العلاقة الحميمة الجسدية، وهي شرارة الاهتمام الجنسي، والتي لا يمكنها إنكارها. فكرت أمايا في كاران لفترة طويلة ؛ استمتعت بمعانقته وممارسة الحب معه. طوال اليوم، أثناء وجود ندوة، حاولت نسيانه، لكنها كانت مهمة صعبة حيث ظهر في ذهنها بين الحين والآخر.

جاء المساء، وانتظره أمايا في الكافتيريا. وسرعان ما ظهر مبتسماً على نطاق واسع. كانت هناك مجموعة من الورود في يده.

"مرحباً أمايا"، تمنى لها من بعيد.

"مرحباً، كاران"، ردت بالمثل ووقفت مع التوقعات، وعيناها متلألأتان.

"أحب أن ألتقي بك، أمايا. إنه لأمر رائع حقا أن أراك مرة أخرى ". كان مندفعاً. ثم وضع مجموعة الورود برفق في يدها.

"شكرًا لك، كاران، على الوردة الجميلة. إنها طازجة وجميلة".

"أنت أجمل بكثير من هذه الورود. لهذا السبب جئت لرؤيتك، والتحدث معك، لأكون مع هذه السيدة الجميلة لساعات معًا ". فكرت أمايا أن كلماته كانت فاتنة.

شربوا القهوة معًا ثم خرجوا. شعرت أمايا بحضوره يستعد، واستمتعت بالمشي بجانبه. بدت متاهات ممرات المشاة جذابة، وساروا أميالًا معًا، وتبادلوا القصص والأحداث والمفاهيم والأفكار. قبل مغادرته، حوالي الحادية عشرة، أخذ راحة يدها وقبلها.

قال: "أحبك يا أمايا، أراك غدًا".

قالت: "أحبك يا كاران"، لكنها فوجئت بكلماتها. سألت قلبها عما إذا كانت تحبه، فأجاب القلب بالإيجاب. راقبته وهو يركب ؛ كان شعوراً يثلج الصدر. وقفت هناك، تحدق حتى اختفى خلف تمثال الأمل عند مدخل المدرسة.

كان انطباع أمايا الأول عن كاران هو شخصيته الغامضة. كان من المحير، في البداية، الشعور بالفخ في الإغواء، وإغراء العقل، وإقناع القلب بإغراء غير صريح للجسم. في اليوم الثاني بعد لقائه، بحثت عن تصرفه أكثر من جاذبيته الجسدية، مؤكدة على ردود أفعاله ومواقفه وصدقه ولطفه ومشاعره وذكائه. قامت بتقييمه وأكدت أنه كان محترمًا ومتواضعًا ومشجعًا وغير حكمي. قبل أن تتقاعد للنوم، سألت قلبها عما إذا كانت تتخذ قرارًا خاطئًا، وأخبرها قلبها أن تتبع رغباتها.

في اليوم التالي، اتصل كاران بأمايا ودعاها لتناول العشاء معه في مطعم على الشاطئ. قالت أمايا إنها سعيدة بالذهاب معه. وصل كاران حوالي الساعة الخامسة والنصف واستفسر عما إذا كانت أمايا مرتاحة لركوب الكومة. كانت كلماته لطيفة، وتمتمت بموافقتها. كان شعورًا رائعًا أن تذهب أمايا مع كاران. بدت المدينة ساحرة ورائعة. كان الصيف في برشلونة في ذروته، واستمتع الناس بالأمسيات مع العائلة والأصدقاء. كان لكل شارع بعض الاحتفالات بالموسيقى والرقص. كانت المطاعم والكافيتريات تفيض.

في غضون عشرين دقيقة، كانوا على الشاطئ. كانت برشلونة جنة عشاق الشاطئ ؛ عرفت أمايا ذلك عندما زارت المدينة مع والديها عدة مرات. كان هناك قارعو الطبول وعازفو الكمان والسحرة ومندوبو الغناء وفنانون الرمال. أوقف كاران سيارته BMW GS خارج مطعم وساعد أمايا بلطف على النزول. كان لدى المطعم ترتيبات جلوس رشيقة، وأخذوا طاولة زاوية ذات مقعدين، والتي كان قد حجزها مسبقًا.

"أمايا، أنا أسعد رجل في العالم. الآن أنت بحوزتي. خلال العام الماضي، كنت أبحث بشكل مكثف عن شريك، وانتهى البحث عندما قابلت هذه السيدة الجميلة "، بدأ كاران محادثة.

"أنا سعيد بنفس القدر بمقابلتك، كاران. لقد غلبت قلبي دون أن تعرف أنني وقعت في حبك ".

"شكرًا لك، أمايا ؛ أنت رائعة وذكية ومتعلمة ومغرية. أنت شاب، مبتهج، فقاقيع وجذاب ". قال كاران بابتسامة آسرة.

قالت أمايا: "أنا في الثالثة والعشرين من عمري". لكنها لم تكن تعرف لماذا أخبرته عن عمرها. كان هناك القليل من الندم في قلبها مما وخزها.

"أنا في التاسعة والعشرين من عمري، لكن الانتظار لفترة طويلة لهذا اللقاء الصدفي مع امرأة جميلة له نتائجه الإيجابية. الآن أنت هنا معي. إنها تجربة غنية. أشعر بالقوة مع رفقتكم ". كان لكلمات كاران تأثير نفسي خاص على عقل أمايا، كما لو كان يقترح. بدا كل شيء مع كاران مبهجًا ؛ غطت كلماته أمايا بوعود لا يمكن تفسيرها والتزامات شخصية معقدة. النظر إلى كاران كان له تأثير مغناطيسي. أعربت عن حبها له ووثقت في كل كلمة له، وكان لشعره الداكن المتدفق تأثير دنيوي آخر على عقلها. كانت أمايا تحت تأثير تعويذة لفترة طويلة.

طلبت كاران من أمايا إعطاء الأمر، واختارت باكالا، وهو إعداد تقليدي للأسماك في كاتالونيا. الطبق الثاني كان كرات اللحم المطبوخة مع الحبار في صلصة المرق الكريمية. كان هناك دجاج مع البطاطا المهروسة، ثم برياني سرطان البحر. أخيرًا، تناولوا قهوة

سوداء ساخنة بدون سكر. تحدث أمايا وكاران أثناء تناول الطعام وبقيا في المطعم حتى الثامنة. ثم قاموا برحلة طويلة على الشاطئ لمدة ساعة وعادوا إلى النزل الجامعي حوالي منتصف الليل. قبل المغادرة، طلب كاران إذن أمايا لمعانقتها.

"كاران، أنا أحبك. أنت وأنا أصدقاء إلى الأبد ". كانت كلماتها مذكّرة، وقد قالتها بابتسامة. ثم انجذبت فجأة نحوه ؛ وألقت بإطارها الرشيق بين ذراعيه. كانت سعادة قربه شيئًا جديدًا بالنسبة لأمايا.

همس: "شكراً لك يا أمايا". بينما كان يميل نحوها، كان بإمكانه رؤية شعرها الأسود الفاخر الذي كانت رائحته مثل النبيذ القديم في كرم غريب داخل جبال البرانس، أثيري ومحاصر. بينما كانت تخفي وجهها في صدره، سحب جسدها نحوه بقبضة ضيقة ورقيقة، لكن أمايا وجدتها جميلة ولطيفة ومشبعة وممتعة.

قال مرة أخرى: "أمايا، أنا أحبك". قال وهو يبقي ذقنها داخل راحة يده ويرفعها لرؤية عينيها الداكنتين: "اليوم هو أكثر أيام حياتي مكافأة".

ابتسمت.

طابت ليلتك يا عزيزتي ".

تمنّت له أمايا: "طابت ليلتك يا كاران". لكنها تأوهت على الانفصال الوشيك الذي لاحظه من حركات شفتيها.

لماذا شعرت بالانجذاب إلى كاران ؟ لماذا تصرفت كما لو كانت تعرفه منذ فترة طويلة، ناقشت أمايا داخلها. هل كانت تحبه، أم كان ذلك مجرد افتتان ؟ لم تشعر أمايا بأي خروج من تلك العلاقة، كما لو كانت متشابكة داخل شبكة من العواطف. تغلب عليها شعور بالاختناق لثانية واحدة. لكنها صححت على الفور مشاعرها مؤكدة أن الاختناق ناتج عن مرحلة مؤقتة من الخوف. لم يكن للأمر علاقة بالعلاقة المؤثرة التي أقامتها معه بالفعل، والعبودية، والرائحة التي لا تزال عالقة في الهواء، وأثر عطره.

إلى جانب الإثارة، كان شعورًا عابرًا بالقلق بشأن المستقبل، وانطباعًا ملحًا أثناء العناق بإحساس مثير بالأبدية، خالٍ من المخاوف الزائلة. شعرت أمايا أن حبها كان أكثر من مجرد إعجاب، ليس لأنه كان وسيمًا، ولكن نتيجة لقرارات عقلانية. لقد عانت من الحب المتنامي كثقة مشبعة برعاية كاران. قارنت أمايا كيف كان حبها أكثر شدة من حب والدتها لزوجها. كانت أمايا تحب كاران تمامًا دون أي تردد.

كان تقاربها مع كاران وعدًا أقام رابطًا لا يصدق ؛ أرادت أن تبقى في هذا التعهد إلى الأبد، داخله وحده. كان بإمكانها التفكير في أي شيء آخر، على الرغم من أنها لا تعرف شيئًا عنه. كانت الثقة كافية للانتماء القوي، حيث لم يكن للسوابق أي أهمية.

في صباح اليوم التالي، كان هناك مكالمة من كاران. "عزيزتي، تعالي وأقيمي معي، وسنكون معاً".

أجابت: "بالتأكيد، كاران، أحب أن أعيش معك". لم تعتقد أنه من الضروري تحليل نواياه لاتخاذ قرار مدروس.

"احزم أمتعتك ؛ سأكون هناك بحلول الساعة السادسة مساءً.

أجابت: "سأكون مستعدة يا كاران".

نمت كاران داخلها، متبدلة شوقها وشغفها الخفي كصورة رمزية. كانت لديها الرغبة في التهامه وهي تخاف لفترة طويلة، معتقدة أن شخصًا ما سيختطفه إذا لم تتصرف بسرعة. غيّر الخوف دوافعها اللاواعية المكشوفة التي داست داخلها لكنها شحنتها بشكل لم يسبق لها تجربته من قبل. كان من المستحيل أن تسحب نفسها منه لأنه كان لديه نفس القيم والأهداف. بدأت في الإعجاب بخصاله، معتقدة أنه يحترمها وتفضيلاتها المتبادلة والتوافقية.

كما وعدت، وصل كاران في الساعة السادسة مساءً. عانق أمايا في عناق رقيق.

"أمايا، أنا أحبك. أنت تبدو ساحرًا للغاية ؛ أنا أحبك تمامًا ".

كانت كلماته سحرية ؛ لقد تعمقت في قلب أمايا، وفككت شكوكها ومخاوفها. استطاعت أن ترى نفسها فيه لأنه كان مرآتها، وبدأت تعيد تأكيد نفسها كشخص يتمتع بالعديد من الصفات والقدرات التي يبجلها.

حمل كاران الأمتعة إلى سيارته ؛ لم يسمح لأمايا بحمل أي منها ؛ وضعها بعناية في سيارة BMW الخاصة به. فتح باب السيارة وطلب منها شغل المقعد المجاور للسائق. داخل السيارة، ابتسمت كاران، وقبلت راحة يدها اليمنى، وتمتمت، "أحبك يا حبيبي. أنا محظوظ لوجودك معي، لأنك جوهرة لا تقدر بثمن ".

أجابت أمايا: "شكرًا لك يا عزيزي كاران".

في غضون عشرين دقيقة، وصلوا إلى فناء فيلا صغيرة ولكنها مصممة جيدًا مقابل شاطئ نوفا مار بيلا.

قال وهو يفتح باب السيارة: "مرحبًا بك في لوتس، أمايا".

كان شعورًا جديدًا بالنسبة لأمايا. كانت هي وكاران بمفردهما في منزل بالقرب من الشاطئ في برشلونة. أخذ كاران يد أمايا وقادها إلى الداخل. كانت غرفة المعيشة، التي أطلق عليها غرفة الجلوس، مع سجادة إيرانية من الجدار إلى الجدار، مفروشة جيدًا. زينت الغرفة بثريا مركزية وتلفزيون مثبت على الحائط وساعة جد مهيب وأثاث خشبي منحوت بشكل رائع.

"حبيبي، هذا منزلنا"، عانقها بلطف وقبلها على شفتيها. شعرت أمايا بالراحة والجنون، حيث كان شعورًا مذهلاً، وإحساسًا محيرًا يدمج كل خلية من خلايا جسدها.

أخذها كاران في جولة في المنزل. كانت غرفة الطعام مجاورة لمطبخ حديث حيث شعرت أمايا أنها في المنزل على الفور. بجانب المطبخ كان هناك مخزن وغرفة غسيل. كانت غرفة نومهم الرئيسية بالقرب من غرفة الطعام، وكانت غرفة نوم أخرى على جانب غرفة الجلوس. كانت دراسة كاران على الجانب الآخر، مع العديد من الكتب حول كرة القدم ونوادي كرة القدم وسوق الأسهم. كان هناك فتحة من غرفة الجلوس نحو حمام سباحة رخامي جيد مع جدران عالية من ثلاثة جوانب للحفاظ على الخصوصية.

"لقد اشتريت هذا المنزل باسمك، عزيزتي أمايا. قال كاران، وهو يسلم أمايا أوراق التسجيل ومفتاحًا احتياطيًا: "كان الإيجار بالأمس ؛ اعتقدت أننا يجب أن نبقى في منزلنا". كان هناك صوت ابتهاج في كلماته. ووقعت سلطات مدينة برشلونة على الوثائق. قرأت اسمها، أمايا مينون، البالغة من العمر ثلاثة وعشرين عامًا، وهي مواطنة هندية.

نادت: "كاران". كانت كلماتها مليئة بالإثارة. "كان يجب أن تسجل المنزل، اللوتس الخاص بنا، باسمك."

"أمايا، أنا أحبك". عانقها مرة أخرى. لاحظت أنه كان حذرًا من عدم الضغط عليها.

طهي كاران شرائح لحم الضأن مع شرائح الطماطم والبصل والفطر في زيت الزيتون لتناول العشاء. أمايا تطبخ أرز جيرا. كان هناك نبيذ أبيض وأحمر. "تناول بعض النبيذ الأبيض بعد العشاء كل يوم ؛ إنه جيد للهضم والنوم السليم. قالت كاران: "تشير الدراسات إلى أن النساء يفضلن النبيذ الأبيض".

"ماذا تقول الدراسات ؟" استفسرت أمايا.

"لا توجد نتائج حول فوائد النبيذ الأبيض. ولكن هناك اعتقاد قوي بأن النبيذ الأبيض يساعد النساء على الحمل، والحصول على حمل خالٍ من المتاعب، وإنجاب أطفال أصحاء وأذكياء ".

بالنظر إلى كاران، ابتسمت أمايا. قالت: "في هذه الحالة، أفضل شرب النبيذ الأبيض يوميًا".

بعد العشاء، استمعوا إلى بي بي سي وسي إن إن، المفضلة لدى كيران ؛ كما أحبهم أمايا. قبل النوم، مارسوا الجنس عدة مرات. كانت أجمل تجربة لأمايا، وعرفت أن كاران كان حريصًا على عدم إيذائها أثناء ممارسة الحب. ثم نامت أمايا بجانبه.

"مرحبًا أمايا"، اتصلت كاران بها في صباح اليوم التالي حوالي الساعة السادسة، مع أكواب من القهوة على البخار. جلس كلاهما على أريكة غرفة النوم ورشفا القهوة. ابتسمت أمايا وهي تنظر إلى كاران.

قالت: "مرحباً، كاران، أحبك". كان قربها منه مثل الرومانسية في الصداقة. كانت تعرف بالفعل أنه أصبح أفضل صديق لها. كان التزام أمايا هو الولاء، حيث قررت أن تكون معه. كانت تدرك أن تعاونهما سيكون له صعود وهبوط، ومع ذلك فإن علاقتهما ستكون رحلة بصدق. كانت متأكدة من أن كاران أحبها.

كان ارتباطها المفاجئ مع كاران مثل الوقوع في الحب. كان للطريقة التي كان يحتسي بها القهوة قوة ساحرة. شعرت بالحماس والانشغال وأرادت دائمًا أن تكون معه. أخبرته أنها لن تذهب إلى الجامعة لمدة أسبوع وتبقى معه. وافق كاران على اقتراحها وابتسم كما لو كان قد قرر معها تمامًا بسبب حبه. بشكل غير متوقع، رغبت أمايا في معانقة كاران ؛ كانت تحب سرد القصص عن مدريد ووالديها وتخرجها من مومباي وبنغالورو. كانت تعرف أن بعض الحوادث كانت تافهة، ولكن من خلال مشاركتها مع كاران، شعرت أنه من الضروري أن تصبح واحدة معه وتفقد هويتها المنفصلة.

بعد الإفطار، ذهبوا، جنبًا إلى جنب، إلى الشرفة الجنوبية، حيث كان لدى كاران بيانوه. كان بإمكانها رؤية الشاطئ من صالات العرض الشرقية والجنوبية، وكان العديد من السياح يستمتعون بالفعل بالصيف. كان هناك زوج من أشجار النخيل في جزيرة الكناري داخل جدران لوتس المركبة، وكانت السناجب هناك تركض على جذعها وأوراقها. شعرت أن كاران يقف بجانبها، واستدارت نحوه وعانقته ؛ شعرت كما لو كانت مغرمة به بجنون. بعد تقبيلها، ساعدها على خلع ملابسها. واقفين هناك، مارسوا الحب، الذي كان الفعل الأكثر متعة في حياتها.

ثم جلسا على البيانو وعزفا على فرانز شوبرت معًا. لعب كاران بشكل جيد للغاية، وبعد خمس عشرة دقيقة، توقف أمايا عن العزف وشاهد حركات أصابعه. بدأت في نسج الأوهام حول علاقتهما. كان عالمًا من الألوان والموسيقى والرقص والواقع المتخيل. كان هناك بالفعل جاذبية مغناطيسية وقرب والتزام، على الرغم من أنها شعرت في بعض الأحيان بأنها غير عقلانية. لكنها أحبت أن تتشبث بهم. كانت مشاعر كاران مؤثرة فيها، وتجاوزت عالم أحلام اليقظة. كانت تعلم أن الأمر سيستغرق بضعة أيام أخرى للتغلب على مثل هذه الأوهام.

في بعض الأحيان، كان من الخارج عن إرادتها عدم الانزلاق إلى عالم التأمل في حياتهما معًا ؛ أما بالنسبة لأمايا، فقد كان الحب من النظرة الأولى، وأعطت نفسها بالكامل لكاران. تخيلت أنه يمشي ويتحرك بطريقة معينة، ويقف ساكنًا بشكل مهيب، ويحب كل شيء معه.

نادت عليه فجأة: "كاران".

"نعم، أمايا ؟" سأل وهو ينظر إلى جانبه.

قالت: "أنت تعزف على البيانو بشكل جيد للغاية".

قال وهو يعانقها: "أنت عازفة بيانو أفضل، عزيزتي أمايا".

أجابت: "شكرًا لك يا عزيزي كاران".

ذهبت مع كاران للدراسة. "أمايا، أنا أشتري وأبيع أسهم أندية كرة القدم الأوروبية. إنه عمل مربح للغاية. تحتاج إلى معرفة كافية بتاريخ كل ناد، وأندية المشجعين، والمباريات التي لعبوها، وأسماء اللاعبين وخلفياتهم، والقيمة السوقية. لقد بدأتها قبل عام وأقضي ست ساعات على الأقل يوميًا هذه الأيام. اشتريت هذا المنزل والسيارة والدراجة وكل شيء من الأموال التي جنيتها في سوق الأسهم ". كانت كلماته هادئة وحنونة وساحرة.

بدت الدراسة، المجهزة بأجهزة كمبيوتر وأدوات إلكترونية أخرى، وكأنها استوديو موسيقي.

حوالي الساعة الرابعة مساءً، ذهبا إلى حمام السباحة. أحبت كاران السباحة عارية ؛ واقترحت أن تتخلص أمايا من ملابسها. كان من المثير مشاهدة كاران وهو يسبح كمحترف. انضمت إليه أمايا، لكنها كانت مبتدئة في السباحة. كانوا في حمام السباحة حتى السادسة، وجفف كاران جسدها بمنشفة قطنية. قال وهو يمسح شعرها المبلل: "تبدين جميلة ؛ جسمك كله جيد الشكل، أمايا". ثم عانقها، وشعرت أنها وكاران لديهما جسد واحد فقط.

كانت الأمسية ممتعة، وكان النسيم يستعد. كان لدى أمايا وكاران مسيرة طويلة، حيث شاركا القصص والأحداث. أظهرت الاحترام لكاران لأنها عرفت أن لديه نفس شعورها. كانت

تتوق إلى أن تكون قريبة من جسده أثناء المشي وهي تفكر فيه باستمرار. في بعض الأحيان تخيلت أنها بعيدة عنه ؛ عانت من ضائقة شديدة، لذلك أمسكت راحة يده اليسرى بإحكام أثناء المشي.

كانت أمايا تكره الحزن والقلق والشعور بالوحدة، لكن فرحة التواجد مع كاران والخوف من فقدانه كان مستمرًا، وتدخلوا في ذهنها دون سابق إنذار. أثناء حديثها، نظرت إلى وجهه وأدركت أنه كان يستمع إليها باهتمام. ثم تخيلت أن كاران لا يمكن أن يرتكب أي خطأ، وأن يثق بشكل لا تشوبه شائبة في علاقتها به. كانت مباراة مثالية، متجهة إلى الأبد. فجأة، كان لديها رغبة ملحة في سرد قصتها الشخصية.

نادت: "كاران".

"نعم يا عزيزي"، نظر إليها، فأجاب وتوقف عن المشي.

"هل تعرف كاران ؟ لقد ولدت داخل كاتدرائية كنيسة العائلة المقدسة ".

"حقاً ؟" كانت هناك مفاجأة كبيرة في كلماته.

جلسوا على الرمال، ونظروا إلى بعضهم البعض، وروت القصة. كان كاران حريصًا على معرفة كل ما حدث لحبيبته أمايا. اتسعت العيون ؛ كان يعتز بكل كلمة منها كما لو لم يقم أي شخص آخر برواية مثل هذه القصة الحميمة والرائعة والسحرية. لم يكن هناك أحد آخر على الشاطئ الشاسع المزدحم. مال كاران نحوها، وأعرب عن دهشته عندما قالت إن راهبة تدعى أمايا أخذتها في يدها مباشرة بعد ولادتها. كان بإمكانه رؤية راهبة ترتدي أردية بيضاء مبهجة ومفيدة ولطيفة، تحمل الطفل الثمين في يدها مثل ثعبان يحمل أغلى جوهرة في فمه في قصص بانتشاتانترا.

أعرب كاران عن رغبته في مقابلة الراهبة: "أمايا، لنذهب ونلتقي بالأخت أمايا".

حسنًا، دعنا نذهب ونقابلها "، قالت وهي تبتسم وتدعم اقتراح كاران.

سألني: "هل نذهب غداً ؟".

"بالتأكيد"، أعربت عن موافقتها واستعدادها.

فجأة، كانت هناك سلسلة من الرعد والبرق. قفزت أمايا من كرسيها وسحبت عقلها من شاطئ برشلونة. بدأت تمطر ؛ كان بإمكانها رؤية قمم الأشجار المبللة بالمطر من مكتبها. استمر الرعد المتقطع والبرق والرياح العاصفة. سمعت شيئًا يسقط خارج بوابة جدارها المركب. ذهبت إلى النافذة المجاورة للباب الرئيسي ونظرت إلى الخارج. كان هناك فرع شجرة ساقط بالقرب من المدخل الرئيسي. استمرت الرياح ؛ بشكل غير متوقع، رن الهاتف. اتصلت بورنيما، فكرت.

الوعد

كانت هناك مشكلة إنسانية معقدة أرادت بورنيما مشاركتها. لقد حطم سلامها بلا توقف، وأجبرها على البحث عن إجابة قد ترضي سعيها للعثور على شخص يبحث عن والدها. قد يعتقد بورنيما أن الفرد يمكن أن يساعده على استعادة وعيه. كانت معاناة بورنيما متغلغلة ولا يمكن تصورها.

قالت أمايا بعد أن ردت على الهاتف: "مرحبًا".

"مرحبا، سيدتي، مساء الخير. أنا بورنيما، من شانديغار. نأسف لإزعاجك مرة أخرى. بالأمس أخبرتك أنني سأبحث عن مزيد من الأدلة حول الشخص الذي يروي والدي اسمه مرارًا وتكرارًا عندما يصبح شبه واعٍ، على الرغم من أنه في غيبوبة معظم الوقت. لقد كنت أبحث عن هذا الشخص خلال الأشهر الثلاثة الماضية. أعتقد أنك هذا الشخص ". كانت بورنيما دقيقة.

"هل لديك دليل ؟" تساءلت أمايا.

"هل كنت في الجامعة في برشلونة ؟" سألت بورنيما.

أجاب أمايا: "بالتأكيد، كنت في جامعة برشلونة".

"هذا هو دليلي يا سيدتي ؛ أنت الشخص الذي أبحث عنه". كان لصوت بورنيما مسحة من اليقين والفرح.

كان هناك سلسلة من الرعد والبرق، وأصبح الهاتف فارغًا. الكهرباء، أيضا، فشلت وغمرها الظلام مثل إعصار من بحر العرب. أخذت أمايا شعلتها الخلوية، وصعدت إلى الباب الرئيسي ولاحظت أن المنطقة بأكملها مظلمة. أدى تشغيل العاكس غير المستخدم إلى إضاءة المكتب والسكن. كان الهاتف لا يزال غير نشط. ومع ذلك، كان هناك قلق لا يسبر غوره ؛ شيء هائل ضغط على الرأس، وهو ثقب غامض داخل القلب. أرادت بورنيما مشاركة نتيجة بحثها عن والدها والمرأة التي تعرف عليها. التقيا في برشلونة، على وجه التحديد في الجامعة. كان الأمر يتعلق بعلاقة شخصية وحميمة طورها واعتز بها ولم يكشف عنها لأحد. بحث بورنيما في ملفاته ومذكراته القديمة لمساعدته. لم يكن الأمر أن يختلس النظر إلى حياته الخاصة. كانت حكيمة في عدم الحكم عليه، وتوجيه افتراءات لا أساس لها من الصحة على والدها. لم تستطع مواصلة الحديث ؛ انتهى الأمر فجأة. فشل الخط الأرضي بسبب الرعد والبرق. ستتصل بورنيما في اليوم التالي. بدا الترقب المفاجئ غير محدود ولكنه غير ملموس، وسحق السلام لأنه كان ضخمًا ومرهقًا مثل آثار إعصار مدمر.

أثناء تأديتها لفيباسانا، سيطرت أمايا على عقلها المضطرب ؛ وركزت على أعماق نفسها، الوجود، الوجود. تجاوزت الألم والحزن والعذاب واليأس. لم يكن الفرح والحيوية والوفاء،

ولكن السلام الخالص، العدم في ملئه. ركزت على عقلها، وارتفعت بنفسها في الفراغ، وكان هناك النعيم، تجربة السكينة.

نمت أمايا جيدًا حتى الساعة الرابعة صباحًا. مرة أخرى، كان لديها ساعة من فيباسانا وشهدت الهدوء، مرحلة من الهدوء دون أي عواطف، والتي لم تكن نفيًا، بل لا شيء. سمحت لها فيباسانا بتقطير عملها طوال اليوم لأداء رضاها الوظيفي ووعيها. لم يكن الواجب أو المسؤولية بل رحلة من خلال الحد من المعاناة، هي والآخرين، الرحلة النهائية للوعي، واختبار الذات في ملئها.

قام فنيو قسم الكهرباء بإصلاح التوصيلات المعيبة في الصباح ؛ كما كان الهاتف يعمل كالمعتاد. بعد الإفطار، اكتسحت أمايا منزلها بأكمله وقامت بالكآبة. استغرق الأمر حوالي ثلاث ساعات لإكمال العمل. ثم غسلت ملابسها في الآلة الأوتوماتيكية المرفقة بنظام الكي الآلي. بعد تناول فنجان من القهوة، بدأت في قراءة روايتها المفضلة. كانت القصة تدور حول سعي الفتاة للحصول على التعليم والحياة المهنية والحياة السعيدة. كانت ابنة الأرملة التي تقوم بالعمل اليدوي من أجل لقمة العيش. كانت الفتاة الصغيرة جيدة في دراستها ؛ شجعها معلموها، ولاحظت إحداها أنها تستطيع الرسم بشكل جيد. بعد الحصول على بعض التدريب الأساسي، بدأت الفتاة في رسم صور سريالية. بينما كانت في السنة الأخيرة من المدرسة الثانوية، بدأت في عرض اللوحات في قاعة المدينة. زار مئات الأشخاص المعرض ؛ يمكن للفتاة بيع عشرات من فنها، وهو ما يكفي لدراستها الجامعية. ثم بدأت في الذهاب إلى مدن مختلفة في الهند والخارج للمعارض. فجأة بدأت أمايا تسافر معها أثناء القراءة. نقلت نفسها إلى عالم مختلف. التقت بأشخاص آخرين، وعاشت في مدن كبيرة، وتحدثت لغات جديدة. بالنسبة لها، كانت القراءة تعيد خلق المشاركة الشخصية في السرد. ثم سافرت إلى ماضيها إلى برشلونة.

كانت مع كاران في طريقها لمقابلة الراهبة المسماة أمايا. كان دخول كنيسة العائلة المقدسة المهيبة تجربة حميمة، وقادت كاران إلى الكاتدرائية. ولدت هناك قبل ثلاثة وعشرين عامًا ؛ روت القصة مرة أخرى.

قال كاران: "أمايا، أنت محظوظة للغاية ؛ أنت أول وربما الشخص الوحيد الذي ولد داخل هذه المناطق المقدسة".

"نعم، كاران، أشعر بالوحدة مع هذه الكنيسة والآن أشعر بالوحدة معك." كانت كلماتها مضيئة في الحب، منغمسة في الثقة.

"أنت ثمين للغاية بالنسبة لي، ونهائية مسعاي. عندما قابلتك لأول مرة في الكافتيريا، استنتجت أنها كانت نهاية رحلتي. كم أنا محظوظ "، قائلاً، عانق كاران أمايا.

"نحن نقف ونعانق بعضنا البعض في المكان الذي ولدت فيه. صرخ أمايا: "يا لها من مصادفة جميلة".

"بالتأكيد. قال كاران: "هنا نختبر تحقيق اتحادنا".

اقترح أمايا: "تعال، دعنا نذهب إلى دير لوريتو، الموجود في نفس المجمع، على الجانب الآخر"، وهو يأخذ يد كاران.

أخبرته مرة أخرى أنها أمضت الأيام العشرة الأولى من حياتها في دير الراهبات عندما وصلوا إلى مدخل الدير. اعتنت الراهبات بأمها وحديثي الولادة بمودة عميقة.

"أمايا، أنت مليئة بالحب. لم يسبق لي أن رأيت شخصًا يمكنه أن يحب مثلك. وأنت تثق بي كطفل. ربما تكون قد حصلت على هذه الصفات من الراهبات "، قالت أمايا كاران وهي تعانقها، ثم ابتسم. لقد أحببت ابتسامته.

عندما استفسرت عن الأخت أمايا، أخبرتهم راهبة مسنة أنها في سان سيباستيان. على الفور قرر أمايا وكاران الذهاب إلى سان سيباستيان، على بعد خمسمائة وسبعة وستين كيلومترًا من برشلونة. أخبر كاران أمايا أنهم يمكن أن يكونوا هناك في غضون ست ساعات. اقترح أمايا أن يقضوا المساء والليل في سرقسطة، وهي بلدة جميلة في الطريق. كان كاران سعيدًا بسماع اقتراح أمايا.

طلب كاران من أمايا تولي القيادة. كانت على مسافة ثلاثمائة واثني عشر كيلومترا من برشلونة إلى سرقسطة. قال إنهم قضوا يومًا كاملاً معهم واقترح عليهم القيادة ببطء إلى حد ما، ومشاهدة المشهد على جانبي الطريق السريع والوصول إلى سرقسطة بحلول الساعة الرابعة مساءً. جلس كاران بجانب أمايا وتحدث عن الريف. لكن بالنسبة لأمايا، كان مركز جاذبيتها كاران، حيث أرادت التمسك به، وهو تعبير عن علاقتها الحميمة. كانت رغبة قوية في الحميمية الجسدية والاتحاد الأعمق والمشاركة المكثفة لبعضنا البعض. عندما كانت تفكر في نفسها، كانت تهتم باحتياجاته، وتقدر سعادته وتفكر دائمًا في أن تكون معه وتسافر معه. كانت ترغب في تلقي الرعاية والموافقة والاتصال الجسدي للتعبير عن المشاعر الشديدة، بما في ذلك المودة والاتحاد الجنسي والفرح. كان وجودها لكونها واحدة معه.

عرفت أمايا أن مراسيها الثقافية وتوقعاتها تشجع على الوقوع في الحب، وأن مفاهيمها المسبقة للحب تتفق مع عواطفها وأفعالها. كانت الإثارة الجنسية المتزايدة لها نتيجة للحب العميق بين والديها. ساعد ذلك على إنبات علاقة حميمة جنسية مكثفة مع كاران أينما التقت به أو كلما كانت في حضوره. فجأة انفجرت بمشاعر حسية، قمعتها لسنوات عديدة.

كانت القيادة ممتعة لأن كاران كان معها. كان وجوده قوة ديناميكية للمضي قدمًا على طول الطريق، وكان الهدف هو هو. بدت الأراضي الزراعية والقصور على كلا الجانبين ساحرة، لكنها لم تستطع جذب انتباه أمايا لأنها ركزت بالكامل على كاران.

حوالي الظهر، توقفوا بالقرب من مطعم على الطريق السريع ملحق بمحطة وقود في منطقة أراغون. بعد ملء السيارة، ذهبوا إلى المطعم وطلبوا شواء تيرناسكو وجزء صغير من لحم الضأن الصغير في جذور طبية. وجدت أمايا لسان الثور مع البطاطس لذيذًا وأخبرت كاران أن لسان الثور كان معروفًا باسم ملكة الخضروات. كان حساء الخضار المختلط مع قطع لحم الخنزير المقدد الأبيض لذيذًا. أخيرًا، تناولوا الخوخ مع النبيذ، وهو طبق من الخوخ منقوع في النبيذ الأحمر مع القرفة. أمضت أمايا وكاران أكثر من ساعة بقليل في المطعم. بعد الغداء، بدأ كاران في القيادة، وفي العديد من الأماكن، توقفوا لمشاهدة التلال المنخفضة والأنهار والأراضي الزراعية وكروم العنب.

بحلول الساعة الخامسة مساءً، وصلوا إلى سرقسطة ونزلوا في فندق على نهر إيبرو. وقفت أمايا بالقرب من النافذة، تطل على النهر. اقترب منها كاران وعانقها، ونظرت إلى كاران

وقالت: "كن معي دائمًا، لا تتركني وشأني أبدًا". بالنظر إلى أمايا، ابتسم كاران وقبلها على شفتيها. شعرت كما لو أنها أصبحت واحدة مع كاران.

سألت فجأة: "هل تحبني يا كاران ؟"، وهي تعلم أن سؤالها ليس له معنى. ومع ذلك، كان قلبها يتوق إلى الحصول على إجابة إيجابية منه، أو أرادت أن تسمع من كاران، "أحبك يا عزيزتي أمايا".

قال كاران وهو يضغط عليها بالقرب من صدره: "أحبك يا أمايا أكثر مما أحب قلبي. أنت أنفاسي ".

قالت بحماس: "أنا أيضًا أحبك". "انظر إلى مورالاس روماناس، الجدران الرومانية. أخبرني شخص ما ؛ أن رائد جيش روماني بناه لزوجته. لقد أحبها بعمق ".

"أمايا، أحب بناء قصر لك". أظهر لها قصر الجعفرية على الجانب الآخر من النهر.

قالت أمايا: "ثم سأطلب من والدتي بناء جسر حجري أكثر مهيبًا من بونتي دي بيدرا فوق نهر إيبرو"، ضاحكة مثل فتاة.

"أحب براءتك أمايا ؛ أنت خبيث للغاية." قبّل خديها.

أجابت أمايا: "عندما تثق بشخص ما دون أدنى شك، فإنك تصبح ساذجة، بلا أنانية".

عند حلول الليل، تجولوا في جميع أنحاء المدينة، واندمجوا مع الحشد. تناولوا العشاء في مطعم مفتوح على ضفة النهر، وتحيط بهم حديقة، واستمتعوا بالدجاج تشيليندرون، وهو طبق مع الدواجن في صلصة تشيليندرون والفلفل والبصل والطماطم. كان باكالاو أجواريرو تحضيرًا رائعًا للأسماك الرقيقة بنكهات فريدة من نوعها. استمتع كلاهما بحساء الخضار. ثم تناولوا القهوة السوداء الساخنة وعادوا إلى غرفتهم حوالي الساعة الحادية عشرة والنصف. أثناء استلقائها بجانب كاران، مع إبقاء يدها اليسرى على صدره العاري، اعتقدت أمايا أنها محظوظة، محظوظة لوجود رجل يحبها ويمكنها أن تحبها. كان إيجابيًا في جميع أفكاره وكلماته وأفعاله وشجعها على عدم القلق. عرفت أمايا جيدًا أن كاران ركزت على مشاعرها وفهمت أدنى أحزانها وقلقها. كان لكلماته قوة وحيوية مهدئة، وكانت تحب الاستماع إليه مرارًا وتكرارًا، وتقضي وقتها كله معه. كانت تدرك ؛ أنهما يقضيان بعض الوقت في القيام بالأشياء، وكلاهما يستمتعان. كان كاران منتبهًا بشكل ملحوظ ؛ كان حنونًا جسديًا، إلى جانب كلماته المحبة. في اللمس والمداعبة وصنع الحب، لم يكن لديه أي موانع وكان يفكر دائمًا في تفضيلات أمايا. في جميع أنشطته، كانت الأولى بالنسبة له.

استمع كاران بينما كانت تتحدث وسمح لها بالتحدث قبل أن يتحدث. حاول أن يفهم كل ما كانت تقوله. وجد السعادة والرضا من خلال تشجيعها على قيادة سيارة أو العزف على البيانو، الذي استمتعت به. كان بإمكان كاران أن يجعلها تضحك ؛ كان جيدًا في إلقاء النكات والضحك. في غضون الوقت المحدود لرفقتهم، أعرب أحيانًا عن جهله، وأبدى اهتمامًا بتعزيز معرفته ولم يشعر بالخجل أبدًا من طلب اقتراحاتها وخبرتها. أبعد من ذلك، لم يكن لديه أي تردد في طلب مساعدتها، والتي اعتقد أن أمايا لديها فهم أو مهارة أفضل.

بدأت أمايا وكاران في سان سيباستيان في اليوم التالي بعد الإفطار. في غضون ساعة، دخلوا بلاد الباسك. كانت الأراضي الزراعية على جانبي الطريق السريع جميلة بشكل مذهل.

كانت هناك بساتين تفاح وكروم عنب. استمتعت أمايا بالقيادة ؛ وتحدثت دون انقطاع إلى كاران عن زياراتها إلى بلاد الباسك مع والديها عندما كانت طالبة. توقفوا في بعض الأحيان لمشاهدة الهندسة المعمارية المتطورة بشكل مذهل التي ظهرت حتى في المدن الصغيرة. كانت استراحة الغداء في بامبلونا، حيث تناولوا حساء السمك، المعروف باسم مارميتاكو، مع التونة والبطاطس والبصل والفلفل والطماطم. سمك القد المقلي في زيت الزيتون مع الفلفل الأحمر كان له طعم رائع. استمتعوا بتكسيستورا، نقانق لحم الخنزير، وللتحلية، ليتشي فريتا.

بعد الغداء، بدأ كاران في القيادة نحو الشمال، وشاهدته أمايا يقود. حوالي الساعة الرابعة مساءً، وصلوا إلى سان سيباستيان وذهبوا مباشرة إلى الدير لمقابلة الراهبة أمايا. في التحقيق، طلب منهم شخص متدين الانتظار في غرفة الزائر بعد أن علموا أنهم يريدون مقابلة الأخت أمايا. في غضون خمس دقائق، دخلت راهبة في منتصف العمر الغرفة وعلى الفور، تمكنت من التعرف على المرأة في الجينز والقميص.

"أمايا"، صرخت وركضت نحو أمايا وعانقتها. شعرت أمايا بالجمال بين ذراعيها لفترة طويلة. قبلت الراهبة أمايا وأعربت عن سعادتها بلقائها.

نادت أمايا الراهبة: "سيدتي".

"أمايا، لقد أصبحت امرأة، تمامًا مثل والدتك. صرخت الراهبة: "أنا سعيدة للغاية بمقابلتك".

"أنا متحمس للغاية، سيدتي ؛ قابلي كاران، شريك حياتي"، قدمت أمايا كاران للأخت أمايا.

"كيف حالك يا كاران"، مصافحة كاران، استقبلته الراهبة.

أجاب كاران: "كيف حالك يا سيدتي".

"كانت أمايا تتحدث عنك باستمرار. أخبرتني أنك أول شخص لمسها. بعد قطع الحبل السري، أخذتها ونقلت الأم والطفل شخصيًا إلى ديرك. وقال كاران: "كانوا في لوريتو لمدة عشرة أيام".

"يا إلهي، أمايا، لقد أخبرته بكل شيء. كم أنت رائعة ؛ أنت امرأة جميلة ؛ آخر مرة التقينا كانت في مدريد قبل أن تغادري إلى الهند. الآن سأقابلك بعد عشر سنوات. صاحت الراهبة: "إنه حلم تحقق".

قالت أمايا وهي تنظر إلى كاران: "نعم، سيدتي، أعرب كاران عن رغبته في مقابلتك".

قالت الأخت أمايا: "كاران، أنت محظوظ للغاية ؛ أمايا واحدة في المليون".

"نعم يا مادري" فتح كاران حقيبة كتفه وأخذ حزمة صغيرة ملفوفة بورق ذهبي. قال كاران: "سيدتي، هذه هدية صغيرة لك".

"كاران، لم يكن ذلك ضروريًا". تلقت الهدية من أمايا وكاران.

قالت أمايا: "سيدتي، يمكنك فتحه ومعرفة ما إذا كان يعجبك".

فتحت الأخت أمايا الصندوق الصغير وسحبت مسبحة ذهبية عليها صليب بلاتيني. "يبدو جميلًا جدًا ؛ شكرًا لك، أمايا، كاران، على الهدية الجميلة ؛ أنا أقدرها ولكن لا يمكنني

استخدامها شخصيًا. قالت الراهبة وهي تنظر إلى كاران وأمايا: "سيتم الاحتفاظ بها في متحفنا في ذكرى زيارتك".

ثم أخذتهما الأخت أمايا إلى قاعة الطعام وقدمت لهما القهوة والوجبات الخفيفة. جلسوا وتحدثوا لفترة طويلة. بعد تناول المرطبات، أطلعتهم الأخت أمايا على الكنيسة وقاعة الندوات وقاعات المؤتمرات والمكتبة والحديقة. قبل أن تودعهم، صعدت الأخت أمايا إلى سيارتهم معهم. "أمايا، لقد كانت مفاجأة لطيفة مقابلتك. كنت دائمًا في قلبي "، قالت وهي تعانق أمايا.

قالت أمايا وقبلت خد الأخت أمايا: "شكرًا لك، سيدتي، على مودتك، لتذكرني وإبقائي في قلبك".

"كاران، من الرائع مقابلتك. أنتما زوجان رائعان. أتمنى لك وقتًا مجزيًا في المستقبل ". صافحت كاران.

طلب كاران من الأخت أمايا: "شكرًا لك يا سيدتي ؛ من فضلك تعالي إلى مكاننا عند زيارتك لبرشلونة".

طمأنت الأخت أمايا: "بالتأكيد، أحب أن ألتقي بك مرة أخرى".

قالت أمايا: "وداعاً يا سيدتي".

أجابت الأخت أمايا: "وداعاً".

ذهب أمايا وكاران إلى وسط المدينة وسجلا الوصول في أحد الفنادق. لم يخرجوا لأنها كانت الثامنة بالفعل وتناولوا العشاء في مطعم في الطابق الأرضي. بدأت رحلة العودة في الساعة السادسة صباحًا ؛ كانت أمايا في مقعد السائق وتحدثت عن مئات الأشياء أثناء القيادة. بعد مائة وخمسين كيلومترًا، تناولوا وجبة الإفطار في كشك، وعند الظهر، كان الغداء في مطعم بالقرب من محطة وقود. بعد استراحة لمدة ساعة، بدأ كاران بالقيادة ووصل إلى برشلونة الساعة الخامسة مساءً. فتحت أمايا الباب الجانبي للمنزل من موقف السيارات بالمفتاح الاحتياطي الذي أعطاها إياه كاران.

قال كاران: "أمايا، شكرًا لك على الرحلة الجميلة"، عند دخول المنزل.

"يجب أن أشكرك يا كاران على حبك ورفقتك وتعاونك. من الرائع السفر معك. قالت أمايا: "أنت مراعي للغاية".

لمدة ساعة أمضوها في حمام السباحة. كانت المياه باردة، على الرغم من أن الصيف كان في ذروته. استمتعت أمايا بالسباحة عارية مع كاران، التي كان لها سحر فريد من نوعه. ثم قاموا بطهي بولاف الخضروات والقرنبيط والسبانخ مع البطاطس، وبعد العشاء، عزفوا على البيانو لمدة ساعة. شاهد كاران بذهول حركات أصابع أمايا على لوحة المفاتيح. كانت تعزف شوبان، المفضل لديها، ويمكن لكاران أن يعرف الملحن من الموسيقى. في وقت لاحق، لعب كاران دور كلارا شومان.

نهضت أمايا من الكرسي عندما انزلق الكتاب من يدها. إن إدراك أنها كانت في كوتشي، وليس في برشلونة قبل خمسة وعشرين عامًا، فاجأها للحظة. بعد الانتهاء من عملها،

راجعت رسائل البريد الإلكتروني الخاصة بها وقرأت لاحقًا مقالتيها المنشورتين في الصحف المحلية حوالي السادسة. كان أحدهما يتعلق بالحقوق المتساوية للمرأة في ممتلكات براءات الاختراع الخاصة بها ؛ والثاني يتعلق باستغلال المرأة في الدين. كانت تتوقع مكالمة من شانديغار وكانت حريصة على معرفة ما يريد بورنيما قوله. في غضون خمس دقائق، جاءت المكالمة.

"سيدتي، مساء الخير ؛ أنا بورنيما".

أجابت أمايا: "مرحبًا بورنيما".

أوضح بورنيما: "مع تعطل محادثتنا، لم أتمكن من مواصلة حديثي ؛ لم أرغب في إزعاجك لاحقًا".

"بالأمس، كنت أستفسر عما إذا كنت في جامعة في برشلونة ؛ أعطيت إجابة إيجابية بأنك كنت طالبًا في الجامعة. أوضح بورنيما: "رأيت ملاحظة في وثيقة والدي بأنه التقى بك".

"ماذا تقول الملاحظة ؟ ما هي الكلمات المحددة ؟" سألت أمايا.

قرأ بورنيما من الملاحظة: "قابلت أمايا في الكافتيريا في الجامعة".

قال أمايا: "لكن هذا لا يعني أي شيء ؛ مئات الأشخاص يزورون الكافتيريا كل يوم ؛ ربما كان هناك عشرات النساء يحملن اسم أمايا، لأنه كان اسمًا شائعًا ليس فقط في الجامعة ولكن في جميع أنحاء إسبانيا". لكن كان لديها شك مزعج في ذهنها. "هل يبحث بورنيما عن أمايا مينون ؟ من هي بورنيما ؟" ناقشت أمايا داخلها. لكنها لم ترغب في طرح المزيد من الأسئلة الشخصية على بورنيما. دعها تجلب المزيد من الأدلة على هوية أمايا.

"أنا حريص على معرفة ذلك. أعتقد أن أمايا، التي كان والدي يعرفها في جامعة برشلونة، يمكن أن تساعد والدي على استعادة وعيه. إنه ضروري بالنسبة لي. من فضلك ساعدني "، توسلت بورنيما.

كان إعطاء أمل كاذب لبورنيما خطأ، إلى جانب القضية، وهو أمر خطير يتعلق بالهوية الحقيقية لشخص ما. لم ترغب أمايا في الادعاء بأنها كانت الشخص الذي التقى بوالدها في كافتيريا الجامعة في برشلونة أو لتشجيع بورنيما على توجيه استنتاجاتها إلى شخص ما دون دليل صالح ويمكن التحقق منه.

"سيدتي، دعيني أراجع جميع الوثائق القديمة. من الصعب البحث عن ملاحظات مكتوبة بخط اليد عمرها ربع قرن. إلى جانب ذلك، لست على علم بوجود مثل هذه الملاحظات أو المستندات. لكنني سأقوم بالبحث. أنا مصمم على العثور على أمايا، التي التقى بها والدي في الجامعة. هي فقط من يمكنها مساعدة والدي. وبخلاف ذلك، ليس لدي سلام "، قالت بورنيما.

قالت أمايا: "البراهين الصلبة ضرورية في مثل هذه الحالات".

"سيدتي، هل يمكنني التحدث إليك غدًا في هذا الوقت ؟" توسل بورنيما.

أجابت أمايا: "على الرحب والسعة يا بورنيما".

"شكراً سيدتي، طابت ليلتك".

"ليلة سعيدة، بورنيما."

كانت بورنيما تعاني، وكان لدى أمايا العزم على مساعدة بورنيما. ذات مرة كانت تعاني من حزن لا يمكن تصوره لسنوات معًا، لكنها تغلبت عليه بمساعدة والدتها. كان إصرارها شديدًا ومخترقًا ومخففًا. كانت روز هادئة وشخصية ويمكنها الشعور بأحزان ابنتها والتعاطف معها. أدى تماهي روز غير المشروط مع ابنتها إلى رفع أمايا إلى عالم جديد من الوعي، ناتج عن الفهم الكامل لاحتياجاتها. كان السر هو معرفة مشاعر الشخص الذي يعاني دون إلقاء اللوم أو الحكم.

كان اعتبار روز على قدم المساواة معرفة جديدة لم تختبرها أمايا أبدًا كطفل أو شاب بالغ. غيرت كلماتها اللطيفة وأفعالها واهتمامها بمعاناة ابنتها واستعدادها للتدريب والتحكم في عقلها كل شيء. تعجبت أمايا من إمكانيات فيياسانا، التي اقترحتها والدتها. كان كونًا مختلفًا ؛ غريب ولكنه حقيقي، غيرت فيياسانا بشكل جذري تركيز حياة أمايا لأنها أدركت وجود مشاكل داخل الشخص. يحدث التحول من خلال التحكم في عقل المرء، طبقة تلو الأخرى، ورقة تلو الأخرى. أخبرت روز أمايا أنه لم يكن اكتشافًا، بل خلقًا داخل الذات، لأنه لا يوجد شيء موجود مسبقًا. كان تعلم تنظيم العقل رحلة نحو الوحدة، ونضالًا ضد العزلة التي شكلها غياب شخص أحب أمايا مقابلته.

دربت نفسها على التخلص من البؤس والكرب من خلال العيش بمفردها. لسنوات، كان غياب سوبريا ضربة لحساسيات أمايا وأحلامها. بعد تقييم ما حدث، أدركت أمايا أنها لا تستطيع التراجع عن عدم وجود سوبريا، وهو إدراك قوي للواقع أدركته دون شعور.

اقترحت روز: "اقبل الحقائق في عريهم، لا تهرب منها، واجههم بجرأة وتصميم، لتعيش حياة سلمية ومنتجة".

خلق معنى في الحياة ومحاولة تحقيق ذلك من خلال جهود متسقة. إن احتضان الخوف والقلق والغضب والانتقام من شأنه أن يدمر السلام ويعزز المعاناة ويفشل في التمييز بين الواقع وغير الواقعي. كان هذا الإدراك قوة ؛ لا يمكن لأحد أن يحطمها حيث أصبح المرء سيد مصيرها. لو لم تكن متيقظة، لكانت الوحدة قد التهمتها مرة أخرى، وجعلت الحياة بلا معنى وأدت إلى طريق المعاناة. عندما شعرت بمثل هذه المواقف، سيطرت على عقلها من التجول وعزفت على البيانو لساعات معًا حيث يمكن للموسيقى أن تهدئ عقلها وتربطها بالكون. ابتكرت أمايا موسيقى كانت هادئة وسائدة.

كانت الوحدة التي عانت منها مدمرة قبل أن تبدأ في التأمل في الذات ووجودها ويقظتها وكيانها. مباشرة بعد اختفاء سوبريا، كان الشعور بشكل أساسي حول غياب الحب والحرمان من الارتباط، مما خلق البؤس والإحباط والعذاب في قلبها. لم يكن هناك مخرج، ولا بصيص أمل لأن السماء كانت مظلمة ومخيفة. لقد قلل ذلك من قدرات أمايا على التفكير، حيث فشلت مرارًا وتكرارًا في التركيز واتخاذ أكثر القرارات الشخصية وضوحًا. تحولت الحياة اليومية إلى رثة وقذرة وتسببت في الغثيان لكل شيء. تضاءلت قدراتها على حل المشكلات، مما دفعها نحو المعتقدات الذاتية السلبية والاكتئاب. اختفاء كاران، جنبًا إلى جنب مع سوبريا، نحتت كدمات غير قابلة للشفاء في قلبها، ودقت خطواته المتضائلة ناقوس الموت للحياة الأسرية. حاولت أمايا الهرب من نفسها، لكن ظل كاران تبعها في كل مكان ؛

نما الخوف من الواقع مثل الطاغوت. كان الخوف من كل شيء يطاردها، وفي الوقت نفسه، كانت الحقيقة تهرب منها. كانت مواجهة لامتلاك سوبريا، تصارع مع العدم. لقد خلق الرعب والهروب الناتج عن الفزع الشديد والعار والشفقة على الذات.

احتقرت أمايا العلاقات وكرهت الثقة بأي شخص، لأن الرفقة كانت ممارسة عقيمة بالنسبة لها. كانت عزلتها عاجزة دون إدراك لمشاركتها مع سوبريا. كانت أمايا تتلاشى داخلها. كانت تعبث بهويتها، وتكره وجودها وتستفز نفسها بمشاعر مؤلمة انفجرت عندما انفجر الديناميت بشكل متكرر. كان الخداع يفوق خيالها، وتحطمت الوعود في قطع صغيرة. لقد كانت كارثة، حيث تعرض هدف حياتها للصدمة أمام عينيها. على الرغم من أنها أصبحت أمًا، إلا أنها لم تستطع لمس ابنتها وإبقائها بالقرب من قلبها. تخيلت ابنتها تزحف مليون مرة، وتخطو خطواتها الصغيرة، وتتجول وتجري هنا وهناك. وأصبحت أمايا ابنتها، وأصبحت سوبريا أمايا.

أخيرًا، ساعدت روز أمايا على التغلب على الصدمة، واقتلاع وجودها الهائل من عقلها.

لهذا السبب أرادت أمايا مساعدة بورنيما للتغلب على قلقها. كان هذا هو نفس الدافع الذي أرادت أمايا السماح للنساء بالنضال من أجل العدالة، وكان نضالها القانوني دائمًا ملحمة من الحياد للنساء. لقد ساعدت مئات النساء على الوقوف على أقدامهن وتجربة الاستقلال وتقدير الذات والكرامة على مدى السنوات العشرين الماضية. عكست القضايا التي خاضتها في محاكم مختلفة عزمها على تحرير النساء من العبودية الجنسية والاستغلال والاضطهاد وإعدادهن لمواجهة الواقع ومواجهة المناطق المحيطة التي تجردهن من إنسانيتهن. كان الحياد إنسانيًا، والذي كان يجب أن يحتل الصدارة في جميع الحالات، وكان شعارها تمييزًا حميدًا لصالح المرأة.

كان صباح يوم الأحد مشمسًا ؛ كانت أمايا قد قررت بالفعل زيارة منزل والديها، على بعد ثلاثين دقيقة بالسيارة من المدينة إلى منطقة شبه حضرية. كانت روز وشانكار مينون عند المدخل الرئيسي في انتظار أمايا، لأنهما كانا يعرفان أنها ستكون في المنزل حوالي الساعة العاشرة صباحًا ؛ كانت هذه ممارستها المعتادة. عملت والدتها كمهندسة معمارية عندما كان شانكار مينون في الخدمة الخارجية مع حكومة الهند. بعد أن استقال من وظيفته في الحكومة، عادت روز مع زوجها إلى الهند.   في مومباي، كان شانكار مينون محررًا للكلمة لسنوات عديدة، وانضمت روز كمهندسة معمارية بدوام كامل في شركة في تلال مالابار. قدرت Design - Glory، الشركة التي عملت فيها روز، أسلوبها الفريد في دمج العمارة القوطية مع الطراز الهندي الجنوبي، نموذج كيرالا، مع العمارة المعاصرة. تخصصت Design - Glory فقط في الرسم وتطوير التصميم، وكان لديها عملاء من جميع أنحاء الهند وخارجها. بعد انضمام روز إلى الشركة، زاد عدد العملاء ثلاثة أضعاف.

عانقت أمايا والديها في الثمانينيات من العمر بالحب المعبر عنه، الذين بدوا بصحة جيدة ودودين. أثناء عمله كمحرر للكلمة، كان شانكار مينون أستاذًا زائرًا في العديد من كليات الصحافة وألف العديد من الكتب حول السياسة والصحافة والحرية. قدمت كتبه، حرية الكتابة والمحرر الذي يجرؤ، مساهمات صحفية بارزة. أخبر أمايا أنه أكمل بالفعل المسودة الأولى لكتاب آخر بعنوان الصحفي المجهول عن المراسلين الذين عملوا في هذا المجال. كان

شانكار مينون إنسانيًا ناضل من أجل حقوق الإنسان والمساواة ؛ عرفت أمايا ذلك منذ طفولتها وورثت العديد من صفاته. لقد أعجبت بمقالاته الافتتاحية وغيرها من الأعمدة، والتي كانت تعبيرًا قويًا عن سعي البشرية المستمر للحرية والعدالة. لم يعبد أحداً، ولم يخف أحداً، وضحك على الدكتاتوريين والمستبدين الذين خرجوا من الديمقراطية. من خلال تحليل البيانات الإحصائية لسنوات عديدة، كشف عن الأشخاص الذين حرضوا على العنف، وألقوا خطابات الكراهية، وانغمسوا في عمليات الإعدام الغوغائي والمذابح وأثبتوا أنهم أصبحوا وزراء أقوياء. ومع ذلك، كانوا أشخاصًا فارغين مع أكوام من الخوف، يخافون من كل شيء، حتى ظلالهم. كمحرر، كشف مينون عن العلاقة بين المجرمين والسياسيين والمجرمين الذين يتطورون كسياسيين ومديرين تنفيذيين. كتب أنه لحماية الديمقراطية، كان الاحتجاج ضروريًا. وخلص إلى أن المجتمع الذي نسي الاحتجاج هو ثقافة جاهلة وميتة. بالنسبة لشانكار مينون، كان الاكتشاف العلمي الأكثر أهمية هو اكتشاف الحرية والمساواة.

وبنفس الطريقة، بالنسبة لمينون، كانت الطريقة الأكثر صحة لحماية الديمقراطية هي الاحتجاج علنًا. أعطى السياسيون الذين ارتقوا إلى الألوهية معنى كونيًا لروتينهم وأفعالهم اليومية ؛ لقد فعلوا كل شيء لمجدهم، كما زعموا. وبالتالي، بالنسبة إلى تابع، فإن كل كلمة من سيده السياسي تحمل إمكانات نبوية، وبالتالي اختفت الحقيقة في هامش عبادة الأبطال، وهو تعبير عن ما بعد الحقيقة.

تزور أمايا والديها كل أسبوع. ومرة واحدة في الشهر، ذهبوا مع أمايا وبقوا معها في كوتشي لبضعة أيام. بالنسبة لأمايا، كان والداها صديقين مقربين لها ؛ وهما أيضًا يعتبرانها صديقتهما المقربة. أعربت روز وشانكار عن سعادتهما الخاصة بلقاء ابنتهما. في كثير من الأحيان جلس روز ومينون بالقرب من ابنتهما في عناق ضيق، ووضعا يدي كل منهما على كتفي الآخر، واستمتعا بتجمع التبريد. أمضوا ساعات في مشاركة نظرتهم للعالم، وفحص العضاضات القانونية والاجتماعية، ومناقشة أحدث التقنيات، والاختراعات العلمية، والعجائب المعمارية، والتحقيقات الصحفية، والكتب، والموسيقى، والفن، وحقوق الإنسان والعدالة الاجتماعية. في بعض الأحيان كانوا يتذكرون حياة مدريد، وزياراتهم إلى برشلونة، وبلد الباسك ومدن أوروبية مختلفة. انتهت محادثتهم دائمًا بمشاركة حياتهم الشخصية وصحتهم ورغباتهم وعملهم ومستقبلهم.

كانت أمايا تنضم إلى والديها في طهي الغداء، وجبة نباتية على غرار ولاية كيرالا، مع أبام وأرز وأطباق مختلفة وسامبار وباباد وباياسام. كانت قاعة الطعام امتدادًا للمطبخ، وكانت تجلس معًا، وجهاً لوجه، وتتشارك الطعام، وكانت مترابطة وجذابة. بعد تناول الشاي والوجبات الخفيفة بحلول الساعة الرابعة مساءً، كانوا يتجولون في الشلال. لم يكن لدى روز وشانكار مينون أي مشكلة في تسلق التل. كان الشلال المهيب والمساحات الخضراء مذهلين عندما كانت الرياح الموسمية نشطة. استطاعت أمايا رؤية المباني الشاهقة الجديدة على الجانب الآخر من التلال. كانوا يخشون أن تأتي مبانٍ جديدة فوق التلال وتدمر صفاء الشلال والصدفة.

عانق روز وشانكار مينون ابنتهما قبل أن تبدأ أمايا سيارتها في المغادرة.

"ماما، بابا، أحبك"، قائلة إنها قبلت كليهما.

قالت روز: "أحبك يا عزيزتي مول".

قال شانكار مينون: "أحبك يا أمايا".

أثناء عودتهما إلى كوتشي، سيطرت روز وشانكار مينون وحياتهما في القرية على عقل أمايا. كانوا سعداء بأنفسهم وبالحياة التي عاشوها. ثم ظهرت بورنيما بوضوح، والطريقة التي كانت تتحدث بها، حيث كان لديها غرض واضح، مثل السرية، كان للصوت نغمة دقيقة. لم تكن كلمات بورنيما متسرعة، واحترمت الشخص الذي تحدثت إليه ؛ لم تكن أبدًا متغطرسة، ودائمًا متواضعة، وعلامة على التنشئة الاجتماعية والتنشئة الكافية.

كانت أمايا واثقة من أن بورنيما ستتصل بها مع بعض الأدلة. في الساعة الثامنة والنصف، رن الهاتف ؛ عرفت أمايا أن بورنيما كانت متحمسة قليلاً من الصوت.

قالت بورنيما: "سيدتي، لدي دليل قوي على أن والدي التقى بك في الكافتيريا في الجامعة".

"ما هذا الدليل يا بورنيما ؟" سألت أمايا وهي تدق قلبها. كان هناك شغف لمعرفة المزيد عن قصة بورنيما.

"يمكنني الكشف عن بعض الملاحظات حول أمايا في ملفات والدي، وأعتقد اعتقادا راسخا أنه كان عنك". ثم قرأ بورنيما الأول: "التقى أمايا في الثاني من أغسطس".

كان هناك ارتجاف في جميع أنحاء جسم أمايا وفكرة محطمة مفادها أن كيانًا لا يمكن السيطرة عليه كان يمدها عبر نفق ضيق. في فراغ لا متناهي مغمور بالسيل، عانت من الغموض المهيمن. وانتقلت عبر الفراغ السلس، وشهدت انعدام الوزن المرعب، متشابكة في فعل قهر من ضيق التنفس المتناقص.

جلست أمايا على الكرسي مع عقبات وأمرت عقلها بالتصرف والهدوء. جلست على الكرسي، وتذكرت ذلك الاجتماع الأول. كان ذلك يوم الأربعاء، الثاني من أغسطس، تسعة عشر وخمسة وتسعون.

"بورنيما، ما هو الدليل الثاني ؟" بعد استعادة رباطة جأشها، تساءلت أمايا.

"الأمر يتعلق بزيارتك لمنزله، اللوتس". توقفت بورنيما فجأة.

لم تصدق أمايا أذنيها لأنها ذهبت للبقاء مع كاران يوم الجمعة، الخامس من أغسطس.

سأل أمايا: "من فضلك قل لي الاسم الكامل لوالدك".

أجاب بورنيما: "إنه كاران أشاريا".

جلست أمايا بصمت لبضع ثوان.

"سيدتي، لديك بعض الأسرار عن والدي. أنت فقط من يمكنه مساعدته. إنه يتلو اسمك باستمرار،"كانت بورنيما حريصة على طلب المساعدة.

"بورنيما، هل أنت الطفل الوحيد لوالدك ؟" سألت أمايا.

"نعم، أنا الطفلة الوحيدة للدكتورة إيفا وكاران أشاريا. قال بورنيما: "في الحادي والثلاثين من يوليو، عام 1996، ولدت في برشلونة".

"بورنيما"، نادت أمايا اسمها كما لو كانت تريد أن تقول شيئًا أكثر لكنها توقفت.

"نعم يا سيدتي"، بدت إجابة بورنيما وكأنها استفسار.

"بورنيما، أنا أمايا ؛ أنت تبحثين عني. أخبرني، ماذا يمكنني أن أفعل لك ؟" سألت أمايا.

"سيدتي، من فضلك تعالي إلى شانديغار على الفور. قابل والدي. أنا متأكد من أن والدي سوف يتعرف على وجودك. سيستعيد وعيه. يرجى القيام برحلة مستأجرة إذا لم تكن هناك رحلة مباشرة من كوتشي إلى شانديغار. يمكنني أن أدفع ثمن كل شيء. والدي هو واحد من أغنى الناس في البلاد، لذلك المال ليس مشكلة ". كان بورنيما متخوفًا من إقناع أمايا.

"متى يجب أن آتي إلى شانديغار ؟" تساءلت أمايا.

"من فضلك ابدأ اليوم ؛ وإلا، غدًا. يمكنني المجيء إلى كوتشي وأخذك إلى شانديغار في طائرتنا الخاصة إذا كنت لا تمانع ". كانت بورنيما تعتذر.

"أنا محام ؛ حوالي أربعين قضية مدرجة لمدة أسبوع كامل، بدءًا من يوم الاثنين. بالنسبة لعملائي، عرائضهم هي مشاكل الحياة والموت. القضية تؤثر على عائلتهم أيضًا، وأنا مسؤول عنهم "، أوضحت أمايا حالتها.

"سيدتي، قد يموت والدي. من فضلك تعال "، ناشدت بورنيما.

"أريد القضاء على معاناة عملائي، الذين هم أولويتي. إذا أصررت، يمكنني زيارة مسكنك يوم السبت ". كانت أمايا دقيقة.

"أنا ممتن لك يا سيدتي. هناك سبب آخر لماذا طلبت منك أن تأتي إلى شانديغار على الفور. أخشى على سلامة والدي ؛ حياته في خطر. لا يستطيع العديد من المنافسين المحترفين استيعاب النمو غير المسبوق لشركتنا الصيدلانية. قد يكون هناك شخص ما داخل شركتنا يعمل لديهم. لقد عينت أكثر الأطباء والممرضات ثقة لرعايته. إلى جانب ذلك، أقضي الكثير من الوقت مع والدي ". كان هناك بعض الألم في كلمات بورنيما.

"عليك أن تكون حذراً للغاية في حماية والدك. من الجيد أن تعرف أنك وثقت بأشخاص من حوله. بالمناسبة، يمكنني أن أستقل رحلة من كوتشي إلى دلهي، ثم رحلة متصلة إلى شانديغار. قالت أمايا: "لا تقلق بشأن سفري ؛ سأتدبر أمري".

"بالتأكيد. سيدتي،" هل أتصل بك غدًا في الساعة الثامنة والنصف مساءً ؟"

"بالتأكيد، ليلة سعيدة، سيدتي".

أجابت أمايا: "ليلة سعيدة يا بورنيما".

فجأة، كان هناك صمت تام. كانت إيفا الاسم الذي أدخله كاران في سجلات المستشفى بدلاً من أمايا ؛ نسخة من جواز السفر والتأشيرة وتاريخ الميلاد وعنوان الإقامة وغيرها من الوثائق. كانت الطفلة المولودة هي ابنة إيفا وكاران.

بكت أمايا. كانت صرخة بلا ضوضاء، لكن قلبها كان ينفجر، والألم شديد. فقدت أمايا السيطرة على نفسها لأول مرة منذ عشرين عامًا ؛ أملى عقلها الشروط. قالت: "دعني أبكي

وأبكي، وأزيل ألمي وبؤسي خلال السنوات الأربع والعشرين الماضية". جلست أمايا هناك لأكثر من ساعتين دون التفكير في أي شيء، فقط تعاني من الفراغ والظلام التام.

مرة أخرى، كانت في نفق به الآلاف من الأعمدة النحيلة المتصلة. هاوية الخلود التهمت كل شيء. لكن رضيعًا بكى من العدم. أرادت أمايا الوصول إلى الطفل وركضت دون الوصول إلى الوجهة. أصبح الصراخ أعلى ؛ انزعج الآلاف وعوىوا وصرخوا مثل الثعالب خلال الرعود المتقطعة من السيول قبل الرياح الموسمية. أصبح الصراخ أكثر صخبًا ومخيفًا. أخمدت الأصوات الصاخبة لتسونامي الصراخ. يمكن للجدار المرتفع من الماء المقترب وقوته أن يدمر كل شيء ويحطم أي شيء يقف في طريقه. كان الأمر مخيفًا، وعانت من العوم فوق الأمواج لساعات معًا. لقد كان شعورًا بالموت طباشير الخياشيم والحلق والرئتين وانفجار المعدة.

استطاعت أمايا أن ترى مئات المنازل منفصلة، وحاولت الوصول إلى أحدها. بطريقة ما، دخلت منزلًا كبيرًا حيث رفضت النساء فقط اللائي يرتدين الساري الأبيض والرؤوس المحلوقة البشر. وبما أن أبنائهم غير مرغوب فيهم، فقد ألقوا بهم في معبد.

صرخوا في انسجام: "أيامنا معدودة ؛ ليس لدينا الحق في العيش كبشر لأننا أرامل".

صرخت امرأة عمياء كان طفلها يرضع: "لكن الترمل سيأتي إليك يومًا ما ؛ ليس لديك مخرج".

حزنت امرأة أخرى: "لا تلعنوها".

"من المحتم أن تصبح واحدًا اليوم أو غدًا. ستجمع الروبوتات جسدك، وترميه في شق عميق، حيث تتعفن مثل الفئران "، قالت المرأة الأولى كما لو كانت تقرأ من كتاب مقدس. "الحياة صراع لا معنى له. إذا حاولت إعطاء معنى لها، فلن يقبلها أحد "، تابعت المرأة العمياء.

سيكون الترمل مثل الموت، لكن لا يبدو أن المرء مستوي. ستعاني النساء وتموت ؛ وستتحرر الأرض منهم. عندما تختفي النساء، سيختفي الرجال أيضًا. كانت هناك هذه الحيوانات الناطقة والتفكير على مدى الأربعة ملايين سنة الماضية. استغرق الأمر منهم نصف مليون سنة للمشي على أقدامهم. استغرق إنشاء لغة أكثر من مليون سنة. استعمروا جميع أركان وزوايا هذا الكوكب، وطاردوا النياندرتال، ووقعوا في حب نسائهم، وأنجبوا بعض الهجائن، ودمروا جميع الحيوانات تقريبًا في أستراليا والأمريكتين. اكتشفوا النار وخام الحديد والأسلحة والطبخ والزراعة. ازدهرت الأديان مع الآلهة، والتجسيدات، والولادات العذراء، والتضحيات، والسيوف المشرقة، والغارات الليلية في مئات الواحات، ومذابح اليهود، وتحويل نسائهم، وزواج الأطفال، والحروب الصليبية، والجهاد وطالبان.

قاد مؤسسو الأديان الجيوش، وغزوا الناس المسالمين وذبحوا الآلاف. استولوا على النساء والفتيات الصغيرات كزوجات ومحظيات، ونشروا الإيمان، وفي كل مكان تم قطع عدة آلاف من الرؤوس بسيوف ملطخة بالدماء، مثل حيوانات الأضاحي على المذبح. بنى المنتصرون أماكن عبادة للحقائق المتخيلة ووصفوها بالخيرية. تلك الكيانات الخيالية أرعبت البشر وبدأت في تقرير كل شيء لهم. كانت النساء ممتلكات المنتصرين، ووعدوا بالجنة

حيث كانت الفتيات الصغيرات مكتظات بالسكان من أجل المتعة الجسدية وتدفق الخمور. فقد الكثيرون رؤوسهم بسبب التجديف الذي يحدده الكهنة والمحتالون. قاموا بتدوين الأساطير، وإعادة كتابة الأساطير، وتوزيع كتب السحر، ومحو الثقافات والتحف القديمة، وإبادة أولئك الذين رفضوا الإيمان. أخيرًا، البشر هنا، في انتظار كوكب بلا بشر. استمرت الأرملة، التي كان طفلها يرضع، في الرثاء، وهي ضحية للمتعصبين الدينيين الذين انتزعوا عينيها أثناء الحمل. أطلقوا النار على زوجها لأن كاحليها كانا مكشوفين أثناء سيرها معه.

كان هناك وحش في نفق مجاور ؛ كان بإمكان أمايا رؤية بصيص من الضوء خلفه بعيدًا. لكن بالنسبة لها، فإن التغلب على الوحش الذي يقف مثل الجبل، وحمل النفق فوق رأسه كان أمرًا شاقًا. زحفت نحوه للهروب من عينيه اليقظتين، لكن الأمر استغرق ساعات طويلة للمرور تحت قدميه. كان الوحش يحرس معسكر اعتقال للشابات اللواتي كن عبيدًا للجنس. تحتاج إلى محاربة الوحش وقتله لإنقاذ الناس المستعبدين المختبئين في المخيم. لم يكن العالم يعرف ؛ كان هناك معسكر اعتقال للعبيد الجنسيين، مع تعفن الملايين. تسلقت الجدار لدخول الحقل. لقد كان مشهدًا مروعًا، ولم يواجه أبدًا مثل هذه المأساة الإنسانية. كانت جميع النساء عاريات، ورأسهن مشدود ؛ لم يكن لأي منهن أيدي، وساقان مقيدتان بسلاسل على أعمدة حديدية. في المراحل المتحللة، تمكنت من رؤية أيديهم المقطوعة، واحدة فوق الأخرى، مثل الجبل، بالقرب من المدخل. حطمها المشهد البغيض.

بدأ عبيد الجنس في البكاء مثل القرود المذعورة، وهي تجربة مؤلمة للقلب. كسرت السلسلة واحدة تلو الأخرى. استغرق الأمر أيونات لإكمال المهمة. ركضوا نحو البوابة مثل الإعصار والتهموا الوحش حيث كانوا جميعًا جائعين. تردد صدى الضوضاء الكارثية التي أحدثتها الضجة في جميع زوايا معسكر الاعتقال. لقد كان تحرراً ونضالاً من أجل الحرية للنساء المستغلات والمقيّدات بالسلاسل. انضم إليهم أمايا، وتحركوا مثل جدار من الغيوم.

"أمايا"، وهي تربت على كتفها، تحدثت إلى نفسها، في صدمة عميقة بعد التحدث إلى بورنيما. كان منتصف الليل. كانت قد افتقدت فيباسانا لأول مرة منذ واحد وعشرين عامًا، حيث كان الاضطراب في ذهنها قويًا للغاية. كان من الصعب القرفصاء، والحفاظ على ذراعيها في وضع اللوتس على فخذيها والتأمل ؛ صعوبة في النوم أيضًا، على الرغم من أنها حاولت إغلاق جفنيها. كانت تعرف أنها تتحدث إلى ابنتها، التي حلمت بها طوال ساعات استيقاظها على مدى السنوات الأربع والعشرين الماضية. كان هناك شوق لا ينتهي لمقابلتها وجهًا لوجه، والتحدث معها، واحتضانها. لكن الفرح الداخلي في التحدث مع بورنيما كان مفقودًا.

كان هناك شعور بالانفصال، رغبة في الحفاظ على مسافة عاطفية من بورنيما، مما يسمح لها بالحصول على حياتها وسعادتها وتحقيقها. ومع ذلك، أرادت أن تقضي بورنيما على معاناتها، إن أمكن، من خلال مقابلة والدها. لم تكن مشاركة حياتها مع بورنيما مجدية، لأنها لا يمكن أن تكون ابنتها. لم تكن بورنيما نفس الشخص الذي داعبته والدتها في قلبها، والذي كانت تحلم به منذ حوالي ربع قرن. كانت سوبريا ملكها لأمايا، لكن بورنيما تنتمي إلى شخص آخر. فجأة أصبح كاران غريباً ودخيلاً. كانت كاران، التي التقت بها في الجامعة، رقيقة ومحبة وديناميكية ورفيقة وصديقة. لكن كاران، الذي اختفى مع ابنتهما، كان فضائيًا.

ثم نامت أمايا واستيقظت في السادسة بعد ثلاث ساعات من النوم المضطرب. كانت هذه هي المرة الأولى بعد سنوات عديدة التي تنام فيها متأخرة. يمكنها أن تؤدي دور فيباسانا لمدة ساعة، وسيكون عقلها تحت السيطرة. بعد التأمل، كان هناك فرح في إزالة حجر ضخم من قلبها إلى الأبد. لقد استمتعت بتلك الحرية بملئها.

حقوقها وحياتها

بعد عودته من سان سيباستيان، اختبر أمايا فرحة داخلية فريدة ورابطة أعمق مع كاران. اعتقدت أمايا أنها تعرفه منذ الطفولة، وكانا معًا في كل مكان. بدأت تحب هويته مع كرة القدم ونوادي كرة القدم وأسواق الأسهم والدراجات النارية والسيارات وتقييمه للآخرين لكنها لا تزال تكره مصارعة الثيران. تضاعفت وحدتها وتكاتفها يومًا بعد يوم. لم يكن لمفاجأة أمايا نهاية عندما أدركت أن لديهم الكثير من الأشياء المشتركة. ساعدها ذلك على فهم حب كاران بشكل أفضل. صنع قهوة الفراش عندما استيقظوا في الصباح الباكر، والتي كانت تعتز بها. أصر كاران على صنع شيء خاص للإفطار كل يوم. قام بقلي عين الثور على الإفطار. فضلت أمايا البيض المخفوق مع الفلفل الحلو وشرائح البصل وقطعة من الكاجو والقرنفل والهيل وخدشة من القرفة وقليل من الملح. كان مذاقه لذيذًا.

أكلت أمايا عين الثور لأنها لم ترغب في إيذاء كاران. كانت تتناول غداءها في كافيتيريا الجامعة كلما ذهبت إلى كلية الصحافة. أعد كاران وأمايا العشاء معًا ؛ كان تناول الطعام مع كاران دائمًا تجربة حميمة. شارك قصصًا عن أي شيء تحت الشمس، ونكات متصدعة، وغنى أغاني حب هندية لمحمد رافي لديف أناند في تير غار كي سامني. كان كاران محددًا بشأن تنظيف المطبخ ومسحه بنفسه يوميًا بعد طهي الوجبة الأخيرة. كان أمايا يذهب إلى الجامعة كل صباح ؛ وكان مشغولاً بعمله في الأسهم لبقية اليوم.

مرة واحدة في الأسبوع، قاموا بإفراغ حمام السباحة وتنظيفه بالمنظفات الخضراء. كان العيش مع كاران تجربة ممتعة ؛ لم يكن هناك ما يدعو للقلق ولا شيء خاطئ في حياتها معه. في بعض الأحيان، اختبرت أمايا أن كاران أحبها كثيرًا. أرادت المشاجرات والقتال معه، وهو أمر ضروري للعمل الجماعي مدى الحياة، ومشاركة حقائق الحياة. خلقت حياة خالية من الحجج والاحتكاك خيبات أمل خفيفة في ذهنها. عندما كانت تجلس بمفردها في مكتبة الجامعة، بين الحين والآخر، افترضت أن كاران كان لغزًا، حيث لا يمكن لأحد أن يكون مراعيًا ومحبًا ومثاليًا. في بعض الأحيان، طلبت من كاران أن يتشاجر معها من حين لآخر. عند سماع نداء أمايا، كان كاران يضحك.

"يجب أن تختلف معي في بعض الأحيان، وتؤذي غروري، وتجعلني أبكي. أنت تحول حياتي إلى حياة خالية من المتاعب وتعاوننا مثالي. لقد رأيت والدي يتشاجران، لكن بعد نصف ساعة، سيصبحان صديقين. أوضح أمايا: "كان هناك جمال في مثل هذه المشاجرات".

أثناء جولتها، وزيارة مكاتب الصحف والقنوات التلفزيونية والمكتبات والمحفوظات لجمع البيانات لأبحاثها حول حقوق الإنسان، رافقها كاران، لأنه لم يرغب أبدًا في تركها بمفردها. كان ممتازًا في ترتيب حجز فندق أمايا وجداول السفر. لقد أظهر استعداده للقيام بالعملية. كانت الحياة مع كاران هي السيمفونية المثالية، لكنها شعرت بالخوف من كمالها. كان هناك خوف مزعج من أن تؤدي مثل هذه الظروف إلى مأساة وألم لا يمكن تصوره. عندما أخبرت

أمايا كاران عن خوفها وقلقها، عانقها بإحكام، وأبقها قريبة من قلبه. أحب أمايا رائحة جسده. من خلال لمس أنفها على إبطه، استمتعت بالنشوة السعيدة، وهي نتيجة ثانوية لوحدة عناقه. ثم، مارسوا الحب ؛ كانت المشاركة مذهلة. كانوا يكبرون كأصدقاء مقربين. كانت رومانسية في الصداقة، وحميمية في المشاركة، وتماسك في الثقة، وتطور كاران تدريجياً مثل أمايا وأمايا، كاران.

أخبر كاران أمايا أنه يريد تحويل بعض الأموال إلى حسابها المصرفي لشراء سيارة للذهاب إلى الجامعة وجمع البيانات لأبحاثها. بعد إعطاء كاران رقم الحساب، كانت مرسيدس بنز الجديدة في مرآبهم في غضون يومين. وجدت أمايا ما يكفي من المال لشراء شيء مكلف بنفس القدر عند التحقق من أرصدتها المصرفية. لكنها شعرت بالحيرة إلى حد ما لرؤية النقل الذي قام به "صديق لا يريد الكشف عن هويته". ضحكت أمايا ووصفت كاران بأنه "الرجل الغامض". ضحك كاران.

أمضوا ساعات طويلة في الشرفة الجنوبية مع بيانو ديسكلافير. كان بيانوًا صوتيًا تقليديًا مدمجًا مع التكنولوجيا الحديثة. عزفت أمايا دروسها الأولى في البيانو على عربة عمودية تنتمي إلى روز. بدا جراند في مدرسة لوريتو في مدريد مهيبًا، وقضى أمايا وقتًا طويلاً على لوحات المفاتيح الجميلة. يعتقد كاران أن العزف على البيانو ساعد في مزامنة التنسيق بين اليد والعين، وتحسين خفة الحركة وخفض ضغط الدم المرتفع ومعدلات التنفس. أدى العزف على البيانو إلى تقليل أمراض القلب بشكل كبير وزيادة الاستجابات المناعية وبراعة الأصابع وراحتي اليدين واليدين. لقد شحذ مهارات التركيز، مما جعل الدماغ أكثر نشاطًا وانتباهًا. عرفت أمايا أن كاران كان يتحدث من قلبه ولكن مثل الطبيب. كانت تدرك أن العزف على البيانو ساعدها على الاستماع إلى الموسيقى التي ينتجها. قام عازف البيانو بالعديد من الأشياء في وقت واحد، وقراءة القطعة، والاستماع إلى الملاحظات التي كنت تعزفها والعمل على الدواسة في وقت واحد. يقول كاران إن البيانو يمكن أن يعلمك كيفية تنسيق حياة المرء ورغباته ومستقبله. افترض أمايا أنه ربما قرأ مقالات وكتبًا عن الفوائد الجسدية والطبية للعزف على البيانو.

أصرت الراهبات في مدرسة لوريتو في مدريد على الفوائد العقلية أو الروحية. لقد كانوا معلمين موسيقيين ممتازين يركزون على تطوير واستيعاب ثقافة البيانو. أخبروا أمايا أن العزف على البيانو كان سهلاً ؛ يمكن للمرء أن يعزف بالجلوس والضغط على المفاتيح. كانت الموسيقى ظاهرة طبيعية، لغة الكون. أوضحت الراهبات أن المجرات والنجوم والكواكب تتواصل في الموسيقى لأنها كانت اللغة الوحيدة التي يمكنهن فهمها. عندما خلق الله الكون، تحدث بالموسيقى، وتعلم الكون كل نوتة وعزفها لنفسه لمليارات السنين. تردد صدى تلك الموسيقى في جميع أنحاء الكون، وعندما زار الفضائيون كوكبنا، تحدثوا في نوتات موسيقية، كانت الراهبات يقلن بابتسامة. قال كاران إن العزف على البيانو غيّر الدماغ البشري. اعتبر كاران جميع الحيوانات، بما في ذلك الدلافين والشمبانزي والفيلة والأبقار والكلاب والقطط والطاووس والدجاج وحتى الفئران، للتعبير عن فرحتهم أثناء الاستماع إلى موسيقى البيانو. حفز العزف على البيانو وموسيقاه الدماغ، ورفع العقل، وشجع الجميع على الاستمتاع بالحياة ؛ تذكرت أمايا كلمات والدتها.

أوضح كاران: "يحسن عزف البيانو الوعي السمعي من خلال التعرف على النغمات والفترات والأوتار وتطوير الشعور بالملعب".

"أمايا، ستكون مستويات طاقتك دائمًا أعلى. أثناء عزفه على البيانو، كعازف بيانو يضيف روابط عصبية جديدة "، قال كاران ذات يوم، جالسًا على الشرفة وتناول شاي المساء.

وتابع كاران: "إنه يساعد الدماغ ووظائفه، مثل التفكير الصحي والتركيز الأفضل والعمل الناجح".

نظرت إليه أمايا كما لو كان يتحدث مثل طبيب أعصاب. في رأيه، كان الدماغ القوي هو مقر الذكريات اللطيفة، والوعي المهدئ، والكلام الجذاب، واللغة القوية، والاستجابات العاطفية المتحكم بها. نظر أمايا إلى كاران بإعجاب ؛ كان تفسيره دقيقًا وعلميًا.

قالت روز ذات مرة لأمايا عندما كانا في مدريد: "إن العزف على البيانو سيقودك إلى البقاء في حالة تأهب عقلي وشباب وحيوية". كانت روز أول معلمة بيانو لها، عزفت بشكل جيد للغاية، واحترم شانكار مينون مواهبها، وجلس لساعات طويلة بجانبها أثناء العزف. كان لدى روز آلة مستقيمة، تم شراؤها من متجر بيانو في باغليز لين، لندن، مع مجموعة واسعة من آلات البيانو الثمينة. كان البيانو المستقيم بيانوًا رائعًا ؛ كانت أجزاء جسمه من أنواع مختلفة من الخشب. كانت لوحة الصوت من شجرة التنوب، وهي الأكثر صدى بسبب مرونتها. تم تصميم ألواح الصوت البيانو للانحناء وكان لها تاج، مثل مخروط مكبر الصوت. القيقب للكتلة الدبوسية لأنه يتمتع بدرجة عالية من الاستقرار. كانت جميع المفاتيح الثمانية والثمانين من التنوب من قطعة واحدة من الخشب. كانت حالة البلوط، والحافة مزيج من القيقب والماهوجني. كانت الأعمدة الخارجية والخلفية من الأبنوس.

أخبرت روز ابنتها أثناء تعليمها كيفية قراءة الملاحظات واللعب بكلتا يديها: "كان العلماء العظماء موسيقيين ممتازين". كانت أمايا سريعة التعلم، وشجعت راهبات مدرسة لوريتو أمايا على إتقان مهاراتها.

بعد عودتها من برشلونة والتعافي من الاكتئاب، واصلت أمايا العزف على البيانو أثناء إقامتها مع والدتها في منزل قريتهم، تطل على الشلال. خلال السنوات الثلاث التي قضتها مع والدتها، حاولت روز باستمرار إنشاء بيئة موسيقية في حياة أمايا المحطمة. عندما انتقلت أمايا إلى كوتشي لممارسة مهنة المحاماة، أهدتها روز بيانو ستينواي آرت غراند الجديد. لعبتها أمايا لساعات معًا كل يوم سبت وعطلة ومساء الأحد. كانت الموسيقى السحرية التي تم إنشاؤها في حياتها لا تصدق، وجنباً إلى جنب مع فيباسانا، غيرت حياتها تماماً. ومع ذلك، استمرت فكرة واحدة في ذهنها كوميض من الأمل، حيث قابلت حبيبها سوبريا.

جاءت المكالمة بدقة في الساعة الثامنة والنصف. "سيدتي، أطيب التمنيات من شانديغار. أنا بورنيما "، تردد صدى الصوت.

أجابت أمايا: "مرحبًا بورنيما".

"لم أستطع النوم الليلة الماضية ؛ كنت أفكر في زيارتك إلى شانديغار. ستكون النتيجة النهائية لبحثي. اعتقدت أنك موجود في مكان ما، وكنت تعرف والدي، ويمكنك مساعدة

والدي. لكن مع ذلك، لا أستطيع الهضم ؛ يمكنني العثور عليك ؛ لقد تحدثت إليك ". كانت كلمات بورنيما مليئة بتحقيق الذات والأمل.

"بورنيما، نيتي الوحيدة هي مساعدتك على التغلب على معاناتك. إذا كانت زيارتي إلى مسكنك تساعدك في هذا الصدد، فإن الأمر يستحق ذلك ". كان لرد أمايا مفرزة ضمنية. كانت تعرف أنها تجاوزت بالفعل عالم الألم والحزن والاكتئاب، حيث كانت الحياة تعبيرًا عن الواجب، مما ساعد الآخرين على تحقيق قيمة الذات. احتاجت بورنيما إلى الوصول إلى حالة من الوعي حيث يمكنها أن تشعر بغياب المعاناة والقلق والاكتئاب، وأرادت أمايا مساعدة بورنيما.

"سيدتي، أنت لطيفة للغاية. ومع ذلك، لا أعرف كيف ترتبط بوالدي أو في أي سياق يرتبط بك والدي. لكن هناك شيء واحد مؤكد، لا يمكن لوالدي أن ينساك، لأنك متأصل بعمق في ذاكرته ووعيه. قد يكون بعض الامتنان غير المعبر عنه أو نتيجة شعور بالذنب المغمور، حتى شيء آخر. أنت فيه، أنا متأكد "، روى بورنيما.

فكرت أمايا للحظة وقيمت الكلمات التي نطق بها بورنيما ونبرة الصوت والنية والخلفية. على الرغم من أنها كانت تشير مباشرة، إلا أن هناك نية لإقامة علاقة بين شخصين تعنيهما. وضع العقل القانوني لأمايا افتراضًا. لكن لم يكن من الضروري الإدلاء ببيان حول هذا الموضوع أو الرد عليه، وكان هناك صمت طويل.

"هل لي أن أسألك سؤالًا شخصيًا ؟" توسل بورنيما بصوت منخفض.

أجابت أمايا: "نعم".

"هل لديك ابنة ؟"

أجابت أمايا على الفور: "نعم".

"ماذا تسميها ؛ كم عمرها، وماذا تفعل ؟" بدا أن بورنيما أراد معرفة أشياء كثيرة لإقامة علاقة إيجابية مع أمايا.

"اسمها سوبريا. إنها في الرابعة والعشرين من عمرك. ولا أعرف ماذا تفعل، ربما محترفة ". كانت أمايا موجزة وموضوعية قدر الإمكان.

مرة أخرى، كان هناك صمت كما لو أنه لا يوجد شيء آخر للحديث عنه أو أنهم كانوا في طريق مسدود.

"ليلة سعيدة، سيدتي. آسف لأنني لم أكن واضحًا، أو ربما جرحت مشاعرك "، سمعت أمايا من الطرف الآخر. كان عقلها في ضجة لأنها ندمت على الكشف عن اسم ابنتها وعمرها.

راجعت أمايا بعناية الحالات المدرجة لليوم التالي. كانت هناك أربعة طلبات للقبول، ثلاثة لجلسة استماع أولية وواحد لجلسة استماع نهائية. راجعت جميع الملفات وسجلت ملاحظات حول القضايا الحيوية للحجج. كانت قضية المحاكمة الأخيرة لامرأة تبلغ من العمر عشرين عامًا. قدمت ديفيا، الخصومة، التماسًا للحصول على تعويض مناسب لها وابنتها البالغة من

العمر عامًا واحدًا من عبد الكونج، اثنان وثلاثون عامًا. تخلى عن ديفيا بعد أن أقام علاقة غرامية معها. بدأت ديفيا بالبقاء مع عبد الكونج، وهو رجل أعمال ثري، بعد أن أقامت علاقة حميمة معه لبضع سنوات. الهندوس، كان والداها ضد انتظارها مع عبدول كونج، وهو مسلم، لكنهم وافقوا على مضض على ذلك عندما علموا أن ديفيا حامل منذ ستة أشهر. كان عبد الكونج متزوجًا ولديه أربعة أطفال ؛ لم يستطع الزواج من ديفيا بشكل قانوني لكنه أبقاها في منزل من غرفتين بالقرب من مستودعه. بعد ولادتها، اعتدى عبد الكونج جسديًا على ديفيا لأنها أنجبت طفلة، وفي غضون أسبوعين، تخلى عن الأم والطفل. رفض والدا ديفيا قبولها، وقضت العديد من الليالي في مكب نفايات مهجور، مصابة بكلاب ضالة حتى أنقذتها راهبات الأم تيريزا. كانت أمايا مصممة على تحقيق العدالة لديفيا لأنها كانت تعرف مئات من هذه القضايا في جميع أنحاء كيرالا.

استمتعت أمايا قليلاً برؤية بريد بورنيما الإلكتروني في اليوم التالي. كانت رسالة طويلة، وبدأت بورنيما بالاعتذار عن عدم أخذ إذن أمايا لإرسال بريد إلكتروني إليها. وأوضحت أنها حصلت على عنوان البريد الإلكتروني الخاص بأمايا من مقال نشرته مؤخرًا في مجلة حقوق المرأة وحياة المرأة. أثناء زيارته لشانديغار، أراد بورنيما أن يقول حقائق محددة لمساعدة أمايا على معرفة عائلة الدكتور أشاريا.

كان هناك سرد موجز لعائلة بورنيما. نشأت في شانديغار مع والدين محبين ومهتمين. حتى الصف العاشر، كانت في مدرسة تديرها راهبات، وعلمنها أن تكون إنسانًا جيدًا. على الرغم من أنها مشغولة بالكامل بالمستشفى الملحق بمركز الدكتور أشاريا للأبحاث الصيدلانية، إلا أن والدتها، وهي طبيبة، وجدت ما يكفي من الوقت لرعاية بورنيما. لم تكن مبالغة ؛ تعلمت بورنيما معنى الحب من والدتها.

كان والدها، الدكتور كاران أشاريا، الرئيس التنفيذي لشركة الدكتور أشاريا للأدوية، وبعد وفاة والده، تولى مسؤوليات رئيس مجلس الإدارة. عندما كان شابا، مثل البنجاب في فريق كرة القدم المنتصر ثلاث مرات. كانت الدكتورة أشاريا عازفة بيانو رائعة، وتردد صدى منزلهم بموسيقى أعظم الملحنين الرومانسيين. أثناء حصوله على درجة الدكتوراه في علم الأعصاب وتطوير دواء لمرض الزهايمر، بحث في آثار الموسيقى على أداء الدماغ.

كان والدا بورنيما لا ينفصلان، وكان حبهما يتمتع بجمال مبهر. التقيا شابين، ووقعا في حب بعضهما البعض وتزوجا. لم تستطع والدتها الحمل لمدة سبع سنوات، لذلك أصيبت بالاكتئاب. أخذ الزوجان إجازة طويلة لمدة ثلاث سنوات، وذهب الدكتور أشاريا مع زوجته إلى مرسيليا، وخضعت والدتها للعلاج هناك. أمضت الدكتورة أشاريا سنة واحدة وحدها في برشلونة، حيث اشترت وباعت أسهم أندية كرة القدم في السنة الثانية. نظرًا لأنه كان مليارديرًا بالفعل، وكانت شركة الأدوية تبلي بلاءً حسنًا تحت قيادة والده، فقد كان من المدهش أنه دخل سوق الأسهم. وعلق بورنيما قائلاً إنه لأسباب غير معروفة، ربما كان يتصرف كما لو كان مشغولاً بشراء وبيع أسهم أندية كرة القدم.

توقفت أمايا عن القراءة لمدة دقيقة. لقد شوهت أكاذيب الشخص الموثوق به فرديتها وشخصيتها وكرامتها الإنسانية. استعرضت أمايا الفقرة التالية مرة أخرى. "على مدى الأشهر الثلاثة الماضية، كنت أبحث عنك، وبمجرد أن تحدثت إليك، بدأت في التحقيق بجدية

في المستندات المكتوبة، حتى خدش الورق، الذي ذكر اسمك على وجه التحديد. يمكنني العثور على اسمك على هامش ملف كتبه والدي قبل حوالي خمسة وعشرين عامًا. عندما تحديتني لإظهار وثائق أصلية، بحثت واكتشفت عن زيارتك الأولى لمنزل والدي على شاطئ برشلونة. ولكن لم تكن هناك سجلات لأي معاملة تمت على شركته المساهمة. كانت هناك سجلات حول إرسال الأموال من الهند لشراء منزل وسيارات ولتغطية النفقات الأخرى، تحت الرؤوس، ونفقات الأعمال لشركة الأدوية ". بعد القراءة، توقفت أمايا مرة أخرى. لم يتمكن بورنيما أبدًا من تتبع أي سجل لأعماله في الأسهم، وهي حقيقة.

في منتصف السنة الثانية من إقامة والديها في أوروبا، ولدت بورنيما في برشلونة. لكنها لم تستطع أن تفهم لماذا سافرت والدتها الحامل إلى برشلونة للولادة. كانت هناك مرافق لرعاية الأمومة والطفولة مجهزة تجهيزًا جيدًا ملحقة بمستشفيات مشهورة في مرسيليا ؛ كانت والدتها تخضع للعلاج هناك.

لقد كان خداعًا مخططًا جيدًا، وحالة خداع من قبل الشخص الذي تثق به أمايا أكثر، وتهتم به وتحبه. عانت من الألم أثناء القراءة ؛ كان الألم يحاول التغلب عليها. "اصمتي، اصمتي". حاولت السيطرة على عقلها.

"سيدتي، كان هناك شيء غامض في سلوك والدي. كيف يمكن أن يترك زوجته الحامل في مرسيليا للبقاء بمفرده في برشلونة ؟ ثم بدأ يلتقي بك. ليس لدي أي دليل لإقامة علاقة بين والدي وبينك. لكنني أبحث عن المزيد من الأدلة التي قد تكون مختبئة في مكان ما في ملفات والدي. [NEUTRAL]: أحفرها، أقرأ كل خربشة. أريد أن أساعد والدي على استعادة وعيه ؛ ستساعده الملاحظات الصغيرة في هذه العملية. أعتقد اعتقادا راسخا أنك الشخص الوحيد الذي يمكنه مساعدته ". أنهت أمايا قراءة البريد الإلكتروني وهي تتنهد.

ضربت أمايا على الطاولة بقبضتها المشدودة. اخترق ألم مبرح الجسم. لقد عانت من نفس الألم ألف مرة عندما تجولت في الشوارع والحدائق ومحطات السكك الحديدية في برشلونة ولندن وجنيف وفيينا وهلسنكي لأكثر من عام. كان لديها وقت عصيب في البحث عن مولودها الجديد. لقد كان بحثًا أبديًا، سعيًا مثيرًا للشفقة. بين الإقامات الحزينة، ملأ الظلام المرعب فراغها. لقد طورت نفسها إلى إنسان محتقر، رحالة بلا هدف فقدت هويتها. لم تختلس النظر إلى أي مكان لساعات جالسة في هايد بارك، تتجول بلا هدف في محطة سكة حديد جنيف، تئن من التهويدات أثناء المشي على ضفة نهر الدانوب في فيينا، اختزلت نفسها إلى مستوى غير بشري. كان الألم الذي عانت منه أكثر شدة بألف مرة من بؤس أويزيس، وربما لم يعان أي إنسان أكثر من ذلك.

ضحكت أمايا وهي تبقي رأسها على الطاولة. في هلسنكي، جلست طالبة جامعية بالقرب منها وسألت، "لماذا أنت يائس للغاية ؟ لماذا تبكين ؟ هناك الكثير من الحزن في عينيك ". ساعدت أمايا في تنظيف وجهها بمنديل. "من فضلك لا تبكي مرة أخرى. لا تجلس هنا لفترة طويلة ؛ فالمكان أصبح مظلمًا وباردًا. كيف يمكنني مساعدتك ؟ من فضلك تعال معي وتناول فنجانًا من القهوة ". ذهبت أمايا معها. كان المطعم دافئًا، والقهوة تبخر وتغذي. رافقت أمايا إلى بهو الفندق. قالت وهي تربت على كتف أمايا: "احذر، حافظ على الدفء". "أنا إيزابيل ؛ إذا كانت لديك مشكلة، فأنا في المدينة، في خدمتك، في أي وقت." أعطتها إيزابيل بطاقة.

كانت طالبة جامعية تعمل بدوام جزئي في مطعم. كان العزاء الذي اختبرته أمايا في شركتها أبديًا ومؤثرًا. يمكن لأمايا أن تشعر بقلب دافئ في قلب هلسنكي، مدينة البشر السعداء. أثناء تناول وجبة الإفطار، تذكرت أمايا وجه إيزابيل الودود.

بعد الإفطار، ذهبت أمايا إلى المكتب ؛ سيكون صغارها هناك بحلول الساعة الثامنة صباحًا. كان لدى أمايا يوم حافل، حيث ظهرت أمام مقاعد مختلفة. ساعدت سوناندا أمايا في قضية ديفيا أمام هيئة مكونة من قاضيين، واستمرت الحجج لمدة ساعتين بعد الظهر. كان المدعى عليه قد عين أحد أغلى المحامين من دلهي. وصف حياة ديفيا بشكل فاضح، وجردها من ملابسها، واستغرق حوالي ساعة لرمي الطين على جسدها بالكامل، منتفخًا في المصطلحات القانونية. لم تستغرق أمايا الكثير من الوقت لإظهار جسد ديفيا المعتدى عليه ووجهها المكدوم أمام المحكمة ؛ بناءً على قوانين مختلفة، دحضت أمايا تشويه سمعة خصمها وأثبتت بشكل مقنع حقوق ديفيا. في حكمها، كانت المحكمة قاطعة وطلبت من عبد الكونج دفع تعويض قدره عشرة ملايين روبية إلى ديفيا، بالإضافة إلى إيداع باسم ديفيا في بنك محدد عشرة ملايين روبية أخرى لرعاية الطفل وحمايته وتعليمه.

أثناء القيادة إلى المنزل، كان هناك برشلونة. كانت حريصة كل يوم على العودة إلى المنزل حوالي الساعة السادسة مساءً من الجامعة. سيكون كاران في مكتبه، مشغولًا بالتداول في الأسهم. "أمايا، أحبك ؛ كيف كان اليوم ؟ هل أكلت ؟" كان يطرح العديد من الأسئلة ملفوفة بالعاطفة. كل مساء بمجرد وصول أمايا إلى المنزل، عانقها كاران وقبلها على شفتيها. تناولوا شاي المساء معًا ؛ كما عرفت، كانت كاران تنتظرها دائمًا لتناول الشاي والوجبات الخفيفة. تقدم المطاعم البنجابية والبنغالية في برشلونة بانتظام سمبوسة أو خبز ناماك بارا أو بيدمي بوري راسيلا ألو أو دردشة ألو للوجبات الخفيفة.

اعتقدت أمايا أن الدفء والحب الذي عبر عنه كاران كان غير مخلوط ويتمتع بالثقة بين ذراعيه، والتي لم تكن معروفة لها خلال أيام دراستها الجامعية. أعرب العديد من الشباب عن رغبتهم في أن يكونوا مع أمايا، للحصول على رابطة دائمة، لكن أمايا قالت "لا" غير المشروطة للجميع. لم يكن لديها صديق أو رفيق لمشاركة الحياة معه، على الرغم من أن سيكولوجيتها المعقدة تطلبت ذلك خلال سنوات مراهقتها. نتيجة للاستقلال، رفضت أمايا ربط نفسها بشخص ما، وقادت حياة من التكاتف، حيث لم يكن لدى أمايا أي سبب للتخلي عن وحدتها. لم تكن وحيدة أو تشعر بالوحدة ولم تفكر أبدًا في تجربة الجنس. لم يخطر ببالها أبدًا أن تستمع إلى نداء القلب للحصول على رفيق.

غير مدركة لتطوير هوية المرء التي تعزز احترام الذات، لم تدرك أبدًا أنه من الضروري أن يكون لديك صداقة حميمة وثيقة، مما يؤدي إلى النمو الجسدي والعاطفي والاجتماعي. بعد عودتها من برشلونة، خلال سنوات اكتئابها، تذكرت أمايا خيبة الأمل المحتملة التي سببتها لبعض الشباب الذين اقتربوا منها من أجل المتع الجنسية أو الآخرين مع الرغبة في إقامة علاقات دائمة. كانت فظة مع الكثيرين أو متعجرفة لأنها كانت مفرطة الثقة في مواهبها، خاصة في المناقشات والخطابة العامة وقيادة مناقشات مثقفة والطلاقة في التعبير عن نفسها بنصف دزينة من اللغات. جعل الإعجاب والإعجاب الذي تلقاه من الآخرين أمايا تجهل فهم الشباب. كان لديها صديق واحد فقط في المدرسة، ألاسن، الذي علمها التحدث بلغة أوسكيرا. لكن أمايا لم تكن على علم بأن الصداقة مع زملاء آخرين كانت ستشجعها

على تعزيز التوقعات الصحية في اختيار شريك الحياة المناسب. لقد أثر رفضها أن يكون لها أصدقاء عليها لبناء أساس قوي لعلاقات ناجحة مع البالغين. وبالتالي، فقد أثر ذلك سلبًا على اختيار شريك الحياة من بين العديد من الأشخاص. كان اختيارها الشخصي هو اختيارها، لأنها لم تناقشه مع أي شخص، حتى مع روز.

لم تفهم مرة واحدة أن الصداقة الوثيقة مع عدد قليل من الناس على الأقل ستساعدها على الاقتراب منهم في وقت الحاجة وتزويدها بمرونة أفضل. عندما كانت مع والدتها في القرية لمدة ثلاث سنوات، ظهر لها إدراك ؛ لقد افتقدت وجود أصدقاء من مختلف الاهتمامات والمواهب والمظاهر والقيم والمعتقدات التي كان من الممكن أن تساعدها في تقييم كاران.

كانت هناك ذكريات حية لأنوراغ، زميلتها في الفصل، أثناء قيامها بالصحافة في مومباي كطالبة جامعية. كان مؤديًا ومنظمًا وقائدًا في جميع البرامج والأنشطة. أعجب به الطلاب وكذلك المعلمون ؛ أعجب به البعض وعشقوه. في الدراسات، كان لدى أنوراغ خطط محددة لمستقبله، للعمل مع والده، الذي كان يمتلك قناة إخبارية تلفزيونية ناشئة في المدينة. كان السياسيون والبيروقراطيون والصناعيون ونجوم السينما يزورون الاستوديو الخاص به. أحب أنوراغ أن يكون في دائرة الضوء من خلال أن يصبح صانع رأي وصانع قرار في المجتمع، وتحديد السياسيين وصانعي السياسات في المستقبل. كان العديد من الطلاب والطالبات حوله دائمًا مثل حاشيته. حافظ أمايا على مسافة ودية من أنوراغ، لكنه أعجب مرارًا وتكرارًا بالتفوق الأكاديمي لأمايا، وصفات الخطابة العامة، وقدرات النقاش والنضج العاطفي.

شعرت أمايا بالإرهاق من الفرص الجديدة للكلية للبدء من جديد، حيث كانت مكانًا جديدًا محاطًا بالعديد من الوجوه الجديدة، لكن تكوين صداقات معهم لم يكن من أولوياتها. ومع ذلك، جعل أنوراغ من المهم أن يكون لديه العديد من الأصدقاء، لأنه كان يعلم أن المصالح والشخصية المشتركة لها رأي حيوي في تشكيل المستقبل. أراد أن يتعلم من أمايا في تطوير الأفكار والتعبير عنها بشكل مقنع وقوي، مما قد يترك انطباعًا دائمًا لدى الجمهور. إلى جانب ذلك، كان أنوراغ يقدر شركة أمايا، لكن أمايا فضلت الحفاظ على مسافة محترمة وآمنت بعلاقة مهنية. أراد أنوراغ قضاء المزيد من الوقت مع أمايا واستمتع بالقيام بأنشطة مشتركة معها. كان يرغب في تطوير علاقة دائمة مع أمايا ؛ كان ذلك مقصودًا، مما جعله سعيدًا. لقد بذل قصارى جهده لجعل أمايا تضحك كلما سنحت لها الفرصة.

كان أنوراغ واثقًا ؛ كان الشهران الأولان من سنته الأولى حاسمين في إقامة علاقات دائمة. لقد جعل نفسه متاحًا لأمايا حتى في المهام الصغيرة وكان معها في فعاليات الحرم الجامعي. في جميع المناسبات تقريبًا، كان أنوراغ مشاركًا نشطًا، مثل أسبوع المعلمين عندما قدم الأساتذة أنفسهم وألقوا محادثات تعريفية حول الدورات التي يقدمونها أو نوادي القهوة حيث دعا الأساتذة الطلاب الذين قدموا أوراقهم الدراسية. شجع أمايا ضمنيًا على التحدث معه. المهرجانات الموسيقية والعروض الخيرية والمسرحيات والنزهات والأنشطة الاجتماعية الأخرى، تبع أنوراغ أمايا، وأعطته مثل هذه الأحداث فرصة تفاعل طبيعية.

كانت هناك العديد من منظمات الحرم الجامعي التي كانت أمايا عضوًا فيها، وكان أنوراغ انتقائيًا في الانضمام إليها. قدمت هذه الجمعيات تفاعلات متكررة بين أعضائها، وحاول

أنوراغ أن يكون بالقرب من أمايا عن عمد. وأتاحت أنشطة الحرم الجامعي غير المهيكلة المزيد من الفرص لاتصالات أفضل وأوثق، ووفرت المشاريع الجماعية فرصًا وفيرة لتبادل الأفكار. لذلك، فضلت أنوراغ عمداً المشاريع التي كانت أمايا عضواً فيها لتكون أقرب إليها. في نهاية السنة الثانية، اقترح أنوراغ أن تحصل أمايا على فترة تدريبها على قناة والده الإخبارية التلفزيونية لمدة شهر واحد لأنه كان يعلم أنها قد تخلق مناسبة ممتازة لإقامة صداقة دائمة معها. كان العديد من الطلاب قد تقدموا بطلب للحصول على تدريبهم هناك، لكن المختارين كانوا قليلين. عندما قررت أمايا التقدم بطلب للتدريب في القناة الإخبارية التلفزيونية، احتفلت أنوراغ بذلك باعتباره وحيًا له ؛ لم تكرهه.

تدريجياً، بدأ أنوراغ علاقة دافئة مع أمايا ودعاها إلى المهرجانات واللقاءات العائلية، مثل احتفالات عيد الميلاد وديباوالي ورام نافامي وسري كريشنا جايانتي ويوم رأس السنة وغانيش شاتورثي في فيلا والديه المترامية الأطراف. أظهر أنوراغ دائمًا اهتمامًا بالتقاط أمايا من منزلها في باندرا، والقيادة عبر شوارع مومباي المزدحمة حتى تلال مالابار، حيث عاش والداه مع شقيقيه. كان أنوراغ فخوراً بمنزله الفخم الذي يواجه مارين درايف. كانت زيارة أمايا الأولى للاحتفال بعيد ميلاد شقيقتيه التوأم، أنوباما وأبارنا، اللتين كانتا طالبتين في المدرسة الثانوية في مكان أنوراغ. دعا أمايا قبل أسبوع واحد لتناول العشاء، وأخبر أفراد عائلتها الوحيدين أنهم سيكونون حاضرين لأنه يعلم جيدًا أن أمايا لا تحب الحشد. التقى أمايا بوالد أنوراغ لأول مرة، وهو شخص متعلم جيدًا. صنع أمايا في المنزل، وناقش الوضع السياسي في البلاد. حصلت والدة أنوراغ على درجة الماجستير في علوم الكمبيوتر وعملت مع منظمة غير حكومية تقدم محو أمية الكمبيوتر مجانًا للنساء في الأحياء الفقيرة المختلفة في مومباي. عانقت أمايا بلطف وهي تدخل المنزل ؛ فاجأها ودها وبساطتها وانفتاحها. روى أنوباما وأبارنا العديد من القصص عن مدرستهم ومعلميهم وراهباتهم الذين أداروا المدرسة وقبلوا خد أمايا.

لقد كان احتفالًا بسيطًا بعيد الميلاد ولكنه تبادل ثري للمودة. أحب أمايا صحبة أنوباما وأبارنا، اللذين غنيا أغاني تعبدية ماراثية وبعض أغاني الأفلام الهندية. بدا أن الجميع استمتعوا بالعشاء وأعربوا عن تقديرهم لحضور أمايا. استفسرت والدة أنوراغ عن روز وسعدت بسماع أنها مهندسة معمارية من كورنيل عملت في لندن ومدريد ومومباي. كان لوالد أنوراغ رأي عالٍ في شانكار مينون والكلمة، التي حررها. التزم أنوراغ الصمت باحترام أثناء العشاء، واستمع إلى محادثة والديه مع أمايا. على الرغم من أنها كانت حفلة عيد ميلاد، إلا أن أمايا كانت مركز الجذب، وكان رد فعل أنوباما أبارنا وفقًا لذلك.

قالت والدة أنوراغ عندما شكرتها أمايا على دعوتها: "أمايا، تعالي مرة أخرى". قدمت لوحتين إلى أنوباما وأبارنا، وهو سباق قوارب في ألابوزا وكاتاكالي.

أثناء وصوله إلى منزله في باندرا، تحدث أنوراغ إلى أمايا وأعرب عن سعادته بزيارة منزله. بعد حفلة عيد الميلاد، زار أمايا منزل أنوراغ عدة مرات. كان أنوباما وأبارنا على دراية بأمايا وأعربا عن سعادتهما بحضورها. تصرفت والدتهم مع أمايا كما لو كانت أحد أفراد الأسرة.

"أمايا، الحياة هي ما نصنعه ؛ في الوقت نفسه، يصنعها الأصدقاء. لقد كنا أصدقاء على مدى السنوات الثلاث الماضية ؛ أدعوك لجعل حياتك معي، وأنا على استعداد لجعل حياتي معك ". قال أنوراغ لأمايا في الشهر الأخير من الفصل الدراسي الأخير بتوقعات.

أدركت أمايا أنه كان توسلًا. كان أنوراغ صديقًا جيدًا وناضجًا وملتزمًا. كان لديه عواطفه ورغباته وآفاقه، لكن أمايا لم ترد عليهم أبدًا بشعور من التقارب والمودة. كانت تعاملاتها مع أنوراغ مثل صديق ولا شيء أكثر من ذلك.

قالت أمايا: "أنوراغ، أنت صديقي وستبقى صديقًا ؛ لم أفكر أبدًا في أي شيء أبعد من ذلك".

"يمكنني أن أنتظرك طوال حياتي. أعطني كلمة ؛ أنت جوهرة ثمينة ذات سعر رائع. يمكننا أن نفعل أشياء عظيمة في الحياة ؛ كفريق، سننجح. تعال، دعنا نبني حياة "، توسل أنوراغ.

"أنا آسف، أنوراغ. تعاملاتي معك كانت مهنية ؛ لم يكن لدي أي نوايا أخرى. أرجوك افهمني ؛ أنت رائع، ذكي، وسيم، مجتهد وناضج. أنت شخص يتمتع بحسن النية والأمل والإخلاص الهائل. أوضحت أمايا: "أشعر بعاطفتك تجاهي، إنها صادقة، ولا يوجد أي مكر فيك".

"أمايا، لا يمكنني أن أنساك أبدًا. ستبقى في قلبي إلى الأبد ؛ أحبك بشدة. مشاعري لك ولك وحدك. لم أفكر أبدًا في أن أطلب من أي شخص آخر أن يكون شريكي، رفيقي مدى الحياة. فيك، أرى ملء الحياة ؛ سيكون مستقبلنا مجيدًا. لكنني أعلم أن لديك خططًا أخرى في حياتك ؛ أنت لا تفكر في تأسيس رفقة دائمة في الوقت الحاضر. قال أنوراغ: "أتمنى لك حظًا سعيدًا ومستقبلًا مشرقًا". شعر أمايا بحزن عميق في صوته.

"شكرًا لك، أنوراغ، على تفهمك. قال أمايا: "سنبقى أصدقاء إلى الأبد".

"إذا غيرت نواياك، فيرجى إخباري. قال أنوراغ: "يمكنني الانتظار إلى الأبد".

"أنوراغ، يرجى المضي قدمًا في خططك ؛ لا تنتظرني. أجابت أمايا:"وداعاً".

أجاب أنوراغ: "وداعاً أمايا".

في ذلك المساء، تلقت أمايا مكالمة هاتفية من والدة أنوراغ. "أمايا، نحن نحبك دائمًا، وأنت فرد من أفراد الأسرة بالنسبة لنا جميعًا. كلنا نفتقدك بشدة، حيث لا يمكننا التفكير في أي شخص آخر كشريك حياة أنوراغ. كان لدينا العديد من الأحلام، أنتما الاثنان تعملان على قناتنا الإخبارية التلفزيونية، وتطورانها إلى مؤسسة عظيمة. لا أستطيع أن أنساك ".

"سيدتي، أحبكم جميعًا ؛ احترامي لكم يتجاوز الحدود. لكن قراري نهائي "، أجابت أمايا.

قالت بجعبة: "أحبك إلى الأبد".

تذكرت أمايا كلماتها لفترة طويلة، معظمها عندما كانت مع والدتها روز في منزل قريتهم، ولاحظت أمايا أن الشلال كان له نفس الصوت الهادر في أشهر الصيف. كان يبكي من قلبه.

كانت سوريا راو مختلفة، وبدت مختلفة، وتصرفت بشكل مختلف، وتحدثت بذكاء. كان زميل أمايا في كلية الحقوق. طويل القامة وهزيل، كان لديه أدق الذكاء ويمكنه تحليل القضايا الاجتماعية والقانونية بدقة. كانت سوريا رفيقة أمايا في العديد من مسابقات المحاكم

الصورية، وسافروا معًا إلى العديد من المدن. تحدث دون عاطفة، معتمدًا فقط على القانون والمحاكم العليا الحالية وأحكام المحكمة العليا.

قابلت أمايا سوريا في اليوم الأول، ووقفت بمفردها في زاوية في ممر كلية الحقوق. مثل أمايا، لم يكن لديه أصدقاء مقربون، أو تجول بمفرده في الحرم الجامعي أو جلس لساعات معًا في المكتبة. يمكنه طرح الأسئلة الأكثر حدة، مع تسليط الضوء على القضايا المتنوعة الكامنة وراء مشكلة قانونية. كان على المعلمين التفكير في الإجابة أو توجيه مناقشة شارك فيها سوريا. نادراً ما ناقض سوريا حججه، أو واجه الآخرين بحجج تافهة أو أهان خصومه ؛ لم يتحدث مرة واحدة دون الاحترام الواجب. كانت تفسيراته مفتوحة حتى يتمكن الآخرون من مواصلة المناقشة وتحليلها بعقلانية. كان سوريا محترفًا قانونيًا نموذجيًا، انطوائيًا هادئًا ومتأملًا في التعاملات.

لم تكن سوريا حريصة على إقامة صداقة مع أمايا أو إظهار تفضيل لحضورها. ومع ذلك، عندما كانا معًا في محكمة صورية أو نقاش أو التحدث أمام الجمهور كفريق، اهتم اهتمامًا حيويًا برفاهية أمايا. كان خطيبًا قويًا، وتداول حول حقوق الإنسان والعدالة بإيجاز بعبارات محددة جيدًا، وأبدى الجمهور اهتمامًا غير مشروط بخطابه ومنحته الدراسية. بالنسبة له، لا ينبغي أن تتجاوز رفاهية الأغلبية العدالة، لأن العدالة لم تكن خاضعة للمساومة السياسية. مرة واحدة في مناقشة حول دستور الهند، جادل سوريا بأن الدستور ليس أداة أخلاقية مكتفية ذاتيا لأن قرارات الجمعية الدستورية لم تضمن أبدا عدالة المعاهدة للجميع. وأعطى مثال قبائل الهند، حيث لم يحاول أحد الدفاع عن حقوقهم ؛ وبالتالي، حرموا من العدالة. كان الدستور اتفاقًا أبرمته مجموعة مختارة من الناس، لكنه لم يضع القوانين المتفق عليها جميعًا ؛ وبالتالي، فإن تمرد القبائل لتحقيق العدالة سيكون مناسبًا. كان الدستور اتفاقًا من أجل المنفعة المتبادلة لأنه كان عملًا طوعيًا، وأيضًا قرار الرجال والنساء الذين جعلوه مستقلًا. لكن القبائل لم تكن شركاء متساوين في المنفعة المتبادلة، ولم يكن هناك تبادل للخدمات ؛ وبالتالي، لم تكن هناك شروط عادلة. كان أعضاء الجمعية الدستورية الآخرون متعلمين تعليماً عالياً، وفي وضع جيد، ومؤثرين، وواضحين، ومتغلبين، وهو ما افتقرت إليه القبائل. لذلك، لم يكن على القبائل أي التزام باحترام قانون ظالم. بالنسبة للقبائل، فشل الدستور في إدراك الكلمات التي أعطت العقود قوتها الأخلاقية بشكل عام ؛ وبالتالي، كان ضعيفًا أخلاقيًا. لم تكن السلطة التفاوضية للأحزاب داخل الهيئة، التي وافقت على الدستور، متوازنة فيما يتعلق بمزايا القبائل. تجاهلت المجموعات المختلفة التي وضعت الدستور القبائل، وحرمت القبيلة من الاستقلالية والمثل العليا للمعاملة بالمثل. كانت المجموعات التي أقرت الدستور مصرة على وجهة نظرها، ولم تشارك في وجهة نظر القبائل. من الآن فصاعداً، لم يضمن الدستور المساواة الفعلية أو تكافؤ الفرص.

خلقت مقترحات سوريا نقاشات ساخنة بين الجمهور ؛ وصفه البعض بأنه مناهض للقومية، وهو شخص عمل ضد الهند. قضى جد سوريا الكبير، وهو عضو في المؤتمر الوطني الهندي ومقاتل من أجل الحرية، عامين مع المهاتما غاندي في سيفاغرام. سافر معه إلى أجزاء كثيرة من الهند ونظم الناس ضد البريطانيين. خضع للسجن في سجن ياراوادا المركزي لمدة أربع سنوات لمشاركته في النضال من أجل الحرية. يمتلك أكثر من ألف فدان من الأراضي الزراعية في تيلانجانا، وكان لديه، كمالك، الإحسان لتوزيع تسعمائة وخمسين

فدائًا بين العمال الذين عملوا في مزرعته ومن لا يملكون أرضًا. انضم ابنه إلى الحزب الشيوعي الهندي حيث أصيب بخيبة أمل من سياسات الطبقة الحاكمة المناهضة للفقراء وتوفي في السجن. انضم والد سوريا إلى الحركة الماوية، الحزب الشيوعي الثوري، للاستيلاء على سلطة الدولة من خلال التعبئة الجماهيرية والتمرد المسلح. عمل بين القبائل في أندرا براديش وأوديشا وباستار لأكثر من أربعين عامًا، حيث حارب الأفراد شبه العسكريين المركزيين. عملت والدة سوريا في المزرعة لمدة ثماني إلى عشر ساعات كل يوم، واعتنت بأطفالها الثلاثة، وقامت بتعليمهم وتلقينهم قصص أبيهم وأفكارهم عن المساواة وتكافؤ الفرص وحقوق الإنسان والعدالة. أصبحت سوريا ماوية ملتزمة، مصممة على الكفاح من أجل العدالة للقبائل. سرعان ما حصل سوريا على منح دراسية وقبول في مؤسسات تعليمية مشهورة لأنه كان رائعاً في الأوساط الأكاديمية.

قرر أمايا وسوريا القيام بمشروع العمل الميداني لمدة شهر واحد بين القبائل في تشاتيسجاره. اقترح سوريا منطقة سوكما في منطقة دانتوادا، حيث عمل والده هناك لأكثر من خمسة عشر عامًا. عندما روت سوريا القصة إلى أمايا، شعرت بالفضول لمعرفة القبائل وأعربت عن رغبتها في العمل. ولعدم معرفة الخلفية الماوية لسوريا، شجعت كلية الحقوق سوريا وأمايا على القيام بمشروع العمل الميداني بين القبائل. كان من المروع ملاحظة الوضع الاجتماعي والاقتصادي للناس في سكماء. عانى جميع الرجال والنساء والأطفال تقريبًا في العديد من القرى من الاستغلال غير الإنساني من قبل الحكومة وشركات التعدين ورجال الأعمال وضباط الغابات وأصحاب المتاجر والبيروقراطيين والسياسيين. كان الفقراء يعيشون في بيوت متهالكة أو منازل من الخيزران. كانت معظم القبائل التي أقامت مع أمايا وسوريا من المطرودين من مستوطنات أخرى. سلمت الحكومة أراضي أجدادهم إلى بارونات التعدين، الذين أقاموا مناجم الفحم وخام الحديد والحجر الجيري والدولوميت وخام القصدير والبوكسيت ومصانع الأسمنت. أخبرتهم العديد من القرى أنه سيتم طرد السكان من مجتمعهم الحالي في غضون فترة قصيرة لأن الحكومة قد منحت بالفعل الأرض للتعدين. كانت الآلاف من القبائل تعاني من الجوع والفقر المدقع، وهي واحدة من أسوأ حالات انتهاكات حقوق الإنسان. كان الاعتداء الجسدي والاغتصاب شائعين ؛ ولد العديد من الأطفال في مثل هذه الحالات، وكانت المأساة الإنسانية التي شهدتها أمايا تفوق تصورها. لم يكن لدى معظم الناس ما يأكلونه ؛ مات العديد من النساء والأطفال بحثًا عن الجذور والأوراق الصالحة للأكل في الغابة. في غياب المدرسة، ظل العديد من الأطفال أميين. لم تكن مرافق الرعاية الصحية موجودة، وبدا الناس صغارًا وضعفاء وبائسين جسديًا.

مكثت أمايا وسوريا مع عائلات القبائل وذهبا معهم لجمع الجذور والأوراق والبذور والعسل من الغابة. من حين لآخر، كانوا يجمعون الأغصان الجافة للطهي ويحملونها على رؤوسهم. وانضموا إلى النساء في طهي الجذور والأوراق التي تم جمعها من الغابة في الهواء الطلق على الحطب أو في مطابخ صغيرة ملحقة بمنزلهم، حيث لم تكن هناك تهوية. عانى عدد كبير من القبائل من الاستغلال والقمع الشديدين من النخب في الحكومة أو رجال الأعمال. تحدثت أمايا إلى عدد كبير من النساء والأطفال، واستفسرت منهم بشكل أساسي عن صحتهم وتربية الأطفال

بعد وجباتهم المسائية الضئيلة، تجمع جميع القرويين تقريبًا للرقص حول النار في الجزء المركزي من القرية مع الرجال والنساء والأطفال. خاطبهم سوريا في لهجتهم بين الغناء والرقص، موضحًا الحاجة إلى الثورة من أجل التغييرات الهيكلية. أدت برامج الرعاية الاجتماعية الحكومية والعمل الاجتماعي من قبل المنظمات غير الحكومية إلى تنمية اجتماعية واقتصادية هامشية. لكن التغييرات التي جلبوها كانت غير فعالة لأنها فشلت في تحقيق حقوق الإنسان والعدالة. جادل سوريا من أجل الدخل والثروة والسلطة السياسية والفرص للقبائل التي لم يتمتعوا بها أبدًا.

ومع ذلك، أصر سوريا على أنهم لا يتاجرون بالحقوق والحريات الأساسية مقابل مزايا اقتصادية. بسبب التفاوتات الاجتماعية والاقتصادية الشديدة، كان التوزيع المتساوي للدخل والثروة ضروريًا. إلى جانب ذلك، كانت الأرض التي عاشت فيها القبائل لآلاف السنين ملكًا لأجدادهم، ولم يكن لدى أي حكومة القدرة على طردهم من هناك. مع تحول الثروة التي تم إنشاؤها من الأراضي القبلية إلى الأثرياء والمؤثرين سياسياً، طالب سوريا بمبدأ المساواة، مثل توزيع الثروة لصالح الجميع، وخاصة أولئك الذين هم في قاع المجتمع. لا ينبغي أن يستند توزيع الثروة والفرص إلى قوانين تعسفية ؛ وبالتالي، فإن الثروة التي أنشأها بارونات التعدين كانت بحاجة إلى العمل لصالح الأقل ثراءً، مثل القبائل.

تجمع الناس داخل أكواخهم الصغيرة مع هطول أمطار غزيرة ورعد ورياح قوية. فجأة جاء بعض الشباب يركضون وقالوا بصوت منخفض: "الشرطة، الشرطة". بدأت النساء والأطفال في البكاء بصوت عالٍ، وركض الرجال واختفوا في الغابة. ساعد الشباب أمايا وسوريا على الركض بأسرع ما يمكن حتى وصلا إلى الوادي، وتحت صخرة، أخفيا نفسيهما طوال الليل. وقال سوريا إن شرطة أمايا المسلحة داهمت القرى مرة واحدة على الأقل كل ستة أشهر، وأطلقت النار على الشباب بشكل عشوائي، وفي هذه العملية، فقدت كل قرية عشرات الشباب. لم يكن هناك نافذة للشكوى حيث كانت القبائل تحت رحمة الحكومة. تضاعف احترام أمايا لسوريا أثناء إقامتهم في قرى سوكما. كان رجلاً يقاتل من أجل العدالة للإنسانية المضطهدة، ويثور ضد حكومة قمعية لإساءة استخدام سلطتها في إخضاع القبائل من خلال إنكار العدالة.

"أمايا، بعد الانتهاء من دراستي في القانون، سأعود إلى هذا المكان، وأبقى مع هؤلاء الأشخاص وأحاول خلق الوعي فيهم. سأناضل من أجل المساواة وتكافؤ الفرص وتوزيع الثروة، وهو ما أعتبره عدالة ".

نظرت أمايا إلى سوريا. كانت عيناه مثل المشاعل التي شوهدت أثناء وميض البرق داخل الغابة التي أحرقت قمم أشجار الكازوارينا. كان سوريا قد أصبح بالفعل عضوًا في القبيلة. أجاب أمايا: "سوريا، أنا معجب بإخلاصك وتفانيك ورؤيتك".

"ما أنا عليه ليس مهمًا، لكن ما يحتاجه هؤلاء الناس أمر حيوي. أدعوكم لتكونوا معي لهذا الغرض، وسنعمل معًا. يمكن أن نكون أنا وأنت قوة هائلة ؛ سنحقق العدالة بنجاح لهذه الجماهير المضطهدة التي لا صوت لها ". كانت كلمات سوريا دقيقة وقوية وموضوعية. ارتدوا من مظلة الجرانيت، التي بدت وكأنها قرنية شجرة بانيان الشاسعة في وسط القرية. لم تعرف أمايا كيف تقول أو تتفاعل، على الرغم من صداها في أذنيها.

"سوريا، لدي احترام كبير وإعجاب بك وبعملك، لكن لدي خططي. بصفتي صحفية في مجال حقوق الإنسان، يمكنني تنوير الجمهور والبيروقراطية والحكومة. أوضح أمايا: "ندائي مختلف".

قالت سوريا: "حسنًا، أمايا، لكنني فكرت".

تذكر الأيام مع سوريا كان مثل مضغ عنب الثعلب، اللاذع المر الحلو. كان لليلة داخل المخبأ تحت الصخور، في منتصف الليل، حيث أشعلت اليراعات التلال المليئة بالأشجار في كرنفال الطبيعة الذي اندمج مع الأفق، الذي استأجرته قبائل دانتوادا، مثل مليون ضوء متقطع لعجلات فيريس خلال ماتاديرو مدريد، جاذبية فريدة لسنوات عديدة أخرى.

ولكن في برشلونة، استولى كاران على أمايا بمظهره الشبيه بزيوس، وفتنها بكلماته المغرية وأوقعها في حبسه الساحر، ولم يكشف عن نواياه. آمنت به أمايا ووثقت به، ووقف مثل المنارة، يلمع حتى في الليالي الممطرة مثل كهف دانتيوادا المظلل. سافرت أمايا مع كاران إلى مدريد لجمع البيانات لأبحاثها من خمس صحف يمكن أن تكون مساوية للطباعة، التي حررها والدها، ونصف دزينة من القنوات الإخبارية التلفزيونية التي تنافس أنوراغ. كالعادة، قام كاران بخط سير الرحلة، وحجز تذاكر الطيران وغرف الفنادق، ووضع جدول زمني للزيارات الميدانية، والمقابلات، وزيارة المواقع السياحية، والترفيه، وأخيراً مصارعة الثيران. كرهت أمايا مصارعة الثيران، لكنه كان اختيار كاران. أرادت أن تذهب معه أينما ذهب. استغرق كاران وقتًا طويلاً لترتيب أنشطة وزيارات كل يوم لمدة عشرة أيام في مدريد.

حريتها

لاحظ أمايا أن مدريد تغيرت بشكل كبير خلال السنوات العشر الماضية. كان للمطار مظهر مبهر، وطرق نظيفة بشكل مثير للدهشة، وحركة مرور منظمة. كانت المدينة مشرقة بالأضواء والإعلانات والمباني الجميلة بشكل لا يصدق والهندسة المعمارية المذهلة والتكنولوجيا المرئية في كل مكان. كان فندقهم في شارع سيرانو في سالامانكا، ولم يسبق لأمايا أن عاشت في مثل هذه الضواحي الفاخرة من قبل، لكن كاران شعر على الفور أنه في منزله. كان مرتاحًا لكل شيء، وشعرت أمايا الحذرة بالراحة. بعد تناول العشاء في مطعم حديقة، تجولوا في جميع أنحاء المدينة. تمكنت أمايا من التعرف على المناطق المحيطة حيث قضت طفولتها لمدة ثلاثة عشر عامًا. كانت الشوارع مليئة بالناس ؛ لم يكن لدى بعضهم حركة مرور، وكان مزاج المهرجان موجودًا في جميع التقاطعات تقريبًا مع الموسيقى والرقص وغيرها من وسائل الترفيه.

تحدثت أمايا وكاران إلى ما لا نهاية، وتشاركا القصص، وأبديا ملاحظات واستمتعا بصحبة بعضهما البعض. كان المشي معه تجربة جميلة ؛ أرادت أن تكون معه إلى الأبد، وتتحرك نحو ما لا نهاية. حوالي منتصف الليل، عادوا إلى الفندق. كان توري بانكيا وتوري بيكاسو وتوري دي مدريد وكنيسة توري إسباسيو وأبراج العديد من الكنائس والكاتدرائيات مرئية من نافذة غرفتهم في الطابق الثامن والعشرين.

كما هو مقرر، أجرت أمايا مقابلة مع أحد كبار المراسلين الذين يتعاملون مع قضايا حقوق الإنسان في إحدى الصحف، وهي واحدة من أقدم الصحف في إسبانيا. بدأ المراسل يتحدث الإنجليزية لكنه تحول إلى الإسبانية، مع العلم أن أمايا تعرف الإسبانية بطلاقة. طرحت أسئلة، وأجاب المراسل على جميع استفساراتها بموضوعية بما يرضيها. أخذ المراسل أمايا وكاران إلى الأرشيف وعرض العديد من المقالات وقصص الأحداث التي تتناول حقوق الإنسان. كانت هناك مكتبة تضم أكثر من مائة ألف كتاب ومواضيع مختلفة وصحافة وسياسة ودين وفن وثقافة واقتصاد ومواضيع أخرى ذات صلة. كان المتحف الملحق بالمكتبة رائعًا. أمضوا حوالي ساعة في الاطلاع على المعروضات المختلفة. وأصدرت المراسلة كلمة مرور رقمية لأمايا لاستخدام المكتبة لمدة اثني عشر شهرًا، مما ساعدها على فتح موقع الصحيفة الخاص بحقوق الإنسان للسنوات الخمس السابقة. قدم له أمايا تمثال كاثاكالي رائع مصنوع من خشب ديفادارو من ولاية كيرالا. واستمرت زيارتها لمكتب الصحيفة حوالي أربع ساعات. عندما كانت المحطة التالية في استوديو قناة إخبارية تلفزيونية في المساء، عاد أمايا وكاران إلى الفندق. استأجر كاران سيارة دفع رباعي لمدة عشرة أيام ؛ كان من المناسب زيارة أماكن مختلفة.

زيارة مكتب القناة التلفزيونية جعلتها تعيد التفكير في صحة الأخبار التي ظهرت في وسائل الإعلام. أخبرت المذيعة التلفزيونية أمايا أنه يمكن عرض أي حدث بناءً على توقعات وأيديولوجيات أولئك الذين أنشأوا البرنامج. وأوضحت المرساة: "لا توجد حقيقة موضوعية،

لأن الحقائق المشوهة خلقت أوهامًا لأن الحدث في حد ذاته لا وجود له أبدًا ؛ ما يحدث هو التفسير". كان لديه ثمانية عشر عامًا من الخبرة العملية في نفس القناة الإخبارية وشكك في وجود الأخبار كأخبار. حتى أولئك الذين شاهدوا برنامجًا تلفزيونيًا فضلوا مشاهدة شرح. أصبحت الصورة أو الفيديو ذات معنى فقط من خلال توضيح المذيع أو المراسل. "حدث، دون تفسير، يفتقر إلى المعنى والأصالة. مثل الفنان الذي يطلق اسمًا على لوحته بتوقيعه، يصبح الفن عديم القيمة دون مثل هذه التفاصيل. في برنامج تلفزيوني، سواء كان حدثًا سياسيًا أو انفجار قنبلة في سوق أو تجمع ديني، فإن الصور ومجموعة الألوان والزاوية وما إلى ذلك تفترض معنى وفقًا للتوضيح. حتى مسرح الجريمة يمكن أن يكون حدثًا شجاعًا، أو سردًا وطنيًا، أو خيانة، مهما كان تفسيرها. لذا، فإن الحقيقة في المراقب ؛ إنها وحدها تخلق قيمتها وأصالتها ومعناها ". بالنسبة له، لم تكن هناك حقوق إنسان خارج مفهوم الوجود البشري، ولا إله وراء مسكن الإنسان، ولا أمة بخلاف الفئات الاجتماعية. عندما يصف المرء معنى، فإنه يفترض أيديولوجية معينة ؛ وبالتالي، لا توجد قيم أخرى غير البشر الأفراد.

بعد تناول العشاء في مطعم، سار أمايا وكاران إلى متنزه الريتيرو، حيث كان مئات الشباب يتجولون في أزواج أو مجموعات صغيرة. جلس أمايا وكاران على مقعد يواجه نافورة، يتأملان كلمات المذيع التلفزيوني. وجد أمايا صعوبة في قبول العديد من مقترحاته. ولكن بالنسبة لكاران، فإن معظم الأفكار التي عبرت عنها المرساة تمثل الواقع، حيث كانت الاحتياجات الفردية هي الشاغل الرئيسي. شعرت أمايا بالدهشة ؛ كانت نظرة كاران مختلفة عن نظرتها لأول مرة. ومع ذلك، احترمت كاران لحبه.

"كاران، بالنسبة لي، العدالة هي تعبير عن حبنا للمجتمع، الناس الذين يعانون بسبب القمع"، أدلى أمايا ببيان عندما جلسوا على مقعد.

أجاب كاران: "لا يمكننا تحقيق العدالة من خلال التفكير بعبارات مجردة ؛ هذا ما يحدده الفرد ؛ هذا الفرد هو أنا".

قالت أمايا: "قد تكون تفضيلات الفرد أو المجتمع قمعية لفرد أو مجموعة أخرى".

"العدالة تبدأ بي وتنتهي بي. أولويتي هي شريكي وأطفالي وأولياء الأمور والأشقاء وأفراد الأسرة الآخرين. في مرحلة لاحقة، يتوسع إلى المجتمع المحلي والمجتمع. لذلك، فإن تفضيل الفرد هو المعيار النهائي "، أوضح كاران.

"هل من الممكن التمسك بالقيم المتأصلة في الإنسانية ؟ إذا كانت العدالة مسألة تتعلق بالفرد وأسرته، فماذا سيحدث للمجتمع الأكبر ووجوده ؟ إذا رفضت الإنسانية مع قبول المخاوف الفردية والمجتمعية، فإن الحرية والمساواة وتكافؤ الفرص ستختفي إلى الأبد ".

"لا توجد حرية أخرى غير الحرية الفردية. المساواة وتكافؤ الفرص لا معنى لهما في مجتمع يفقد فيه الأفراد هويتهم. يحب الفرد عائلته، وكل فرد لديه هذه الفكرة عن رفاهية شعبه. حب الإنسانية لا معنى له، ولا يمكن لأحد أن يفعل ذلك لأنه طوباوي ؛ لا يمكن أن يوجد. عندما يكون هناك فرد، هناك عائلة ومجتمع وأمة ". كان كاران قاطعًا.

"هل تقصد أن الحرية والمساواة والعدالة تقتصر على الفرد وليس لها معنى في السياق الأوسع ؟" أثارت أمايا استفسارًا.

"بالتأكيد، في جميع السياقات، يأتي الفرد أولاً. [NEUTRAL]: أعطي الألوان والأصوات والأذواق والمعنى للكون. الكون موجود لأنني موجود. إذا لم أكن هناك، فإنه يختفي. لذلك، كل شيء يتمحور حول الفرد،" بالنظر إلى أمايا، أوضح كاران.

"كيف تميز مصلحة الآخرين عن مصلحتك ؟" سألت أمايا.

"قلقي ومخاوفي وآلامي وأحزاني وسعادتي وأفراحي وأملاتي هي ملكي. لا أحد يستطيع أن يفهم المعنى الكامل لأنني أعطي دلالة وشدة. عندما أشاركها مع شعبي، فهم يفهمونها جزئيًا. كفرد، أقوم بتشكيل مشاعري وأرى الآخرين في الصورة الظلية للإطار الذي أقوم بتطويره. ما أنا عليه وما يحدث لي هو قلقي بناءً على معنى تصوراتي ؛ لا يمكن لأحد مشاركته بالكامل. إذا وجد الآخرون الوفاء داخل الهيكل الذي أنشأته، فقد يفهمونني بطريقة أفضل. ولكن أنا فريدة من نوعها، والبعض الآخر حر في تطوير هيكلها وفقا لرغباتهم وآمالهم. ادفع للآخرين مقابل خدماتهم إلى أقصى حد، أكثر بكثير مما يتوقعون أو يستحقون. في هذه العملية، يجب أن يتمتع الجميع بحريتهم ومساواتهم وعدالتهم ".

"تقصد أن الفرد هو الشاغل الرئيسي، والمجتمع غير ذي صلة ؟" سأل أمايا.

"أبعد من ذلك، بالنسبة لي، أنا في المرتبة الأولى في جميع السياقات. أنا أضم شعبي ومجتمعي ووطني. عندما أحب نفسي، أحبهم. لا يوجد حب من خلال إنكار الشخص الذي يحب. قال كاران: "أنا بطل قصصي، وبطل أفعالي ؛ كل الروايات تدور حول شعبي وأنا".

"كيف ترى الأشخاص المقربين منك ؟"

"أرى من أنا قريب منه. الأشياء العزيزة عليهم مهمة بالنسبة لي، وسأفعل أي شيء لتحقيقها، لذلك ما هو صواب وما هو خطأ غير ذي صلة في هذا السياق ". كان كاران غير مؤهل في إجابته.

"كيف تفسر مسؤوليتك تجاه الإنسانية ككل ؟" تساءلت أمايا.

"ليس لدي أي مسؤولية تجاه الإنسانية، حيث أن الإنسانية كوحدة غير موجودة. إنه مفهوم بدون شكل أو طول أو عرض أو كثافة. ما هو الفرد، أنت وأنا إذا اعتنى كل فرد بنفسه، فلن تترك أي مشكلة. إلى جانب ذلك، لا أستطيع أن أحب شخصًا لا أعرفه ؛ إنه غير موجود. على سبيل المثال، ليس لدي أي شعور بوجود زهرة ربما هناك في برية سيبيريا، أو دلفين في خليج البنغال أو طيور البطريق في القارة القطبية الجنوبية. مفهوم حب الإنسانية هو خرافة. أثناء قصف هيروشيما وناغازاكي، لم يفكر هنري ترومان في الإنسانية. قتل ستالين أكثر من عشرة ملايين إنسان من لحم ودم. لم يكن لدى هتلر أي هواجس في إبادة ملايين اليهود في غرف الغاز في أوشفيتز وتمبينكا وبلزيك وتشيلمنو. في عهد ماو، ماتت ملايين عديدة في ريف الصين. بعد تقسيم الهند، ذبح الهندوس والمسلمون أكثر من عشرة ملايين من البشر. كان تشرشل مسؤولاً عن وفاة أكثر من ستة ملايين هندي خلال مجاعة البنغال، وقتل الإسبان ملايين عديدة في أمريكا اللاتينية في القرن السادس عشر. وفعل الفرنسيون والبلجيكيون والألمان الشيء نفسه في أفريقيا. ما تفعله إيران في اليمن وسوريا هو نفسه.

وأوضح كاران أن الشخص الذي يعاني بسبب الجريمة والإرهاب والحرب والاحتلال هو الفرد وليس الإنسانية ".

"هل حرية الاختيار للفرد شرط لمجتمع عادل ؟" سألت أمايا.

"الحرية خيار فردي، لأنها تفترض المسؤولية مسبقًا. بالنسبة لبعض الناس، الحرية هي عبودية، لأنهم يفضلون البقاء متملقين أو مستعبدين. لا توجد مبادئ للحرية خارج الفرد. إن عيش الحياة لتحقيق السعادة هو حريتي، وهذا لا يعني أن الحياة لها غرض ثابت. في كل لحظة نخلق فيها هدفًا، يكون الفرد حرًا في التفكير، على الرغم من أنه غير مدرك لما سيحدث في المستقبل.

"ومع ذلك، فإننا نسعى جاهدين للوصول إلى المستقبل، وننسى المستقبل الموجود مسبقًا في داخلنا. لذا، فإن عيش الحياة هو القيام بمهمة، رغبة في معرفة فائدتها. عندما أواجه حواجز الطرق والطرق المسدودة، أعيد تصميمها بشكل مناسب لتناسب اختياراتي بشكل أفضل. هدفي يشمل شعبي وحدي وأنا. لا توجد أخلاق خارج اختياري، حيث لا يمكن أن توجد الأخلاق دون فعل الفرد. أي أخلاق خارج الفرد هي مجردة بنفس القدر مثل الإنسانية، والأخلاق الموجودة خارج جسدي لا تزعجني. ما يهمني هو تفسيري للحياة "، أوضح كاران. شعر أمايا أن حجته كانت واضحة، ومفاهيم تستند إلى قناعات معينة يعتز بها.

"كيف تفسر الخيارات التي تتخذها ؟ على سبيل المثال، قررت دعوتي للبقاء معك، والآن نحن شركاء. نحن نحب ونثق ببعضنا البعض ". كانت أمايا فضولية لمعرفة ذلك.

"اختياراتي تفسيرية، ما أشعر به جيدًا لشعبي الذين أختبر الوحدة معهم. كنت غريبا ؛ الآن، أنت جزء من حياتي. لقد كان قرارًا واعيًا ؛ بالطبع، جميع القرارات أنانية حيث يقوم الأفراد بتقييم الفوائد التي يحصلون عليها من مثل هذه الخيارات. ربما شعرت أنت أيضًا بذلك، وكانت قراراتك أيضًا نتيجة لدوافعك الأنانية لأنك ربما شعرت أن اختيارك سيفيدك. الدافع الأناني هو شريان الحياة في العلاقة. الحب والثقة والتعاطف هي نتاج قرارات مفيدة للذات. الحب كالحب أو الثقة كالثقة غير موجود. قد تكون متعاطفًا مع شخص ما أو مجتمع، لكن التعاطف يعبر عن عدم نضجك وضعفك. إنه مؤلم ومؤلم، ويؤثر على شخصيتك، ويدمر احترامك لذاتك. الشعور بالحزن باستمرار وتطوير الميول السلبية في الحياة هو نتاج التعاطف. في البداية، كنت تنوي مساعدة شخص ما، لكنك بدأت تكرهه تدريجياً حتى بسبب غضبك واكتئابك. نحن بحاجة إلى تجاوز التعاطف لأن العلاقة المهنية تفيد الجميع دائمًا. حب أحد أفراد الأسرة هو نتيجة حب الذات. هنا الحب يعني الاحترام. كان اختياري لك مداولة من الذات حول ما هو جيد لعائلتي ولي ".

"كاران، يمكنني الآن أن أفهم بشكل أفضل. أجابت أمايا: "أنت تحبني لأنك تحب نفسك".

"بالضبط. أنا متأكد من أن هذا صحيح في حالتك أيضًا. إذا كنت لا تحب نفسك، فلا يمكنك أن تحبني أو أي شخص آخر. الذات هي مركز وجودنا. أنا أصنع قصصًا عن احتياجاتي، وأنا موجود ؛ أنت موجود فقط في القصص التي أصنعها عن نفسي. في كل ثانية من حياتي، أقوم بتقييم وإعادة إنشاء قصص واحتياجات الآخرين. أستطيع أن أشعر بوجودي مع فرد آخر لا ينفصل، مما يجعل حياتي شمولية. هذا هو سر الانتماء، الخيار النهائي في حياة المرء. نسميها العضوية الحميمة في أصغر مجموعة من قبل شخصين. أمايا، هذه الأيام،

أنت ذلك الشخص في حياتي. لكن يمكن أن يتغير ". اعتقدت أمايا أن كلمات كاران كانت واضحة ومتسقة.

"إذن، كاران، ألا تفكر في القيم والهويات والتوجهات، والتي قد تقودك إلى قبول مسؤوليات البشر المجهولين ؟" سألت أمايا.

"لا، أمايا، لا أحب تحمل مثل هذه المسؤوليات. [NEUTRAL]: أقدر الأشخاص القريبين مني، الذين يمكنني الشعور بهم ولمسهم ورؤيتهم وسماعهم. آلامهم وأفراحهم هي أفكاري الخاصة ؛ لا أستطيع فصل نفسي عنهم. بلدي الكون يقتصر على شعبي المباشر ولي. لا أحد موجود أبعد من ذلك لأنني لا أعرفهم. حتى التقيت بهم، لم يكن لدي تقارب معهم ؛ لم يكونوا موجودين بالنسبة لي. تاريخيًا، كان النظام الطبقي موجودًا منذ أكثر من خمسة آلاف عام، وعوملت بعض أقسام البشر معاملة أسوأ من الحيوانات المحبوسة. لكنني لست مسؤولاً عنها لأنني لم أوافق عليها أو أتعامل معها. في سياق أوسع، لست مسؤولاً عن جرائم أسلافي أو بلدهم أو دينهم. لا يمكن لأحد أن يحمل العرب الحاليين مسؤولية قطع رؤوس رجال قبيلة بني قريظة وذبح وإبادة المجتمعات اليهودية المنتشرة في الواحات العربية من قبل محمد وجيشه في غارات ليلية. وبالمثل، لا يمكنك إلقاء اللوم على البابا فرانسيس في الحروب الصليبية ضد المسلمين. إلى جانب ذلك، فإن فعل ما هو صحيح بالنسبة لي ليس جريمة، لأنه قانون البقاء على قيد الحياة ".

على الأقل في بعض الأجزاء، كانت آراء كاران غير لائقة لأمايا، لكنها لم تعلق. بعد ثلاثة أشهر من المغازلة، كانت هذه هي المرة الأولى التي يتحدث فيها كاران عن معتقداته الشخصية، وكان ذلك بمثابة وحي لأمايا. لقد عانت من مخاوف وقلق غير معبر عنه بشأن المستقبل، ملفوفة بالخوف. ومع ذلك، أحب أمايا كاران وثق بصدقه. عندما عادوا إلى الفندق حوالي منتصف الليل، عانق كاران أمايا وقال: "أحبك يا أمايا". ونظرت إلى كاران، ابتسمت أمايا وقبلت خده.

أدى وجود كاران إلى رفع مستوى أمايا، لكن النقاش معه بعد مقابلة المذيعة التلفزيونية أزعجها كما لو كان هناك خطأ ما في تصوره لحقوق الإنسان والعدالة. واجهت أمايا معتقدين يتعارضان مع القيم الداخلية، ويشكلان أسئلة غير متسقة وإجابات متضاربة. كانت النتيجة صراعًا أبديًا في قبول أيديولوجيات كاران، لكنها أحبته كشخص. عرف أمايا أنه صادق وكريم ومحب وملهم ويمكن أن يشعر بالخلاف مع أنظمة قيمه. منذ الطفولة، عانت أمايا من ذكاء بديهي عميق بسبب تأثير والديها. أحبّت روز الإنسانية بكل أبعادها وتعبيراتها وألوانها، مثل الموسيقى والرقص والفن والعمارة والملابس والطعام والثقافة والاحتفالات والمهرجانات والمجموعات والحشود. تعاطفت مع الآخرين وأحزانهم.

كان شانكار مينون عقلانيًا في التعامل مع مشاكله. كان نجاحه كموظف في الخدمة الخارجية وبعد ذلك كمحرر يرجع إلى تحليله الموضوعي والعلمي للحقائق وموقفه الإيجابي. لقد احترم المعرفة التي تم إنشاؤها من خلال البحث وفسر السلوك البشري من خلال تطبيق الأساليب العلمية. رفض الهيمنة على العقل، واستشار قلبه وقبل قرارات العقل الذكية. اعتقد روز وشانكار مينون بقوة أن قلوبهم تحمل ذكاءً فائقًا، وهو عنصر أساسي في معرفة إخوانهم البشر ومشاعرهم. كانت خفية ومجردة ولكنها تمكنت من التعرف على تطلعات

الإنسان واحتياجاته والشعور بالتكاتف. ذكاء القلب يجعل الشخص فريدًا ومختلفًا عن الحيوانات الأخرى، والذي يحدد التعاطف والإحسان والخدمة الاجتماعية والتواصل والتزامًا أكثر عمقًا بتحقيق العدالة للجميع. تطورت الحقيقة داخل القلب، ونمت في الرغبات لمساعدة إخواننا البشر وتغذية الإجراءات الحميدة. بالنسبة لهم، كان القلب هو الرحم حيث تنبت الأخلاق وتزدهر من خلال الاستماع إلى موسيقى الرحمة. وبدون الاهتمام بالقلب، سيصبح الأفراد غير راضين وغير أصيلين. كانت الحياة بلا قلب فوضوية، بلا هدف، بلا حب وإسراف. غالبًا ما أخبرت روز أمايا أن الفاشيين والإرهابيين والسياسيين الفاسدين والأصوليين الدينيين والأشخاص الأنانيين ليس لديهم قلب. رأى شانكار مينون أن موازنة القلب والرأس أمر ضروري لحياة ناجحة. قال لأمايا: "استمع إلى قلبك ورأسك في وقت واحد". عندما لم يكن هناك توازن بين القلب والرأس، نشأ الصراع.

نشأت أمايا في بيئة رفع فيها القلب والرأس، واستوعبت القيم الموروثة من روز وشانكار مينون. إلى جانب ذلك، استند تعليمها إلى القيم المعنوية والأخلاقية في لوريتو. رسم كزافييه وكلية الحقوق الإنسانية التي لا تتزعزع. قال شانكار مينون لابنته عندما أعربت عن رغبتها في ممارسة الصحافة للتخرج: "كلما زادت المعتقدات والأفكار والتوقعات والرغبات والأحلام، زاد احتمال نشوب صراعات". "يمكن للصحفي الواعي أن يتعرف بسهولة على الفجور في المجتمعات البشرية، وخاصة في السياسة والتمويل والممارسة القانونية والدين. وحذر والدها من ممارسة مهنة فقط إذا كان قلبك يرغب فيها ويدعمها ". كانت أمايا مستعدة لمواجهة العالم بشجاعة، وكانت روز وشانكار مينون مثلها العليا وأبطالها.

تحدت كلمات كاران المعايير التي وضعتها أمايا. كانت تعرف أنه لم يفعل شيئًا يقلل من حبها أو يدفع إلى الصراع بين الأشخاص. بدلاً من ذلك، كانت عاطفته أكثر بكثير مما توقعت، وقد وصلت بالفعل إلى مرحلة الكمال. ومع ذلك، كان هناك شعور بعدم الارتياح والارتباك بشأن قيمهم، حيث كان هناك معتقدان متعارضان فيما يتعلق بالمسؤولية الاجتماعية والإنسانية. عرفت أمايا أن عدم ارتياحها كان مجردًا إلى حد ما ولا علاقة له بالحياة اليومية مع كاران. كان تحليلها أن كاران أراد أن يعيش الحياة على أكمل وجه وشجع أمايا على أن تفعل الشيء نفسه، متجاهلة ما كان يحدث من حولهم ومتجاهلة معاناة البشرية. لم يرغب كاران في إجراء أي تغيير للخروج من منطقة راحته من خلال احتضان الأقل حظًا كجزء لا يتجزأ من حياته.

لقد خلق حربًا في ذهن أمايا، وأصبحت على دراية بالصراع داخلها. أرادت أن تستمع إلى قلبها، الصوت البديهي ؛ ومع ذلك، لم ترغب في أن يسيطر عليها القلب، ويجعلها عاطفية. طلبت أمايا من رأسها الاستماع إلى صوت قلبها وتجاهل العقل تمامًا. اعتقدت أن قبول الطبقات النهائية للقلب أمر ضروري، إلى جانب اتخاذ قرار عقلاني يستند إلى حقائق موضوعية. قررت التخلي عن عقلها المتقلب، ووزن الأوراق الرابحة، وتحديد أولوياتها، وتحديد المعتقدات الخاطئة التي غذت قراراتها وأثرت فيها. بشكل مؤكد، قيمت إشارات قلبها كأسباب لصراعاتها الداخلية وقررت أخيرًا أن ترد بالمثل على الحب الذي تلقته من كاران، لتعيش حياة سعيدة ومرضية معه. كان إدراكًا أن آرائه حول الانفصال عن الإنسانية بشكل عام لم تؤثر على حياتها ؛ بدلاً من ذلك، ساعدوها على فهم كاران كفرد.

استمتعت أمايا بكل لحظة قضيتها مع كاران. بعد خمسة أيام من المقابلات وجمع البيانات، قرروا زيارة مدرسة لوريتو في المساء، حيث أكملت أمايا مدرستها الابتدائية. بعد إيقاف السيارة، ساروا إلى المدخل الرئيسي، ومن هناك، تمكنت أمايا من رؤية المباني ذات الطراز القوطي التي بنيت في القرن السادس عشر. شعرت بفرح خاص في دخول مبانيها، حيث اختبرت متعة داخلية كانت كاران معها. استطاعت أن ترى نصف دزينة من الراهبات وبدأت محادثة مع راهبة مسنة إلى حد ما، كانت سعيدة بمعرفة أن أمايا كانت طالبة في لوريتو. أثناء تقديم كاران لها، تبادل كلاهما المجاملات. أخبرتهم الراهبة أنها فرنسية، وافدة جديدة إلى مدريد وعملت في وقت سابق في فرنسا وسويسرا والنمسا. قادتهم الراهبة إلى هناك عندما أعربت أمايا عن رغبتها في زيارة غرفة الموسيقى والعزف على البيانو. قبلت أمايا الجراند الذي تعلمت فيه الموسيقى الكلاسيكية. دعت أمايا كاران للعب معها، وكلاهما لعبا لفترة من الوقت. عاشت أمايا تجربة رائعة/حنين، وشكرت الراهبة على لطفها. ثم عرضت أمايا على كاران الفصول الدراسية المختلفة التي درست فيها والمكتبة والمختبر والملعب. أثناء تناول القهوة والبسكوتشو في كافتيريا المدرسة، شاركت العديد من القصص مع كاران.

أحب أمايا المشي عبر متاهة المدينة مع كاران. في تقاطع مع حديقة صغيرة، رأوا زوجين يعزفان على الكمان ؛ كان للمرأة الدور القيادي.

قال كاران: "كم هم رائعون".

أجابت أمايا: "نعم، في الواقع، تبدو وكأنها أغنية حب، حب فتاة وصبي".

"نعم، أمايا، يمكنك الشعور بذلك بشكل جيد. إنها بالفعل أغنية حب مع قليل من الفروسية. ربما أغنية لجندي يقع في حب فتاة قروية أو صبي يلتقي بفتاة في السوق. قال كاران: "لكن هذا يبدو مذهلاً".

كان حشد صغير يستمع إلى الموسيقى في صمت شديد. قد تكون ابنة عازف الكمان من سن العاشرة إلى الثانية عشرة، تقف عند مدخل الحديقة مع قسيمة بيضاء. رأت أمايا الناس يدفعون ما لا يزيد عن مائتي بيزيتا. "يمكنك دفع أي مبلغ. أنت حر في الدخول دون أن تدفع "، قالت الفتاة الصغيرة بابتسامة. عندما أعطاها كاران ثلاثة آلاف بيزيتا، فوجئت الفتاة.

قالت الفتاة: "سيدتي، سيدي، شكرًا لك (سيدتي، سيدي، شكرًا لك)".

أجاب كاران: "بارك الله فيك".

قالت الفتاة: "سيدي، سأسمح لك بإنجاب طفل قريبًا".

أجاب كاران: "فتاة مثلك".

نظرت أمايا إلى كاران بابتسامة. ابتسم كاران أيضًا.

كان كاران بالفعل لغزًا. لقد أحب الجميع، وساعد المحتاجين وكان كريماً.

وقفوا هناك، يستمعون إلى الموسيقى لمدة ساعة. كان أداءً رائعًا ؛ شعرت أمايا بالذهول من الموسيقى التي عزفوها.

"الموسيقى تربط الناس والحيوانات والطيور. إنه تعبير عن الطبيعة ؛ في النهاية، ينتمي إلى الكون "، علق كاران أثناء عودته إلى الفندق.

قالت أمايا: "استمع بدقة ؛ هناك موسيقى في كل مكان ؛ إنها تحتضن كل شيء وتتوسع إلى الأبد، إلى ما لا نهاية".

أوضح كاران: "أنا أتفق معك يا أمايا ؛ الموسيقى تشكل سلوك الناس، وتحفز الذكاء، وتنشط العقل، وتعيد اختراع الحياة".

"من خلال التعبير عن المشاعر، تجعلنا الموسيقى بصحة جيدة، وتقودنا إلى النمو، وتخلق الوعي وتغرس الاستقرار. تدخل قوة الموسيقى مباشرة إلى ذهن المستمع، وتخفف من بنيتها الداخلية وتؤدي إلى تكوينات مبهجة. يبدو أن هناك تغييرًا تدريجيًا في المستمع، والذي يصبح جوهريًا مع هدوء العقل. يمكن أن توجد الموسيقى بدون مستمع، ولكن المستمع فقط هو الذي يمكن أن يعطي الموسيقى معنى وتحقيقًا. لذلك، هناك اعتماد متبادل بين عازفة الكمان والموسيقى التي تنتجها والمستمع ".

نظر كاران إلى أمايا وابتسم. "أنا معجب بك، أمايا ؛ كلماتك جميلة. نحن البشر نعطي معنى لكل شيء. يختلف معنى الموسيقى من فرد لآخر. الطفولة هي أفضل وقت للحث على حب الموسيقى، وهي الفترة الأنسب لخلق المعنى لأن تعبيراتها يمكن أن تتعمق في عقل الطفل دون أي مقاومة ". اعتقدت أمايا أن كلمات كاران كانت بسيطة وأصيلة.

عرفت أمايا أن الثقافة تؤثر على الموسيقى وطورت مكانًا، وتبشر بالصفاء، وتخلق اتساعًا وعمقًا وجمالًا لا نهائيًا للموسيقى. نظرًا لأنها شملت كل فن، كانت السمات العاطفية الأساسية للموسيقى متشابهة في كل مجتمع، على الرغم من اختلاف ردود الفعل. كان ذلك بسبب التصورات المتنوعة للمشاعر الإنسانية ومعانيها. في بعض الثقافات، كان الوسط العاطفي دقيقًا ؛ وكانت التعبيرات الموسيقية أكثر تحديدًا. كان أمايا يدرك أن البنية الموسيقية للتعبير الإيقاعي والبروز والإيقاع تؤثر على عقول الناس وتفاعلاتهم في المجتمع. قالت أمايا وهي تنظر إلى كاران: "العواطف تخلق تغييرات جسدية ونفسية في الشخص".

"هذا صحيح. أجاب كاران: "يمكن للموسيقى أن تقلل من القلق والألم والكرب والقلق والميول الانتحارية والعديد من المشاعر السلبية الأخرى لدى الشخص".

عندما وصلوا إلى الفندق، عانق كاران أمايا وقال: "أنت تكشف النقاب عن الموسيقي المختبئ في قلبي".

أجابت أمايا وهي تحدق في وجهه: "أنت تعيد تصميمي وتفكك حبي".

سارت المقابلات والزيارات إلى القنوات الإخبارية التلفزيونية والمحفوظات والمكتبات على ما يرام. جمعت أمايا بيانات كافية لعملها الأولي، وأعرب كاران عن اهتمامه بتدوينها لتحويلها إلى أشكال جدولية للتفسير. شعرت بالسعادة لمعرفة أن كاران يمكنه تحليل البيانات الإحصائية وتطبيق اختبارات مختلفة.

بقي يومان آخران ؛ كان اليوم الأخير لمصارعة الثيران. كان كاران قد اشترى تذكرتين في الصف الأمامي تحت الظل، بالقرب من الماتادور والأكشن، وكان الثور تورو برافو، ثور مقاتل. كان اليوم قبل الأخير من إقامتهم في المدينة لزيارة أماكن ذات أهمية تاريخية في

مدريد وحولها. كان أول معبد في الصباح هو معبد ديبود، وهو مزار للإله المصري آمون حوالي القرن الثاني قبل الميلاد. عرف أمايا أن مصر تبرعت بالمعبد لإسبانيا في عام تسعمائة وثمانية وستين. تجول أمايا وكاران حول المبنى المهيب لمدة ساعتين تقريبًا، ثم أرادا رؤية إستاسيون دي أتوشا. فجأة شعرت أمايا بعدم الارتياح والغثيان والتعب. نادت: "كاران". على الفور أخذها كاران في يده وسار نحو موقف السيارات. عندما كان في السيارة، مسح وجه أمايا بمنشفة أثناء محاولتها التقيؤ. قال كاران أثناء القيادة نحو طبيب التوليد: "أمايا، يبدو أنك حامل".

بعد إجراء بعض الاختبارات والتحقيقات لمدة عشرين دقيقة تقريبًا، خرج طبيب التوليد وأخبر كاران بابتسامة، "ستكون أبًا، تهانينا".

"شكرًا لك يا دكتور على الأخبار الجيدة. كنت حريصة جدا على معرفة ذلك. قال كاران بإثارة: "إنها أكثر الأخبار بهجة بالنسبة لنا".

قال الطبيب لكاران أثناء النوم: "تفضل بالدخول".

"مرحبًا أمايا، تهانينا. قال كاران: "أنا سعيد للغاية"، أثناء تقبيل خديها. ابتسمت أمايا.

أجابت: "شكرًا لك، كاران، على حبك".

"أنا أسعد رجل في العالم." قبلها مرة أخرى.

قال الطبيب لكاران: "إنها بحاجة إلى مزيد من الراحة، دعها تكون هنا لمدة ثلاث ساعات".

أجاب كاران: "بالتأكيد يا دكتور".

انتظر كاران في الخارج. عندما خرجت أمايا، كانت تبتسم. قالت: "كاران، أنا بخير ؛ أنا أحبك".

"أحبك يا حبيبتي أمايا. لا أستطيع أن أصدق ذلك. أنت حامل ؛ طفلنا يستمع إلينا ". عانقها كاران. لاحظت أمايا أنه كان متحمسًا.

"عليك أن تعتني بنفسك لبعض الوقت وتأخذ قسطًا من الراحة. قالت كارانا أثناء القيادة وهي تنظر إلى أمايا: "سأقوم بجميع الأعمال المنزلية".

ابتسمت أمايا مرة أخرى. "مرحبًا، أنت تغفو. قال كاران: "عندما نصل إلى الفندق، يمكنك النوم جيدًا".

بمجرد وصولهم إلى فندقهم، ساعد كاران أمايا على الاستلقاء. راقبها وهي نائمة. عندما نهضت أمايا بعد ساعة، عانقها كاران بهدوء. "أحبك يا أمايا. ليس لدي كلمات للتعبير عن سعادتي ".

أجابت: "أنا سعيدة يا كاران ؛ إنه حبنا".

تناولوا العشاء في الغرفة. قالت كاران: "أنت بحاجة إلى تناول طعام صحي ؛ من الجيد اكتساب بعض الوزن، حتى تتمكن من التعافي بسرعة وإرضاع الطفل".

قالت بابتسامة: "بالتأكيد، كاران".

ألغوا تذاكر مصارعة الثيران وتقدموا برحلتهم إلى برشلونة ليوم واحد. عندما وصلا إلى المنزل، عانق كاران أمايا، وضغطها على جسده. "أحبك". كان بإمكانها سماع خطابه الناعم. لاحظت أمايا تغييرًا في كاران ؛ حتى اليوم السابق، كان أفضل صديق لها وشريك حياتها، لكنه سرعان ما تحول إلى أم وأخت وأب وأخ وزوج وابن. كان كاران خاصًا في طلب الطعام المغذي من أفضل المطاعم. استشار أمايا حول تفضيلاتها اليومية وأعد قائمة بثلاث وجبات ووجبتين خفيفتين صحيتين. تضمنت القائمة الفواكه والخضروات الطازجة والسوائل. أخبر أمايا أن وجباتها ووجباتها الخفيفة تحتاج إلى احتواء الكالسيوم والحديد وعشرات الفيتامينات الرئيسية. كانت الأسماك مكونًا رئيسيًا، وأصر على تجنب الطعام الذي يضر بنمو الطفل. وشملت هذه الأغذية الأسماك عالية الزئبق والأسماك المصنعة والبيض النيئ والكافيين والبراعم والمنتجات غير المغسولة. كان كاران يأكل دائمًا مع أمايا وكان حريصًا على أن يكون الطعام مغذيًا ومذاقه ممتازًا وغنيًا بالفيتامينات. لم يسمح لأمايا بالقيام بأي عمل خلال الشهر الأول لتعيش حياة خالية من التوتر.

أخبر كاران أمايا أن إخصاب حيوانه المنوي ببويضة أمايا حدث في أمبولة قناة فالوب، وكانت النتيجة البويضة المخصبة، طفلهما. ثم فجأة، قال: "إنها فتاة".

سأل أمايا: "كيف تعرف ذلك ؟".

أجاب كاران: "لأن لدي رغبة عميقة في الحصول على ابنة تشبهك".

هتفت أمايا: "أوه، كاران".

كرر: "أحبك يا أمايا".

قالت أمايا وهي تنظر إلى كاران: "الطفلة هي أثمن هدية يمكن للمرأة أن تقدمها لهذا العالم".

قال كاران: "ابنتنا هي هديتنا لعائلتنا".

أجابت أمايا: "ستكون جوهرة".

وتوقع كاران: "ستكون أجمل، مثلك".

قالت أمايا وضحكت: "كاران، عزيزي".

طلب كاران ثلاثة كراسي قابلة للتعديل لأمايا، كل منها لقاعة الطعام وغرفة الجلوس والدراسة.

في الشهر الأول، أحبط كاران أمايا من الذهاب إلى الجامعة. خلال الشهر الثاني بأكمله، وصل إلى أمايا في كلية الصحافة، وانتظر في غرفة الضيوف المشتركة للزوار طوال اليوم، وكان حريصًا في تناول وجبات الطعام مع أمايا. من الشهر الثالث، شجع أمايا على القيادة. ساعدها كاران في الاستحمام الدافئ وجفف شعرها وجسمها بمنشفة نظيفة. كانوا يتجولون على الشاطئ جنبًا إلى جنب في المساء، وكان دائمًا بجانبها. بعد المشي، ساعد كاران أمايا على السباحة معه في حمام السباحة عارياً حتى يتمكن الطفل من الشعور بجمال وخفة حركة الماء. خلال الأشهر الثلاثة الأولى، امتنع كاران تمامًا عن ممارسة الجنس. بمجرد أن بدأوا في ممارسة الحب، كان حريصًا على عدم إيذاء أمايا والجنين. تدريجيًا، قلل

من تواتر ممارسة الحب مرة واحدة كل أسبوعين، ومن الأسبوع السادس والعشرين، كان هناك امتناع تام عن ممارسة الجنس.

اختار كاران أفضل مستشفى مع أفضل جناح للولادة لفحوصات أمايا والرعاية الطبية. زارت أمايا طبيب التوليد مرة كل أربعة أسابيع حتى الأسبوع السادس والعشرين. من الأسبوع السادس والعشرين إلى الثاني والثلاثين، كانت الزيارة مرة كل ثلاثة أسابيع، ومن الأسبوع الثاني والثلاثين إلى السادس والثلاثين، كانت الزيارة كل أسبوعين، ومرة كل أسبوع لمدة ستة وثلاثين أسبوعًا حتى الولادة. تحدث طبيب التوليد إلى أمايا وكاران حول التحضير لوصول طفلهما. مكّنتهم من حساب حمل أمايا من اليوم الأول من آخر دورة شهرية لها وطلبت منهم توقع الطفل في أي وقت بعد الأسبوع السابع والثلاثين. أخبر الطبيب أمايا أن الحمل حدث بعد أسبوعين من اليوم الأول من آخر دورة شهرية لها، واستغرق الأمر من خمسة إلى سبعة أيام حتى تستقر البويضة المخصبة في الرحم. بعد الفحص بالموجات فوق الصوتية في الأسبوع التاسع والتحقق من حجم اختبار الرحم والمهبل والبطن، أخبر الطبيب أمايا وكاران أنهما يمكن أن يتوقعان الطفل في أوائل الأسبوع الأول من أغسطس.

في عطلات نهاية الأسبوع، قام أمايا وكاران برحلات طويلة، في عمق قرى كاتالونيا، على الحدود الفرنسية في بستان التفاح وبستان العنب. في أحد تلك الأيام، أخبر كاران أمايا أنهم سيذهبون لتذوق النبيذ، وكانوا يرتدون ملابس غير رسمية كما لو كان حدثًا غير رسمي ؛ كانوا حريصين على عدم ارتداء أي عطر. كان لدى كاران خطة تذوق، لكن أمايا لم يكن لديها خطة كمبتدئ. على الرغم من أنها لم تشارك أبدًا في تذوق النبيذ، إلا أن أمايا شعرت بالحماس.

قال كاران لأمايا: "هناك المئات من مزارع الكروم حيث تلتقي كاتالونيا مع روسيون"، إن الكاتالونيين على كلا الجانبين صانعو نبيذ ممتازون أثناء دخولهم مصنع نبيذ.

"ماذا سنفعل هنا ؟" سألت أمايا.

أجاب كاران: "سنقوم بتذوق النبيذ".

"حقاً ؟ إذا تذوقت النبيذ الأحمر، فهل سيؤثر على طفلنا ؟" أعربت أمايا عن قلقها.

"أنت تتذوق النبيذ الأبيض فقط، والذي تستهلكه كل يوم. أجاب كاران: "كمية ضئيلة من أجود أنواع النبيذ الأحمر لا تخلق أي مشكلة".

"هل هناك أي نتائج علمية ؟" سأل أمايا.

"لا توجد نتائج مؤكدة حتى الآن، لكن بعض الدراسات أثبتت أن النبيذ الأحمر لم يسبب آثارًا سيئة على الأم والجنين. تستهلك ملايين النساء النبيذ يوميًا في إيطاليا وإسبانيا وفرنسا وكاليفورنيا ؛ العديد منهن أمهات حوامل. بالطبع، النبيذ لا يسبب أي ضرر حتى للأب ". ضحك كاران.

استطاع أمايا وكاران رؤية عشرات الشابات والشبان يشاركون في تذوق النبيذ بعيدًا في قاعة مفتوحة.

"كيف نتذوق النبيذ ؟" تساءلت أمايا.

قال كاران: "هناك أربع خطوات ؛ الشكل والشم والتذوق والحكم".

أدلت أمايا ببيان قالت فيه: "يجب أن تكون خبيرًا في جميع هذه الفئات".

"يبدأ الجميع كمبتدئين دون أي معرفة مسبقة. أنت تطور المعرفة والمهارات والموقف في تذوق النبيذ لفترة طويلة. أولاً، افحص اللون والعتامة واللزوجة، وهي سماكة النبيذ ولزوجته ولصقه ولزجه. عندما يقومون بتعبئة النبيذ، يكون لكل زجاجة الاسم وتفاصيل الكرم والموقع والعنب، ويمكن للمرء العثور عليها في غضون خمس دقائق. ولكن عندما تتذوق النبيذ من الكأس، لا يتم إعطاء أي تفاصيل ".

"كيف نميز رائحة النبيذ ؟" تساءلت أمايا.

وأضاف كاران: "تخبرك الرائحة عن نوع العنب المستخدم ؛ يمكن أن يكون أوليًا وثانويًا وثالثًا في أبعاد مختلفة من الغني والضعيف، مغريًا أو جذابًا".

"هذا يبدو رائعاً. قال أمايا: "أنا معجب بمعرفتك بالنبيذ"، معربًا عن تقديره لكاران.

"يمكن لبراعم التذوق الخاصة بك أن تميز أي ذوق. الطعم الحامض أساسي وفقًا لعدة معايير حيث أن العنب حمضي إلى حد ما ؛ يتغير الطعم من كروم العنب إلى كروم العنب، ومن منطقة إلى أخرى ومن قارة إلى أخرى. يمكن للمرء أن يقرر الملمس باللسان، لأن بعض الأذواق تدوم، ولكن بعضها سريع الزوال ".

"كاران، كيف تقرر نوعية النبيذ ؟" سألت أمايا.

"يعتمد قرارك بشأن النبيذ على العديد من خصائصه. أولاً، يجب أن تقرر ما إذا كان متوازنًا أو لا يطاق، حامضيًا جدًا أو كحوليًا، منشطًا أو رطبًا. عليك أن تقرر ما إذا كان النبيذ الذي تذوقته فريدًا أو عرضيًا أو عابرًا. القرار الأكثر أهمية هو خصائصه المشرقة وما إذا كنت ترغب في ذلك. إنه مثل الحكم على امرأة ". نظر كاران إلى أمايا وابتسم. قال كاران وهو يقود أمايا إلى قاعة تذوق النبيذ: "تعال، دعنا نذهب ونقوم بتذوق النبيذ".

تذوقوا العديد من فئات النبيذ المختلفة وقرروا ملاحظات التقييم. قدم كاران أمايا لصانعي النبيذ وناقش النبيذ الذي تذوقه أثناء تقديم ملاحظاته إلى صانعي النبيذ. قبل مغادرته، اشترى عشرين صندوق نبيذ أحمر وأبيض يحتوي على أربع زجاجات.

أثناء ركن السيارة في المرآب عند عودتها من الملعب، تذكرت أمايا تلك الزجاجات التي تم شراؤها من مصنع نبيذ على الحدود بين كاتالونيا وفرنسا. ظلوا في مرآبهم في برشلونة لمدة يومين حيث تمكن كاران من نقل خمسة صناديق فقط إلى قبو قاعة الطعام في اليوم الأول.

في ذلك المساء، كان لدى أمايا عميلان جديدان. إليزابيث هي خريجة علوم منزلية تبلغ من العمر ثلاثين عامًا وأم لطفلين، تبلغ من العمر خمس سنوات وثلاث سنوات. كان زوجها توماس، البالغ من العمر خمسة وثلاثين عامًا، رئيس وكالة سفر صغيرة، مشغولًا دائمًا بتنظيم زيارات إلى الأرض المقدسة. أربع مرات في السنة، أوروبا للمجموعات التي تتكون من خمسة وأربعين إلى خمسين شخصًا. رتب جميع الزيارات وسافر مع المجموعة. قبل حوالي سبع سنوات، بدأ توماس وكالة السفر بدعم مالي من جيمس، وهو كاهن كاثوليكي من

جماعة دينية. ألهم جيمس توماس، زميله في الكلية، الذي أعطى مفهوم وكالة السفر لأن جيمس كان لديه دراسات لاهوتية وكنسية في إيطاليا وألمانيا وبلجيكا. كان لديه اتصالات في الأرض المقدسة وأوروبا. غالبًا ما زار جيمس مكتب وكالة السفر، وهي غرفة ملحقة بمنزل توماس. في السنوات الأولى، وضع توماس وجيمس خططًا لساعات معًا، كل زيارة بدقة، وحققت الوكالة نجاحًا باهرًا. مع تألق الخدمات، كان مئات الأشخاص على قائمة الانتظار في غضون عامين، وأصبح توماس سعيدًا وثريًا.

في هذه الأثناء، بدأ جيمس علاقة غرامية مع إليزابيث، واستمتع كلاهما بالعلاقة الحميمة الجنسية يوميًا. كلما ذهب توماس مع المجموعة إلى الأرض المقدسة وأوروبا، قضى جيمس ليالٍ مع إليزابيث، وكانت واثقة من أن جيمس هو والد طفليها. ثم انتقل جيمس إلى فيينا وعمل مع الجنرال الأعلى في المكتب الدولي لجماعته الدينية. قبل المغادرة، وعد جيمس إليزابيث بأنه مستعد للزواج منها وسيأخذها وأطفالها إلى أوروبا، بشرط ألا يكون توماس قد مات. أرادت إليزابيث العيش مع جيمس في أوروبا لكنها لم ترغب في القضاء على توماس. استمعت أمايا إلى إليزابيث بصبر. عندما أكملت إليزابيث روايتها، كانت أمايا تفكر بعمق لبعض الوقت. ثم نصحت إليزابيث بصوت منخفض بمقابلة طبيب نفسي سريري في أقرب وقت ممكن.

كانت فاطمة، البالغة من العمر خمسة وعشرين عامًا، تبدو مرعبة. كانت ترتجف وهستيرية كما لو كانت خائفة من شيء ما عندما طلبت منها أمايا الجلوس. تجلس فاطمة على حافة الكرسي، وتروي قصتها. كانت فاطمة معلمة في مدرسة ابتدائية تديرها المؤسسة البلدية لمدة خمس سنوات ؛ تزوجت يوسف محمد عندما كانت في السادسة عشرة. في غضون ستة أشهر من زواجهما، ذهب يوسف إلى قطر للعمل في وحدة تبريد كبيرة براتب جيد. زار المنزل مرة واحدة كل عام وقضى شهرًا مع فاطمة، لكن لم يكن لديهما طفل حتى بعد تسع سنوات. كان ليوسف والدان وأربع شقيقات متزوجات وأربعة أشقاء في دبي والكويت يقيمون مع أسرهم.

نظرًا لأن فاطمة كانت معلمة مدرسة وحصلت على راتب من حكومة الولاية، لم يرغب يوسف في اصطحاب فاطمة إلى قطر. إلى جانب ذلك، نظرًا لكونه أصغر طفل، كان يوسف قريبًا من والديه، وكان يعلم، في غياب فاطمة، أن والديه المسنين، وخاصة والدته طريحة الفراش، سيكونان بمفردهما، لأنهما تجاوزا الخامسة والستين. بعد أن غادر يوسف إلى قطر، بدأ والده بالاعتداء الجنسي على فاطمة واغتصابها يوميًا. عندما أصبح الأمر لا يطاق بالنسبة لها، قاومت، وفي مثل هذه المناسبات، وعد بنقل المنزل باسم فاطمة ويوسف. في وقت لاحق، هددها ؛ كان يخبر ابنه أن فاطمة كانت تضايق الرجل الأكبر سناً جنسياً، مما أجبره على النوم معها. لم ترغب فاطمة في الكشف عن سبب معاناتها لزوجها لأنه سيرفض تصديقها. بالنسبة له، كان والداه هدايا لا تصدق من الله. أخبرت فاطمة أمايا أنها تريد التقدم بطلب للحصول على الطلاق والعيش بمفردها. لكنها كانت خائفة من والد زوجها والأصوليين الإسلاميين بسبب الهجمات القاتلة، حتى في مباني المدرسة. وجهت أمايا صغارها لجمع جميع المستندات ذات الصلة ؛ وتقديم طلب في المحكمة للحصول على حماية الشرطة لفاطمة إلى جانب الطلاق والنفقة المناسبة.

بعد ساعة من فيباسانا، راجعت أمايا رسائل بريدها الإلكتروني من بورنيما. كان الأمر يتعلق ببحث الدكتوراه الذي أجراه والدها في جامعة في كاليفورنيا. بدأ الدكتور أشاريا البحث عن علاج لمرض الزهايمر بعد التخرج في المملكة المتحدة، وأخيرا طور دواء فعال خلال الدكتوراه. قام بإجراء اختبارات في العديد من البلدان في مواقف متنوعة على الأشخاص الذين يعانون من الخرف. بعد إذابة الدواء في النبيذ الأبيض، قم بإعطائه للمرضى أثناء أو بعد العشاء. كانت نتيجة الاختبار إيجابية في كل مكان، وكانت شركة الدكتور أشاريا للأدوية على وشك طرحها في السوق. "والدي عالم عظيم ؛ الدواء الذي ابتكره كان علاجًا فعالًا لمرض الزهايمر. أنا متأكد من أنه كان سيحصل على أعلى جائزة للطب ".

وجدت مجموعة من الباحثين أنه يمكن إساءة استخدام الدواء لإغراء أدمغة الناس العاديين، مما يؤدي إلى النشوة والنشوة والأوهام. لذلك، كانت هناك احتمالات مخيفة للممارسين الطبيين أو القادة السياسيين أو المتعصبين الدينيين أو المرضى النفسيين الذين يسيئون استخدامها من خلال تولي السلطة والسلطة في تشكيل الدماغ البشري كما يحلو لهم. وخلصوا إلى أن العواقب ستكون مروعة ومدمرة. نتج عن ذلك انسحاب الدواء من الإصدار، وحظر عملية التصنيع ومنع نشر محتواه.

واختتم بورنيما: "بصراحة، لم يكن والدي مسؤولاً عن سوء استخدامه".

فكرت أمايا: "أنت جاهل بالحقيقة يا بورنيما". كانت تأملية بعد قراءة البريد الإلكتروني. مرة أخرى، فكرت في زجاجات النبيذ الأبيض التي اشتراها كاران من مصنع نبيذ في شمال كاتالونيا على حدود روسيون، والتي رتبها بدقة في قبو قاعة الطعام الخاصة بهم في برشلونة.

حامل مع ابنة

كان الحمل مشاركة جميلة لحب كاران، تجربة تحوله في رحم أمايا، بدءًا من شرارة، وتورم حياة جديدة. لقد كان وقتًا رائعًا ؛ اجتاحت أمايا اجتماعها الأول مع كاران، ومفهوم طفلهما داخلها، وعملية نموها. مرارًا وتكرارًا، فكرت أمايا في وحدتها مع كاران، وهي رابطة لا تنفصل، وخيوط الأمل التي ربطتها به طوال لحظات استيقاظها. كان هدوء وجوده، داخلها وحولها، مذهلاً. صقل كاران وعيها، وركز على تصوراتها، ونشط طاقاتها وبريق آمالها من خلال تعزيز ثقتها فيه. أينما تحركت، ومهما نظرت إليه، تحمسها ألوان جديدة، ونمت رؤى الحياة داخلها. كان في كل مكان مثل النسيم البارد، ورائحة الأندلس، والياسمين المزهر الليلي مع عطره المميز. سحبت أمايا نفسها إلى عالم كاران، مندهشة من وجوده السحري، ونادراً ما فكرت في الحياة التي تنمو داخلها.

لم تهتم أمايا بالغثيان المتكرر في الأشهر الأولى، معتقدة أن كاران كان هناك لرعايتها ؛ من شأن لمسته المحبة أن تخفف من جميع الآثار السيئة لعدم الارتياح الجسدي المتكرر. عند الاستماع إلى دقات قلب الطفل لأول مرة، اعتقدت أمايا أنه كاران لأنه كان يختبئ في بطنها. على الرغم من أنها عانت من آلام مزمنة في الظهر وتغيرات مزاجية وانحسار مستمر وتدفق للمشاعر كما لو كانت على السفينة الدوارة، إلا أن كاران كانت هناك تقبيل خديها ورقبتها وراحتيها وبطنها وتدليكها بالقطن المنقوع في الماء الدافئ. عزف على البيانو لساعات طويلة وساعد أمايا على الجلوس بجانبه للعب معه. كما أنها ليست وحدها، فقد اختبرت الثقة في حب كاران غير المشروط وحضوره المستمر. كلما كانت منزعجة عاطفيًا لأسباب غير معروفة أو غير متوافقة جسديًا، كان يريحها بالجلوس بجانبها، ويمسك يديها، ويدلك ساقيها ويستمع إلى حركة الطفل عن طريق إبقاء أذنه على بطنها المنتفخ. استمتع أمايا بقرب كاران وتوق إلى لمسته اللطيفة حيث كانت آثاره مهدئة وقللت من توتر العضلات والاضطراب العاطفي.

أخبر كاران أمايا أن ابنتهما التي تنمو داخلها ستبدو مثل أمايا بعيون متلألئة. كانت تعرف أن الطفلة ستكون ثمينة لكاران لأنه كان فخورًا بحملها وعلاقتها وحميميتها معه. كانت واثقة من أن كليهما يتمتعان بسلامة مالية وسيوفران لطفلهما مستقبلًا سعيدًا. شجع كاران أمايا على أن تكون سعيدة وأن تظل بصحة جيدة، على الرغم من مشاعرها الطائشة من الشكوك والقلق والحزن والألم وعدم الارتياح. وحثها على التفكير في تجارب ممتعة، وتخيل وجه الجنين وهو يبتسم، ويحرك يديها وساقيها. شرحت كاران لأمايا كيفية الاستعداد للولادة مقدمًا، واعتقدت أن كاران هي أمايا، التي تمر بالحمل. طلب عطورًا رائعة ؛ أثارت نفحتها ذكريات حب جميلة مع مشاعر لا حصر لها من الوحدة والثقة. ساعد كاران أمايا على الجلوس على وضعية اللوتس في اليوغا والتأمل من الشهر الأول. كما جلس معها، وخضعت لتقارب مثير مع كاران، مما أدى إلى القضاء على التوتر والسيطرة على القلق وتعزيز الوعي الذاتي. أثناء قيامها بالبرانايام، شعرت أمايا بثلاثة أشخاص فقط في الكون:

كاران والطفل ونفسها. يمكن أن تشعر أيضًا باللطف المتدفق من كاران مثل تيار لا نهاية له، يمتد إلى جميع أركان الكون.

فوجئت أمايا عندما علمت من البنك بتحويل مائتي ألف دولار في حسابها من قبل "صديق لم يرغب في الكشف عن اسمه." لماذا تقوم بتحويل هذه المبالغ الضخمة إلى حسابي ؟ ماذا سأفعل بها ؟" سألت أمايا كاران.

قال كاران بابتسامة: "ستحتاج إليها".

أجابت أمايا: "أنت دائمًا معي ؛ ليس لدي أي نفقات".

"سيمنحك المال القوة. قال كاران: "في موقف لا نتوقعه، سيبقيك آمنًا".

أكد أمايا: "لذلك، يمكننا استخدامه لتغطية نفقات المستشفى".

أجاب كاران: "لذلك، لدي أموال كافية".

ابتسمت أمايا وهي تنظر إلى كاران. لكن كان هناك ألم غير معروف في ذهنها، لكنها نسيته بسرعة.

يفضل أمايا الطعام المطبوخ في المنزل، ويطبخ كاران الإفطار والغداء والعشاء. أحبت مشاهدته وهو يطبخ وانضمت إليه في تقطيع الخضروات المقطعة اللذيذة. على الرغم من أن كاران اختارت بولساي في البداية، إلا أنها أحبت صنع عجة البيض، لكنه أيضًا تحول إلى عجة البيض أثناء حملها. خفقت البيض بالملح والفلفل وقطعة من القرنفل والهيل والفلفل الأخضر والفليفلة وبعض أوراق الكزبرة. بعد صب زيت الزيتون في مقلاة غير لاصقة، أفرغت البيض المخفوق فيها، وعندما بدا ذهبيًا، حولت العجة مرتين لجعلها مقرمشة. أكلها كاران وأمايا من المقلاة، واستمتع كلاهما بها. لم ينس كاران أبدًا وضع قطع صغيرة من الأومليت ملفوفة بالخبز والجبن في فم أمايا. كان هناك سمك مقلي وقطع لحم ضأن مطبوخة وأرز بني وخضروات طازجة لتناول طعام الغداء.

كان شاي دارجيلنغ هناك في المساء مع السمبوسة أو الكاتشوري، والتي أخذوها واقفين على الشرفة الشرقية. بعد المشي على الشاطئ، كانت ساعة من السباحة في المسبح منعشة، وعزفوا على البيانو كلما رغبوا في ذلك. كان الاستماع إلى الموسيقى الهادئة أثناء العشاء منتظمًا حيث اعتقد كلاهما أن الطفل سيحبها. شاهدوا الأخبار لمدة نصف ساعة بعد العشاء، وكان كاران دقيقًا للغاية. نامت أمايا جيدًا. في بعض الأحيان، كان يقوم بتدليك جبينها ويديها وساقيها ويغني أغاني حب هندية بصوت منخفض بينما يستريح رأسها في حضنه. استمروا في تناول كوب من قهوة السرير المبخرة كل صباح بمجرد استيقاظ أمايا، والتي أعدها كاران.

من الأسبوع السادس والعشرين إلى الأسبوع الثاني والثلاثين، ذهب كاران مع أمايا إلى الجامعة كل يوم وقضى اليوم بأكمله في غرفة الضيوف المشتركة في كلية الصحافة. ساعد أمايا في تدوين البيانات في أشكال جدولية، وتحليلها بالاختبارات الإحصائية، وحوسبة الأطروحة بأكملها. أجرت أمايا مناقشات مفصلة مع مشرفها البحثي قبل الانتهاء من العمل. بعد الأسبوع الثاني والثلاثين، كانت أمايا في المنزل، وكل أسبوع مع كاران، كانت تزور طبيب التوليد. لاحظ كاران كلمة كل طبيب وجمع الأدوية الموصوفة من صيدلية المستشفى.

منذ بداية حمل أمايا، اتبع كاران بدقة جميع التعليمات، وأعطى الأدوية لأمايا. لم تهتم أمايا بالعقار الذي كان عليها تناوله، وعندما عرف كاران كل شيء، تمكن من إدارته مثل تنبيه وممرضة مكرسة تعتني بمريضها.

وفي الوقت نفسه، أكملت أمايا بحثها وقدمت الرسالة للتقييم إلى الجامعة بعد الحصول على موافقة مشرفها. يومض اسم كاران في الإقرارات واسم المشرف. منذ الطفولة، أكملت أمايا عملها بدقة وفي الوقت المحدد. ساعد الانتهاء من عملها في الوقت المحدد أمايا على التألق كواحدة من المحامين البارزين في المحكمة العليا. اعتبرها القضاة محامية نزيهة، لم تحاول أبدًا تضليل المحكمة، أو لم تقل أي شيء خارج القانون في الحجج.

بعد الوصول إلى مكتبها في المساء، التقت أمايا بجميع موكليها وأصدرت تعليمات للصغار بإعداد ملفات القضية للعملاء الجدد، وإعداد قائمة لجلسة الاستماع في اليوم التالي، ومتابعة القضايا المدرجة للجلسة النهائية. أثناء التحقق من رسائل البريد الإلكتروني الخاصة بها، وجدت واحدة من بورنيما قبل الذهاب إلى الفراش ؛ كانت أمايا حريصة على قراءتها.

بدأت قائلة: "مرحبًا سيدتي". "اليوم أود أن أخبركم المزيد عن والدي، مما سيساعدك على معرفة والدي. أحبت والدتي والدي بما يتجاوز أي وصف، حيث فشلت اللغة في تفسير شدة حبها وثقتها وحميميتها. أرادت أن تنجب طفلة، وطمأنها والدي أن الأمنية ستكون حقيقية. بكت أمي وضحكت لعدة أيام معًا، ورأت وجهي، لأنها لم تصدق عينيها ؛ كانت فرحتها لا حصر لها. بعد عام من ولادتي، عندما عادوا إلى الهند من أوروبا، احتفلت والدتي بميلادي مع العائلة والأقارب والأصدقاء لعدة أيام. كان عيد ميلادي كل عام حدثًا مهمًا في شركة الدكتور أشاريا للأدوية، ولم تنس والدتي أبدًا الإعلان عن زيادة إضافية لجميع الموظفين في الشركة.

"فرحة وجود نسخة طبق الأصل من زوجها في وقت واحد من جنسها كان لا يسبر غوره في قلب والدتي. غالبًا ما كنت أفكر في تفضيلها لطفلة تشبه زوجها. اعتقدت أن ذلك قد يكون لأن الأب الذي يلاحظ تشابه الطفل معه أكثر ثقة ؛ فالطفل له ويقضي المزيد من الوقت مع الطفل، ويعتني بها ويحبها. لكن لم يكن من الضروري أن تؤكد أمي لزوجها بشكل غير مباشر أن الطفل سيبدو مثله لأنهم يثقون ويحبون بعضهم البعض. لا أستطيع حتى أن أتخيل والدي يشك في عفة زوجته. ولكن لماذا أرادت أمي أن تنجب طفلة تشبه زوجها ؟ في معظم الحالات، تعتني الأم بالطفل الذي أنجبته لأنها تعرف أنه طفلها. كما أنها حاجة تطورية، لكن الرجل غير متأكد مما إذا كان هو الأب البيولوجي للطفل. لذلك، فإن الطفل الذي يشبه الأب لديه ميزة حيث يمكن للطفل إقناع الأب بأنه الأب البيولوجي، لماذا يجب على الرجل رعاية طفل رجل آخر أنجبته زوجته. قد يكون هذا صحيحًا ؛ فالأب لديه مصلحة حيوية في ضمان أن يكون الطفل له. بمجرد ولادة الطفل، ينظر الأب إلى الطفل، ويبحث عن التشابه الجسدي. يجب على الأم إقناع الأب ؛ أنه هو الأب بالولادة. لكن لماذا لم تفضل أمي صبيًا يشبه زوجها ؟ ما زلت أبحث عن إجابة مقنعة ".

توقفت أمايا عن القراءة للبعض. بورنيما، كان ذلك لأن والدتك لم تكن والدتك البيولوجية. أرادت أن تنجب طفل زوجها، الذي يمكنه أن يرث ثروتهم بأي ثمن. ولكن للحصول على تقارب طبيعي وحب غير مشروط لك، سعت إلى أن يكون الطفل من جنسها، حتى تتمكن

من المطالبة بها، ومشاركة الهوية الجسدية، وإقناع نفسها بأن الطفل كان لها. مرة أخرى، بدأت في القراءة: "كانت أمي أختي الكبرى وصديقتي ومعلمي، في نفس الوقت. نمت علاقتنا على الحب والثقة. علمتني كيف أكون مستقلة وأتحمل المخاطر. أحببنا بعضنا البعض وفهمنا مشاعر بعضنا البعض ؛ لم يكن هناك خوف من الرفض. في طفولتي، كانت مشجعتي.

"لقد لعب والدي دورًا ملهمًا في حياتي لم يستطع أي شخص آخر تعويضه، أنا متأكد من ذلك. ساعدني في صياغة رؤيتي ومثالي وتصوراتي، ووقف معي دائمًا كركيزة لتطوري العاطفي والمعرفي والفكري والروحي. من خلال المساعدة في تأطير قواعد حياتي، فرض هذه القواعد في أنشطته اليومية. كان الأمن العاطفي والجسدي الذي قدمه رائعًا لأنه شارك في نموي ومهمتي بشكل عام. كونه حنونًا وداعمًا، قادني إلى الحصول على التعليم المهني والمؤهلات المطلوبة. أنا أيضاً، أصبحت طبيباً جراحاً في طب الأعصاب مثل والديّ. ساعدني وجوده على تمييز علاقاتي مع الناس، خاصة مع العائلة والأقارب والمعلمين والأصدقاء وغيرهم. بفضله، تمكنت من إدراك التفاصيل الدقيقة والمعنى في العلاقات الإنسانية بأبعاد ومواقف وطبقات متنوعة ".

مرة أخرى، توقفت أمايا عن القراءة. نعم، كان يرتدي أقنعة مختلفة، معبرًا عن مشاعر شديدة لصالحه. كان من المستحيل التفريق بين ما هو حقيقي وما هو وهمي.

تابع القراءة: "بصفتي مراهقًا وشابًا بالغًا، اعتمدت على والدي للحصول على الدعم العاطفي والأمان. كان حريصًا على أن يريني ما هي العلاقة الجيدة ونوع العلاقة التي سأطورها في حياتي البالغة. كان والدي محبًا ولطيفًا، وكان والدي المثالي، وبحثت عن مثل هذه الصفات في شريك حياتي المستقبلي. كان الدور الذي لعبه في تكيفي النفسي هائلاً، والذي بدأ عندما كنت طفلاً صغيراً واستمر في طفولتي ومراهقتي وشبابي وكامرأة بالغة. أدركت التأثير الهائل الذي كان له على حياتي. تصرف والدي كنموذج يحتذى به، وأساس أمني وحبي وثقتي، لأنه حجر الأساس في جميع المواقف. تطورت ثقتي واحترام الذات وحافز الإنجاز من خلال أحداث مختلفة في عائلتنا وعكست شخصية والدي. نظرًا لاهتمامه الذي لا مثيل له بتعليماتي، كان أدائي أفضل من الفتيات الأخريات اللواتي لم يكن آباؤهن يهتمون ببناتهم. كان والدي غير حكمي ولم يقل كلمة رديئة عن الآخرين. لقد شجعني على أن أكون حكيماً وناضجاً في تطوير علاقات صحية مع الغرباء وسمح لي بمعرفة فلسفات الحياة المتنوعة وجوانب التبادلات ".

توقفت أمايا عن القراءة لمدة دقيقة. "يجب أن تكون حكيماً في اختيار شريك حياتك الذي لا يخدعك أبداً. تمتمت أمايا: "بورنيما، أتمنى لك حظًا سعيدًا". فجأة تذكرت الاستعدادات التي قام بها كاران لاستقبال الطفل.

كان كاران يقظًا في الأسبوع السادس والثلاثين من الحمل وتبع أمايا في غرفة النوم والمطبخ وقاعة الطعام والمرحاض والدراسة والشرفات. قام بتنظيف وتعقيم المنزل بأكمله، بما في ذلك القبو حيث احتفظ بزجاجات النبيذ والسيارات والمرآب. اشترى كاران ملابس ناعمة، وأقمشة صوفية، وسريرًا للرضع أطلق عليه اسم سرير الأطفال، وجميع الأشياء اللازمة لأمايا وحزم ملابسها وملابس الطفل في حقائب مختلفة. تحدث كاران كل يوم إلى

طبيب التوليد، الذي قدم رعاية طبية متخصصة لأمايا منذ حملها. أبلغ حتى عن أدنى التغييرات في حالة أمايا واحتفظ بتقرير مكتوب مفصل عن اقتراحات الطبيب. أحرق كاران الأدوية غير المرغوب فيها، بما في ذلك الأغلفة، وأعاد جميع زجاجات النبيذ الفارغة بعد تنظيفها جيدًا بالمنظفات إلى مصنع النبيذ حيث اشتراها. عندما سأل أمايا كاران عن سبب غسله لزجاجات النبيذ، أخبرها أنه سلوك مهذب من جانبه وأن القصر سيقدر ذلك. تذكرت أمايا أن كاران كان يقوم بتنظيف المنزل وتنظيفه، مع الحفاظ على كل شيء مرتبًا لأنه كان دقيقًا ؛ يجب أن يكون المنزل مرتبًا وآمنًا له.

فجأة كانت تمطر ؛ رعد فوق الأفق وتحققت أمايا مرة أخرى مما إذا كانت قد أغلقت الباب الرئيسي لمنزلها المجاور لمكتبها وأغلقت النوافذ قبل القيام بـ فيباسانا.

كانت أمايا مشغولة في اليوم التالي، حيث كانت هناك العديد من جلسات الاستماع في محاكم مختلفة. عندما عادت إلى مكتبها في المساء، كانت امرأة شابة مع رضيعين في غرفة الانتظار. حصلت ليزا توماس، وهي من سكان ويناد، على درجة الماجستير في علوم الكمبيوتر وعملت في شركة دولية في بنغالورو لمدة أربع سنوات براتب رائع. التقت ليزا بشاب يدعى عبد العزيز من كاسارغود في عامها الرابع. أخبر ليزا أنه كان ضابطًا رفيع المستوى في شركة في دبي، وكان في بنغالورو لعقد صفقات تجارية، وسيبقى هناك لمدة عام واحد. في وقت لاحق، التقيا مرارًا وتكرارًا، ووقعا في الحب، وقررا الزواج. عرفت ليزا أن والديها المسيحيين الأرثوذكس كانا ضد الزواج من مسلم ؛ لذلك، كانت تتزوج عبدول دون إبلاغهم. كان لعبدول صديقان في المدينة، ورتبا حفل زفاف بموجب الشريعة الإسلامية.

بعد الزواج، أخبر أبو العلا ليزا أنهم سيستقلون قاربًا من ساحل غوجارات إلى اليمن ودبي لأنه فقد جواز سفره وتأشيرته. لدهشتها، وجدت ليزا أن عبدول يمكنه بسهولة رشوة ضباط الحكومة في ولاية غوجارات، حيث رتب أصدقاؤه سفينة. ولكن بعد بضع ساعات، انطلقوا على متن سفينة باكستانية مع العديد من الرجال والنساء المتعلمين، ومعظمهم من خريجي الهندسة من الهند، متجهين إلى أفغانستان واليمن لخوض حرب. في غضون يومين، وصلوا إلى ميناء متهالك في اليمن. بمجرد وصولهم إلى اليمن، اختفى عبدول. لم تره ليزا مرة أخرى وبقيت في مخيم مع أكثر من مائتي شخص متورطين في أنشطة إرهابية. كانت الحياة في المخيم جحيمية ؛ كان على ليزا إرضاء ما لا يقل عن نصف دزينة من الرجال جنسياً في كثير من الأحيان.

كان عملها الأساسي هو تشغيل جهاز كمبيوتر، وفك تشفير الرسائل من إيران ونقلها إلى أولئك الذين يقاتلون ضد المملكة العربية السعودية. كانت تعمل كل يوم تقريبًا لمدة اثنتي عشرة إلى خمس عشرة ساعة. لم تكن ليزا تعرف ما يحدث في الهواء الطلق حيث لم يكن لديها حرية الخروج، لكنها سمعت الطائرات الحربية تزمجر في كثير من الأحيان. وُلد أطفالها هناك دون مساعدة طبية ؛ وكأولاد، نجوا من قطع الرأس، لكن الفتيات لم يحالفهن الحظ. قام حراس المخيم بقطع رأس الفتيات في نفس يوم ولادتهن. لم تكن ليزا تعرف من هم آباء أطفالها.

في السنة الرابعة، التقت ليزا برجل يدعى أبو من مانجالور، الذي زودها بالمواد الغذائية عند توفرها. وعد أبو ليزا بمساعدتها هي وأطفالها على الهروب من المخيم خلال ستة أشهر. وفي إحدى الليالي، كان هناك قصف متقطع بالقرب من القاعدة، مما تسبب في حالة من الفوضى، وأصيب العديد من الأشخاص أو قتلوا. حمل أبو الأطفال بين ذراعيه وركض نحو البحر ؛ ركضت ليزا وراءه. كان هناك قارب صغير في انتظارهم، وفي اليوم الثالث، هبطوا في بيبور في مالابار. بقيت ليزا مع عائلة في كوزيكود لمدة شهر ؛ سافرت إلى كوتشي لمقابلة أمايا بمساعدتهم.

قالت أمايا إنه يجب على ليزا إبلاغ الشرطة على الفور بسفرها إلى اليمن دون وثائق سفر صالحة وعودتها مع طفلين يفتقران إلى التأشيرات. طمأنتها أمايا أنها ستساعد ليزا وأطفالها في العثور على مكان سكن آمن للإقامة ؛ إلى جانب ذلك، كانت تستفسر عن الوظيفة المناسبة.

جاءت زبونة أخرى، ديبا، من مجتمع من القبائل في منطقة بالاكاد، مع والدتها. أكملت ديبا، وهي شخص ذكي، مدرستها الثانوية العليا واستعدت لامتحان القبول في الدورة الاحترافية. عمل والداها مع إدارة الغابات كحراس، وكان ديبا الأكبر بين أطفالهما الثلاثة. قبل حوالي ثمانية أشهر، كان طالب الدكتوراه في الأنثروبولوجيا من جامعة في دلهي، كريشنان نامبوديري، في قريتهم لمدة ستة أشهر للبحث عن القبائل. طلب من والدي ديبا الإقامة والطعام، ووعد بأنه سيدرب ديبا في امتحان القبول المهني وشقيقيها في دراستهم إلى جانب دفع نفقاته. سمحوا لكريشنان بسعادة بالبقاء في منزلهم، ومشاركة الطعام الذي طبخته والدة ديبا.

نظرًا لأنها كانت عطلة صيفية لديبا، طلب منها كريشان مرافقته لزيارة منازل مختلفة وجمع البيانات عن طريق إجراء المقابلات وملء الاستبيانات ومراقبة الجداول الزمنية لدفع أربعمائة روبية يوميًا. استمتعت ديبا بالعمل تمامًا، حيث يمكنها معرفة المزيد عن شعبها باستخدام الأدوات العلمية وطرق تحليل البيانات الأنثروبولوجية. علاوة على ذلك، أصبحت ديبا مفتونة بشخصية كريشان وفطنته البحثية واعتباراته الإنسانية، وتحولت علاقتها به تدريجياً إلى علاقة حميمة. بعد ستة أشهر من البقاء معها واستكمال جمع البيانات، عاد كريشنان إلى دلهي، ووعد ديبا بالاتصال بها كل يوم والزواج منها عند الانتهاء من الدكتوراه. لكن ديبا لم يتلق مكالمة أو رسالة من كريشنان بعد مغادرته. قبل حوالي شهر من الاجتماع مع أمايا، أدركت ديبا أنها حامل، وكان والداها في ضائقة عاطفية عميقة لأن ديبا كانت قاصرة، أقل من ثمانية عشر عامًا. كان عليها الحضور لامتحان القبول والقيام بدورة احترافية. أرادت والدة ديبا معرفة ما إذا كان بإمكان ديبا إجهاض الجنين.

وفقًا لقانون الإنهاء الطبي للحمل، أخبرت أمايا والدة ديبا أن موافقة ديبا كانت كافية للإجهاض. نظرًا لأنها كانت قاصرًا، كانت موافقة ولي أمرها صالحة أيضًا، وفي كلتا الحالتين، كان الإجهاض ممكنًا حتى عشرين أسبوعًا عندما يكون الحمل ناتجًا عن الاغتصاب. كان هناك حكم لزيادة حد الحمل للإجهاض الآمن للناجيات من الاغتصاب والنساء العازبات والنساء الضعيفات الأخريات حتى أربعة وعشرين أسبوعًا، حيث كانت ديبا قاصرة وغير متزوجة.

أخبرت ديبا أمايا أن علاقتها الجنسية مع كريشنان نامبوديري قد وافقت، ولم تكن جريمة اغتصاب. أوضحت أمايا لديبا ووالدتها أن موافقة ديبا غير ذات صلة لأنها، كقاصر، لم تكن قادرة على إعطاء الموافقة. لذلك، كان الجنس مع ديبا، بغض النظر عن موافقتها، اغتصابًا قانونيًا من قبل كريشنان نامبوديري. وفرت حماية الأطفال من تشريع الجرائم الجنسية العدالة للقاصر المتورط في أي فعل جنسي، وكان كريشنا نامبوديري مذنباً بانتهاك التشريع. كما أبلغهم أمايا أن القانون يجعل من الإلزامي على الوالدين أو الأوصياء الإبلاغ عن الجريمة إلى وحدة شرطة الأحداث الخاصة أو الشرطة المحلية. ويعد عدم القيام بذلك جريمة. وحثت أمايا والدة ديبا على إبلاغ الشرطة بالانتهاك.

عند سماع ذلك، بدأت ديبا في البكاء، قائلة إنها لا تزال تحب كريشنان نامبوديري وكانت ضد إبلاغ الشرطة بالحادث. أخبرتها أمايا أن كريشنان نامبوديري كان يعرف أن ديبا قاصر. أيضا، قدم وعدا كاذبا بالزواج ؛ خلطت حميميته الجنسية حياة من المعاناة الطويلة للضحية. وبالتالي، لم تكن العقوبة قانونية فحسب، بل ضرورة اجتماعية ونفسية. لم تكن العقوبة انتقامًا أو رادعًا، ومع ذلك فهي واجب أخلاقي، وهو يستحق ذلك.

كما توقعت أمايا، كان هناك بريد إلكتروني من بورنيما. ذكّرت أمايا أنه كان يوم الأربعاء، ولم يتبق لها سوى ثلاثة أيام لزيارة دلهي، وكانت تنتظر بفارغ الصبر مقابلة أمايا في المطار. كانت بورنيما واثقة من أن والدها سيتعرف على أمايا حتى في غيبوبته، وأن وجودها سيؤدي إلى الشفاء. في اليوم السابق، وجدت خربشة في ملفاته مفادها أن أمايا كانت عازفة بيانو بارزة ؛ تحركت أصابعها بأناقة، بطريقة سحرية على لوحة المفاتيح تنتج موسيقى طرية. وذكر أن الملحنين المفضلين لدى أمايا هم موزارت وبيتهوفن وشوبان. كان والد بورنيما في غرفة معدة خصيصًا في مسكنهم، حيث كان يحضره مجموعة من الأطباء من شركتهم الصيدلانية، بمن فيهم هي، في جميع الأوقات. كانت قد وضعت بيانو في الغرفة بالتشاور معهم، على أمل أن تعزفه أمايا لبعض الوقت. كما اعتقد الأطباء، فإن الموسيقى ستساعد بلا شك على تعافي والدها. تذكرت أمايا أنها وكاران جالسان في الشرفة الجنوبية، يعزفون على البيانو لساعات عديدة، خاصة عند الحمل. غالبًا ما جلست أمايا على الجانب الأيمن من كاران ولعبت معه. في كثير من الأحيان، توقف عن العزف واستمع إلى موسيقى أمايا ؛ كان إعجابه بها لا يصدق. على الرغم من أنه لم ينسى أبدًا تقبيل ومعانقة أمايا أثناء عزفه على البيانو، إلا أن كاران عبر عن حبه وعاطفته من خلال موسيقاه الاستثنائية. كان وقتهما معًا استثنائيًا ؛ حتى مع العلم أن كاران خدعها، لم تحمل أمايا أي سوء نية له. برأته أمايا بعد خضوعه لتدريب فيباسانا، معتقدة أنه ربما كان يعاني من إكراهه، ولكن كانت هناك رغبة جامحة في مقابلة ابنتها. لم تشعر أمايا بالحماس تجاه كاران لأنها دربت عقلها على الهدوء. ذكرت بورنيما كذلك أنها طلبت من اثنين من عازفي البيانو العزف لفترة وجيزة ؛ ومع ذلك، لم يكن هناك أي تغيير في حالة والدها.

ذكرت بورنيما أيضًا في البريد الإلكتروني أنها وجدت تدوينات تفيد بأن أمايا بقيت مع كاران لعدة أشهر معًا، مما أدى إلى ألم بورنيما بشكل كبير. وتساءلت عن سبب مغادرة والدها مرسيليا، حيث بقيت والدتها بمفردها أثناء حملها عندما طلبت حب زوجها والتزامه غير المشروطين. كانت والدتها تثق ثقة مطلقة في والدها حيث عرفت بورنيما أنه لا يمكن لأحد في العالم أن يحب بعضهم البعض مثلهم، وكان والدها مستعدًا لفعل أي شيء لزوجته.

أوضحت بورنيما أنها فكرت في انفصالهما، خاصة خلال الوقت الحاسم لحمل والدتها. لم تستطع بورنيما أن تفهم لماذا دعا والدها أمايا إلى منزله وبقي معها. غالبًا ما أدى هذا العمل الجماعي إلى العلاقة الحميمة الجنسية، ولماذا أقام والدها علاقة غير مشروعة مع امرأة أخرى ؟ كان الجنس حاجة بيولوجية، وكان الحب عاطفيًا. لكن الثقة نمت بسبب المعتقدات والأفعال الواعية بسبب الالتزام الصريح تجاه شخص آخر. كرجل متزوج، ظلم والدها وانتهك الثقة التي منحته إياها والدتها بشكل لا يغتفر.

فجأة توقفت أمايا عن القراءة. لقد كان في الواقع انتهاكًا للثقة، وهي جريمة لا يمكن الدفاع عنها على ما يبدو ارتكبت ضد زوجته. لكن زوجته كانت أيضًا طرفًا يرتكب مثل هذا الفعل، وأثبتت جريمة ضد شخص ثالث، وعانى الغريب لسنوات لا حصر لها، مهينًا حقوق الإنسان الخاصة بها من خلال إنكار العدالة. كان من السهل على بورنيما إلقاء اللوم على المرأة التي بقيت مع والدها في برشلونة، لكن تلك المرأة وثقت به بلا شك. كانت بورنيما ذكية وفضولية وتحليلية ولديها رغبة لا تقاوم في العثور على الحقيقة، لكن معرفة الحقيقة من شأنها أن تخلق الألم وتحطم ثقتها في الإنسانية.

كتبت بورنيما أنها لا تستطيع تتبع أي حادث نزاع بين والدها ووالدتها ؛ لم تلوم الدكتورة إيفا زوجها بالكلمات أبدًا أو تتهمه بالغش، منتهكة ثقتها. لقد ذكرت أن حياتهم في أوروبا كانت العصر الذهبي، حيث كان لديهم ابنة، تحقق أحلامهم. أثنت الدكتورة إيفا مرارًا وتكرارًا على زوجها وأشادت بجهوده المستمرة لإنجاب طفل. قد يشير ذلك إلى أنها كانت على دراية تامة بتصرفات زوجها في برشلونة لمدة عام واحد، أدلت بورنيما ببيان.

ومع ذلك، فإن الدكتورة إيفا لن تشجعه أبدًا على إقامة علاقة غرامية مع امرأة أخرى. كانت بورنيما متأكدة من وجود أطباء وممرضات مؤهلين في مرسيليا لرعاية والدتها أثناء الحمل، حيث لم يكن المال يمثل مشكلة لوالدها. كانت شركتهم الصيدلانية قد طورت بالفعل دواءً لمرض الزهايمر، على الرغم من أن السلطات حظرته. كانت على وشك تطوير علاجات أخرى للأمراض العصبية. كان اسم الشركة وشهرتها ينموان، وعندما تولى والدها الشركة بعد وفاة والده، نمت بشكل كبير، واكتسبت سمعة وجمعت ثروة.

جرب كاران الدواء لخلق عالم وهمي من الثقة الكاملة والإعجاب، على الرغم من أنه لم يؤذي أمايا جسديًا. كان الحب الذي تركته له لا جدال فيه. لم تشك أبدًا في نزاهته وصدقه وشهامته. بعد أشهر، أدركت أن الأموال التي حولها إلى حسابها، المنزل والسيارة، كانت أسعار ابنته. في الوقت نفسه، قام بتعويض لا يصدق عن طريق تسنين قلب والدة الطفل بشكل لا يمكن إصلاحه. وهكذا، أصبحت الثروة التي نقلها عديمة الفائدة وغير جديرة بالثقة وحقيرة.

كتب بورنيما أن والدها ساهم بنسبة خمسة وعشرين في المائة من دخلهم في الأعمال الخيرية، وخاصة للأطفال ورعاية المرأة. بعد ولادة ابنته، قال الدكتور إيفا إنه تغير من خلال إعادة كتابة فلسفته في الحياة والتبرع بمبالغ هائلة للقضاء على الجوع والفقر والأمية واعتلال الصحة.

كان البشر قادرين على التغيير بسبب العملية التطورية ؛ لم يبق أحد كما هو إلى الأبد. قبل السقوط في نوم عميق، حللت أمايا.

في اليوم التالي، كانت هناك جلسة استماع أخيرة لأنامة، وتقدم أطفالها بطلبات. كانت أناما من عائلة من الطبقة المتوسطة العليا تنتمي إلى كنيسة سيرو مالابار تحت حكم بابا روما. كان زوجها ماثاي مزارعًا يمتلك اثني عشر فدانًا من الأراضي الزراعية الخصبة في المناطق الريفية في منطقة إرناكولام، حيث كان يزرع نخيل جوز الهند وجوز الأريكة والمطاط وأشجار الكاجو. كان الدخل من الأرض كافياً لتلبية الاحتياجات الأولية والثانوية للأسرة. عاش ماثاي وأناما وأطفالهما حياة سعيدة ومزدهرة. لقد تبرعوا بالمال واللطف للكنيسة كلما طلب كاهن الأبرشية والأسقف الدعم المالي. نظرًا لأنهم كانوا ميسورين نسبيًا، زار العديد من الراهبات والكهنة منازلهم وطلبوا منهم حضور البرامج والأنشطة الدينية التي تنظمها الكنيسة. تحدثوا عن شغف وموت يسوع مرارًا وتكرارًا. على الرغم من أن يسوع كان ابن الله، إلا أنه تواضع، وعانى من أجل البشرية، وخطاياهم، ومات على الصليب، كما أخبرت الراهبات والكهنة ماثاي وأناما. كانوا يقولون: "اصنع ثروات في السماء باتباع خطى يسوع، وفقًا لتعليمات الكنيسة". غالبًا ما رتبت الراهبات والكهنة اجتماعات صلاة شهرية في منزلهم، ودعوا الجيران وشجعوا تفاني مريم العذراء من خلال الصلاة مع المسبحة الوردية وطلبوا منهم تلاوتها كل مساء. بدأت أجواء الصلاة العميقة تجتاح عائلة أناما وماثاي ؛ ركز الأطفال على الصلاة، وأهملوا الدراسات. "أنت تصلب يسوع كلما أخطأت. قالت الراهبات لـ أناما وماثاي: "الرب يحبنا جميعًا ؛ لهذا السبب نحن عرائسه". كانت أنعمة تصلي عدة مرات في اليوم، قبل وبعد الإفطار والغداء والعشاء، لأنهم يكرهون الخطيئة ؛ لم يرغبوا في إيذاء يسوع أو الذهاب إلى الجحيم.

زار مجموعة من الكهنة منزلهم للصلاة الخمسينية. بعد بضعة أيام، اقترحوا على أناما وماثاي حضور اجتماع صلاة دهيانام لمدة عشرة أيام أو اجتماع صلاة العنصرة الكبير الذي يتم إجراؤه في دهيانا كندرام، وهو مركز للصلاة، حيث يمكن لآلاف المصلين التجمع والصلاة. كان شعار dhyana - kendram هو "أنقذ نفسك من اللعنة الأبدية، عد إلى يسوع لإنقاذ روحك". بعد أن طلبوا من ابنتهم الكبرى رعاية أشقائها، حضرت أناما وماثاي ذيانام لمدة عشرة أيام. كانت تجربة جديدة للزوجين، العيش والصلاة مع الآلاف من المؤمنين. كانوا يغنون بصوت عالٍ، ويرقصون بعنف، ويتلون الصلوات في حالة من الهلوسة، ويثرثرون بلغات غير معروفة، وأثنوا على يسوع ومريم. من خلال إلهام الروح القدس، اعتقدوا أن صلوات العنصرة غيرت نظرتهم.

بدأ الذيانام حوالي الساعة السابعة واستمر حتى الساعة الثامنة مساءً. رتب الكهنة السكن والصعود مقابل أجر. على الرغم من أن الطعام كان هزيلاً، إلا أن مرافق الصعود كانت دون المستوى ؛ لم يشتك أحد لأن الصلوات أعدتهم للذهاب إلى السماء للقاء يسوع والعذراء. ملأت الهستيريا الجماعية المبنى عندما لمس الكاهن الرئيسي رؤوس عدد مختار من الناس في الجماعة. في جو محموم من الصلاة، والنماذج، والبخور، والسحر، والأجراس المحمولة باليد التي تشير إلى أحداث خارقة للطبيعة في وسطهم، صرخ الكاهن، "سبحان الله، سبحان الله"، وطلب مرارًا وتكرارًا من الروح القدس أن ينزل عليها في شكل حمامة. عند السقوط على الأرض، والتدحرج باستمرار، والتحدث بألسنة، تصرف النساء والرجال كما لو كان الناس يمتلكون. عندما كسر الكهنة الخبز وشربوا الخمر، الذي من المفترض أن يكون جسد ودم يسوع، شهد العديد من الناس يسوع المقام على المذبح.

كانت أهم الأحداث في dhyana - kendram هي طرد الأرواح الشريرة من قبل الكهنة الذين يطردون الشيطان بشكل رئيسي من النساء، وضربهن بعصا وتلاوة الصلوات باللغات السريانية واللاتينية والغامضة. تم شفاء المرضى من قبل المحتفل الرئيسي.

شعرت أناما وماثاي كما لو كانا مع يسوع ومريم في السماء، وبعد عودتهما إلى المنزل، بقيا في جو من الصلاة. رافقت أناما ماثاي لحضور أربعة اجتماعات أخرى للصلاة الخمسينية، استمر كل منها عشرة أيام في أجزاء مختلفة من ولاية كيرالا، تاركين أطفالهم بمفردهم في غضون ثلاثة أشهر. أدركت أنامة تدريجياً الخراب الذي أحدثه الثيانام المتكرر في عائلتها عندما توقف الأطفال عن الذهاب إلى المدرسة، وظلت الأبقار والدواجن جائعة ومريضة. كان أكثرها حدة هو سوء إدارة مزرعتهم ؛ وبالتالي، تضاءلت العائدات. دخل الجوع واعتلال الصحة، وتحول الأطفال إلى متشردين، واندلعت مشاجرات عائلية بشكل متكرر، وتصرف ماثاي بعنف وتحول إلى مدمن على الكحول والمخدرات. طلبت أناما من ماثاي التوقف عن حضور اجتماعات الصلاة واستشارة طبيب نفسي. لكنه أصبح أكثر توترًا في ديانامز للتغلب على إدمانه على الكحول وسافر إلى مراكز صلاة مختلفة. أحب ماثاي تجمعات ضخمة من المؤمنين، والصلاة الصاخبة، والتحدث بألسنة، وطرد الشياطين، وعلاج المرضى دون دواء، والتوسل إلى العذراء مريم لأداء المعجزات والرقص الهلوسة. بقي ماثاي في عالم خيالي من الخرافات وسحر تحويل الخبز والخمر إلى جسد ودم يسوع مثل أكلة لحوم البشر القدماء. بدأ في بيع أرضه الزراعية للسفر إلى مراكز الصلاة المختلفة، وشجعه الكهنة على البقاء مع مريم ويسوع ليعيش حياة عفيفة. صلوا معًا، ووضعوا أيديهم على رأسه لعلاج إدمانه على الكحول. وفي الوقت نفسه، هربت ابنته الكبرى مع شخص من كويمباتور يزور قريتهم، ويبيع الملابس الاصطناعية الجاهزة.

اعتقدت أناما أن ما يكفي كان كافيًا وقابلت أمايا، وبعد مناقشة المشكلة بدقة، قدمت طلبًا يمنع ماثاي من بيع المزيد من الأراضي والتوقف عن حضور اجتماعات الصلاة. علاوة على ذلك، طلبت أناما من المحكمة توجيه كاهن مركز التأمل والأسقف المحلي لدفع تعويض بقيمة كرور روبية واحدة لتدمير السلام في أسرهم وأمنهم المالي. خلال الجلسة الأخيرة، شرحت أمايا القضية بالتفصيل وأقنعت المحكمة بمنع ماثاي من بيع الفدادين الثلاثة المتبقية من الأرض والمنزل. أخبرت المحكمة ماثاي أنه من مسؤوليته البقاء في المنزل، والعمل في الميدان، ورعاية أطفاله وتزويدهم بالطعام المناسب والتعليم والأمن. أمرت المحكمة ماثاي بعدم بيع الأرض والمنزل.

علاوة على ذلك، أمرت المحكمة الكهنة والأسقف بتعويض روبية واحدة إلى أناما. دمرت الكنيسة عمدًا وبنوايا شريرة السلام والوئام والرفاهية المالية. كان تحويل الناس إلى عبودية دينية جريمة خطيرة وسجنًا مدعوًا، وحكمت المحكمة بالسجن المشدد لمدة ثلاث سنوات على الداعية الخمسيني.

عند الوصول إلى المكتب في المساء، التقت أمايا بعميل جديد. كان اسمها كالياني نامبيار، وهو موظف حكومي متقاعد عمل كمدير علمي في علم المحيطات. حصلت كالياني على درجة الدكتوراه في علم البيئة البحرية من جامعة بوسطن وعملت مع الحكومة لأكثر من أربعة وثلاثين عامًا. زوجها، جندي قُتل خلال حرب كارجيل، وابنتها، حوالي الأربعين، الطفلة الوحيدة، كانت تعاني من إعاقة ذهنية. في نهاية حياة كالياني المهنية، اضطرت إلى

أخذ إجازة ممتدة لمدة ثلاث سنوات لعلاج ابنتها، التي كانت عزباء وتقيم مع كالياني منذ الطفولة. عندما تقاعدت كالياني من الخدمة، رفضت الحكومة دفع معاشها التقاعدي، قائلة إن كالياني تخلت عن وظيفتها. لم يكن لدى كالياني أي دخل آخر. كانت في حاجة ماسة إلى ضمان مالي لرعاية ابنتها. وإدراكًا لخطورة الوضع، طلبت أمايا من صغارها إعداد ملف قضية للانتقال إلى المحكمة على الفور.

قبل الذهاب إلى الفراش، وجدت أمايا رسالة من بورنيما أثناء إلقاء نظرة خاطفة على رسائل البريد الإلكتروني. كانت موجزة.

"مرحبًا يا سيدتي ؛ اليوم، يمكنني تتبع بعض الحقائق البغيضة من خربشات والدي. لقد حطموا إيماني بوالدي إلى حد كبير عندما كتب: "بما أن أمايا كانت تعاني من الغثيان المتكرر، فقد أخذتها إلى طبيب توليد في مدريد. أكد الطبيب ؛ أن أمايا كانت حاملاً." سيدتي، شعرت بالخجل من قراءتها، ليس لأنك حامل، ولكن لأن والدي خدع والدتي وخدع امرأة بريئة، وهو انتهاك لا يغتفر لثقتها. لقد ظلم والدتي، ولا أستطيع أن أغفر له. كان لديك كل الحق في أن تكوني حاملاً، لكنني متأكد من أنك تعرفين أن والدي متزوج وزوجته تحمل. كان من الخطأ من جانبك حث والدي، والبقاء معه لعدة أشهر معًا، والحمل بطفله، وهو قرار خبيث. أين أخفيت فلسفاتك حول العدالة وحقوق الإنسان ؟ عليك أن تشعر بالخجل من الفعل البغيض الذي ارتكبته. لا أريد أن أعرف أين سوبريا، أختي غير الشقيقة. على الرغم من أنني لا أكرهها، إلا أنني أكرهك لسلوكك المهين. لقد تصرفت بشكل شرير. ليس لدي أي احترام لك. طابت ليلتك. بورنيما ".

جلست أمايا بصمت بينما انفجر قلبها ؛ بكت لكنها حاولت السيطرة على عواطفها. كانت الليلة تعذيبية ؛ ومع ذلك، كالعادة، مارست فيباسانا لمدة ساعة. كما هو متوقع، كانت التجربة الأكثر هدوءًا قبل النوم العميق.

آمالها

كان لدى أمايا يوم حافل حيث كانت ثماني قضايا في محاكم مختلفة منذ الصباح، وكانت سوناندا هناك لمساعدتها. بالنسبة للجلسة الأخيرة، كان هناك طلب تقدمت به فاناجا، في أواخر الثلاثينيات من عمرها، قبل عام، وهي واحدة من أسوأ حالات انتهاكات حقوق الإنسان. صليت للحصول على تعويض لأن ضباط الغابات دمروا بلا رحمة مصدر رزق أحد المزارعين عن طريق حرق أرضها الزراعية وهدم منزلها وقتل خنزير بري. جادل أمايا بأن رد فعل ضباط الغابات كان غير إنساني وانتهك الحقوق الأساسية المنصوص عليها في الدستور الهندي. كانت عواقب المعاملة القاسية لفاناجا وعائلتها مدمرة. لقد سحق الحرية والمساواة وتكافؤ الفرص والكرامة الإنسانية. حاول أمايا إقناع المحكمة، وسلط الضوء على الأقسام المختلفة للحقوق الأساسية للدستور الهندي والإعلان العالمي لحقوق الإنسان للأمم المتحدة، حيث كانت الهند من الموقعين. وأوضحت أن انتهاكات حقوق الإنسان التي ارتكبها ضباط الغابات غير مقبولة في مجتمع متحضر، مستشهدة بالحوادث التي وقعت في مزرعة فاناجا. نصب أمايا كمينًا منهجيًا لحجج محامي الحكومة ؛ تعديت فاناجا وزوجها على الغابة المحمية، وقطعت الأشجار وقتلت الحيوانات البرية، وبالتالي حولت ثلاثة أفدنة إلى مزرعة. قدمت أمايا جميع الأدلة الوثائقية اللازمة من مكتب القرية والبانشيات ومكتب الإيرادات ومكتب مسجل الأراضي أمام المحكمة، مما يثبت أن فاناجا وغوبالان كانا مالكين قانونيين للأرض والمنزل الذي تم تشييده فيها. ذكر سند ملكية الأرض والملكية أن المزرعة تخص فاناجا وزوجها. في الوقت نفسه، كانت ادعاءات إدارة الغابات كاذبة وملفقة وخالية من الأدلة الصحيحة. وبالتالي، فإن حرقهم للأراضي الزراعية والمنزل ينتهك القانون.

أوضح أمايا للمحكمة أن جد غوبالان كان قد اشترى ثلاثة أفدنة ومنزلًا صغيرًا في التلال، بجوار الغابة، قبل حوالي سبعين عامًا. كانت الأرض تحتوي على جميع الوثائق اللازمة الصادرة عن الحكومة. كان غوبالان وفاناجا يعملان بجد ؛ أنتجا كل شيء تقريبًا في مزرعتهما. كانت المحاصيل الرئيسية هي فدان واحد من أرز الأرز، الذي يزرعونه مرتين في السنة، وهو ما يكفي لاستهلاكهم لمدة عام. نصف فدان من التابيوكا، ربع فدان من أنواع مختلفة من الخضروات وأشجار الموز جلبت لهم حوالي مائتي ألف روبية سنويا. كانت الأرباح من أشجار المطاط والكاجو وجوز الهند وجوز الهند لبقية الأراضي الزراعية كافية للحصول على رصيد مصرفي قدره مائة ألف روبية سنويًا لتعليم بناتهم. كما كان لديهم بضع أشجار المانجو والجاك فروت، والتي وفرت أفضل أنواع الفواكه خلال فصل الصيف. باعت فاناجا حوالي ثلاثين لترًا من الحليب من بقرتين وجاموس واحد، وطوال اليوم بعد إرسال أطفالهم إلى المدرسة، كانت مشغولة بقطع العشب الأخضر وجمع الأعلاف. كان نصف دزينة من الماعز دائمًا في سقيفة التسكع الخاصة بها، وكان حليب الماعز الذي لم تبيعه ولكن استخدمته في المنزل صحيًا لأطفالها. أعطت دواجنها ما يكفي من البيض واللحوم لاستهلاكها اليومي. تقدر فاناجا كل عملها وتحب جوبالان وبناتها.

أخبرت أمايا المحكمة أن غوبالان كان مزارعًا مثاليًا. كإنسان نموذجي، لم يحصل أبدًا على قرض من بنك أو مؤسسة مالية، وكان يؤمن بالوقوف على قدميه، وساهم بضمير حي في رفاهية البلاد. جوبالان، الذي لم يكن عبئًا على أي شخص، عاش حياة خالية من أي رذائل وأحب زوجته وأطفاله. كان يعمل في الميدان من السابعة إلى الرابعة مساءً. كان لديه فهم ممتاز لجميع جوانب الزراعة، وجمع مياه الأمطار في صهاريج تخزين صغيرة، وأتاح وفرة من المياه ؛ وبالتالي، كان بإمكانه ري أراضيه الزراعية في الصيف. في زاوية ممتلكاته كانت هناك بركة صغيرة للأسماك حيث كان يزرع الأسماك. بنى فاناجا وغوبالان منزلًا مبلطًا بمرافق حديثة، يعيشان حياة سعيدة ومزدهرة. كانوا يحلمون بإرسال أطفالهم للدراسات العليا في الكليات المهنية. نظرًا لأن منزلهم كان بجوار الغابة، على الأقل عدة مرات في السنة، بشكل رئيسي خلال الرياح الموسمية، توغلت الخنازير البرية في مزرعتها أثناء الليل ودمرت الزراعة، وخاصة التابيوكا. عرف غوبالان أن الخنازير جاءت بأعداد كبيرة وتصرفت بشكل خطير، لكنها لم تقترب من منزلها أبدًا. في إحدى الليالي خلال الرياح الموسمية، قبل حوالي خمس سنوات، سمع غوبالان وفاناجا كلبهما ينبح باستمرار، واعتقد غوبالان أنه قد يكون هناك ثعلب أو ثعبان لصيد الدواجن. أوقفت أمايا روايتها لفترة من الوقت، لكن المحكمة كانت حريصة على معرفة المزيد عن فاناجا وغوبالان وطلبت من أمايا الاستمرار في روايتها.

نهض جوبالان وفتح بابه الرئيسي واقترب من الحظيرة لمعرفة سبب نباح الكلب لفترة طويلة. كان الكلب معه. فجأة رأى جوبالان شيئًا يتجه نحوه، وفي غضون لحظة، هاجمه ؛ حاول الكلب إنقاذه. كان خنزيرًا بريًا عملاقًا. عند سماع الضجة، فتح فاناجا والأطفال الباب وركضوا نحو غوبالان. رأوا جوبالان المصاب بجروح بالغة والكلب على الأرض. بمساعدة جيرانها، نقلت فاناجا جوبالان إلى مستشفى على بعد حوالي ثلاثين كيلومترًا من منزلهم.

كانت جروح غوبالان على بطنه شديدة ؛ لم يستطع تحريك يديه أو ساقيه. توفي الكلب في غضون ساعتين حيث كانت الآفات العميقة في جميع أنحاء جسمه. في غضون أسبوع، حاصر القرويون الغاضبون الخنزير البري في قفص وتغذوا على لحمه. عندما علم ضباط الغابات بالحادث، قدموا تقريرًا أوليًا عن المعلومات ضد غوبالان وفاناجا وبعض القرويين غير المعروفين. بينما كانت فاناجا في المستشفى مع زوجها، لم تكن تعرف أبدًا ما كان يحدث في المنزل.

وضع أمايا أمام المحكمة وثائق المستشفى التي تفيد بأن غوبالان بقي في المستشفى لأنه عانى من إصابة شديدة في الحبل الشوكي وكان طريح الفراش عندما أمسك القرويون بالخنزير البري. بعد ثلاثة أشهر، أخذ فاناجا غوبالان إلى المنزل. كان عجزه بمثابة ضربة لفاناجا وأطفالها. كان عليهم دفع مبلغ كبير للمستشفى، وكانت النفقات الطبية اليومية لا تطاق. انهارت أحلام فاناجا أمام عينيها، لكنها لم تكن مستعدة لقبول الهزيمة. بعد إرسال أطفالها إلى المدرسة وإطعام زوجها، عملت في المزرعة لمدة ثماني ساعات يوميًا. على الرغم من أنها لم تتمكن من إكمال جميع الأعمال في الوقت المحدد، إلا أن اجتهادها ساعد، وكانت العائدات من المزرعة مشجعة. عملت فاناجا كعبد وكانت بحاجة إلى رعاية أطفالها وزوجها. كانت رعاية الأبقار والماعز والدواجن هي المهمة الأكثر صعوبة. كان هناك ما

يكفي من العشب الأخضر في المزرعة، وقضى فاناجا حوالي ثلاث ساعات في جمع العلف للماشية. كما احتفظت بكيس من الحبوب للدواجن.

جاء ثلاثة ضباط غابات إلى منزل فاناجا في يوم من الأيام في غضون عام واحد من قتل الخنزير البري. أبلغوها أنهم سيرفعون دعوى قضائية ؛ قتلت هي وزوجها خنزيرًا بريًا، وهو انتهاك خطير لتشريعات حماية الحياة البرية. فشلت مناشدات فاناجا المتكررة - لم يكن لها يد في قتل الخنزير البري، وكانت في المستشفى مع زوجها - في إقناع ضباط الغابات. أخبروها أنهم سيسحبون اسمها من الجريمة إذا استطاعت أن تدفع لهم مائتي ألف روبية. لم يكن لدى فاناجا أي أموال لدفع رواتب موظفي الغابات، لأنها أنفقت بالفعل مبلغًا كبيرًا على علاج زوجها في المستشفى وعلاجه، الذي ظل غير صالح. بعد شهرين، زار ضباط الغابات منزل فاناجا ؛ وادعوا أن الأراضي الزراعية كانت جزءًا من الغابة. كانت فاناجا وزوجها يحتلونها بشكل غير قانوني. كان المبنى الذي شيدوه غير مصرح به وغير قانوني ؛ وبالتالي كانوا بحاجة إلى إخلاء المنزل والأرض في غضون شهر.

ذهبت فاناجا إلى مكتب القرية والبانشيات ومركز الشرطة المحلي، وأثبتت أنها وزوجها يمتلكان الأرض الزراعية. لم يكن المنزل على أرض حرجية محتلة بشكل غير قانوني. لم يظهر مكتب القرية والبانشيات أي اهتمام بمعاناتها ؛ وبدلاً من ذلك، كانوا وقحين. أساءت الشرطة معاملتها، قائلة إنها احتلت أرض الغابة بشكل غير قانوني، وزرعتها لسنوات عديدة، وشيدت منزلاً، وقتلت حيوانات برية ؛ كانت تستحق السجن لسنوات عديدة. شعرت فاناجا بالدمار ؛ لم تتلق أي مساعدة من جيرانها والقرويين. كانوا خائفين من الوقوف معها، معتقدين أن ضباط الغابة يمكن أن يورطوهم في قتل الخنزير البري. في أحد الأيام، جاء ضباط الغابات وعشرة إلى خمسة عشر من حراس الغابات مع ناقلي الأرض، وهدموا المنزل دون سابق إنذار، وقطعوا المحاصيل وأشجار الفاكهة في الأراضي الزراعية، وأحرقوها. بكت فاناجا وأطفالها بصوت عالٍ بلا حول ولا قوة. انفطر قلبها، ورأت النار تجتاح مزرعتهم والمنزل.

لم يكن لدى العائلة مكان تذهب إليه وتجمعت في زاوية شارع بلدة تبعد حوالي عشرين كيلومتراً. ظلوا في العراء لمدة أسبوع جائعين، ومرضت الفتيات، وتوفي غوبالان في اليوم العاشر. ذهبت أخصائية اجتماعية لرؤية فاناجا، واستفسرت عن وضعها المثير للشفقة، وأعربت عن استعدادها لمساعدتها ورفعت دعوى ضد ضباط الغابات. في غضون أسبوع، أخذ الأخصائي الاجتماعي فاناجا إلى أمايا. كان يوم سبت ؛ لم يكن هناك مكتب. ومع ذلك، ذهبت أمايا إلى مكتبها، واستمعت إلى فاناجا لمدة ثلاث ساعات وأعربت عن استعدادها للذهاب مع فاناجا والأخصائي الاجتماعي لرؤية الأراضي الزراعية المحترقة وحيث أقامت فاناجا وأطفالها.

بدأت أمايا على الفور مع فاناجا والأخصائي الاجتماعي ؛ كانت الأراضي الزراعية المحترقة والمنزل المدمر مثل مصغر ماي لاي الذي تعرض للقصف. نقرت أمايا على بعض صور المزرعة والمنزل المحترقين. أخبر فاناجا أمايا أنه كان إنجازهم مدى الحياة ؛ بقي غوبالان، والده وجده، هناك وعمل لمدة سبعين عامًا. على الرغم من أن أمايا كانت عاجزة عن الكلام لرؤية الدمار، إلا أنها ذهبت إلى مكتب الغابة لمقابلة الضابط، لكنه رفض منحها مقابلة. ثم ذهبت لترى أين تقيم فاناجا وفتياتها. كان مشهدًا مثيرًا للشفقة ؛ بدا الأطفال

الجائعون بائسين ؛ كانوا يعانون من الحمى. حتى مع العلم أن ذلك كان ضد أخلاقياتها المهنية، لم تستطع أمايا السيطرة على دموعها. بإذن من فاناجا، التقطت أمايا صورتين، وقامت مع الأخصائيين الاجتماعيين بنقل الفتيات إلى مستشفى في كوتشي. ساعدت منظمة غير حكومية أمايا في تحديد مكان لفاناجا للبقاء بالقرب من المستشفى وترتيب العمل في سوق الخضروات.

صلى أمايا للقضاة ليروهم بعض الصور للأرض الزراعية المحترقة ومنزل فاناجا المهدوم، وأعربت المحكمة عن استعدادها. وأظهرت الصور بالأبيض والأسود صراحة انتهاكات موظفي الغابات لحقوق الإنسان. وأعربت المحكمة عن صدمتها إزاء الانتهاكات الصارخة لحقوق الإنسان الأساسية لأسرة تعيسة. أدى حرمان فاناجا من حرية اختيار العيش بشكل مستقل والتنصل من المساواة من خلال تدمير سبل عيشها إلى إرهاب من قبل ضباط الغابات. كان القضاء على سبعين عامًا من العمل الشاق لثلاثة أجيال من الناس، والطريقة الاستبدادية التي اعتمدها ضباط الغابات والحكومة، ودفع امرأة وأطفالها الثلاثة إلى الفقر، جريمة فظائع لا يمكن تصورها. وتستحق الجريمة عقوبات شديدة. قضت المحكمة بسجن ضباط الغابات الثلاثة لمدة عشر سنوات وأمرت الحكومة بإنهاء خدماتهم. وغرمت المحكمة ضباط الغابات مائة ألف روبية لكل منهم لمطالبتهم برشوة، إلى جانب مطالبتهم بدفع تعويض قدره ثلاثمائة ألف روبية للضحايا الأربعة خلال شهر. عند الفشل في دفع التسوية، تم استدعاء خمس سنوات أخرى من السجن.

ستدفع الحكومة عشرة كرور روبية لفاناجا وأطفالها في غضون شهر. ستقدم إدارة الغابات مساعدة مالية لكل طفل، مائة ألف روبية سنويًا، حتى يكملوا تعليمهم الجامعي. كما أمرت المحكمة الحكومة بإعادة الأراضي الزراعية إلى فاناجا وبناء منزل مع جميع المرافق الحديثة في غضون ستة أشهر. كان الحكم انتصارًا مدويًا لأمايا وفاناجا لأنه دعم قيمة الحرية وحقوق الإنسان والعدالة.

كان لدى أمايا قضية أخرى للجلسة النهائية في ذلك اليوم. كان الطلب المقدم من سولو ضد وزير في مجلس وزراء الولاية بتهمة الغش. في اليوم الذي أرسل فيه مكتب أمايا نسخة من الالتماس إلى محامي الوزير، تلقت مكالمة من السكرتير الخاص للوزير، يطلب فيها من أمايا عدم النظر في قضية سولو. أخبرته أمايا أنه ليس لديه الحق في التدخل في ارتباطاتها المهنية. وأوضح أنه طلب من الوزيرة، وأنه مستعد لتقديم أي مساعدة لها. كانت أمايا قاطعة ؛ لم تتوقع نصيحة من الوزير. في غضون يوم، اقترحت مكالمة من الوزير أن تمتنع أمايا عن قبول سولو كعميل لها. أجابت أمايا: "اهتم بشؤونك الخاصة يا سيدي الوزير". في تلك الليلة والليالي التالية، تلقت أمايا مكالمات من أشخاص مجهولين يهددونها بتلقينها درسًا. بعد أسبوع، سمعت أمايا ضجة عالية على زجاج نافذتها الخلفية أثناء ذهابها إلى المحكمة. على الفور أوقفت السيارة على جانب الطريق ورأت زجاج النافذة الخلفية المحطم يتساقط. أرسلت أمايا شكوى خطية إلى مركز الشرطة للوصول إلى المحكمة تشرح فيها الحادث. على الرغم من أن أمايا سجلت مكالمة الوزير الهاتفية، إلا أنها قررت عدم ذكرها في شكواها.

في المحكمة، أوضحت أمايا طلب سولو، وهي أرملة مع رضيعين. عندما كان في أبو ظبي، توفي زوجها وهو يسقط من مبنى شاهق بينما كان يصلح نظارات النوافذ. كان لدى سولو

منزل من أربع غرف نوم على أرض تبلغ مساحتها ثلاثين سنتًا، تواجه ضفة نهر مانيمالا، على بعد حوالي نصف ساعة بالسيارة من كوتايام. قامت بتأجير غرفتين للإقامة مع عائلات للسياح من أوروبا، وطهي لحوم البقر والأسماك وغيرها من الأطباق على غرار ولاية كيرالا بأسعار معتدلة، واستمتع السياح بضيافة سولو. كانت غرفها مشغولة على مدار العام، وكسبت ما يكفي من المال من عملها. أودعت سولو بانتظام مبلغًا في البنك لتعليم أطفالها واعتنت بوالدتها. كان الأخير يقيم معها، إلى جانب مساعدة سولو في التدبير المنزلي والطبخ.

استحوذ العضو المحلي في الجمعية التشريعية على حوالي خمسين فدانًا من الأراضي بجوار منزل سولو لبناء متنزه مائي ومطعمين وخمسين فيلا مستقلة مع غرفتي نوم للسياح. خطط لاستثمار حوالي خمسمائة كرور روبية في المشروع وحصل على شراكة من الصناعيين في دول الخليج. أدركت المساعدة القانونية المتبادلة أنه من المستحيل بناء طريق وصول إلى حديقته دون الاستحواذ على أرض سولو. في إحدى الليالي، ذهب إلى سولو، وطلب منها بيع أرضها ومنزلها، وعرض عليها ثلاثة كرور روبية. كتب الرقم ثلاثة على قطعة من الورق، متبوعًا بسبعة أصفار كما لو كان يحاول إقناع سولو بمدى ضخامة المبلغ الذي كان مستعدًا لدفعه لها. أخبرت سولو المساعدة القانونية المتبادلة أنها غير مهتمة ببيع قطعة الأرض والمنزل الذي تملكه، لأنها تعتمد عليه اعتمادًا كليًا لكسب العيش. وساعد الدخل الذي حصلت عليه منه على إطعام الأسرة وتعليم أطفالها. هدد قانون مكافحة غسل الأموال سولو، وأخبرهم أن جثتها ستطفو في نهر مانيمالا في غضون أيام قليلة إذا رفضت تسليم الأرض. كانت سولو مصرة على أنها لن تتخلى عن ممتلكاتها. في نفس الليلة، هاجم الحمقى منزلها بالحجارة والعصي، مما أدى إلى إصابة سولو وأطفالها والسياح الذين ينامون هناك. في اليوم التالي، ذهب سولو إلى مركز الشرطة وطلب من ضابط الشرطة تقديم تقرير معلومات أول ضد المساعدة القانونية المتبادلة، وهو ما رفض القيام به. أساء ضابط الشرطة لفظيًا إلى سولو وقال لها: "لا تحاول أبدًا تقديم شكوى ضد المساعدة القانونية المتبادلة". لكن رمي الحجارة وكسر ألواح النوافذ استمر في ساعات الليل، ووجدت سولو صعوبة في إدارة أعمالها المنزلية. عندما توقف السياح عن توظيف عائلة سولو، انهار عملها في غضون شهر.

أوضحت أمايا للمحكمة أنه كان على سولو الموافقة على بيع الأرض والمنزل مقابل ثلاثة كرور روبية إلى المساعدة القانونية المتبادلة، التي دفعت لها كرور روبية واحدة بشيك، ووعدت بدفع الرصيد في غضون أسبوع. في مكتب مسجل الأراضي، وقعت سولو على عقد البيع الذي يوضح أنها تلقت كرور روبية واحدة للأرض والمنزل. أجبر قانون المساعدة القانونية المتبادلة سولو على إخلاء المنزل عندما وقع سولو على عقد البيع. اشترت سولو خمسة سنتات من الأرض ومنزلًا من ثلاث غرف نوم على بعد حوالي خمسة كيلومترات من هناك مقابل مبلغ خمسة وتسعين روبية، ولكن حتى بعد ستة أشهر، لم تستطع الحصول على أي سائحين للإقامة المنزلية لأنها كانت بعيدة عن المواقع السياحية الرئيسية. غالبًا ما ذهبت سولو إلى مكتب المساعدة القانونية المتبادلة للحصول على التوازن، لكنها لم تستطع مقابلته أبدًا. شعرت بالإحباط لأنها لم يكن لديها دخل لإعالة أسرتها.

وفي الوقت نفسه، أصبحت المساعدة القانونية المتبادلة وزيرة في مجلس الوزراء. لكنه لم يدفع أبدًا ما تبقى من كرور روبية إلى سولو. كانت المحكمة مراعية، لكن سولو لم تحصل على أي انتصاف مؤقت عند القبول. خلال الجلسة الأخيرة، أقنع أمايا المحكمة بأن الوزير وعد سولو بأنه سيدفع ثلاثة كرور روبية كثمن للمنزل والأرض، لكنه دفع كرور واحد فقط. قدم أمايا الورقة أمام المحكمة التي كتب عليها الوزير الرقم ثلاثة متبوعًا بسبعة أصفار كدليل وثائقي. قدمت أمايا ثلاث شهادات إلى المحكمة لإثبات صحة الكاتب. الأول كان لعالم رسوم بيانية، مصادقًا على أن خط الصحيفة كان للوزير. كان خبير خط اليد الشرعي، مع العديد من الأمثلة التي تؤكد بقوة النص، ينتمي إلى الوزير في الشهادة الثانية. يمكن لخبير الطب الشرعي الآخر تحديد بصمات أصابع الوزير على الورقة. أوضحت أمايا قانونية ومشروعية حججها. وطلبت المحكمة من الوزير دفع كروني روبية بفائدة سنوية قدرها خمسة عشر في المائة لمدة ثلاث سنوات وعشرة لكه روبية لتغطية نفقات القضايا إلى سولو في غضون أسبوعين. لاحظت المحكمة أن الوزير الذي يغش أرملة لا يستحق الاستمرار.

كانت سولو سعيدة بسماع الحكم وأخبرت أمايا أنها ستشتري منزلًا من أربع غرف نوم بالقرب من بحيرة فيمباناد، وهي منطقة سياحية، لإحياء أعمالها في مجال الإقامة المنزلية.

كان الوقت متأخراً في المساء ؛ غادر جميع صغارها. قبل الذهاب إلى الفراش، وجدت أمايا رسالة بريد إلكتروني من بورنيما. بدأت أنايا وهي جالسة على كرسيها المريح بقراءته:

"مرحبًا سيدتي،

أعتذر عن كلماتي الوقحة والتقليل من كرامتك في رسالتي السابقة. كان من غير اللائق التعبير عن حالتي الذهنية بشكل غير مهذب، دون الاهتمام بمشاعرك، وتجاهل كيف سيؤثر ذلك على قلبك. ما كتبته كان أصيلاً، لكن ما كان يجب أن أعبر عنه، متهماً إياك دون أن تعرف بالضبط الظروف التي أجبرتك على العيش مع والدي. لم أكن على دراية بأبعاد علاقات والدي معك. قد لا يكون تخيل المواقف التي بدت لي واقعيًا. حتى الشخص المستقيم على ما يبدو مثل والدي ربما لم يكن لديه نوايا نبيلة عندما التقى بك ودعاك لتكون معه في منزله. إلى جانب ذلك، ربما لم تكن على دراية بخلفيته ونواياه وخططه.

أرجوك سامحني على الكلمات غير اللائقة ؛ دعني أكون صريحًا معك ؛ أنا لا أكره أي شخص، خاصة أنني لا أستطيع أن أكرهك أبدًا. كنت دائمًا مميزًا، وكان لدي صورة ذهنية لك أثناء البحث عنك. دون أن ألتقي بك شخصيًا، يمكنني أن أتخيل كيف ظهرت في وعيي ؛ كنت تشبهني، وأحببتك. لم يكن مجرد افتراض ولكن إسقاط نفسي لي فيكم. أستطيع أن أقول لك لماذا. قد تتفاجأ ؛ يمكن أن توجد علاقات متبادلة بين الأفراد الذين لم يلتقوا أبدًا، ويشعرون بحزم أن الشخص الآخر في مكان ما. يصبحون على دراية ببعضهم البعض ويجذبون بعضهم البعض. إنهم يدركون من هو الشخص الآخر. اسمحوا لي أن أسميها الجاذبية النفسية، والتي هي دقيقة، في نفس الوقت، الظواهر. هذا اعتراف متبادل بوجود الآخر في غياب، مكثف للغاية وشامل. يمكنك الشعور بها والإحساس بها وتجربتها في داخلك ؛ دون رؤية الآخر أو لمسه أو شمه أو سماعه، فأنت تعرف من هو الشخص الآخر.

في معظم الحالات، تثبت مشاعرك وشوقك وحدسك أنها صحيحة. بمجرد أن ولدت، عرفت أنك كنت هناك ؛ كنت مرتبطًا بي جسديًا أو نفسيًا أو روحيًا بطريقة ما. كان هناك تبعية

شخصية بيننا، ومع ذلك كنا أحرارًا، ولكن كان هناك توق عميق للقاء بعضنا البعض ومشاركة وجودنا وحبنا. وهذا ما يسمى تقارب القلوب. صوتي الداخلي يخبرني أنك قريب مني ولا ينفصل ؛ مشاعرنا وعواطفنا ورغباتنا ورؤانا مترابطة ومقيدة إلى الأبد. الليلة الماضية، حاولت أن أنساك. ومع ذلك، كانت مهمة مستحيلة، لأنه كلما أردت أن أتذكرك أو أذهب بعيدًا عنك، اقتربت مني بقوة أكبر ووجه أكثر إشراقًا. أنت تيار وعيي، تسقي أعمق مشاعري.

لقد واجهت شخصًا بالقرب مني منذ طفولتي مثل قوة إرشادية، مصباح محمول باليد. كنت أعرف أنها ليست أمي ولكنها مساوية لأمي ؛ كان وجودها مضيئًا وثابتًا ومهدئًا ومحفزًا. غنت التهويدات، وروت لي القصص، وقرأت القصص الخيالية قبل أن أنام وانتظرت بالقرب من سريري حتى لا أشعر بالوحدة أو الحزن عندما أستيقظ. كانت لمستها ناعمة ولطيفة ومهتمة، مما سمح لي بالتحدث قبل أن تتحدث. عندما لم تكن تلمسني، شعرت بنعومتها ولم أشعر أبدًا بالحرمان من قربها. كانت معي في مدرستي، ولم تتدخل أبدًا، ولم تجبرني على القيام بشيء لم أكن أريد القيام به، وبقيت معي، وظهرت بشكل ممتع بشكل دائم.

عندما كنت في المدرسة، جلست معي كما لو كنت أستطيع رؤيتها ولكنها كانت غير مرئية للآخرين ؛ ساعدتني في تعلم كل درس يتم تدريسه، ولعبت معي وانضمت إلى أصدقائي، على الرغم من أنها كانت غير محسوسة. شاركنا الشوكولاتة والكعك والحلوى التي تلقيتها من الآخرين. سارت بجانبي لكنها أصبحت تدريجيًا ظلي، مما أعطاني مكانة بارزة ومع ذلك رفيقي الدائم. استطعت أن أسمعها تتحدث معي، تتصل بي، وأعجبت بمظهرها وابتساماتها وحركاتها كلما نظرت إلى الخلف. حاولت تقليد لغة جسدها وإيماءاتها وتعبيرات وجهها وحتى طريقة تنفسها، وهي محاولة واعية لمحاكاتها. كنت أتوق لقضاء المزيد من الوقت معها في المدرسة الثانوية لأنني شعرت أنها طبيعية وليست طيفية. مهما فكرت في مستقبلي، كنت أعرف أنها أثرت علي وشكلتني. عندما اعتقدت أنها حقيقية ولطيفة، أردت أن أكون صريحة وكريمة ؛ لم أتصرف بعدائية أو بوقاحة مع الآخرين لأنني لم أرى سمات غير مرغوب فيها فيها فيها.

في مراهقتي، استطاعت أن تشعر بمشاعري ؛ استطعت أن أختبر ردود أفعالها الإيجابية لأنها أرادتني أن أكون سعيدًا. أدركت أنها كانت إنسانة مراعية، دافئة في مشاعرها، حتى أتمكن من الوثوق بها لمعرفة كيفية عيش حياة سعيدة. أخبرتني أنه في بعض الأحيان، لم يكن من الضروري أن تكون مثاليًا، لأن الكمال لم يكن موجودًا، وكنت سعيدًا لسماع كلماتها. كما حذرتني من أنه يجب أن أكون حذرًا حتى لا أكون ضعيفًا. أحببت اختيارها للكلمات وأحببت أخطائها وعيوبها الطفيفة، مما ساعدني على إدراك أنها بشرية وأن كونك إنسانًا كان جميلًا. عندما بدأت أحب الأولاد وصحبتهم، شجعتني على إخبارهم ؛ يمكن للأصدقاء مساعدتي على النمو، مما ساعدني على معرفة من يمكن أن يكون صديقًا جديرًا بالثقة، رفيقًا مدى الحياة في مراحل لاحقة من الحياة. كانت قيمها مثل قيمتي، وقد أحببتها لأن لديها قيمًا ومواقف ووجهات نظر متشابهة. في بعض الأحيان، لمستني بمهارة في تلك الأيام، وهي تجربة سامية، حيث أنتجت لمستها الكثير من الدفء. كنت أتوق إلى لمستها يومًا بعد يوم.

كانت ابتسامتها محببة، وتذكرتها حتى في نومي. وهكذا، تدفقت علاقتي معها مثل تيار دون عناء لأنها كانت تبتسم. من حين لآخر، أخبرتني بأسرار عنها، وهي علامة على ثقتها بي، وأصبحت علاقتنا أكثر عمقًا وقوة. كانت تسألني أحيانًا أسئلة شخصية حول مشاعري ومواقفي وقيمي وما أكرهه. أحببت انفتاحها ؛ أصبحت شخصية بشكل متزايد، واختبرت رابطة أوثق. تحدثت عن نفسها وبدأت مناقشة من القلب إلى القلب حول الصداقة والدراسات والمهنة والمال والطعام والتخيلات الجنسية والأصدقاء وشريك الحياة. تخيلتها كصديقتي المثالية، وفي بعض الأحيان تصرفت كما لو كنت معلمها ومعلمها ومرشدها. نصحتها بكيفية العناية بصحتها، والحاجة إلى ممارسة الرياضة البدنية بانتظام، وما لا يجب تناوله، والمدة التي يجب أن تنام فيها. كانت منفتحة عاطفياً وصادقة وموثوقة. عندما أخبرتني أنها يمكن أن تثق بي وتحافظ على أسرارها، شعرت بسعادة غامرة لأن كلماتها أعطتني الثقة. في بعض الأحيان كانت روح الدعابة والنكات المتصدعة، حتى عن الجنس. أحببتها لأنها أحبتني ؛ كان الأمر بهذه البساطة. لا يمكنني أبدًا أن أكره شخصًا يحبني ؛ بطبيعة الحال، أحب ذلك الشخص الذي يحبني. لا أستطيع أن أكره شخصًا ما لأنها لم تكره شخصًا ما، وقد شربت قيمها واستوعبت ما علمتني إياه. كانت دافئة معي، مما يدل على أنني بحاجة إلى أن أكون مهذبة مع الآخرين.

نشأت كشاب بالغ، عاملتني على قدم المساواة ؛ كنا على نفس المنوال في العديد من الأشياء. مع احترامي لكلماتي ومواقفي وآرائي، أعربت عن سعادتها برفقتي، وامتنعت عن السؤال عن علاقاتي الحميمة، خاصة مع الجنس الآخر، لكنها أبدت اهتمامًا برفاهيتي وحكمتي في صنع القرار. استطعت أن أشعر بتقاربها العميق معي في حضورها ؛ استمرت آثارها حتى في غيابها، مما شجعني على أن أصبح مستقلة وتحترم نفسها. كان غرس الكرامة في داخلي للحصول على آرائي وقراراتي الخاصة نتيجة ثانوية لارتباطي بها. أخيرًا، أدركت شخصيتي ومنظوري الاجتماعي وتوجهاتي النفسية والتكوينات العاطفية وأنظمة القيم. لقد امتلكتها إلى حد كبير.

عندما تحدثت إليك لأول مرة، سمعت هذا الصوت ؛ كان صوتها، مألوفًا وشخصيًا، هو الذي شكلني كإنسان على مدار الأربعة وعشرين عامًا الماضية. اعتقدت أنك هي، وكنت متميزة ؛ كنت معها حتى الآن مستقلة. لقد ساعدتني على النمو من خلال اتخاذ قراراتي الخاصة. حتى وأنا أمشي عبر النفق، قابلتها بمصباح محمول في ظلام دامس. ثم أصبحت هي، صوت الأمل، واتصلت بك مرارًا وتكرارًا. كانت السعادة التي عشتها عندما تحدثت معي هي المثال الأسمى لتعبير وجودي غير المخلوط. كانت لدي رغبة في التحدث إليك، والاستماع إليك إلى الأبد.

[NEUTRAL]: أنتظر بفارغ الصبر رؤيتك. هناك رغبة مختلفة في مقابلتك شخصيًا، ورؤيتك، ولمسك وتجربتك. حتى تحدثت إليك لأول مرة، كان أعظم شغفي في الحياة هو تعافي والدي. الآن أصبح لقائك شغفًا قويًا بنفس القدر. أنا لا أتخيلك لأنني رأيتك في عيني الداخلية لسنوات عديدة، وأعرف كيف تنظر وتتحدث وتمشي وتتفاعل. أنا متأكد من أنني أشبهك ؛ في هذه الأيام، أنظر في المرآة لرؤيتك وتجربة وجودك. أتحدث إليكم لساعات معًا عندما أكون وحدي. قد يعتقد الناس أنني مجنون. لكن بالنسبة لي، إنها حاجة ؛ التحدث إليك هو تعبير عن قلبي، قلب جميل احتفظت به في حوزتي.

سيدتي، من أنت ؟ كيف نرتبط ببعضنا البعض ؟

بورنيما ".

قبل النوم، أرسلت أمايا بريدًا إلكترونيًا إلى بورنيما.

"مرحباً، بورنيما. كنت عاجزًا عن الكلام بعد قراءة رسالتك. كانت هناك معضلة في داخلي حول كيفية الرد. قد تعتبرني صديقك. علاقتي بك هي أبسط علاقة تراها في كل عائلة. طابت ليلتك.

أمايا ".

في اليوم التالي، كانت هناك رسالة بريد إلكتروني في انتظار أمايا، ووجدتها بعد ولادة فيباسانا.

"سيدتي العزيزة،

شكرًا لك على مراسلتي ؛ أول رسالة بريد إلكتروني تلقيتها منك على الإطلاق. شعرت بالسعادة لقراءته. العلاقة الأكثر تعقيدًا في الأسرة هي العلاقة بين الأم وابنتها. لكن لدي بالفعل أم، أكثر شخص محب قابلته في حياتي. لذلك، لا يمكنك أن تكون أمي البيولوجية تمامًا.

ومع ذلك، يمكنني أن أفترض أن والدي أخذ نصف بويضتك، ودمجها مع نصف بويضة والدتي ؛ وهكذا، ولدت ولدي أمهات اثنين ؛ لهذا السبب أشعر بالتعلق المتساوي بكما. هذا خيار علمي ؛ تجري الأبحاث في أفضل الجامعات في الولايات المتحدة وسنغافورة وإسرائيل حول دمج البويضات من امرأتين مع الحيوانات المنوية من رجل واحد لإنجاب طفل مع ثلاثة آباء بيولوجيين، ودمج أفضل سماتهم. لقد قرأت مقالتين حول هذه الاحتمالات في المجلات الدولية التي يراجعها الأقران.

لقد ذكرت مرة واحدة عن ابنتك سوبريا، من عمري. كنت تجهل مكانها وما كانت تفعله. لا يمكن لأي ابنة أن تبقى بعيدة عنك لأن لديك شخصية حنونة وجذابة. حاولت أن أواجه وجود سوبريا في وعيي ولكن دون جدوى. لقد ظهرت عندما فكرت فيها، وعي الذات. يمكن للوعي أن يختبر صحة المشاعر. مثل العقل، الوعي هو المنتج الثانوي للدماغ البشري، الذي ينتمي إلى عالم أعلى. يمكن للعقل أن يقودك إلى المسار الخاطئ للمزالق الخطيرة، في حين أن الوعي يعكس بدقة فرحة الوجود إذا تم زراعته بشكل صحيح. لذلك، هناك عالم يتجاوز المادية، وليس المعرفة أو الروحية، ولكن الوعي النقي بحضور الذات، مما يؤدي إلى العدم خارج الجسد أو الكون المادي. وبما أنه علم جديد، فإن دراسة الوعي في علم الأعصاب هي في مرحلة اللاقحة ؛ أنا مهتم للغاية بها.

كما كنت على دراية بك بداخلي، كان بإمكاني التعرف عليك عندما تحدثت إليك لأول مرة. هذا ليس سوى فهم لوعي المرء. عندما ترى صورتك في المرآة، فأنت تعلم أن النسخة ملكك، ولكن يمكنك تجاوز معرفة أنك تعرف. يقودك هذا الوعي إلى السفر إلى أبعد من حدودك المادية إلى الأراضي البعيدة. في المستقبل، لا تحتاج إلى التحرك مع جسمك ؛ يمكن لوعيك أن يقفز، ويلبي وعي الآخرين ويتبادل المفاهيم والأفكار والرؤى. لذلك، هناك وجود

يتجاوز ما نشعر به هنا والآن. لا يوجد موت في هذه الحالة لأن الوعي لا يموت أبدًا ؛ إنها الطاقة في حد ذاتها.

في المرآة، لم أتمكن من إسقاط سوبريا. كلما بحثت عنها، ظهر وجهي في كل مرة، بدلاً من شخصين. لكن ما ظهر قبل وعيي كان وجهي فقط، وليس وجه سوبريا. تحاول أحدث الدراسات العصبية إثبات الافتراض بأنه يمكن اختبار الوعي والتحقق منه باستخدام الحدس البشري. هذه الطريقة لا علاقة لها بالروحانية أو التصوف أو السحر. يطبق الرهبان البوذيون هذه الطريقة لتأكيد الحقيقة في سياق العدم، لأن العدم ليس عدم وجود. هو وجود الفراغ في كماله ولا شيء غيره. قبل الانفجار الكبير، كان العدم، ولكن أن العدم لم يكن فارغًا أو باطلًا، وأن العدم كان كونًا أمام كوننا. لذلك، فإن العدم لديه القدرة على التطور، ليصبح كيانًا. السوبريا هي أكثر بكثير من الكائن المادي، حيث قد لا يكون للوجود المادي النقي العقل والوعي والدماغ المتطور بالكامل. البشر لديهم مشاعر، نتاج القلب. خلال شهادة الماجستير في علم الأعصاب، حاولت التحقق من العديد من الفرضيات، وأهمها الوجود قبل الجوهر. بعبارات بسيطة، فإن وجود شيء ما يأتي قبل تفاصيله. لذلك، فإن وجود سوبريا محسوس من خلال الوعي ؛ هذه هي نظريتي. إذا لم تكن موجودة ككيان مستقل، فستفقد سوبريا قدرتها على الشعور. في تجاربي، اختبرت وجود سوبريا كوجودي.

الظاهرة الثانية التي أردت اختبارها هي المعرفة من كائن في الوعي. افترضت أن المعرفة هي نتاج وعي الشخص بشيء ما. لذلك، تفترض المعرفة مسبقًا كائنًا وموضوعًا. أي معرفة لها خصائص الكائن وخصائص فهم الكيان الذي يعرف. وبالتالي، فإن المعرفة ليست موضوعية أو ذاتية تمامًا ؛ فهي لا تعكس امتلاء الموضوع. ولكن في البشر، تتحول المعرفة الأولية للكائنات إلى بعد أعلى، حيث يطور الشخص الذي يعرف الكائن وعيًا بها. الموضوع يعرف، يعرف أنه يعرف، ما يعرفه. بعبارات بسيطة، أنا واعٍ لوعيي.

من هذا الوعي، يمكن للبشر الذهاب إلى عالم أعلى من الوعي يتجاوز الوجود المادي، أو يمكن للمرء أن يتجاهل جوهره، حيث لا توجد مشاعر. إنها مرحلة بلا رغبات أو كرب أو أحزان أو آلام أو سعادة. إلى حد كبير، لا يوجد عقل وعواطف وفرح وتفكير فكري. فقط النعيم موجود، نقي وبسيط، وأنا أسميه السكينة. ستكون درجة الدكتوراه المستقبلية في هذا المجال.

سيدتي، لم أسمع والدي يذكر اسم سوبريا. لو كانت ابنته، فأنا متأكد من أنه لا يستطيع نسيانها، وكان سيواصل الحديث عنها، ولف سوبريا بالحب، الذي اختبرته منه. تتجاوز العلاقة بين الأب وابنته الزمن ؛ فهي تحتاج إلى البحث في اتساع الوعي لمواجهة الفرح السامي. عندما يقتصر ارتباط شخصين على المادية، لا يمكن أن يكون هناك أي حب، حيث أن الحب هو الوعي ؛ يجب أن يتجاوز العالم المادي. فلسفة حياتي بسيطة: تقييد عقلك، وتحرير وعيك، والطيران مثل النورس إلى جزيرة بعيدة، وتجربة الخوف والتحرر من الموت. كل المسعى البشري هو محاولة للتغلب على الموت. لذلك، هناك احتمال آخر، حدس، أنا سوبريا الخاصة بك ؛ أمي وأبي أطلقوا علي اسم بورنيما. سوبريا هي أنا. هذه الفرضية يمكنني اختبارها بحقائق يمكن التحقق منها.

ستصل إلى شانديغار قريبًا. سأكون في المطار لاستقبالك. أشعر بالانتعاش في قلبي لأن وجودك يمنحني الأمل ؛ أنت تساعد والدي على استعادة وعيه. كما قلت لك، البيانو في غرفته ؛ يمكنك عزفه لبعض الوقت، وسوف يتعرف على موسيقاك.

أتمنى لك يومًا سعيدًا.

بورنيما ".

"سوبريا، كانت قراءة بريدك الإلكتروني تجربة فيباسانا، حيث كان عقلي هادئًا ؛ كان قلبي مليئًا بالحب لك ؛ كان وعيي يطير إلى بلاد مجهولة لمقابلتك، وشهدت الامتلاء في الحياة. لقد كبرت أكثر بكثير مما كنت أعتقد عنك ونضجت بما يفوق توقعاتي. لقد تم تطوير أفكارك بشكل جيد، وهي نتاج سنوات من الوعي الانعكاسي، وأنك تعرف ما تتحدث عنه، ووعي بمعرفتك ". اختبرت أمايا وجودها ووجود بورنيما، وفجأة تذكرت أمايا محادثتها مع كاران. "فيك، لدي كل كياني". عند سماعه، ابتسم كاران.

قبل الغسق، ساروا على الشاطئ. استطاعت أمايا أن ترى اللوتس بعيدًا عن هناك، حيث قضت عامًا واحدًا مع كاران. قال كاران: "المشي جيد للحفاظ على توازن الجسم، ويساعد على بدء ولادة طبيعية". كان كاران حذرًا للغاية أثناء المشي لأنه كان الأسبوع السادس والثلاثين من الحمل. كان دائمًا إلى جانبها. كانت ترتدي فستانًا أبيض متدفقًا مع زهور زاهية. كان كاران يرتدي قميصه وبيجاما فضفاضة ؛ بدا هادئًا. كانت تحب أن تنظر إلى وجهه بينما تنعكس عليه شمس المساء. كان هناك المئات من السياح والرجال والنساء والأطفال، كلهم في مزاج احتفالي.

جلس أمايا وكاران في مواجهة البحر، مع التركيز على الأمواج المستمرة. كان للبحر علاقة بمشاعرها. كانت رائحة الهواء من الشواطئ البعيدة خادعة، والنسيم يمشط شعرها، وضوء الشمس الدافئ يحيط بجسدها، وصوت البحر الثابت يتردد صداه في أذنيها.

"أمايا، السائل الأمنيوسي في الرحم، يولد صلة بيولوجية بالماء، حيث أن أكثر من ستين في المائة من الجسم وسبعة وسبعين في المائة من دماغنا هو الماء. قال كاران: "يعتقد العديد من العلماء أن الماء له علاقة تكافلية مع جميع الكائنات الحية ويؤثر على الكائنات الحية ليكون له تأثير مهدئ، خاصة على العقل البشري".

أجاب أمايا: "كاران، لقد قرأت في مكان ما أن اللون الأزرق للبحر له تأثير مريح، ليس فقط على العقل ولكن أيضًا على القلب".

"هذا صحيح، أمايا. إلى جانب ذلك، فإن اتساع البحر وهدوء الشاطئ يمنحان شعوراً بالأمان. يمكن لعقلنا أن يتعرف بسهولة على غياب الأعداء الخفيين في الفضاء المفتوح. يحمل البشر دائمًا شعورًا بالكهوف داخل أنفسهم لأنهم عاشوا في الكهوف لملايين السنين، ويحمون أنفسهم من مخاطر غير معروفة في الغابة المظلمة والسافانا الغادرة ".

نظرت أمايا إلى كاران وضحكت. "عندما أكون معك، أشعر بالأمان ؛ أنت بحري، عزيزي كاران ؛ أنت شاطئ البحر الخاص بي أيضًا. قالت أمايا وابتسمت: "أنت تحميني من جميع الأخطار الخفية". بالنظر إلى أمايا، ابتسم كاران أيضًا. وأضاف أمايا: "عندما نكون على

الساحل، نشعر بالسعادة كما نشعر مع أحبائنا، ونشارك ذكريات ممتعة، ونادراً ما نستخدم الأدوات الإلكترونية".

"هذا صحيح، أمايا ؛ أنا أتفق معك. لقد أثبت العلماء، بسبب نقع أشعة الشمس، أن بشرتنا تنتج وتطلق فيتامين (د) والسيروتونين بكثرة، وتولد العديد من المواد الكيميائية الجيدة في الدماغ البشري، ونحن بطبيعة الحال نشعر بالسعادة على شاطئ البحر "، أثناء المشي في مطعم، قال كاران.

بعد تناول أطباق أمايا المفضلة، ساروا إلى لوتس، منزلهم المريح، لكن أمايا لم تتخيل أبدًا أنها لن تزور الشاطئ مرة أخرى ومطعمًا مع كاران.

بعد الإفطار، شعرت أمايا فجأة بأوجاع في أسفل الظهر وانقباضات في اليوم التالي. كان هناك تشنج في أسفل البطن وتسرب طفيف للسوائل مع غثيان خفيف. كانت تشعر بالضغط في الحوض.

نادت أمايا: "كاران".

أجاب: "نعم يا عزيزي".

قالت: "لقد حان الوقت".

أجاب كاران: "أوه، عزيزي، دعنا نذهب إلى مستشفى الولادة". "أنا أحتفظ بالمفتاح الاحتياطي للمنزل والسيارة في حقيبتك." قبّل خديها.

نقل كاران الأمتعة إلى الخندق. كانت هناك ثلاث حقائب، واحدة لأمايا واثنتان للطفل. شعرت أمايا بصداع طفيف ؛ وصلوا إلى المستشفى في غضون عشر دقائق. كانت أمايا تزور جناح الولادة في المستشفى بانتظام، وتستشير طبيب التوليد منذ بداية حملها، وكانت في المنزل معها. دفع كاران كرسي أمايا المتحرك، وكان هناك الطبيب ؛ شعرت أمايا بالسعادة ولكن بشدة في الرأس، وشعور بالانزلاق إلى عالم من الظلام.

"كاران"، نادت أمايا ؛ كان صوتها ضبابيًا، وأرادت أن تقول شيئًا أكثر، لكن لسانها التوى داخل فمها. كان بإمكانها رؤية وجه كاران ضبابيًا، يذوب، مثل الأبخرة من الزجاج الأمامي. نادى: "أمايا". سمعته ينادي باسمها للمرة الأخيرة. وانزلقت أمايا إلى الظلام الدامس.

ولادة ابنة

كان يوم الجمعة، آخر يوم عمل في الأسبوع، وراجعت أمايا الالتماسات المدرجة لجلسة الاستماع في ذلك اليوم في الصباح الباكر. كانت هناك سبع قضايا، ثلاث منها للقبول، وثلاث للإغاثة المؤقتة، وجلسة استماع أخيرة، في أربع محاكم. راجعت أمايا جميع الملفات، وسجلت فحوى كل التماس واتصلت بسوناندا لمساعدتها في المحكمة إذا كانت حرة.

مثلت أمايا في طلب سوزان جاكوب المقدم ضد بالو، وهي صاحبة مكتب توظيف، لجلسة استماع أخيرة أمام منصبي القاضيين. بالتفصيل، أوضحت أمايا خلفية القضية التي تؤكد على انتهاكات القانون، وأسباب الإجراءات القانونية ضد بالو، وضرورة التعويض ورد الاعتبار للضحية. كانت سوزان ممرضة مدربة حاصلة على شهادة جامعية في التمريض ؛ تقدمت بطلب للحصول على وظيفة في المستشفى في المملكة العربية السعودية من خلال مكتب التوظيف في بالو قبل سبع سنوات. كان لدى سوزان ثلاث سنوات من الخبرة العملية قبل التقدم للوظيفة. وعدتها بالو بوظيفة بأجر ممتاز في مستشفى يديره مزارع ثري بمئات الأفدنة من مزرعة التمر في بريدة. بعد مقابلة ودفعت التزامًا كبيرًا لمكتب التوظيف، ذهبت سوزان مع بالو إلى المملكة العربية السعودية. عرف بالو عبد الله، صاحب مزرعة تمور، الذي زار ولاية كيرالا لتلقي علاج الأيورفيدا مرة كل عامين.

أثناء وصولها إلى بريدة، التقت سوزان بعبد الله، ولكن لم يكن هناك سوى عيادة لعمال المزارع مع اثنين من الأطباء الذكور. قررت الانضمام إلى العيادة لأن الراتب الموعود كان عشرة أضعاف ما حصلت عليه في كيرالا. لم يكن هناك نزل للنساء، وعرض عبد الله الطعام والإقامة على سوزان في مسكنه الفخم، ووعدها بأنها ستكون آمنة مع زوجتيه وأطفاله التسعة. بمجرد أن بدأت سوزان في البقاء في منزله، بدأ عبد الله في مضايقة سوزان للزواج منه، وفي غضون أيام، أصبح الجنس القسري شأناً يومياً. كانت سوزان تتوق إلى الحرية وتحلم بالهروب من ضوابط عبد الله لكنها فقدت الاتصال بشكل مطرد مع والديها والعالم الخارجي قبل ولادة طفلها الأول واعتناق الإسلام.

قدمت أمايا أمام المحكمة خطاب تعيين سوزان الصادر عن وثائق سفر بالو وسوزان إلى المملكة العربية السعودية معه. وأوضحت أمايا أن بالو أوقعت ممرضة مؤهلة في العبودية الجنسية، ووعدتها بوظيفة مجزية للغاية في مستشفى حديث في بريدة بنية شريرة. كما قدمت أمايا دليلاً على أن بالو يعمل كقواد أمام المحكمة كلما زار عبد الله ولاية كيرالا. وأعربت المحكمة عن صدمتها لإدراك خطورة جريمة بالو والعنف الذي عانت منه سوزان. في غضون أربع سنوات، أنجبت سوزان طفلين، ومع تدهور صحتها، نقل عبد الله سوزان إلى الرياض لتلقي العلاج الطبي المتخصص. بقيت في المستشفى لمدة ستة أشهر، ولم يكن هناك علاج لمرض سوزان. أخيرًا، وافق عبد الله على عودة سوزان إلى كيرالا، وترك أطفالها في المملكة العربية السعودية، وبعد خمس سنوات، عادت سوزان إلى منزل والديها في ثيروفالا.

ناشدت أمايا المحكمة أن بالو كان مسؤولاً عن الاتجار بالبشر والاغتصاب وتحويل المرأة بالقوة إلى دين آخر وتلقيحها دون موافقة. كانت جرائم ضد سوزان والدولة، مما أدى إلى تدمير الرفاه النفسي للضحية ورميها في أزمات عاطفية حادة وعجز جسدي. الألم العقلي، وعدم الراحة الجسدية، والصراعات الشخصية التي عانت منها سوزان، والمعاناة من العبودية الجنسية في حضانة عبد الله، مما أجبر سوزان على التفكير في الانتحار كخيار. بسبب قوة الإرادة المطلقة، يمكنها النجاة من العذاب الشديد والمحنة لمدة خمس سنوات داخل حريم مفترس جنسي، في أرض مجهولة، في وسط اللا مكان. كان لدى سوزان ارتباط عاطفي عميق بأطفالها، وكان تركهم في منزل المغتصب إلى الأبد أمرًا محزنًا. كان من الواضح أنه بعد الوصول إلى كيرالا، ستواجه السخرية والازدراء حتى من المتعلمين. جادلت أمايا بأن الاتجار بالبشر والحبس في سيراجليو والاغتصاب والإنجاب القسري تشكل جرائم دنيئة ضد سوزان لأنها تنتهك حقوقها الأساسية وحقوق الإنسان.

احتاج بالو إلى عقوبة لانتهاك حرية سوزان والمساواة والسلامة الشخصية والكرامة الإنسانية، حيث اعتقدت سوزان أن مكتب التوظيف في بالو حقيقي، إلى جانب قبول قدر كبير من العمولة. جادل أمايا بأن بالو لديه إرادة حرة ويمكنه اتخاذ قرارات عقلانية لكنه انتهك بوعي معايير البلاد وقيمها وقوانينها، مما أجبر الضحية على المعاناة بشكل كبير. كان للضحية حق مشروع في حماية حريتها في العمل في بيئة لائقة، لكن الجاني انتهك حقوقها وانغمس في الجريمة من أجل المنافع الذاتية. كان من الضروري منح الجاني عقوبة مناسبة لأن العقوبة تعكس كره المجتمع لجرائم الجاني.

قال أمايا إن معاقبة بالو كان تعبيرًا عن الإدانة الاجتماعية. ستعتبر المحكمة أن السلوك الإجرامي يستحق العقاب من خلال إدانة أفعال الجاني. استغل الجاني بشكل غير عادل من خلال خرق القانون حيث أن القانون يحمي المواطن من الجريمة. لكن هذا لم يكن ممكنًا إلا عندما قبل المواطنون القانون، ونأوا بأنفسهم عن انتهاكه. عندما يهينها شخص ما، يتمتع بميزة غير مستحقة من المجتمع. حافظ توازن المجتمع على العقاب الصارم فقط الذي خفف من الميزة غير المستحقة. وقال أمايا كذلك إن العقوبة هي فرض الألم على الجاني من قبل سلطة قانونية ؛ وبالتالي كان فعلًا غير مرحب به للجاني ولكنه إدانة مباشرة من قبل المجتمع. أعربت الدولة عن واجبها تجاه الضحية من خلال معاقبة بالو مع الحصول على فوائد معينة من خلال استعادة نظامها.

دعا بالو إلى العقاب ؛ لقد استحق ذلك، حلل أمايا. وضعت الدولة القانون، وعرّفت الجريمة بأنها تنتهك المعايير المقبولة في البلاد. وبالتالي، كان خطأً عامًا. كان بالو مسؤولاً أمام الحكومة عن الخرق، لذلك كانت سلطة معاقبة بالو تقع على عاتق الدولة، وكانت العقوبة ردًا مستحقًا على أخطائه. أدت جريمته ضد امرأة تعيسة إلى الشعور بالذنب ؛ كانت العقوبة حلاً لإزالة ذنبه، إلى جانب تكبد دين أخلاقي لسوزان والدولة. ذكّر أمايا المحكمة بأن بالو كان مليونيرًا ؛ لقد جمع الثروة بشكل أساسي من خلال أنشطة غير قانونية. تجاهلت الشرطة والبيروقراطية والسياسيون تعاملاته الإجرامية حيث استفاد الكثير منهم من ضيافته في الهند والخارج. واختتمت أمايا حجتها بالقول إن بالو يستحق العقاب، والمحكمة هي السلطة لإنزال العقاب. على الرغم من أن دفع التعويض المناسب لسوزان لن يمحو معاناة سوزان، إلا أن بالو كان ملزمًا بدفع التعويضات.

أقنعت أمايا المحكمة بشرعية حججها وعقلانيتها وقوتها المعنوية. التزمت المحكمة بالتعويض الإلزامي عندما ينتهك الأفراد أو المنظمات أو الدولة الحقوق الأساسية للأفراد. قام الجاني، بنية كاملة، بإلحاق الضرر بحقوق سوزان القانونية، مما أجبرها على المعاناة من صعوبات مثل الصدمة العقلية، والاستعباد الجنسي، والإنجاب غير المرغوب فيه، وتربية الأطفال غير المرغوب فيها، وفقدان الحرية، وفقدان الدخل في بلد أجنبي، والتحول القسري إلى الإسلام. تم النظر إلى المدعى عليها بازدراء في منزلها على الرغم من أنها كانت الضحية. وأشارت المحكمة كذلك إلى أن التعويض الممنوح كان لمساعدة الضحية على استعادة الخسارة المالية، لأنه كان قانونيًا وإنسانيًا. حكمت المحكمة على بالو بالسجن المشدد لمدة عشر سنوات دون كفالة أو إفراج مشروط وأمرته بدفع مبلغ خمسة عشر كرور روبية للمدعى عليه في غضون ثلاثة أشهر. أذنت المحكمة للدولة برؤية الجاني يدفع مبلغ التعويض بالكامل في الوقت المحدد، وإلا سمحت للحكومة بالمزاد العلني لممتلكاته لاستردادها.

في المساء، كانت أمايا وحدها ؛ كان صغارها يحضرون المكتب فقط صباح الاثنين. كالعادة، كانت تعزف على البيانو، وتهدئ الموسيقى لمدة ساعة ؛ كان الأمر مهدئًا. ثم كتبت مقالة لصحيفة حول الاغتصاب المتزايد لفتيات الداليت في ولاية أوتار براديش. جادل أمايا بأن الحزب الحاكم وسياسييه أيدوا ضمنيًا إخضاع الرؤية المتزايدة للداليت. في ولاية أوتار براديش، خلال فترة ولاية رئيسة وزراء الداليت، تلقى واحد وعشرون في المائة من إجمالي السكان التعليم العالي والوظائف.

وبالتالي، تحسنت الأوضاع الاجتماعية والاقتصادية للداليت بشكل كبير. في وقت لاحق، عندما وصل أعضاء حزب يميني، معظمهم من الطبقات العليا، إلى السلطة، بدأوا في قمع وإخضاع الداليت، المنبوذين. أدرك أفراد الطبقة العليا أن الاغتصاب كان أقوى سلاح لتدمير احترام الداليت لذاتهم واختاروا بوعي الفتيات المتعلمات كضحايا. أصبح الاغتصاب الجماعي للداليت ممارسة شائعة مقبولة بين الطبقة العليا في ولاية أوتار براديش. تم اغتصاب حوالي عشر فتيات من الداليت في الهند كل يوم، وكان عدد كبير من ولاية أوتار براديش، كما أوضحت أمايا بالإحصاءات.

بعد إرسال المقال، لاحظت أمايا أن هناك رسالة بريد إلكتروني من بورنيما. ووصفت علاقتها مع أمايا بأنها تجربة جميلة واعتزّت بها إلى حد كبير. وأشار بورنيما إلى أن أمايا أصبحت جزءًا لا يتجزأ من حياة بورنيما في غضون عشرة أيام. كان الأمر شديدًا على الرغم من أنهما لم يريا بعضهما البعض قط وكانا متباعدين. كانت علاقتهما عميقة وقوية في العمل، وأكثر شمولية مما توقعت في أي وقت مضى. عندما كانت طفلة، وفي وقت لاحق مراهقة، شعرت بورنيما بوجود قوة غير مرئية داخلها وحولها، مثل رعاية الأم وحمايتها. عندما تحدثت لأول مرة إلى أمايا، شعرت كما لو أنها تتحدث إلى شخص قريب جدًا، لا ينفصل، عرفته بورنيما منذ بداية الحياة، وقفز قلبها عندما سمعت كلمة أمايا الأولى. كان لديهم رابطة اختراق مثل الأم وابنتها ؛ نتج عن ذلك التعاطف والرعاية والثقة والحب.

"كلما أفكر فيك، أرى والدتي، شعور بوجود والدتين. كتب بورنيما: "لا أستطيع فصل نفسي عنك ؛ أنت هناك من البداية".

بالنسبة لبورنيما، كانت الأم هي الأساس العاطفي لابنتها. "أنت مستمع جيد بلا حكم، ولا تهين أو تستخف أبدًا، ووقفت معي مثل الصخرة دون إظهار التسلسل الهرمي. هناك ثقة غير مشروطة وحب لا نهائي فيك. إنه أكثر بكثير مما يمكن أن يقدمه لي أفضل صديق ". شعرت بورنيما أن علاقتها مع أمايا كانت مرضية عاطفياً ومؤلفة نفسياً وغير قابلة للكسر بيولوجياً وعاكسة روحياً. لقد كانت رفقة مباشرة تقريبًا، بلا حرج، غنية، راقية ودائمة وجوديًا. "كل شابة تريد صديقًا آخر غير شريكها، وغالبًا ما يكون هذا الشخص والدتها ؛ أشعر أنك هذا الشخص في هذه الأيام. لقد افتقدتك جسديًا في طفولتي ورعايتك وحضورك المحب. كنت سأعجب بك في طفولتي كمعلم لي، ومعلم في مراهقتي، وصديق عندما كنت شابًا بالغًا ". كانت بورنيما صريحة.

توقفت أمايا أثناء قراءة البريد الإلكتروني وفكرت في سوبريا. كنت سأحميك من كل ما أعتقد أنه ضار. من الناحية البيولوجية والنفسية، كانت الابنة أكثر ارتباطًا بوالدتها، حيث كانت الأمهات أكثر تأثيرًا في حياة الطفل. يمكن للابنة أن تفهم بسهولة مزاج والدتها، لكن الأب لا يزال لغزًا. الأم متاحة دائمًا في عملية نمو الطفل، لكن الأب يظل غائبًا عاطفيًا وبعيدًا نفسيًا. كتبت بورنيما أنه من الأسهل على الطفل التواصل مع الأم لأن لغتها وإيماءاتها وردود أفعالها جذابة ومنشطة.

يعاني الأب من مشكلة في التواصل ؛ كلامه دقيق ورسمي وصعب لفهم المعنى. عندما يواجه الطفل قلقًا، سواء كان عاطفيًا أو تربويًا أو شخصيًا أو جنسيًا، يفضل الطفل المشاركة مع الأم وطلب المساعدة. يقدم الأب المشورة والتوجيهات عندما تستمع الأم إلى طفلها وتفهمه.

مرة أخرى، غمرت أمايا نفسها في البريد الإلكتروني.

"إنه لغز ؛ فقط الأم يمكن أن تكون حاملاً. لقد فكرت بعمق في الأمر ووجدت سببًا مباشرًا: إنها ليست فقط أسباب بيولوجية لحمل المرأة ولكن أيضًا استعدادها لتصبح أمًا، وتربية طفل، ومشاهدة الطفل يكبر وهو بالغ. إنها تحب طفلها الذي لم يولد بعد وتمدد حب الطفل عند ولادته. امرأة مستعدة للخضوع لألم الطفل الذي تحمله لمدة تسعة أشهر. تحمي الطفلة التي لم تولد بعد من جميع الأخطار، وتنتظر بفارغ الصبر وصولها لتغني التهويدة، وتداعبها ليل نهار، وتحملها بين ذراعيها وترضع حبيبي كلما بكى. إنه حب نقي وبسيط لا يرغب الأب في أدائه. يمكن للعلم الحديث أن يطور رحمًا لدى الذكر، لكن علم النفس الذكوري ضد الإنجاب وتربية الأطفال، حيث يكره الذكر إنجاب طفل داخله. سيكولوجية المرأة هي عكس ذلك تمامًا. إنها مستعدة لامتصاص الآلام الجسدية، وعلى استعداد للخضوع لصدمة الولادة وعذاب تربية الأطفال، والتي تحولها إلى فرحة لا نهاية لها. إنها تحمي طفلها في جميع المواقف، حتى الأب، وتتحمل الضيق في الدفاع عن الطفل. في الانفصال المؤلم، لا يمكن وصف سعي الأم لمقابلة الطفل ".

فجأة توقفت أمايا عن القراءة. "نعم، سوبريا، كان بحثي عنك شاقًا وأبديًا ولا يسبر غوره. فقط الأم يمكن أن تفهم ذلك. وبالمثل، بدأ بحثك عني بمجرد أن ولدت بداخلي. عندما ابتعدت عني، أصبح سعيًا مؤلمًا، سعيًا لا ينتهي بالنسبة لي للعثور على ابنتي الحبيبة. من الجيد أن يكون لديك نهاية لبحثك عن العثور على والدتك، ولكن لا تنهي رحلتك أبدًا، لأن ما يهم في

نهاية الرحلة هو الرحلة نفسها. الشخص الذي تبحث عنه قريب منها، ولكن عندما تجدها، يبدأ بحث جديد للعثور على شخص ما أو شيء ما أو وجهة جديدة. هذا هو معنى الحياة. لا توجد نهائية أو سلسلة متصلة أو نهاية في البداية ". كانت أمايا متأكدة من أن بورنيما كانت تستمع إليها، وتوقفت مرة أخرى.

كتب بورنيما: "طوال اليوم، كنت أراجع الملفات القديمة لوالدي". "فجأة، وجدت مجموعة من التقارير الطبية القديمة لوالدتي، محفوظة في مظروف أبيض، صادرة عن مستشفيات مختلفة في شانديغار ودلهي ولندن وبالو ألتو، حيث قضى والدي وأمي بعض السنوات كطلاب. كانت بعض التقارير من مستشفى مرسيليا حيث أخذ والدي والدتي لسلسلة من الفحوصات الطبية والجراحة. حوالي عشرين تقريرًا من الأطباء لمدة ست سنوات، معظمهم من أطباء أمراض النساء والتوليد والأورام. ذكر التقرير الصادر عن مستشفى في بالو ألتو أن والدتي لم تستطع الحمل أبدًا. ذكرت مستشفى شانديغار أن والدتي لديها فرصة أعلى من المتوسط للإصابة بسرطان المبيض في منتصف عمرها. خضعت والدتي لعمليتين في مرسيليا لإزالة مبايضها، التي كانت معيبة وغير قادرة على إنتاج البويضات، لمنع النمو السرطاني في المستقبل. شعرت بالذهول، قرأت التقارير ولم أتعافى من الصدمة.

"لم أفهم كيف يمكن لوالدي أن يلعبا مثل هذه اللعبة القاسية عليك، اللعبة الأكثر شراً ورعباً. لقد كان احتيالًا ؛ لقد أصبحت ضحيتهم. كان والداي مسؤولين بنفس القدر عن الفعل الشرير. التقى بك والدي في الكافتيريا في الجامعة في برشلونة بنوايا خبيثة، وسحرك بتمثيله، وأغريك بسلوكه. أنا متأكد من أنه قد أعطى الدواء المحظور لمرض الزهايمر لك، وخلطه مع النبيذ الأبيض لإبقائك في عالم من الهلوسة وتشريبك مع طفل. لقد اكتشفت أنك كنت دائمًا في مزاج مفعم بالحيوية والمحبة والرعاية والثقة. كنت في غيبوبة خفيفة ولكنها دائمة في جناح الولادة، وأجرى الأطباء عملية قيصرية عليك لولادتي. لم يذكر والدي كم من الوقت كنت في غيبوبة، لكنه كان واثقًا من أنه لا يوجد طبيب يمكنه تحديد سبب ذلك. وصلت والدتي إلى المستشفى في اليوم الأول من مرسيليا، وأخبرت سلطات المستشفى أنها شقيقتها. كانت أمي معك وأنا أربع وعشرين ساعة في اليوم لمدة ثمانية عشر يومًا. في النهاية، أقنع والدي الطبيب بالسماح له بنقل الطفل إلى المنزل للحصول على رعاية وراحة أفضل بدلاً من إبقائي في المستشفى حيث كنت في غيبوبة. بعد تلقي جميع اللقاحات اللازمة، أخذني والدي إلى لوتس، منزل برشلونة الخاص بك، وغادر والداي إلى مانشستر في نفس الليلة. صدمت مرة أخرى عندما اكتشفت من ملفات والدي أن اسم والدتي كان إيفا في سجلات المستشفى. في التقرير الطبي الصادر عن عيادة طبيب التوليد في مدريد، كنت إيفا. مرة أخرى، عندما زرت المستشفى في برشلونة لأول مرة، كان اسمك إيفا. لقد كانت جريمة مخطط لها مسبقًا، وتصرف والداي باحتيال لا يغتفر عليك. لقد وثقت بوالدي أكثر بكثير من قلبك، لكنه لم يحبك أبدًا، واحترمك، واعتبرك فردًا لديه عواطف واحتياجات نفسية وكرامة. لقد داس على حياتك دون أي شعور بالذنب. سامحني على الجرائم التي ارتكبها والدي. أحتاج إلى الخضوع للعقاب على جرائمه. توقفت أمايا عن القراءة. كانت عيناها مبللتان ؛ كانت تشعر بالدموع تتدحرج على خديها ".

"ولكن لماذا يجب أن تعاني من جرائم والدك، سوبريا ؟" سأل أمايا.

"لقد كان خداعًا يتجاوز الحدود، ولجعل أمي سعيدة، ومنحها دفعة نفسية، وإنقاذها من الميول الانتحارية، تصرف والدي بشكل شرير. بدا أن حبك كان ساذجًا وعابرًا وضعيفًا بالنسبة له. أستطيع أن أشعر بالعذاب الذي عانيته، والحزن الذي قدمته، والألم الذي عانيته. ربما بحثتم عني في جميع أنحاء العالم لسنوات معًا ؛ ربما حلمتم بي، وفكرتم بي حتى في نومكم، وتوقتم لقضاء بضع دقائق على الأقل معي. لقد أعطيتني أجمل اسم، سوبريا، أي أكثر المحبوبين. [NEUTRAL]: أعشق حبك وتحملك واحترامك لذاتك وقناعتك وتصميمك. في مواقف غير عادية، يختار الطفل الأم بدلاً من الأب، الذي لا يستطيع تحمل دموع الشخص الذي أنجبها ولكن يمكنه تجاهل رثاء الأب ". قرأ أمايا تلك الفقرة مرتين.

"أنت أمي العزيزة. أتفهم معاناتك على مدى السنوات الأربع والعشرين الماضية. دعني أعانقك بحب هائل لحبك ؛ أحبك يا أمي الحبيبة. هل لي أن أدعوك أمي ؟

سوبريا الخاص بك ".

بكى أمايا بصمت لبعض الوقت. قالت أمايا في قلبها: "عزيزتي سوبريا، أنا أحبك". لقد كان في الواقع خداعًا غيّر الحياة بشكل دائم، لا يطاق ومدمر، أبعد من الخيال. حتى بعد أربعة وعشرين عامًا، كان بإمكانها تذكر كل حادثة. كانت الساعة حوالي السادسة مساءً. عندما فتحت أمايا عينيها، كان هناك مجموعة من الأطباء، واستغرق الأمر بعض الوقت لرؤيتهم. "إيفا"، سمعت شخصًا ينادي. "إيفا، ستكونين على ما يرام. قال الطبيب: "لا تغمض عينيك". ساعدها الأطباء على الجلوس على السرير. كان بإمكانها رؤية العديد من الأنابيب المتصلة بجسدها، وقام الأطباء بإزالتها. شعرت أمايا بالراحة وأصبحت واعية بنفسها ومحيطها. سألت فجأة: "أين طفلي ؟". أجاب الطبيب: "إنها بخير". "أريد أن أراها. أرجو أن تريني يا حبيبتي "، توسلت أمايا. أكد الطبيب: "أنت بحاجة إلى مزيد من الراحة ؛ سنريها لاحقًا".

أعطت ممرضة أمايا عصير البرتقال للشرب. ثم نامت أمايا حتى الصباح، حوالي الساعة السابعة.

"إيفا، كنت في غيبوبة لمدة اثنين وعشرين يومًا. قال الطبيب عندما استيقظت في اليوم التالي: "يبدو الآن أنك بخير". تساءلت أمايا لماذا كان الطبيب يدعوها إيفا. نظرت إلى الطبيب في دهشة لكنها لم تقل أي شيء.

"بمجرد وصولك إلى هنا، دخلت في غيبوبة، وأجرينا عملية قيصرية على الفور. ابنتك بخير ؛ أنت أيضا. كنا قلقين قليلاً لأننا لم نتمكن من العثور على سبب الغيبوبة ".

"أين طفلي ؟" سألت أمايا.

"إنها بصحة جيدة ولطيفة. يمكنك العودة إلى المنزل اليوم ورؤية ابنتك. أخذها زوجك إلى المنزل في اليوم الثامن عشر. قال الطبيب: "وجدنا أنه من غير الضروري إبقائها في المستشفى لفترة طويلة".

"هل هي بخير ؟" استفسرت أمايا.

"بالطبع، هي كذلك. طفلك هو طفل كامل، ولد في الأسبوع السابع والثلاثين. وفقًا لقواعد المستشفى، يمكن للأم والوليد العودة إلى المنزل بعد ثمان وأربعين ساعة من الولادة. بينما

كنت في غيبوبة، فكرنا في إبقاء الطفل في المستشفى لفترة أطول. ولكن في وقت لاحق، سمحنا لزوجك بأخذ الطفل إلى المنزل ".

قالت أمايا وهي تحاول أن تبتسم: "إذن، طفلي في المنزل".

"نعم، إنها بخير. قال الطبيب: "كانت أختك هنا وتعتني بك وبالطفل".

"أختي ؟" تفاجأت أمايا إلى حد ما ونظرت إلى الطبيب. اعتقدت أن هناك بعض الارتباك، وقد يتحدث الطبيب عن شخص آخر.

"نعم. جاءت أختك في نفس اليوم الذي ولد فيه الطفل. لقد كانت مساعدة كبيرة ولطيفة للغاية ومهتمة. وأضاف الطبيب: "لقد اعتنت بكما جيدًا". وجدت أمايا أن ما كان يقوله الطبيب غير مفهوم. قد تكون هوية خاطئة.

"أين كاران ؟" تساءلت أمايا.

"كان هنا كل يوم. أنت محظوظ لأن لديك مثل هذا الرجل المحب. خلال الأيام الأربعة الماضية، لم أره هنا ؛ قد يكون مشغولاً بالطفل في المنزل "، أجاب الطبيب كما لو كانت حريصة على عدم إيذاء مشاعر أمايا، لكن أمايا شعرت بخطأ أكبر مما أوضحه الطبيب.

"إذن، كنت وحدي خلال الأيام الأربعة الماضية ؟" سأل أمايا.

"لا تقلق. نحن هنا لرعايتك. أنا متأكد من أن زوجك سيعتني بالطفل "، حاول الطبيب مواساة أمايا.

تناولت أمايا إفطارًا خفيفًا. حاولت التفكير في طفلها، لكن عقلها كان فارغًا. ثم خضع أمايا لسلسلة من الفحوصات الطبية استمرت لمدة ثلاث ساعات تقريبًا. أخذت قيلولة بعد الغداء، وعاد الطبيب حوالي الساعة الخامسة مساءً. "أنت بصحة جيدة ؛ لا تقلق، يمكنك العودة إلى المنزل اليوم إذا أردت ؛ وإلا، صباح الغد. تعال مع الطفل بعد أسبوعين "، حسب تعليمات الطبيب.

"من فضلك أعطني الفواتير. قالت أمايا: "يمكنني تحويل المبلغ".

"لقد دفع زوجك بالفعل النفقات مقدمًا. أوضح الطبيب أن هناك بعض المبلغ المتبقي في حسابك ".

قالت أمايا: "ليكن هناك ؛ سنأتي مرة أخرى".

قال الطبيب: "بالمناسبة، حاولت الاتصال بزوجك مساء أمس ؛ يبدو أن هاتفه كان معطلاً".

نظرت أمايا إلى الطبيب في دهشة. أرادت أن تقول شيئًا لكنها لم تفعل.

"هل أحاول مرة أخرى ؟" طلب الطبيب إذن أمايا.

أجابت أمايا: "شكرًا لك يا دكتور على لطفك، لكنني سأتصل به".

حاولت أمايا الاتصال بكاران عدة مرات عندما غادر الطبيب، لكن الهاتف كان معطلاً، كما قال الطبيب.

في غضون ساعة، عاد الطبيب مع نسخة من شهادة ميلاد الطفل. قال الطبيب: "لقد أصدرنا بالفعل شهادة ميلاد ابنتك لزوجك"، مع إعطاء نسخة إلى أمايا.

اطلعت أمايا على الوثيقة المكونة من صفحة واحدة، الصادرة في الثامن عشر من أغسطس. كان تاريخ ميلاد الطفل هو الحادي والثلاثين من يوليو، الساعة الحادية عشرة والنصف صباحًا، أنثى. كان اسم الأب كاران أ، وكانت الأم إيفا كابور. لم تصدق أمايا عينيها ؛ اعتقدت أنها لم تكن في العالم الحقيقي، وشعرت بالشلل، وغير قادرة على التفكير في أي شيء آخر. جلست هناك لبعض الوقت، تنظر إلى شهادة ميلاد ابنتها.

عاد الطبيب وأعطاها التقرير الطبي الملزم دوامة، وثيقة من مائة صفحة. "يرجى الذهاب من خلال ذلك بدقة ؛ وسوف يساعد. حتى بعد الاختبارات والتحليلات المتكررة، فشلنا في فهم سبب دخولك في غيبوبة. من الناحية العصبية، أنت لائق بنسبة في المائة ؛ لا يوجد شيء خاطئ فيك. لكننا وصفنا لك بعض أقراص الفيتامينات للأشهر الثلاثة المقبلة. اقترح الطبيب استشارة طبيب الأعصاب كل ثلاثة أشهر للعام المقبل ".

أجابت أمايا: "بالتأكيد يا دكتور". "الآن، هل يمكنني العودة إلى المنزل ؟" طلبت إذن الطبيب.

قال الطبيب: "يمكن للشريك السائق الوصول إليك في المنزل".

طمأنت أمايا الطبيب: "شكرًا لك يا دكتور ؛ يمكنني أن أتدبر أمري".

قال الطبيب وهو يصافح أمايا: "اعتن بنفسك".

أجابت أمايا: "أنا ممتنة لك يا دكتور".

كانت سيارتها في موقف السيارات في المستشفى، ولم تواجه أمايا أي مشكلة في القيادة. عند وصولها إلى المنزل، لاحظت أن المرآب كان فارغًا، وكانت سيارة كاران مفقودة، وكانت الدراجة النارية في اسطبل الدراجات. "أين ذهب ؟" سألت أمايا نفسها. صرخت: "كاران"، لكن لم يكن هناك رد. نادت أمايا مرة أخرى: "كاران". أدركت أنه لا أحد في المبنى شعر بقشعريرة في قلبها ؛ الخوف غمرها. أغلقت أمايا المرآب في الداخل وفتحت الباب الجانبي للمنزل ؛ أخافها الظلام. صرخت: "كاران، إنها أمايا"، وتردد صدى الصدى لعدة ثوانٍ داخل أذنيها. لأول مرة، كانت أمايا في المنزل دون كاران. لم تشهد أمايا من قبل غيابه داخل جدران منزلهم الأربعة. أشعلت أمايا الكهرباء، وفزعها الضوء المفاجئ ؛ لم تستطع تحمل رعب البقاء بمفردها في المنزل. صرخت أمايا بصوت عالٍ قبل أن تنهار على الأرض: "سوبريا". وجدت صعوبة في التنفس لكنها حاولت رفع رأسها. تحول الخدر والقدمين واليدين إلى برودة، والعقل فارغ. لم تستطع التفكير في أي شيء. كان الأمر كما لو أن الموت اخترق كل خلية من خلايا جسدها. ظلت أمايا بلا حراك لساعات عديدة ؛ نامت على الأرض حتى الصباح.

على الرغم من الجوع والعطش، ظلت أمايا على الأرض لساعات عديدة، تنظر إلى السقف. شاهدت الثريات والمروحة والتعليق واللوحات على الحائط. نهضت أمايا ببطء، وسارت إلى المطبخ وفتحت الثلاجة المليئة بالمواد الغذائية. أخذت علبة حليب مكثفة، وذهبت إلى المطبخ، وغليها، وأعدت القهوة، ووقفت بالقرب من الموقد وشربت قدحًا كاملاً. كانت هناك

علب شوفان على رفوف المطبخ، وصنعت عصيدة، تضيف الحليب والسكر. أخذت أمايا وعاءً مليئًا بالعصيدة، وسارت إلى قاعة الطعام، وجلست على الكرسي الجانبي على الطاولة وابتلعته في غضون دقائق. لا تزال جائعة، بحثت عن شيء آخر في الثلاجة ؛ كان هناك البايلا في وعاء كبير ؛ بعد صب بعضها على طبق، وقفت بالقرب من الثلاجة، وأكلتها ببطء.

شعرت بالإرهاق والدوار وسقطت على الأرض ونامت بجانب طاولة الطعام، وهي تحلم بسوبريا. كانت أمايا في المنزل مع روز، تعزف على البيانو. فجأة، سمعت طرقًا خفيفًا على الباب. "ماما، هناك من يطرق الباب. سأذهب وأرى "، قائلاً إن أمايا صعدت إلى الباب وفتحته. تبعت روز أمايا ووقفت خلفها. رأت أمايا امرأة شابة طويلة ترتدي الجينز وقميصًا تقف أمامها. "ماما، أنا سوبريا الخاصة بك ؛ كنت تبحثين عني في المستشفى"، مع ابتسامة مشرقة، عرفتها الشابة. نظرت إليها أمايا ؛ كانت سوبريا نسخة طبق الأصل منها. قالت روز من الخلف: "أمايا، إنها أنت". "سوبريا"، صرخت أمايا وركضت نحوها كما لو كانت تريد أن تعانق مولها. فجأة فتحت أمايا عينيها وفوجئت عندما أدركت أنها كانت مستلقية على الأرض. "سوبريا!" صرخت أمايا. "أين أنت ؟ أنا أبحث عنك ". كان صوتها أجش.

كانت الساعة الثالثة صباحًا، ودقت ساعة الحائط. جلست أمايا على الأرض، ونظرت حولها، وذهلت للمشي من غرفة إلى أخرى، حيث أخافها الضجيج. اختبرت الخوف من الظلام والظلال والأضواء والسكون والصمت. تهديد لم يكن مرئيًا يلوح في الأفق، وتخيلت مخاطر تحوم حولها، مما يخلق ذعرًا وقلقًا شديدين. كان هناك شيء كامن في جميع أنحاء المنزل ؛ بدأت تتعرق بخفقان عالٍ ونظرت حولها بيقظة شديدة. أصبح فمها جافًا، وشعرت ببرودة في جسدها وألم في الصدر مع ضربات قلب سريعة. عانت أمايا من تمخض في بطنها وغثيان وركضت نحو المرحاض وهي ترتجف وتتقيأ مرارًا وتكرارًا. كان شيء ما يتحرك على حافة النافذة مثل ظل الزواحف ضد الظلام، الذي بدا مهدداً. ركضت إلى قاعة الطعام واختبأت تحت الطاولة. أزعجها الغموض والصمت. لقد كان خوفًا من الخوف، لأن التفكير في الخوف نفسه كان مروعًا. جلست تحت الطاولة، وأرادت أن تكره الظلام وشعرت بالحزن إزاء تشغيل وإطفاء الأنوار، مع العلم أن خوفها من الظلام كان غير معقول ولكن لا يمكن أن يساعد رد فعلها. أخافها الضوء، عارية هنا، عارية مثل الدلفين، تلد عجلاً.

aيومًا بعد يوم، نما الخوف من الظلام والضوء، وتفاقمت استجابة الخوف حيث رفضت أمايا النوم في غرفة النوم وصنعت مهدًا مع بطانيتين وملاءات سرير ووسائد في قاعة الطعام، حيث شعرت بالأمان. في بعض الأحيان رأت شعر كاران يتدلى من زوايا منزل مختلفة وصرخت بصوت عالٍ. أثناء الطهي، أبقت أمايا سكين المطبخ بالقرب منها، جاهزة للاستخدام، وأحيانًا تم قطعها مرارًا وتكرارًا بالشفرة في الهواء مثل مقاتل سيف الساموراي، كما لو كان يقاتل العدو غير المرئي. أثناء وجودها في لوريتو، مدريد، رأت أمايا يوجيمبو، الحارس الشخصي، من إخراج أكيرا كوروساوا، وأبدت إعجابها بالبطل المجهول في الفيلم. احتفظت أمايا بسكين مطبخ آخر تحت الوسادة للقتال مثل محارب الساموراي. لم تطفئ المصباح أبدًا، وتغطيه بملاءة سرير خفيفة أثناء الليل، حيث كان الظلام المطلق يقلقها، والصمت التام المتحجر والضوء الخافت يطاردها. أثناء محاولتها النوم، رأت حواف ألف من المنحدرات من الوديان التي لا قاع لها، وظهرت معارك غريبة بالأيدي ومعارك بالرمح

للفضائيين ومصارعات الثيران للمخلوقات العملاقة. شعرت أمايا بالانزلاق إلى عالم من المعاناة والموت يتجاوز الطبيعة. كانت هناك طيور، بحجم طائرة جامبو تحلق فوقها، تتطلع إلى الصلاة، واختبأت تحت طاولة الطعام، مستشعرة أنها تنزلق إلى عالم من جنون العظمة والخوف من الذهان.

كان فقدان الاتصال مع نفسها بارزًا في البداية، إلى جانب الهلوسة والأوهام في أفعالها وأفكارها. ظهرت كائنات غير موجودة، ووجدت صعوبة في فصل الحقيقة عن الخيال. كانت الظهورات مثل البرق، وسمعت أصواتًا، ورائحة كريهة غير موجودة ؛ غمرت الأوهام عقلها، وشكلت ارتباكات لا تتوقف، ورغبة في الموت عن طريق ضرب رأسها بمطرقة أو سحقها تحت مدحلة. في بعض الأحيان، كانت ترسي المناقشات كما هو الحال في قناة إخبارية تلفزيونية. وانخرطت في جدالات لا نهاية لها مع أشخاص آخرين، وتحدثت الفرنسية والكاتالونية والأوسكرا والإسبانية والإنجليزية والهندية والمالايالامية، وعبرت عن أعراض الفصام، وحاول المشاركون عبثًا تهدئتها. استمر النشاز لساعات ؛ كانت هناك معارك بالأيدي بين المتحدثين المدعوين.

تغير مزاج أمايا ؛ في بعض الأحيان، ضحكت بلا نهاية، وصرخت عليها لساعات معًا، وبكت باستمرار، وعانت من الحزن والأسى لعدة أيام. واجهت صعوبة في التركيز والطبخ والأكل والنوم. تدريجياً، ملأ القلق عقلها بالاحتفال بعزلتها والشعور بصعوبة في تنسيق يديها وساقيها. واجهت مشكلة في الاستحمام وتنظيف أسنانها وتمشيط شعرها وغسل الملابس وتنظيف المنزل. أصبح تسامحها منخفضًا، وصرخت على نفسها مع زيادة التوتر. استيقظت في منتصف الليل، وركضت داخل المنزل بلا هدف، وفشلت في الشعور بأن أفكارها وأفعالها تتناقض وتبدو غريبة بالنسبة لها. راود أمايا كابوس حوالي الساعة الثانية صباحًا وبدأ يركض بلا هدف داخل المنزل، واصطدم بالجدار، وسقط مسطحًا، وأصبح فاقدًا للوعي وبقي هناك حتى الظهر التالي. شعرت بألم جسدي فظيع، لكن لم تكن هناك إصابة، لكنها عانت من بعض التغييرات لأنها استطاعت التفكير بشكل مناسب ومقنع.

كان بالفعل شهرين ونصف الشهر لأمايا داخل المنزل، متناسين العالم الخارجي ومظهره وألوانه وأصواته. أصبحت المساحة الشاسعة للبحر الأبيض المتوسط وشواطئ برشلونة ومتاهات المدينة القديمة غريبة عليها. فجأة، كانت لديها رغبة عميقة في الذهاب والوقوف على الشرفة الجنوبية لمنزلها لرؤية السياح يحتفلون بأمسياتهم. تخلت عن مخاوفها ومثبطاتها، وفتحت الباب ؛ وشعرت بالدهشة لرؤية ضوء الشمس والعالم وألوانه وحركاته وتغيراته المتنوعة. وقفت في المعرض لفترة طويلة ؛ لقد كان مغيرًا للعبة على الرغم من أنها شعرت بالوحدة.

في تلك الليلة نامت أمايا في غرفة النوم المجاورة لغرفة الجلوس. في الصباح، قامت بتنظيف أسنانها، وأخذت حمامًا بالماء الدافئ، وأعدت وجبة الإفطار. قامت أمايا بتنظيف المنزل وغسل ملابسها وطهي الطعام حتى بعد الظهر. أثناء تناول الغداء، فكرت في الذهاب إلى الشاطئ في المساء. ثم ذهبت إلى الدراسة ؛ كانت الكتب هناك، والكمبيوتر سليم. أثناء التحقق من رسائل البريد الإلكتروني الخاصة بها، وجدت العشرات منهم ينتظرونها. شعرت أمايا بالدهشة لرؤية واحد من مصرفها، وهو تحويل خمسة كرور روبية من "صديق، لم يرغب في الكشف عن اسمه". غمغمت أمايا بأنها الدية، ثمن إنجاب طفل. ثم بكت بصمت.

قبلت أمايا أن والد الطفلة سرقها سوبريا. "لكنه لا يستطيع التفكير ؛ لقد اشترى الطفل"، غمغم.

في المساء، خرجت أمايا. بدا العالم جديدًا، وسارت بسرعة. استغرق الأمر حوالي عشرين دقيقة للوصول إلى الشاطئ. كان البحر أزرقًا وهادئًا، والأمواج لطيفة، والنسيم يانع. كان الساحل مليئًا بالألوان، مع مئات الأطفال والنساء والرجال. تجولت أمايا، في محاولة للاستمتاع بوجودها ؛ شعرت بواحد مع البحر، والوافت، والشاطئ، والسماء، والنجوم والكون كله. كانت تجربة جديدة ولطيفة، وفكرت في الحفاظ على هدوء رأسها، وعدم الغضب من الفرص الضائعة، والعلاقات المتوترة، والغش والخداع. قطعت عدة كيلومترات وشعرت بالسعادة. كان العشاء في كشك وأسماك مقلية ودجاج وبابيلا ؛ وهي واقفة، أكلت الطعام واستمتعت به. أرادت أمايا أن تنسى كل ما حدث. ثم عادت إلى المنزل ونامت حتى حوالي منتصف الليل.

بعد الإفطار، عزفت أمايا على البيانو ؛ لمست الموسيقى قلبها. شعرت بالدهشة لرؤية أصابعها تتحرك على لوحة المفاتيح. كان البيانو جسدها وعقلها متشابكين بشكل لا ينفصم. تذكرت والدتها المحبة، والدروس الأولية للحياة التي اكتسبتها من والدتها وأمها وأمها، وحتى العزف على البيانو. كانت راهبات لوريتو، اللواتي علمنها موسيقاها الكلاسيكية، مكرسات بنفس القدر بقلب متعاطف. في المساء، سبحت أمايا في المسبح ؛ طفت في الماء، ونظرت إلى السماء الزرقاء.

مرة واحدة في الأسبوع، كان أمايا يمشي لمسافات طويلة في شوارع المدينة، وينظر حوله ويتواجد في الحشد، ويستمع إلى مجموعات صغيرة من الموسيقيين من البرازيل والأرجنتين وتشيلي والمكسيك، ويزور إسبانيا والبرتغال وفرنسا، ويعزف على مختلف الآلات الموسيقية. كان لموسيقاهم سحر فريد من نوعه ؛ ورووا قصصًا عن حب الأزواج الشباب وانفصالهم. لطالما أسقطت أمايا حفنة من المال في قطتها. في أحد الأيام، رأت زوجين من الغجر يرتديان أزياء ملونة ؛ عزف الشاب على الكمان والبيانو مع زوجته. طلبت أمايا من المرأة الإذن بالعزف على البيانو، فوافقت. لعبا معًا لبعض الوقت ؛ ثم سمحت المرأة لأمايا بلعبها بمفردها. عزفت أمايا بعض الأغاني الهندية عن الحب والتكاتف، وتجمع حشد من الناس. ابتكرت السحر على لوحة المفاتيح لمدة ساعة ؛ كان الزوجان سعيدين لأنهم جمعوا أكثر من ضعف المال في ذلك اليوم. أثناء مغادرتهم، عرضوا على أمايا جزءًا من أموالهم، لكنها أعادتها إليهم بابتسامة.

شعرت أمايا بالوحدة، ووصلت إلى المنزل كما لو أن لا شيء أعطاها ملء الفرح، وشيء مفقود داخلها، وزادت الوحدة يوميًا. لا يمكن لأي طبخ أو موسيقى أو سباحة أن يساعدها مع نمو الفراغ وابتلاعه لها. كانت عزلة لا إرادية، والتعرض للفراغ، وفقدان العلاقات، وغياب شخص لمشاركة حياتها. في منتصف الليل، نهضت فجأة وتساءلت عن مكانها ولماذا كانت هناك، ونظرت أمايا حولها، معتقدة أنها كانت وحيدة، وحيدة تمامًا. أرادت التواصل ؛ لم تكن تعرف مع من تتصل وتتحدث وتشارك، ولكن لا أحد. كانت هناك فجوة لا يمكن سدها تمتد إلى ما لا نهاية، وحاولت مرارًا وتكرارًا تشابك الخرق دون جدوى. فشلت في إقامة علاقات إنسانية مؤثرة ودافئة ومريحة وسلسة. جعدتها الأحلام والواقع، وسقطت على إخفاقاتها مثل قطعة من صحيفة قديمة باهتة.

أخبرها صوتها الداخلي أنها تفتقر إلى الرفقة، والشعور بالابتعاد عن شخص يجب أن يكون أقرب أو حولها أو داخلها. أصبح الشعور بالرفض شديدًا ؛ اشتدت الوحدة، والوعي بالفشل في إثبات الوحدة مع الآخرين، وعدم الأصالة. كان هناك شيء خاطئ داخل الجدران الأربعة لطوبها، فراغ، لا شيء: لا خطوات إضافية، لا تنفس ثقيل، ظلال متحركة ورائحة الحبيب. لا أحد يحتضن، ولا روح يسأل: "كيف حالك ؟ كيف حالك ؟" أو لتحية: "مرحبًا أمايا!" غمرها وجود الفراغ والعدم السائد واتساع الفراغ وعدم فهم الوحدة. لقد أدركت علامات الرفض المحتمل، والعزلة، والتحيزات السلبية في كيانها، والشعور بأنه من الأفضل تجنب حتى والديها والعيش حياة ناسك، سانياسين الذي ترك كل شيء للفراغ.

كانت تموت وحيدة ؛ كان الفزع يتحطم. لن يكون هناك أحد يلاحظه، لأنها أغلقت جميع الأبواب من الداخل ؛ سيتحلل جسدها ويتفكك، وستقع الجمجمة والهيكل العظمي الفارغان في زاوية المنزل أو بالقرب من حمام السباحة. ضحكت أمايا بصوت عالٍ، على الرغم من أن رأسها المفتوح بلا جلد وبلا شعر يضحك عليها، ويطرح أسئلة: "لماذا يجب أن أموت ؟ لماذا لا تبحث عن سوبريا، وتعثر عليها، وتنقذ حبيبك الصغير ؟" أين سأجدها ؟" بينما كانت تسأل نفسها، ركضت أمايا نحو الدراسة. بحثت طوال اليوم على الكمبيوتر عن مكان طفلها وكاران. فجأة، كان الوحي أنها لم تكن تعرف حتى الاسم الكامل لكاران. على شهادة ميلاد الطفل، كان كاران أ اسمه. بحثت أمايا لتحديد البيانات الحيوية لكاران أو أي تفاصيل أخرى دون جدوى. ومض وعي مفاجئ في ذهنها ؛ لم تكن تعرف أي شيء عن كاران. كانت أسئلته المثيرة للاهتمام هي والداه والمكان الذي ولد فيه، وفي أي مدينة أو ولاية ينتمي، وعنوانه، ومهنته، وما إذا كان مواطنًا هنديًا أو إسبانيًا أو فرنسيًا أو أمريكيًا. وثق به، وآمن به تمامًا، ولم يكلف نفسه عناء السؤال عن أي شيء عنه. حاول بشكل بائس تذكر وجهه، حيث لم تكن هناك صورة له، حتى على الكمبيوتر. لم تنقر أبدًا على صورة له خلال رحلاتها المكثفة عبر إسبانيا. نسيت التقاط صورة لكاران معها عندما كانا في المنزل، أو تناول الطعام، أو العزف على البيانو، أو السباحة في المسبح، أو المشي على الشاطئ. هزال وجهه من الذاكرة مثل سراب أو أوراق متساقطة من أشجار التفاح في بداية فصل الشتاء. لم تكن تعرف شيئًا عن كاران، الذي عاشت معه لمدة عام، والذي حملها بسوبريا، التي سرقها.

أمايا، لماذا تبقين هنا منعزلة ؟ إلى متى ستبقى هنا ؟ ما هو هدفك من العيش هنا ؟ لم تستطع الإجابة على أي منها. دعني أخرج وأبحث عن سوبريا في جميع أنحاء العالم. كان قرارًا حاسمًا، وحزمت أمتعتها للذهاب إلى لندن. لكنها لم تكن تعرف لماذا اختارت لندن، بالضبط أين ستبحث في لندن عن سوبريا، وإلى متى. استقلت أمايا رحلة إلى لندن في غضون يومين.

البحث عن الابنة

كان اختطاف سوبريا أكثر الأحداث المحزنة في حياة أمايا، وفشلت في إقناع عقلها بأن كاران يمكنه القيام بذلك. ارتجفت في قلبها، واستمرت لفترة طويلة. تسببت الخسارة في الألم والحزن، وأفعال كاران عار وكرب. في بعض الأحيان كان العذاب لا يطاق، حيث كان هناك شعور بالضغط على رأسها في آلة. جلب الإذلال صمتًا عميقًا ؛ شعرت بالحرج من التحدث إلى الناس وتجنبت النظر إليهم. عرف الجميع في لندن قصتها ؛ كانوا يتحدثون عنها، ويضحكون عليها، مما أجبرها على البقاء منعزلة. فقدت التواصل مع محيطها المليء بالفضائيين. كان التفاعل مع الآخرين تجربة مهينة ؛ لقد نسيت الكلمات والعبارات واللغة، حتى أسماء الأشياء والأماكن. غالبًا ما فشلت في تذكر الأفعال المناسبة لشرح فعل ما ؛ تساءلت عن كيفية وصف البيئة المحيطة بها والتعبير عن فهمها للعالم من خلال اللغة.

شعرت أمايا بالوحدة والحزن وبدأت تكره نفسها دون أن تخطو خارج غرفتها في الفندق. تشكك في كل شيء في ذهنها، تخيلت في بعض الأحيان أن زيارة مدبرة المنزل اليومية كانت لاختطاف ابنتها وبحثت بشكل محموم في كل مكان لمعرفة ما إذا كانت سوبريا آمنة. خلق إدراك أن سوبريا كانت مع والدها العزاء لمدة دقيقة، لكن الحزن والعار على الفور داسا عواطفها وتوازنها العقلي. لم تفكر أبدًا في العواقب السلبية التي قد تحدث لها بسبب خوفها المستمر على سلامة سوبريا. في غضون أسبوع من الوصول إلى لندن، رأى أمايا زوجين مع طفلهما في عربة أطفال على الجانب الآخر من التقاطع أثناء عبور زاوية أبيكس. فجأة بكت أمايا بصوت عالٍ، ونادت اسم ابنتها مرارًا وتكرارًا وهرعت نحو الزوجين. وهي تتدافع عبر المشاة، حاولت عبور الطريق، الذي نظر إليها في دهشة. عند الوصول إلى الجانب الآخر، سار شرطي بسرعة نحوها. "ماذا حدث لك ؟ سأل الشرطي: "لماذا تصرخ ؟". "طفلي، طفلي"، أشارت إلى الزوجين، وعربة الأطفال، على بعد حوالي خمسين مترًا. كانت كلماتها ترتجف، وجسدها يرتجف بعنف، وخطواتها غير مستقرة. بعد تمرير رسالة إلى الشرطي التالي على جهاز اللاسلكي الخاص بها، سار بوبي بسرعة مع أمايا إلى الزوجين، وتوقفت أمامهما شرطية أخرى. كانت هناك مفاجأة على وجوه الزوجين بينما وقف أمايا والشرطة أمامهما. هتف أمايا: "إنهم ليسوا كذلك". "سيدتي، سيدي، آسف على الإزعاج الذي تسبب فيه"، أعربت بوبي عن أسفها للزوجين، اللذين استأنفا دفع العربة بلطف في وقت واحد كما لو أن شيئًا لم يحدث. سأل الشرطي الثاني أمايا: "سيدتي، هل أنت بخير ؟". لكن أمايا لم تهتم بما كانت تطلبه أو لم تفكر في الكلمات التي سمعتها للتو.

تجولت لأيام دون هدف، خافت من النظر إلى وجوه الناس من خلال الإيماءات وتعبيرات الوجه. ولأنها لم ترغب في رؤية وجه كاران، تجنبت النظر إلى وجوه الناس، لكن قلبها دق على ذكرى سوبريا. كانت محاولة التعرف على كاران دون تذكر وجهه صراعاً مستمراً. كان كل عابر سبيل هو كاران، وكان هناك ارتجاف داخلي حول اللقاء الوشيك معه. في الأسبوع المقبل، جلست في محطة ناشيونال إكسبريس للحافلات، تراقب ركاب الحافلة يدخلون أو ينزلون. في الأسبوع التالي، كانت في محطة فيكتوريا للحافلات ومحطة ألدغيت

للحافلات، معتقدة أنها ستركض نحوه بمجرد ظهوره وتنتزع طفلها من يده دون النظر إلى وجهه. ثم كانت تمشي بلطف مع ابنتها الحبيبة.

أثناء سفرها عبر المترو تحت الأرض عدة مرات، وتفكر في مواجهاتها البطولية، وتوجع يدي كاران وتنقذ سوبريا، ضحكت وبكت بصوت عالٍ، ونسيت البيئة المحيطة. وقفت مثل تمثال لساعات معًا، ووقفت عند مدخل ألبرتون، وبرنت أوك، وشارع جودج، وليتون، وأرنوس جروف، وكروكسلي، ومحطات وودسايد بارك، تراقب الركاب بشك. أدارت وجهها كما لو أنها لا تملك الشجاعة للتواصل البصري كلما اقترب منها شخص ما. بمجرد وصولها إلى الفيل والقلعة، عرضت امرأة شابة تراقب خطواتها غير المستقرة مساعدتها في عبور الطريق، وأعطتها أمايا نظرة صارمة. تذمرت قائلة: "أنا لا أثق بك".

خلال الشهر الثاني في لندن، بقيت أمايا بدون طعام لعدة أيام، معتقدة أن الذهاب إلى مطعم كان إهانة ذاتية، حيث كان عليها التحدث إلى النادل أثناء إصدار أمر. بمجرد أن شعرت بالجوع، حشدت ما يكفي من الشجاعة للذهاب إلى مطعم على جانب الطريق بالقرب من غرين بارك ووقفت هناك لمدة نصف ساعة دون تقديم طلب. أرادت خدمة الغرف في الفندق ولكنها غالبًا ما استبدلت جهاز الاستقبال بعد الاتصال بالهاتف. "سيدتي، هل اتصلت ؟" كانت هناك استفسارات متكررة، وفضلت أمايا الحفاظ على صمت مميت. في الشهر الأول، شاهدت النصب التذكاري للحرب البولندية من فندقها، ولكن في وقت لاحق، أغلقت النوافذ بإحكام، وليس للاتصال بالعالم الخارجي. كان من الصعب عليها النوم أكثر من ساعتين في اليوم، وفقدت الاتصال بالتمييز بين النهار والليل. نظرًا لأن مفهوم وقتها أصبح شبكة من الثواني والدقائق نحو ما لا نهاية، توقفت الساعات والأيام عن الوجود. كانت الصدمة التي عانت منها لا حدود لها ؛ لقد لفتها في سكون، ولكن على الدوام، تصارعت مع نفسها للهروب من قبضتها.

أدى الشعور بالذنب إلى تحريف أمايا بالعجز وانعدام الأمن، ولعنت نفسها لوثوقها بكاران دون التشكيك في نواياه. تساءلت في بعض الأحيان عما يبدو عليه أو ما إذا كان حقيقيًا. لكن شيئًا واحدًا تذكره أمايا عنه: كان لديه شعر طويل جعله جذابًا للغاية. لم تكره أمايا كاران أبدًا، لأنها لم تستطع أن تنسى الحب والرعاية والحماية التي أظهرها لها لكنها شعرت بألم خيانته وخداعه. كان الألم الذي عانت منه أعلى بمئات المرات من ألم ألجيا في الأساطير اليونانية. لقد كان إدراكًا شاطئيًا لعجزها عن وقف فداحة البؤس الذي عانت منه من شخص شاركته حبها وثقتها وفرحها الجنسي وتكاتفها الحميم لمدة عام. قرص الاعتراف نفسها الأعمق وحطم ثقتها في نفسها والبشر الآخرين. لماذا وكيف حدث ذلك لشخص متعلم وعقلاني، امرأة سافرت إلى جميع أنحاء العالم، التقت بمئات الأشخاص في مواقف متنوعة وحللت السلوك البشري في ظروف مختلفة ؟ لم تستطع أن تقبل أن الشخص الذي درس في أفضل المؤسسات التعليمية وتخرج في الصحافة والقانون أصبح ضحية خداع. استكشفت سبب ابتلاعها لنفسها في مثل هذا المستنقع، مدركة بضمير وخز أنه على الرغم من توسع عقلها وشحذ تفكيرها ونمو معرفتها، إلا أن عقلها ظل جامدًا وغير منضبط. ونتيجة لذلك، فشلت في اتخاذ القرارات المناسبة لحماية نفسها من الخيانة والخداع.

تغلب الضيق على أمايا، مع العلم أنها لا تستطيع حماية ابنتها. مرضت جسديًا وعقليًا، مما أدى إلى الشعور بالوحدة والعزلة وضعف الحكم على ما يجب فعله لتحسين حالتها ؛ كرهت

مشاهدة صورتها في المرآة. أخافها الفستان البري غير المهذب والشعر الأشعث والعيون المنتفخة. كان تغطية المرآتين بصحيفة قديمة - واحدة في غرفة النوم والأخرى في الحمام - هو الخيار الوحيد للهروب من الشخصيات المثيرة للاشمئزاز. قبل زيارة مدبرة المنزل، كانت حريصة على إزالتها كل يوم. لكن في يوم من الأيام، نسيت أمايا إزالة الصحيفة من مرآة الحمام. تنهدت مدبرة المنزل التي كانت تزور يوميًا لطي السرير واستبدال ملاءات السرير وأغطية السرير والمناشف وتجديد الاحتياجات اليومية لمفاجأة رؤية المرآة المحمية. سألت: "سيدتي، هل أنت بخير ؟" وهي تنظر إلى أمايا. شعرت أمايا بالإهانة وحبست نفسها داخل الغرفة لليومين التاليين. طرقت مديرة الفندق بابها لأنها لم ترها خارج غرفتها وظلت محبوسة. تحدثت مع أمايا لمدة نصف ساعة، وأعربت عن قلقها بشأن مظهر أمايا وصحتها، وتساءلت كيف يمكنها البقاء على قيد الحياة دون رعاية صحية وطعام مناسبين. اتصل المدير على الفور بالطبيب المقيم لزيارة أمايا. وصف لها الطبيب بعض الأدوية ونصحها بتناول طعام مغذي بانتظام والخضوع للعلاج النفسي المهني.

قامت طبيبة نفسية، وهي شخص في منتصف العمر، بزيارة أمايا في غرفتها في المساء، وأعطى وجودها أمايا الثقة. قالت المعالجة إن دورها كان مساعدة أمايا على التغلب على المشاكل العاطفية والتعامل مع مواقف الحياة المعقدة باستخدام العلاج النفسي. كان الغرض من العلاج هو تقوية العقل وتعزيز المشاعر وتجربة العواطف في مجملها. كان من أجل تنمية الوعي لتمكين أمايا من استخدام قدراتها وإمكانياتها، وكان الهدف هو تجربة الفرح والسعادة في الحياة. أخبر المعالج أمايا أن لديها الحرية في أن تقرر ما إذا كانت ستحضر برامج العلاج في العيادة، على بعد كيلومتر واحد من الفندق.

مشى أمايا إلى العيادة ؛ استغرق الأمر حوالي خمس عشرة دقيقة للوصول. حاول المعالج التعرف على أمايا في الجلسة الأولى من خلال طرح أسئلة أساسية عنها، مثل مقابلة موجهة نحو الهدف ولكن حوار حر. أخبرت أمايا المعالج بكل شيء: ولادتها في برشلونة، ووالديها، والتعليم في مدريد ومومباي وبنغالورو وبرشلونة. وروت لقائها مع كاران في كافتيريا الجامعة، وتعاونهما في لوتس، وسافرا معًا في جميع أنحاء إسبانيا وبعض أجزاء فرنسا، وحملها وولادتها وفقدان سوبريا. استمع المعالج إلى أمايا دون إبداء أي تعليقات أو حكم على القيمة، لكن أمايا شعرت بالاطمئنان. كانت تنتظر شخصًا يمكنها مشاركة مشاعرها وعواطفها وقصتها معه. في نهاية الجلسة الأولى، أخبرت المعالجة أمايا أن عقلها خلق ضائقة وأن التعامل مع الإجهاد يعتمد على مواردها. كان الدعم الاجتماعي موردًا مهمًا، ودعم المعالج أمايا. يمكن أن تزيد عملية دعمها من قدرتها على التحكم في الضغط وتوجيه عقلها. خضعت أمايا للعلاج النفسي لمدة اثني عشر يومًا متتاليًا في بيئة خاضعة للرقابة، واستمرت حوالي ساعتين يوميًا.

كان للمعالج صوت واضح ؛ كانت لغتها مليئة بالمعنى. استطاعت أن تشعر بما كان يفكر فيه أمايا ويشعر به دون عناء. كانت كلماتها وإيماءاتها ودية ودافئة ومشجعة، وقبلت أمايا كما كانت بموقف غير حكمي. شعرت أمايا أن المعالج أعرب عن تعاطفه وكان لديه مهارات استماع ممتازة. أخبرت أمايا أن عملية تفكيرها ستكون حاسمة ولكنها ودية في البداية، مما يساعد أمايا في كل تقاطع على العمل معها كعضو في الفريق لتحقيق أهداف محددة مسبقًا. خضعت أمايا لاختلافات عاطفية شديدة أثناء مناقشة تاريخها الشخصي وبكيت، مما فجر

قلبها. في بعض المناسبات، أعربت عن غضبها، وكانت تدفقاتها مثل السيول، وكانت مرهقة جسديًا بعد كل جلسة.

بدأ المعالج أمايا بتحليل الحقائق وتقييم المشاكل التي واجهتها واستخدام رؤاها في حل المشكلات وإعادة صياغة معرفتها لمساعدة أمايا على تحقيق الرفاهية العقلية والجسدية. استخدمت معرفتها ومهاراتها بوعي لبدء أمايا لدعم نفسها في فهم مشاكلها وحلها. موقف المعالج الإيجابي، مع التركيز على موكلتها لمعرفة نفسها. أدى ذلك إلى الوعي بعملية تفكير أمايا، والتي كانت ضارة لها، مما ساعد أمايا على تحديد طرق للتعامل مع التوتر. علاوة على ذلك، بدأت أمايا بفحص تفاعلها مع كاران، وقدمت إرشادات حول تحويل تفكيرها وعواطفها ومشاعرها للتعافي من اليأس والاكتئاب. شرح المعالج كيفية الاسترخاء وتحقيق اليقظة الذهنية، وأعطى أمايا الأمل، ومنظورًا جديدًا للحياة، وعلاقة متعاطفة وثقة ورعاية مع الآخرين. كانت جميع التفاعلات تتمحور حول العميل، وكان العلاج تمرينًا للمساعدة الذاتية. في غضون اثنتي عشرة جلسة، اكتسبت أمايا إتقانًا أساسيًا لعملية تفكيرها، وتعلمت من تجربتها، وخلقت إحساسًا بنفسها، ومكّنت نفسها في صنع القرار لتكون مستقلة. كان تعلم الاعتماد على الذات، وشفاء جراحها العقلية وتخفيف المخاوف والعار والكراهية. طلب منها المعالج تكرار العلاج النفسي كل عام للسنوات الثلاث التالية ؛ وإلا كان الانتكاس ممكنًا.

في غضون أسبوعين من العلاج النفسي، بعد أربعة أشهر في لندن، سافرت أمايا إلى جنيف، دون أن تعرف سبب ذهابها إلى هناك، وأين تبحث عن سوبريا وكم من الوقت ستبقى هناك. كانت الثلوج تتساقط عندما استقلت أمايا سيارة أجرة من المطار إلى الفندق على الضفة الغربية لبحيرة ليمان، والمعروفة أيضًا باسم بحيرة جنيف. أثناء زيارته لكاتدرائية سانت بيير، لاحظ أمايا ملصقًا صغيرًا: "المتطوعون اللازمون للعمل الاجتماعي مع الأطفال" على مبنى صغير على جدار البحيرة. من الباب الزجاجي، استطاعت أمايا رؤية امرأة تعمل على جهاز كمبيوتر محمول داخل الغرفة، وعلى الباب، كان هناك تعليق: "على الرحب والسعة، يرجى فتح الباب". كان الجو دافئاً في الداخل.

قالت الجالسة: "مرحبًا، أنا ليا".

"مرحبًا ليا، أنا أمايا. قالت أمايا: "أود العمل معك كأخصائية اجتماعية متطوعة"، وقدمتها إلى ليا وصافحتها

أجابت ليا: "هذا رائع يا أمايا ؛ يمكنك أن تبدأي اليوم بنفسك". شعرت أمايا بالسعادة لأنه بعد عدة أشهر، نادى شخص ما باسمها.

قالت أمايا: "بالتأكيد، أنا مستعدة".

"منظمتنا هي منظمة تسمى تشايلد كونسيرن، أسستها سبع نساء، ونحن نسمي أنفسنا أخصائيين اجتماعيين. نحن نعمل من أجل رفاهية الأطفال في جميع أنحاء العالم، لا سيما في آسيا وأفريقيا وأوروبا الشرقية وبلدان أمريكا اللاتينية، ولا سيما في مجال الرعاية البديلة والرعاية والتعليم والتغذية والرعاية الصحية. نحن نعمل بنشاط على إلغاء عمالة الأطفال والزواج وإساءة معاملة الأطفال، مما يؤثر على صانعي السياسات في المنظمات الدولية والدول الأعضاء. جميع جوانب رعاية الطفل هي شاغلنا. وأوضحت ليا أنه لا توجد وظائف دائمة في منظمة رعاية الطفل ؛ فنحن جميعًا متطوعون ".

في ذلك اليوم، أمضت أمايا بعض الوقت في المكتب، وتعرفت على عملها. كانت هناك أربعة مجالات عمل للمتطوعين الاجتماعيين: جمع التبرعات، وتوزيع الأموال، والإدارة، والإشراف الميداني. يمكن للمتطوع العمل مع منظمة رعاية الطفل من يوم إلى سنوات ولكن لا يتلقى أي أجر، ولا حتى بدلات السفر. انضم الجميع كمتطوعين وتعهدوا بالعمل بأمانة، دون إساءة استخدام أموال المنظمة باسم الإعلان العالمي لحقوق الإنسان. لم يكن هناك تسلسل هرمي في المنظمة، ولم يوجه أحد أو يتبع أي شخص. كانت النساء السبع اللواتي بدأن منظمة رعاية الطفل نساء عاملات، وقضين حوالي ساعتين كل يوم في المكتب الرئيسي أو أي مكتب آخر كما يحلو لهن.

وبالمثل، كان المتطوع حرًا في اختيار بلد للعمل، وكانت هناك حرية للعمل في بلد آخر. يمكن للمتطوعين الذين عملوا لأكثر من اثني عشر شهرًا جمع الأموال من الحكومات والصناعات والشركات والبنوك والمنظمات والمؤسسات والمجتمعات والأفراد. شارك الآلاف من المتطوعين في جميع أنحاء العالم في جمع التبرعات ؛ وجمعوا أموالاً طائلة. كانت جميع التعاملات المالية رقمية، ولم تكن هناك معاملات نقدية. كانت متطلبات المكتب الرئيسي والمكاتب الفرعية، مثل أجهزة الكمبيوتر والطابعات وآلات النسخ والمسح الضوئي وأدوات الاتصال وجميع المعدات والقرطاسية والأدوات الأخرى، من الجهات المانحة. كان هناك المئات من المانحين لتغطية هذه النفقات، بما في ذلك الإيجار والضرائب والكهرباء والمياه والنقل، وكانت جميع المعاملات رقمية.

قام المتطوعون الذين عملوا في الإدارة بتقييم مقترحات المشروع من العديد من الوكالات المشاركة في أعمال رعاية الطفل. كان التقييم حول مشكلة كل مشروع وأهدافه وأساسه المنطقي وفوائده وجدواه المالية. زار المشرفون الميدانيون المنظمة التي قدمت المشروع لإجراء تقييم مفصل في الموقع وتقييمات لأصالته وتاريخه ونواياه. نشروا مراجعة شاملة على الموقع الإلكتروني الداخلي لمؤسسة رعاية الطفل لاتخاذ القرار النهائي. تمت دراسة مقترح المشروع وتقرير التقييم مرة أخرى بشكل مفصل من قبل الأخصائيين الاجتماعيين في الإدارة. وقرروا ما إذا كانوا سيمنحون المنظمة مساعدة مالية لتنفيذ المشروع. كانت الوكالة بحاجة إلى الاتفاق على أن أموالها مخصصة فقط لأهداف المشروع. أخيرًا، سيتم الإفراج عن الأموال لمدة ستة أشهر من قبل الأخصائيين الاجتماعيين المتطوعين الذين يتعاملون مع التوزيع. أكملت منظمة رعاية الطفل جميع عمليات التقييم والإشراف الميداني والإبلاغ والإفراج عن الأموال المكتملة في غضون ستة أشهر. كان على كل وكالة تقديم تقرير سردي سنوي رقميًا مع بيان مالي مدقق للحسابات من قبل محاسب قانوني معتمد. كانت هناك فحوصات وفحوصات مضادة في كل مرحلة. أولئك المتطوعون الذين يرغبون في البقاء مع منظمة رعاية الطفل لأكثر من شهر عملوا في الإشراف الإداري أو الميداني. تطلب عملهم مزيدًا من الوقت لتقييم المشروع والزيارات الميدانية إلى وكالة أو منظمة تقدمت بطلب للحصول على أموال لتشغيل المشروع.

بعد أن تعهدت باسم الإعلان العالمي لحقوق الإنسان، انضمت أمايا إلى منظمة رعاية الطفل كأخصائية اجتماعية متطوعة. تلقت كلمة مرور لموقع الإدارة، صالحة حتى اليوم الأخير كمتطوعة. كان هناك ثمانية متطوعين في الإدارة، إلى جانبها في المكتب الرئيسي. كان عمل أمايا الأول هو إعداد قائمة بالمتطوعين الذين انضموا حتى منتصف الليل في اليوم

السابق في جميع البلدان. كان ما مجموعه مائة وأربعة في قدرات مختلفة. كما دونت قائمة بالمتطوعين الذين أكملوا عملهم مع منظمة رعاية الطفل، وأعدت خطاب تقدير لأولئك الذين تقاعدوا في اليوم السابق ونشرت كل من القوائم والشهادات على موقع منظمة رعاية الطفل.

في اليوم التالي، اقترح الكمبيوتر على أمايا تقييم اقتراح مشروع قدمته منظمة غير حكومية في جنوب إفريقيا لإعادة تأهيل الأطفال العاملين في الزراعة والعمل المنزلي. تمتلك المنظمة غير الحكومية، التي تديرها النساء بشكل أساسي، حوالي عشر سنوات من الخبرة في العمل مع الأطفال بقدرات مختلفة ولديها سجل ممتاز من العمل الصادق والملتزم الخالي من الفساد. كان المشروع لنحو أربعمائة وخمسين طفلاً، معظمهم من المناطق الريفية، أمضوا جزءاً كبيراً من حياتهم في الزراعة والعمل المنزلي. وكان حوالي خمسة عشر في المائة من الأطفال أميين، وكان خمسة وستون في المائة منهم متسربين من المدارس الابتدائية. كان خمسة وأربعون في المائة من الأطفال يعملون بدوام جزئي، مثل العمل أقل من أربع ساعات في اليوم، في حين أن البقية يعملون لمدة ثماني ساعات أو أكثر في اليوم. ينتمي جميع المستفيدين من المشروع المقترح إلى أقل من ستة عشر عامًا، وكانت الغالبية العظمى، مثل حوالي واحد وستين في المائة، من الفتيات. على الرغم من أن عمالة الأطفال كانت جريمة جنائية في جنوب إفريقيا، إلا أنها ازدهرت بسبب الاتجار بالأطفال. وأجبرت الأطفال على الانخراط في وظائف خطرة من قبل الوالدين للهروب من الفقر المدقع.

كان المشروع لمدة خمس سنوات وكان له أهداف واضحة مثل توفير التعليم لجميع الأطفال مع المرافق السكنية، والأغذية المغذية، والرعاية الصحية الحديثة، وخلق الوعي للآباء والأمهات، والمشاركة المجتمعية وإعادة التأهيل. ستبدأ المنظمة غير الحكومية جهودًا مجتمعية لتعليم وتنمية مهارات الأطفال الذين يكملون ستة عشر عامًا كل عام. كانت المساعدة المالية المطلوبة مائة وعشرين دولارًا شهريًا لكل طفل ؛ ومع ذلك، سيوفر المجتمع جميع مرافق البنية التحتية. وجدت أمايا أن تفسير المشكلة مقنع، والأهداف قابلة للتحقيق، والبرامج القائمة على الظروف المحلية، والمشاركة المجتمعية المتوخاة ميزانيات قوية ومعتدلة. مع درجة "A"، بمعنى "موصى به"، نشرتها أمايا مع تقييمها على الموقع الإلكتروني الإداري للحصول على رأي ثانٍ.

في فترة ما بعد الظهر، استعرضت أمايا اقتراح مشروع من إندونيسيا، تم نشره للحصول على رأي ثانٍ، إلى جانب تقرير تقييم قصير من قبل المتطوع الأول الذي قام بتقييمه. كان الطلب هو توفير الكتب لحوالي عشرة آلاف طفل لمدة عشر سنوات في أرخبيل راجا أمبات الذي يتكون من أكثر من ألف وخمسمائة جزيرة نائية. أدى عدم الوصول إلى الكتب إلى خلق وضع شبيه بالأمية، مما أثر سلبًا على جودة التنمية البشرية. حوالي خمسة وثمانين في المائة من الأطفال في تلك الجزر لم يتمكنوا من الوصول إلى الكتب التي تجبرهم على أن يكونوا أميين وظيفياً. لم يتمكنوا من فهم معنى الكلمات المكتوبة. وقد خلقت عواقب بعيدة المدى في المجالات العاطفية والشخصية والأكاديمية والاجتماعية والمالية للأطفال التي تؤثر على التنمية المجتمعية. ذكر مقترح المشروع أن الأطفال لم تتح لهم الفرصة للحصول على كتاب ويفتقرون إلى عادات القراءة. كان هناك تفاوت كبير بين الجزر المرجانية في جاوة وبالي وسومطرة وراجا أمبات، والتي كانت تفتقر إلى المكتبات العامة. يتوخى المشروع تحويل عشرة آلاف فتاة وصبي إلى متعلمين بالكامل في غضون عشر سنوات

وتوفير لمواصلة المشروع لسنوات عديدة قادمة للأجيال القادمة. بعد تقييم مقترح المشروع، قرأ أمايا تقرير التقييم الأول، الذي أعطى المقترح "درجة A - Plus"، والتي تعني "موصى به للغاية". بعد تقييم دقيق وشامل، كتبت أمايا "أ"، مشيرة إلى "موصى به"، مشيرة كذلك إلى الإشراف الشامل والمكثف للمتطوعين الميدانيين لأن معظم الجزر لم يكن من الممكن الوصول إليها حتى من قبل الحكومة.

قضت أمايا حوالي عشر ساعات يوميًا مع منظمة رعاية الطفل ؛ ووجدت أن مكتبها يعمل أربع وعشرين ساعة يوميًا على مدار العام دون أي عطلة. كان المتطوعون يعملون في صمت، ومعظم طلاب الكليات والجامعات يتعاملون مع مشاكل الأطفال. ذهب بعض الأشخاص العاديين إلى هناك بعد ساعات العمل لبضع ساعات عمل. في أيام العطلات والأحد، زار الأطباء والمحامون والمصرفيون والمهندسون والمهندسون المعماريون والممثلون والفنانون وغيرهم من المهنيين المكتب للقيام بعمل تطوعي للأطفال الذين لم يروهم أو يسمعوا عنهم في حياتهم. كان دينًا جديدًا بالنسبة لهم لأنهم يؤمنون بحقوق الطفل والكرامة الإنسانية. طوال عملها، داعبت ذاكرة سوبريا قلب أمايا، واعتقدت أنها كانت تعتني بابنتها من خلال أطفال إفريقيا وآسيا وأمريكا اللاتينية وأوروبا الشرقية.

قامت أمايا بتقييم تقارير إنجاز المشاريع التي تصدرها عشرات الوكالات كل ستة أشهر وسنوية في غضون الأيام القليلة المقبلة. كان تصنيف تقرير التقدم أو الإنجاز مهمة صعبة وعنيدة، حيث كانت هناك العديد من المعايير التي يجب اتباعها بدقة. أعطيت البارامترات الكمية الأفضلية على البارامترات النوعية، حيث أن التنمية كانت حقيقة ملحوظة وليست متصورة. حاولت أمايا حساب مؤشرات النمو هذه في التعليم والتغذية والرعاية الصحية ومنع عمالة الأطفال وإساءة معاملة الأطفال والعنف. أصرت التقارير على أن التغييرات النوعية أخطأت الهدف لأنها تفتقر إلى العمل القوي والتغيير والنمو في تحقيق أهداف مقترحات المشاريع. أولئك الذين قدموا تغييرات نوعية فقط أخفوا إخفاقاتهم، حيث لا يمكن أن يوجد تغيير نوعي دون تغييرات كمية كبيرة. أصرت أمايا وطلبت من المنظمات غير الحكومية الإشارة إلى إنجازاتها في المشاريع من الناحية الكمية. واقترحت أن يوقف المتطوعون الميدانيون المزيد من التمويل إذا فشلت المنظمات غير الحكومية في تنفيذ أهداف مقترحات مشاريعهم من الناحية الكمية.

كان المستشفى العائم مفهومًا جديدًا لشركة أمايا لأنه كان عنوان اقتراح مشروع تلقته من بنغلاديش. مع وجود العديد من الأنهار والمسطحات المائية، كان الوصول إلى أجزاء مختلفة من البلاد عبر القوارب أكثر جدوى من الطرق. أكدت مقترحات مشاريع بنغلاديش باستمرار على المشاركة المجتمعية الواسعة في جميع طبقات المجتمع. كان لدى المستشفى العائم مثل هذا المفهوم وأكد على مشاركة الناس من خلال المسطحات المائية. كان اقتراح المشروع يتعلق بمليون طفل تتراوح أعمارهم بين صفر وأربعة عشر عامًا ينتمون إلى الفئة الأقل فقرًا. لاحظت أمايا أن بنغلاديش تتطور بسرعة في مجال التعليم، وتوفر الطعام المغذي، وصحة أفضل، وتنشئ مراكز صحية أولية وبرامج قوية لرعاية الأمومة والطفولة. ركزت حكومتها على تنمية الناس وشجعت الآلاف من المنظمات غير الحكومية على العمل مع الحكومة للقضاء على الأمية والجوع والفقر واعتلال الصحة. لم تتمكن الحكومة من الوصول إلى كل مكان، ولكن يمكن للناس اتباع فلسفتهم. تضمن مقترح مشروع المستشفى

العائم بيانًا واضحًا للمشكلة، وأهدافًا محددة، وأنشطة صريحة وقابلة للقياس، وبرامج يمكن إثباتها، ومقترح ميزانية يمكن التحقق منه. وضعت أمايا علامة "A - Plus" للمشروع ونشرته على الموقع الإلكتروني الإداري للحصول على رأي ثانٍ.

كان اقتراح مشروع لإعادة تأهيل ما يقرب من ألفي طفل، جزء من جيش تحرير تاميل إيلام، هو المشروع التالي الذي تم تقييمه في ذلك اليوم. كان اقتراح المشروع سطحيًا ويفتقر إلى بيان مشكلة واضح وأهداف وأنشطة محددة وجدول زمني كمي للبرنامج ومؤشرات إنجاز. لم تكن الوكالة التي قدمت اقتراح المشروع منظمة مسجلة ولم يكن لديها حساب مصرفي في سريلانكا. على الرغم من تعاطف أمايا مع أطفال منطقة المشروع المقترحة، لم يكن هناك مبرر للموافقة على اقتراح المشروع. منحت درجة "F"، بمعنى "مرفوض"، ونشرتها للحصول على رأي ثانٍ.

انتشرت السعادة في قلبها في جنيف حيث شاركت بشكل كامل في العمل الاجتماعي مع الأطفال في مكتب منظمة رعاية الطفل. بعد العلاج النفسي، كان عقلها هادئًا ؛ لم يكن هناك حزن أو اكتئاب، وجسدها مسترخٍ. أعطى العمل ارتياحًا كبيرًا حيث استفاد مئات الأطفال من العمل التطوعي. كانت قد أمضت بالفعل حوالي شهرين ونصف الشهر في منظمة رعاية الطفل، حيث قامت بتقييم أربعة وخمسين مقترح مشروع وتقييم أكثر من خمسة وثلاثين تقرير إنجاز. حكمت أمايا على اقتراح مشروع من لكناو بشأن تقديم المشورة لضحايا الصدمات مع ضحايا الاغتصاب في ولاية أوتار براديش. كان اقتراح المشروع للحصول على رأي ثانٍ، وكان المقيم الأول قد منح "A Plus". قدمت منظمة غير حكومية أسستها مجموعة من النساء الاقتراح. كان بيان المشكلة مفصلاً إلى حد ما، حيث حلل خلفيته. نقلاً عن المكتب الوطني لسجلات الجريمة، وهو وكالة حكومية هندية، ذكر اقتراح المشروع أن ما معدله خمس وسبعون حالة اغتصاب تحدث في الهند كل يوم، وتصدرت ولاية أوتار براديش القائمة، بما في ذلك الجرائم العنيفة ضد النساء. سجلت الشرطة حالة اغتصاب واحدة فقط من كل عشر حالات. غالبًا ما يثني السياسيون الذين ينتمون إلى الحزب الحاكم والممثلون المنتخبون والوزراء الشرطة عن الإبلاغ عن القضايا التي تظهر صورة وردية لمعدلات الجريمة في دوائرهم الانتخابية.

سلط اقتراح المشروع المقتبس من مصادر حكومية هندية الضوء على أن خمسة وتسعين في المائة من ضحايا الاغتصاب في ولاية أوتار براديش كانوا من الداليت، وأن خمسة وثمانين في المائة كانوا دون السن القانونية أو قاصرين. خلال الغزو الآري، كانت الهند تتمتع بحضارة مزدهرة. ومع ذلك، هزم الوافدون الجدد السكان الأصليين العزل واستعبدوهم للقيام بعملهم الوضيع.

في منطقة بوندلخاند في ولاية أوتار براديش، غالبًا ما اضطرت عرائس جديدات من عمال مزارع الداليت إلى النوم مع ملاك الأراضي من "الطبقة العليا" في ليلة زفافهن. أوضح مقترح المشروع أن الداليت "لا يمكن المساس بهم" بالنسبة إلى "الطبقات العليا"، لكن الذكور من "الطبقة العليا" ليس لديهم أي مخاوف من اغتصاب نساء الداليت الشابات.

كان للاقتراح أهداف ملموسة محددة ؛ وتوخت مراكز المشورة مع المهنيين المؤهلين لعلاج ضحايا الاغتصاب الذين يعانون من الصدمة. في المدن والبلدات الرئيسية في ولاية أوتار

براديش، بما في ذلك فاراناسي والله أباد وغازي أباد وغوراخبور ولكناو وكانبور وميروت ونويدا سهارانبور وأغرا، اقترحت المنظمة غير الحكومية إنشاء مراكز علاج على المدى الطويل. كانت مدة المشروع عشر سنوات، وسيحصل ما لا يقل عن عشرة آلاف ضحية اغتصاب على الدعم النفسي والعلاج النفسي كل عام، كما أوضح مقترح المشروع. أعطت أمايا "A Plus" لاقتراح المشروع وأرسلته إلى المشرف الميداني لإجراء التقييمات الأولية في الميدان.

بعد أن أمضت الأشهر الثلاثة الأكثر إرضاءً، شكرت أمايا ليا ورفاقها على السماح لها بالعمل مع الأطفال. تقديرًا لتفانيها والتزامها، أخبرت ليا أمايا أنها مرحب بها لاستخدام رعاية الطفل في المستقبل للخدمات التطوعية. حملت أمايا سوبريا في قلبها بإحكام، وقامت برحلة إلى فيينا، مدينة الموسيقى والفالس والأوبريت، على أمل مقابلة سوبريا شخصيًا في اليوم الأول من يونيو.

"الموسيقى تخلق اللحن، واللحن يخلق الفرح". أثناء خروجها من فندقها، قرأت أمايا لوحة عملاقة فوق متحف خاص للآلات الموسيقية. دخلت أمايا بعد أخذ تذكرة، وشعر باب زجاجي كبير بوجودها وفتح تلقائيًا. كان عالمًا رائعًا من الآلات الموسيقية مع عشرات البيانو والكمان والغيتارات والمزامير والطبول ومئات أخرى من مختلف الأحجام والمظهر. "الآلات الموسيقية تخلق لحنًا، ملفوفًا في وقت تسلسل معين من النغمات، في حركة إيقاعية من الملعب إلى الملعب. صوت الموسيقى هو حتمية اللحن والانسجام والمفتاح والمتر والإيقاع، والتي لا يستطيع البشر صنعها بأحبالهم الصوتية "، تذكرت أمايا كلمات روز هذه. كان العديد من السياح من جميع أنحاء العالم يراقبون العروض المختلفة بشكل مكثف. قضى أمايا حوالي أربع ساعات داخل المتحف قبل زيارة أوبرا فيينا الحكومية لأداء دون جيوفاني لموزارت. اشترت تذكرة، وكان الحفل تجربة سحرية كما ردد موزارت من جميع زوايا القاعة الكبرى. في اليوم التالي، صعدت إلى شقة موزارت في دومغاسي، حيث ألف موزارت "زواج فيجارو"، وهي أوبرا رباعية ببراعة مع عروض فقاعية. في وقت لاحق، زارت أمايا مقهى فراوينهوبر، حيث تم تنفيذ "زواج فيجارو" لأول مرة.

وقف أمايا ساكنًا لمدة دقيقة في راوهينستينغاسي، حيث قضى موزارت سنواته الأخيرة ولحن "قداس الموتى" غير المكتمل. ركعت في مقبرة سانت ماركس، مكان الراحة الأخير لموزارت، في قبر لا يحمل علامات لفترة من الوقت. عندما وقفت، رأت أمايا امرأة تقف خلفها مباشرة.

قالت: "مرحبًا، يبدو أنك معجب بموزارت".

أجاب أمايا: "بالتأكيد، أنا أعشقه".

قالت المرأة: "أنا كارلوتا".

قالت أمايا: "أنا أمايا".

قالت كارلوتا: "أنا مديرة مدرسة ؛ يرجى زيارة مدرستي إذا كنت متفرغة".

أجابت أمايا: "بالتأكيد".

"هل أنتظرك غدًا في الساعة التاسعة صباحًا ؟" استفسرت كارلوتا.

أكد أمايا: "سأكون هناك في الساعة التاسعة صباحًا".

ركبت أمايا دراجة ووصلت إلى المدرسة في الصباح، مع مباني حديثة وسط المساحات الخضراء والملاعب. كانت كارلوتا تنتظرها بالقرب من مكتبها.

قالت كارلوتا وهي تحيي أمايا: "مرحبًا أمايا، مرحبًا بك في مدرستنا".

علقت أمايا: "مرحبًا كارلوتا، تبدو المناطق المحيطة جميلة".

ابتسمت كارلوتا وأخذت أمايا إلى صالون ملحق بمكتبها. أخبرت أمايا أنها عملت في المدرسة لمدة عشر سنوات. كانت مدرسة إعدادية تضم اثنين وثمانين طالبًا تم قبولهم بعد الانتهاء من التعليم الابتدائي لمدة أربع سنوات. كانت هناك مدرسة فولكسشول أو مدرسة ابتدائية في النمسا وصالة للألعاب الرياضية أو مدرسة ثانوية. بعد الالتحاق بالمدرسة الابتدائية في سن السادسة، درس الطفل هناك لمدة أربع سنوات. بعد ذلك، كانت المدرسة الإعدادية لمدة أربع سنوات، وأربع سنوات ثانوية بعد ذلك. كان هناك عشرة معلمين إلى جانب اثنين من معلمي الموسيقى، واثنين من معلمي الرياضة والألعاب، واثنين من أمناء المكتبات، وخمسة موظفين إداريين لاثنين وثمانين طالبًا في مدرسة كارلوتا، التي تديرها الحكومة. كانت الموسيقى مادة إلزامية من الفصل الأول، وفي كل يوم كانت هناك دروس موسيقية، بما في ذلك تعلم العزف على آلة موسيقية واحدة على الأقل، وكان معظم الطلاب يتقنون أكثر من آلة موسيقية واحدة.

بعد تناول القهوة، أخذت كارلوتا أمايا إلى غرفة الموسيقى، مع أكثر من عشرة مقصورات عازلة للصوت، كل منها مخصص لآلة موسيقية محددة. كان اثنان إلى ثلاثة طلاب يتدربون في كل كشك. سألت كارلوتا أمايا عن الآلة الموسيقية التي عزفت عليها، وقالت أمايا إنها تعلمت البيانو من والدتها ثم أتقنته لاحقًا تحت إشراف راهبات دير لوريتو مدريد. كان هناك ثلاثة آلات بيانو في إحدى المقصورات، وأخبرت كارلوتا أمايا أنها تستطيع العزف على أي منها. فضلت أمايا البوسندورفر مع سبعة وتسعين مفتاحًا وبدأت في لعب "فانتازيا" لموزارت. شاهدتها كارلوتا تلعب في دهشة، مبهورة. بعد الانتهاء من قطعة التشذيب، هنأت كارلوتا أمايا، وأخذتها إلى معلمين آخرين، وقدمتها. تساءلت كارلوتا عما إذا كانت أمايا ستكون متاحة في فيينا للأشهر الثلاثة المقبلة. بعد صمت قصير وتأمل، قالت أمايا إنها ستكون في فيينا حتى أكتوبر/تشرين الأول. ثم سألتها كارلوتا بابتسامة عما إذا كانت مهتمة بتدريس الموسيقى لطلابها حتى نهاية سبتمبر. أعربت أمايا عن استعدادها بعد بعض التأمل. قالت إنه لشرف لي أن أقبل دعوة كارلوتا. فجأة، وقفت كارلوتا وعانقت أمايا. "أشعر بسعادة غامرة لاستضافتك. من المؤكد أن طلابنا سيستفيدون ؛ يمكنك أيضًا تعليمهم بعض أغاني الأفلام الهندية الشهيرة، التي يحبونها ". ابتسمت أمايا، أول ابتسامة بعد حوالي أحد عشر شهرًا.

في اليوم التالي، التحقت أمايا بالمدرسة لمدة أربعة أشهر. كان عالمًا جديدًا بالنسبة لأمايا ؛ كان لديها ساعة واحدة للتدريس في جميع الفصول الأربعة يوميًا. في البداية، لعبت وعلمت الطلاب أغاني الأفلام الهندية لمدة أسبوع. "عواره هون"، "آج فير جين كي"، "دوم مارو دوم"، "كابهي، كابهي مير ديل مين"، "آاب جايسا كوي"، "دهيري، دهيري أب مير"، "توجهي ديخا"، وقد حقق معظمهم نجاحًا كبيرًا مع الطلاب. أخبرت كارلوتا أمايا أن

الطلاب أحبوا الأغاني وتحدثوا كثيرًا عن معلمهم. عرفت أمايا أن العلاقات بين المعلم والطالب تستند في المقام الأول إلى الإنصاف والجودة في تدريس وإعداد الطلاب للمعرفة والمهارات والمواقف. شرحت ما ستدرسه مقدمًا بناءً على الحماس والعاطفة ولم تنس أبدًا غرس الفكاهة في الدروس. أصبح التعلم ممتعًا للطلاب، حيث استخدمت أمايا اهتماماتهم لصالحها. أدرجت رواية القصص من أحداث حياة الملحنين العظماء مثل موزارت، بيتهوفن، باخ، برامز، فاغنر وديبوسي في التدريس والتعلم.

بعد شهر من الالتحاق بالمدرسة، كان هناك تقييم لأداء أمايا، وأعطتها الغالبية العظمى من الطلاب درجة "متميزة". في غضون أسبوع، أخبرت كارلوتا أمايا في النصف الثاني من سبتمبر أن جميع الطلاب العشرين، أحد عشر فتاة وتسعة أولاد في السنة الأخيرة من المدرسة الإعدادية مع خمسة معلمين، سيذهبون في رحلة بحرية لمدة عشرة أيام من فيينا إلى البحر الأسود. كان ذلك من أجل تجربة معيشة جماعية، والتعرف على مجتمعات الناس على طول نهر الدانوب. كانت مراقبة الطبيعة والحياة على ضفافها والبيئة والبيئة والطقس والنظم المناخية للبلدان العشرة على ضفاف نهر الدانوب والبحر الأسود هي الأهداف الرئيسية الأخرى للإبحار. ستكون هناك حفلات موسيقية وفالز وأوبرا يؤديها الطلاب. دعت كارلوتا أمايا للانضمام إلى الرحلة، برعاية طالبة سابقة كانت تمتلك العديد من متاجر الآلات الموسيقية الأوروبية مع زوجها. شكرت أمايا كارلوتا على دعوتها، وأعربت عن استعدادها للانضمام إلى الطلاب، ووعدت كارلوتا بأنها ستساعد الطلاب على الاستعداد لجميع الأنشطة قبل وأثناء الرحلة البحرية.

كانت ألمانيا والنمسا وسلوفاكيا والمجر وكرواتيا وصربيا ورومانيا وبلغاريا ومولدوفا وأوكرانيا هي دول الدانوب، وستفتح الرحلة البحرية عالماً جديداً من التجارب للطلاب والمعلمين. منذ بداية سبتمبر، كان كارلوتا وأمايا والمعلمون الثلاثة الآخرون الذين انضموا إلى الجولة مشغولين بإعداد وتدريب الطلاب على رقصات الفالس والأوبريت والحفلات الموسيقية. طور الطلاب بشكل فردي وفي مجموعات مؤلفات موسيقية للعروض، وترسيخ نصوص الرقص وأوبرا librettos بمساعدة معلميهم.

في يوم الاثنين الموافق الخامس عشر من سبتمبر، بدأت الرحلة البحرية بعشرين طالبًا وخمسة معلمين. كانت سفينة صغيرة تسمى دوناو روم، مع مقصورات مستقلة لجميع الركاب وغرفة جلوس كبيرة ملحقة بقاعة طعام. كانت هناك قاعتان مجهزتان تجهيزًا جيدًا للحفلات الموسيقية والرقص والأوبرا مع ترتيبات الجلوس، واحدة لثلاثين، والأخرى لخمسين شخصًا. كانت المكتبة ومطعم البوفيه ومركز اللياقة البدنية والسينما والمتجر والمنتجع الصحي وسطح الليدو على سطح المتنزه. كانت هناك ثلاث شرفات كبيرة مفتوحة لمراقبة الطبيعة. بدأت الرحلة في الساعة العاشرة صباحًا. قبل أن تبدأ السفينة في التحرك، اجتمع جميع الطلاب والمعلمين والطاقم وغنوا "عوف دير شونين، بلاون دوناو" (على نهر الدانوب الأزرق الجميل)، وهو الفالس الذي كتبه يوهان شتراوس، الملحن النمساوي. غنى الطلاب والمعلمون أغنية "لا تتوقف عن الإيمان" لفرقة الروك الأمريكية جورني بتصفيق مدوي. بعد الأغنية، عرف الجميع عن أنفسهم، بدءًا من الطلاب. كان هناك عشرة من أفراد الطاقم، بما في ذلك القبطان.

نشأ نهر الدانوب، أحد أجمل الأنهار في أوروبا، عندما انضم تياران، Breg و Brigach، إلى منطقة الغابة السوداء في ألمانيا. تدفقت عبر الهضبة البافارية، ومع قناة، اندمجت مع نهري مين والراين. في ألمانيا، على حدود النمسا، انضم نهر إن إلى نهر الدانوب في باساو. أفرغ نهر الدانوب، ثاني أطول نهر في أوروبا، نفسه في البحر الأسود، متدفقًا عبر عشر دول تغطي ألفين وثمانمائة وخمسين كيلومترًا. توجهت أمايا ومعلمون وطلاب آخرون إلى الشرفة لمشاهدة السفينة تتحرك. بدت القلاع والحصون التي تصطف على ضفة النهر مهيبة.

أصبح الدانوب بمثابة طريق سريع تجاري حيوي بين الأمم، وأصبح رابطهم الثقافي إلى جانب أنه شكل حدود العديد من البلدان. كان هناك مسار دراجة من ألمانيا إلى البحر الأسود على طول نهر الدانوب، ومن دوناوشينغن إلى بودابست، كان عصريًا. كانت هناك جبال على جانبي النهر خارج فيينا، وكانت الغابة البوهيمية لافتة للنظر. تحركت السفينة ببطء حتى يتمكن الطلاب من الاستمتاع بالجمال الطبيعي للنمسا، ووحدهم المزاج الاحتفالي بين الطلاب والمعلمين. اجتمعوا لتناول الغداء ظهرًا حيث كانت الوجبات احتفالًا.

في غضون ثلاث ساعات، وصلت السفينة إلى براتيسلافا، عاصمة سلوفاكيا، وكانت حافلة تنتظر الطلاب والمعلمين لنقلهم حول المدينة التي تعود إلى القرون الوسطى. عادوا ستة بعد زيارة متحف المدينة وقلعة ديفين وبرج سانت مايكل وعدد قليل من الشوارع. داخل جبال الكاربات الصغيرة، بالقرب من نقاط التقاء حدود النمسا وسلوفاكيا والمجر، تدفق نهر الدانوب عبر الوديان، وفي المساء، بدت الشمس رائعة.

بعد العشاء، حضر سبعة طلاب ومعلمان حفلًا موسيقيًا يتكون أساسًا من الكمان والفيولا والتشيلو والباس المزدوج. قدمت المديرة الموسيقية أعضاء حفلتها الموسيقية والآلات الموسيقية. كان الكمان آلة موسيقية فريدة من نوعها ؛ حيث حررت موسيقاه العقل مما خلق السلام والسعادة والوفاء في الحياة. كان الكمان أكبر قليلاً من الكمان الذي يحتوي على صوت أقل وأعمق. وبالمثل، ينتمي التشيلو إلى عائلة الكمان، وهي آلة موسيقية وترية منحنية. أوضح المخرج الموسيقي أن الجهير المزدوج كان أيضًا آلة منحنية، أكبر بكثير من الكمان. استمر الحفل لمدة ساعتين تقريبًا. كانت الأوبريت التي كتبها طالب، وهي قصة حب لفتاة وصبي مقيمين في بيئة ريفية في النمسا، مثيرة للاهتمام. بحلول الساعة التاسعة والنصف، اجتمع جميع الطلاب والمعلمين في غرفة الجلوس لتقييم تخطيط الرحلة وتنفيذها، والتي استمرت لمدة نصف ساعة، ثم تقاعد الجميع للنوم.

في اليوم التالي، بعد الإفطار، في حوالي التاسعة، اجتمعوا جميعًا في غرفة الجلوس وبدأوا اليوم في الغناء معًا، "اكسر خطوتي". ترأست كارلوتا تقييم أنشطة اليوم السابق، والذي استمر لمدة ساعة تقريبًا. رأى الطلاب والمعلمون جزيرتين كبيرتين بين سلوفاكيا والمجر. على الجانب المجري، كانت ضفاف نهر الدانوب اليمنى العديد من القلاع والكاتدرائيات التي بنتها سلالة أرباد في أرض ألفولد المسطحة وعلى سفوح جبال الكاربات. كان حوض النهر وفيرًا في ثعالب الماء، ابن عرس، الثعالب، الذئاب، الدببة السوداء، السلاحف والثعابين. أخبر أحد المعلمين الطلاب أثناء شرحه للنظام البيئي لنهر الدانوب أنه أطول مستنقع في القارة الأوروبية. في فيزيغراد في المجر، أصبح نهر الدانوب ضيقًا، وحاولت أمايا لمس الأشجار على ضفافه.

بحلول الساعة الثالثة بعد الظهر، وصلت السفينة إلى بودابست. كانت هناك حافلة تنتظر الطلاب والمعلمين في الميناء. مدينة جميلة بشكل مذهل مليئة بالقلاع والكنائس والساحات والجسور والمتاحف والطرق ومعظم المباني الحديثة، كانت بودابست الملكة على نهر الدانوب. بعد مرور بعض الوقت، فضل الطلاب التجول وشراء التذكارات والهدايا لأحبائهم في الوطن. فجأة تذكرت أمايا والدتها، التي أخذتها عبر أوروبا والهند عندما كانت أمايا في المدرسة. بمجرد عودتها من نيبال، اشترت أمايا العديد من الهدايا لروز بعد رحلة نظمتها مدرستها في مومباي ؛ من بينها تمثال بوذا المتأمل، الذي أحبه روز أكثر من غيره. عندما كانت سوبريا في المدرسة، كانت أمايا تأخذها في جميع أنحاء العالم، وعندما كانت تذهب في رحلة، كانت سوبريا تشتري هدايا لوالدتها. تحب أن تحصل على أي شيء من ابنتها، حتى الصدف.

كان أمايا في الفريق، وقدم مدير الحفلات الموسيقية الفريق للطلاب والمعلمين. كان البيانو والغيتار والقيثارة والمزامير أدوات تستخدم في الحفل. غلف البيانو مجموعة كاملة من الآلات الموسيقية القادرة والقابلة للتكيف لإنتاج ألحان رائعة. وأضاف مدير الحفلات الموسيقية أن أذكى الغيتار ؛ كان الشباب مفتونين للغاية بمظهره وصوته وخفة حركته. وأضافت أن القيثارة تمثل القديسة سيسيليا، القديسة الراعية للموسيقيين، ترمز إلى السماء والأمل، وأنتج الناي سحرًا وجمالًا لحفل موسيقي. لقد كان أداءً متألقًا من قبل الفريق. حتى التاسعة والنصف، رقص الفتيان والفتيات والمعلمون على نغمة "متمني" و "رائحة مثل روح المراهقة" و "ما هو الحب" و "رواج" و "هذه هي الطريقة التي نفعل بها ذلك". في ذلك المساء، طلبت كارلوتا من أمايا رئاسة التقييم.

في اليوم الرابع، لاحظت أمايا العديد من الجزر في نهر الدانوب، وأكبرها جزيرة سيبيل. بدت أنهار درافا وتيازا وسيفا، روافد نهر الدانوب، مهيبة من السفينة، وكانت أرض كرواتيا القديمة ساحرة. كان الطلاب متحمسين لجميع أنشطتهم، وقام العديد منهم بتدوين ملاحظات حول ملاحظاتهم. أصبحت الحفلات الموسيقية والأوبرا والفالس أكثر حيوية مع مشاركة جميع الطلاب والمعلمين النشطة يومًا بعد يوم ؛ وكانت الآلات الموسيقية الرئيسية المستخدمة في ذلك الحفل المسائي هي الطبول وغيتار البيس والبيانو. "يمكن للطبول أن تخلق تأثيرًا نفسيًا عميقًا على البشر والحيوانات ؛ حتى الرضع يمكنهم التفاعل مع صوتها. الموسيقى هي خلاصة حرية المشاعر والخيال والأنشطة البشرية. تتفاعل جميع الحيوانات والطيور والأسماك والنباتات والأشجار مع إيقاعات الموسيقى باعتبارها اللغة المشتركة بين الثقافات والحضارات، وهي القوة الأقوى التي توحد كل شيء. حتى الكون له موسيقاه، التي تفهمها جميع المجرات، تطورت منذ بداية الانفجار الكبير ".

في اليوم التالي، رست السفينة في بلغراد، واستمتع الطلاب والمعلمون بجولة في المدينة والمأكولات الصربية. خارج صربيا، استطاعت أمايا رؤية سهول رومانيا الشاسعة على يسارها وهضاب بلغاريا على اليمين. انتشرت العديد من الكنائس والقلاع والحصون، بما في ذلك قلعة دراكولا للنخالة، في جميع أنحاء منطقة ترانسيلفانيا الكثيفة الغابات، المحمية بجبال الكاربات. استغرق الأمر عدة أيام لعبور السافانا الرومانية والمرتفعات البلغارية. شكل نهر الدانوب العديد من الجزر في طريقه، وبعد غالاتي، بدأ النهر في مداعبة الطرف الجنوبي لمولدوفا لبضع دقائق. كان الطلاب يغنون ويرقصون، ويتوقعون الوصول إلى وجهتهم في

البحر الأسود. في الصباح، دخلت السفينة الدلتا التي شكلها النهر. فجأة كانت سوبريا هناك في قلب أمايا، وتسلل شعور بالألم إلى ذهنها، وتغلبت عليها الوحدة كما لو لم يكن هناك شيء آخر من حولها. كان الطلاب يحتفلون، وشعرت أمايا بالوحدة كما لو كانت تعود إلى أيامها في برشلونة مباشرة بعد اختفاء سوبريا.

في اليوم التاسع، تمكنوا من رؤية البحر الأسود بعيدًا، وفي اليوم العاشر، وصلت الرحلة إلى مصب النهر، الذي كان مغريًا ؛ سبح الطلاب والمعلمون في المياه الهادئة لساعات معًا. وقفت أمايا على شرفة السفينة، تراقبهم لبعض الوقت ثم انضمت إلى الطلاب. سبحت دون عناء ولعبت بكرات الماء لساعات مع رفاقها وطلابها.

صورت مئات القوارب والسفن في رحلة البحر الأسود إلى أوكرانيا وروسيا وجورجيا وتركيا وبلغاريا ورومانيا منظرًا بانوراميًا. في المساء، ذهب الجميع إلى كاتالوي لقضاء الليل بالحافلة حيث رتب الراعي إقامتهم في المدينة ورحلة اليوم التالي إلى فيينا من مطار تولسيا. احتفل الطلاب بالموسيقى والرقص طوال الليل، وانضم إليهم أمايا وكارلوتا ومعلمون آخرون.

في فيينا، شكرت كارلوتا أمايا بغزارة على مشاركتها النشطة بينما التقى الطلاب بأمايا، معربة عن تقديرها لتشجيعها ودعمها. قالوا في انسجام تام: "كنت دائمًا معنا ؛ لا يمكننا أن ننساك". "سيدتي، أنت رائعة ولطيفة ؛ لقد غيرت حياتنا. نحن نحبك لأنك تعرف كيف تحب الأطفال. قالوا: " دعنا نغني أغنية تكريماً لك". شكلوا دائرة حولها وغنوا " Un - break My Heart" لتوني براكستون. رقصت أمايا معهم، معتقدة أنها كانت تغني وترقص مع سوبريا. كانت تتوق للقاء واللعب والذهاب معها في رحلات طويلة عبر جميع الأنهار والبحيرات والبحار.

لدهشتها، كانت كارلوتا وعشرون طالبًا في المطار مع باقات من الورود لتوديع أمايا. كانت بداية حياة جديدة لأمايا، مع موسيقى فيينا الهادئة وكلمات الأطفال المريحة التي اندمجت وتردد صداها في أذنيها لسنوات عديدة.

"أنت معلم كفء، إنسان متميز. أعتبر أنه من حسن الحظ أن ألتقي بك وقد عرفتك. قالت كارلوتا وهي تمسك بيد أنايا: "يرجى المجيء مرة أخرى والبقاء معنا"

أجابت أمايا: "شكرًا لك، كارلوتا، على كلماتك المدروسة ؛ أنا أستمتع بها".

وأضافت كارلوتا وهي تعانق أمايا: "الطيف ولطيف، لقد أسست سمعة مدوية كمعلمة ملتزمة".

استقلت أمايا رحلة إلى هلسنكي في اليوم الأخير من شهر سبتمبر، دون أن تعرف سبب ذهابها. كانت هلسنكي، مدينة البشر السعداء، ساحرة ؛ كانت الشوارع رائعة ونظيفة ومليئة بالسياح. لكن أمايا عرفت أن الصيف ينحسر بسرعة، والليالي تصبح طويلة وأكثر برودة. من نافذة غرفة الفندق، كان بإمكانها رؤية القباب الخضراء للكاتدرائية ؛ وتماثيل الرسل الاثني عشر الذين ينظرون إلى الأسفل، بحثًا عن المؤمنين الذين كان من النادر العثور عليهم في بلد الملحدين هذا. كانت تتجول في أكثر المدن أمانًا في العالم ؛ كانت المطاعم تفيض قبل بداية فصل الشتاء الطويل. تساءلت أمايا عن مثابرة الإنسان للتغلب على

التحديات أثناء تسلق السلالم إلى قلعة سوومنلينا البحرية. كان بحر البلطيق هادئًا ؛ ظهرت قمم الجبال الجليدية بعيدًا. بحلول أكتوبر، أصبحت الحدائق مهجورة، وهطلت الثلوج بشدة، وشعرت أمايا بالوحدة والحزن ؛ حاصرها شعور بالحنين إلى الوطن. عندما أخافها الظلام، أرادت أن يكون لديها شركة والدتها، وشوق لمقابلة روز. بزغ فجر نوفمبر مع رياح باردة ؛ بدت شوارع المدينة المغطاة بالثلوج مخيفة. لم تدرك أمايا أبدًا كم من الوقت جلست على هذا المقعد، تفكر في روز وسوبريا. عندما جاءت إيزابيل، جلست بجانبها. كانت لمسة إيزابيل دافئة ومليئة بالأمل وإنسانية.

"إيزابيل، شكرًا لك على القهوة المغذية في المطعم وحضورك الدافئ. شكرًا لك على السير معي إلى الفندق والوصول بي إلى بر الأمان ؛ وإلا، لكنت مثل السمكة المجمدة. سأذكرك إلى الأبد "، قبل مغادرة هلسنكي، أرسلت أمايا بريدًا إلكترونيًا إلى إيزابيل، معربة عن امتنانها. يمثل هذا الإنسان الواحد مجموع سكان فنلندا.

عادت روز إلى منزل قريتها، وهي تعلم أن أمايا قد وصلت إلى هناك. بدت ابنتها متشددة، مكتئبة، صامتة ووحيدة وبقيت في عالمها. بقايا الحرايث، الحنين إلى الوطن مع سوبريا وكاران حيث لا يمكنها العودة أبدًا، منزل لم يكن موجودًا أبدًا، عذب أمايا وسحق حساسيتها ورغباتها. طاردها مثل كلب الجحيم، وقضم قلبها إلى قطع صغيرة وبصق قطع من اللحم في جميع أنحاء مرآة العقل ؛ نما كل جزء إلى ثعبان عدن، وأغراها، وجعدها للمعاناة إلى الأبد.

أقنعت روز أمايا بمغادرة جدران المنزل الأربعة للحصول على أشعة الشمس والهواء النقي، والعزف على البيانو، وحضور دورة فيباسانا للسيطرة على عقلها، واستعادة توازنها. بعد ثلاث سنوات، كانت نالاندا، بالقرب من بوده جايا، وجهتها.

أن تصبح بوذا

بدا بوده جايا عتيقًا. بعد ركوب الحافلة إلى نالاندا، مقر جامعة قديمة، حيث قررت أمايا الحصول على دورة تدريبية لمدة عشرة أيام فيباسانا، سارت لمسافة قصيرة. وتناثرت الهياكل القديمة المتهالكة على كلا الجانبين مثل المباني التي قصفت في ريف البوسنة. ومع ذلك، بدت بحيرة إندرابوشكاريني هادئة، وكان مركز التأمل على ضفتها الغربية يلمع في ضوء الشمس.

سجلت أمايا كمشاركة، ووصلت إلى مركز فيباسانا، وسلمت حاسوبها المحمول وهاتفها المحمول وقلمها وورقها وممتلكاتها الشخصية الأخرى، باستثناء ملابسها ولوازم الاستحمام. كانت الدورة التي استمرت عشرة أيام مجانية تمامًا، بما في ذلك الطعام والإقامة. كان هناك إحاطة حول القواعد. تعهدت أمايا باتباع السلوك الأخلاقي في جميع تعاملاتها، حتى بعد مغادرة مركز فيباسانا، وهو الأساس لتدريب العقل على تطوير الحكمة. تضمنت القواعد الحفاظ على صمت الجسد والعقل، والامتناع عن التواصل البصري مع المشاركين الآخرين، والامتناع عن السرقة والكذب وقتل أي شكل من أشكال الحياة. كان استهلاك الخمور والتدخين والمسكرات والأطعمة غير النباتية وسوء السلوك الجنسي مخالفًا لقواعد السلوك. لم يكن الدين والصلاة واليوغا وتلاوة الآيات من الكتب المقدسة وارتداء الرموز الدينية جزءًا من فيباسانا. كانت جميع الاتجاهات من محادثات مسجلة ومسجلة بالفيديو للمعلم. شارك حوالي خمسين رجلاً وامرأة من بلدان مختلفة، وتخلل المبنى صمت عميق. أخذ المتطوعون أمايا إلى غرفتها، التي كانت تحتوي على سرير مع حمام ملحق. من النافذة، تمكنت من رؤية أنقاض نالاندا ماهافيهارا، وهو مركز للتعليم العالي مرتبط بالحياة الرهبانية في البوذية.

كان هناك حديث توجيهي من قبل مدرس تدريب فيباسانا في القاعة الرئيسية في المساء. اجتمع المشاركون، وجلسوا القرفصاء على الأرض في وضعية اللوتس، ووضعوا راحة يد واحدة على الأخرى في اتحاد نفسي. ساعد المتطوعون كل مشارك على اختيار وضعية مريحة حسب رغبته، ورحب المشرف بالجميع بنبرة عميقة. وبصوت هادئ ودقيق وهادف، شرح المعلم فيباسانا على أنه تدريب على النمو العقلي لتهدئة العقل. لقد كان طريقًا نحو تحرير الشخص من المعاناة، مما يؤدي إلى الصحوة، وتطوير الوعي من أجل الهدف النهائي للنيرفانا. لذلك، كانت فيباسانا تقنية لتطوير الهدوء واليقظة والتركيز والهدوء لتحقيق رؤى حول وجود سعيد في سلام. من خلال القيود الجسدية والعقلية والجهود المثالية، يمكن للشخص تأديب العقل والسيطرة على أنشطته.

قارن المدرب العقل بالمحيط، الذي خلق دائمًا موجات وعواصف وأمواج تسونامي، مما أدى إلى تهدئة العقل بصعوبة إسكات البحر. إذا كان العقل مهتاجًا، فإن الجسم كله يتأثر، والأفكار باطلة، والأحاسيس مشبعة، والملاحظة مشوشة، والكلام مفصول، والفكر فاسد، والعلاقات تصبح غير متماثلة. كان الحفاظ على انضباط العقل مثل تطوير أداة قوية للقيام

بالعمل المقصود، مما ساعد على تحقيق أهدافه. ساعد تدريب فيباسانا الذي استمر عشرة أيام على تطوير العقل كأداة، وإبقائه تحت السيطرة. لم يكن فيباسانا علاجًا لمرض أو جرعة لتحقيق قوى سحرية. ولكن، من خلال تمرين بسيط، ينجز الشخص السيطرة على العقل، في هذه العملية، ومعرفة الذات في بساطتها وعريها ومجملها. قال المعلم لتمكين الذات من خلال فهم طبيعتها وأبعادها واتساعها، وإدراك قدراتها وإمكانياتها وإمكانياتها. مراقبة كل جزء من الجسم، كانت المهام المختلفة التي شاركوا فيها، ودورهم، والوحدة التي تشكلت جزءًا من التأمل. أدى إلى المظهر الشامل وتماسك جسم الفرد وعقله وفكره ووعيه، مما أدى إلى الاستنارة. كان تحسين نظرة المرء إلى الذات والآخرين والعالم بنفس القدر من الأهمية. قال المعلم: "نحن ما نفكر فيه عن أنفسنا". وأضاف المعلم: "يخلق الشخص نفسه منذ الطفولة ؛ تلعب التنشئة والطبيعة دورًا مهيمنًا في هذه العملية". يساعد تحسين نظرة المرء على عيش حياة أفضل تؤدي إلى السلام الداخلي والوئام والتنمية والفرح. كان سر الحياة الناجحة هو العيش في الحاضر، وليس التجول في التضاريس الغادرة للماضي أو برية المستقبل ".
عندئذ شرحت المعلمة الجدول الزمني لبرنامج فيباسانا التدريبي:

4:00 صباحًا: جرس الصباح.

4.30 صباحًا إلى 6.30 صباحًا: التأمل في الغرفة أو القاعة.

6.30 صباحًا إلى 8.00 صباحًا: الإفطار والعمل الخاص.

8.00 صباحًا إلى 9.00 صباحًا: التأمل الجماعي في القاعة.

9:00 صباحًا إلى 11:00 صباحًا: التأمل في الغرفة أو القاعة.

11.00 صباحًا إلى الظهيرة: استراحة الغداء.

12:00 ظهرًا إلى 1:00 مساءً: مناقشة مع المشرف.

1:00 مساءً إلى 2:30 مساءً: التأمل في الغرفة أو القاعة.

من الساعة 14/30 إلى الساعة 15/30: تأمل جماعي في القاعة.

3:30 مساءً إلى 5:00 مساءً: التأمل في الغرفة أو القاعة.

5.00 مساءً إلى 6.00 مساءً: التأمل الجماعي في القاعة.

6.00 مساءً إلى 7.00 مساءً: استراحة شاي وعمل شخصي.

7.00 مساءً إلى 8.15 مساءً: خطاب في القاعة.

8:15 مساءً إلى 9:00 مساءً: التأمل الجماعي في القاعة.

9:00 مساءً إلى 9:30 مساءً: جلسة الإجابة على الأسئلة في القاعة.

9:30 مساءً: إطفاء الأنوار

على الرغم من انفعالاتها لأسباب غير معروفة، إلا أن أمايا حصلت على نوم مريح نسبيًا، واستيقظت حوالي الساعة الثالثة والنصف، ووصلت إلى القاعة لحضور التأمل الأول بحلول

الساعة الرابعة والنصف. جلست على الأرض، مع الحفاظ على الجسم في وضع مستقيم لأن هذا الموقف كان ضروريًا عندما استمر التأمل لفترة طويلة. كان هناك حوالي خمسين متدرب واثنين من المتطوعين ومشرف. بدأت أمايا التأمل، مع التركيز على التنفس، وتثبيت وعيها على الاستنشاق والزفير، وهو أمر طبيعي في الحياة اليومية. كانت تدرك كل نفس، وتركز عقلها لأن التنفس كان هناك منذ الولادة واستمرت في كل لحظة من حياتها، حتى أثناء النوم أو فقدان الوعي. كان التنفس هو النشاط الأكثر شيوعًا واتساقًا وخلقيًا، لكن التركيز كان صعبًا. كانت تركز فقط على تنفسها لمدة ثلاثة أيام ونصف من أصل عشرة أيام. كان عليها أن تحقق انتباهًا تامًا في أنفاسها للسيطرة على عقلها وتهدئته. ذكر المعلم أن تركيز العقل سيوفر النظام الداخلي والسلام والوضوح في الفرد لأنه كان عملاً من أعمال الجسد والعقل معًا. إلى جانب ذلك، فإن التنفس سيركز الجسم والعقل على الواقع الحالي إلى جانب التخفيف من الحزن والمعاناة والألم.

كان عقل أمايا غير الموجه وغير المدرب ضعيفًا وغير حاسم ويفتقر إلى الصمود المطلوب للوصول إلى التنوير. أعادت خلق الأحداث الماضية، وقفزت من مواقف حقيقية إلى أمور غير واقعية ومتخيلة ومبذرة، وبدأت تتشابك في الأحزان والحزن والكرب. للهروب من الماضي المؤلم، خلق العقل مستقبلًا خياليًا، وسافر إلى ما لا نهاية في برية التفكير بالتمني ولم يبق أبدًا في الحاضر للاستمتاع بأفراح الوجود. حاولت إصلاح عقلها، مع التركيز على الحاضر، لكنها وجدت صعوبة غير عادية في السيطرة على عقلها. أقنعت أمايا عقلها من التجول في الماضي الخائن أو بناء أحلام مستقبلية خيالية ولكنها تعمل باستمرار لتحقيق أهدافها. كانت الممارسة المستمرة للتركيز على التنفس ضرورية لتهدئة العقل، وهي الطريقة الوحيدة للوصول إلى هذه النهاية.

أثناء التأمل، لم يكن العقل ثابتًا أبدًا. لقد اشتكت باستمرار، وجادلت، وشرحت، وانتقدت، وسخرت، وصححت، وناقشت، وحكمت. حتى عندما أغلقت أمايا عينيها، كان عقلها نشطًا وعذبًا، مذكراً إياها بماضيها وعذابها الشديد عندما عادت من جناح الولادة، مدركة أن سوبريا ووالدها كانا مفقودين. أخذها عقلها إلى الأشهر الأربعة المروعة التي قضتها بمفردها في المنزل، وتفكر في الوحدة والخوف من الوحدة والخداع المفجع. بكت أمايا، جالسة في وضعية اللوتس، تتأمل بصمت حول ماضيها، مما خلق مشاعر كئيبة وأفكار قمعية. بينما كانت جالسة، سقطت إلى الوراء، وضربت رأسها على الأرض ؛ كان الألم الذي أحدثه السقوط لا يطاق. حاولت أمايا الجلوس في وضعية اللوتس مرة أخرى لكنها وجدت صعوبة وفشلت في التركيز على التنفس. بطريقة ما، جمعت كل قوتها لمواصلة التأمل، للتغلب على الخوف والألم والعذاب.

قالت المعلمة إن التركيز على التنفس هو الطريقة الأكثر فعالية لتهدئة عقلها، وأرادت التخلص من أمتعة الماضي المهدرة. سعت لبدء حياة جديدة، ونبذ المعاناة للتغلب على ماضيها. أرادت أن تفعل شيئًا للنساء والفتيات غير المرغوب فيهن والأمهات المرفوضات والعوانس المستغلات والأطفال الأميين. كانت بحاجة إلى الخضوع للفيباسانا، وتدريب عقلها وحرق الماضي لتصبح شخصًا جديدًا. كان التحكم في العقل وتقييده أمرًا لا غنى عنه للوصول إلى هذا المصير، على الرغم من أن العقل ثار مرارًا وتكرارًا أو تظاهر بالتعب والمرض. غالبًا ما اشتكى العقل من أن فيباسانا كان قديمًا وغير علمي ولا يمكنه الوقوف

ضد اختبار التحقق ؛ وقبل كل شيء، كانت نتائجه غير مؤكدة ومنحرفة. مرارًا وتكرارًا، أخبر العقل أمايا فيباسانا أنها قتلت شخصيتها ومكانتها وتفردها، وألقاها في فرن أحرق الرغبات والأحلام. بعد دورة فيباسانا التدريبية، ستكون مثل الخضروات الجسدية والعقلية والفكرية، لأنها ستأخذ كل مبادرتها وثقتها. كانت تعيش حياة متسولة، تتجول في جميع أنحاء العالم، تجمع الصدقات وتحول نفسها إلى طفيلي ؛ حاول العقل إخافتها. أخبرت أمايا العقل أن يكون هادئًا، وألا يتدخل في قراراتها الشخصية. وأوضحت أن اختيارها للخضوع للوساطة لمدة عشرة أيام كان خطة مدروسة جيدًا ؛ كانت وحدها مسؤولة عنها وأخذتها بوعي كامل.

كان موقفها غير مريح، مما خلق ألمًا جسديًا وعذابًا عقليًا وصراعات عاطفية في ذهنها. في بعض المناسبات، ابتزها العقل بإخبارها أن روز كانت وحدها في المنزل ؛ ربما تعرضت لحادث واحتجت إلى المساعدة والقلق على ابنتها. في مناسبة نادرة، أخبرها العقل أن التأمل لأكثر من خمس دقائق سيقودها إلى الجنون ؛ كانت تتجول في الشوارع، ويرشقها الناس بالحجارة، وقد تحتجزها الشرطة. وفجأة فكرت أمايا في اجتماعها مع اثنين من البوبيز في هايد بارك. كان الوقت يقترب من منتصف الليل، وكان بعض الناس يجلسون أو يمشون في مكان قريب. لم تلاحظ أمايا أن ضابط الشرطة يقف بجانبها.

"هل أنت ثملة يا سيدتي ؟" سأل أحد ضباط الشرطة. كان الأمر مفاجئًا، وفوجئت أمايا ؛ نظرت إليهم لمعرفة من هم.

أجابت أمايا: "لا يا سيدي".

"هل أنت بلا مأوى ؟" كان هناك سؤال آخر.

قالت أمايا: "لا، أنا أقيم في فندق قريب".

"إذن لماذا أنت هنا في وقت متأخر ؟" أراد الشرطي أن يعرف.

لم يكن لدى أمايا أي إجابة. أجابت وهي تنهض: "لقد جئت للتو إلى هنا ؛ لم أعتقد أبدًا أن الوقت قد فات".

"الحديقة مغلقة بعد منتصف الليل. وأضاف بوبي: "في بعض الأحيان، يكون من الخطر أن تكون وحدك هنا".

قالت أمايا: "لم أكن أعرف ذلك أبداً".

"هل نصل إليك في فندقك ؟" سأل أحد رجال الشرطة.

"لا، يمكنني الذهاب وحدي. أنا بأمان. نشكرك على اهتمامك. طابت ليلتك ". ابتعدت أمايا بخفة.

"اعتني بنفسك يا سيدتي. طابت ليلتك ". كان بإمكانها سماع صوت لطيف.

كان لقاءً في منتصف الليل مع بوبي لندن. ومع ذلك، عندما أدركت فجأة أنها كانت تهرب من المسار الفعلي لفيباسانا، نجح عقلها في تشتيت انتباهها وحملها إلى أراضٍ بعيدة. كان العقل يشكرها على مغادرة فيباسانا حتى تذهب إلى جميع أنحاء العالم مرة أخرى بحثًا عن

ابنتها. استطاعت أمايا أن تفهم أن عقلها كان حريصًا على التخلي عن عملية التأمل حتى يتمكن من السيطرة عليها. استمرت تكتيكات الضغط لفترة طويلة، وبدأت أمايا تحرس نفسها من العقل.

لقد حلت التركيز المطلق على التنفس لأيام معًا من شأنه أن يقودها إلى الفكر الصحيح والفهم الصحيح: الوعي والحكمة على الذات والمناطق المحيطة بها. كان هدفها هو جو فريد من نوعه، والسعي لتصحيح العقل والتحكم فيه وتوجيهه، وتحرير النفس من التأثيرات السلبية الباهتة، والعيش حياة منتجة وسعيدة بوعي كامل. ولكن على الرغم من أنها حاولت التركيز على تنفسها، فقد تجول عقلها إلى ما لا نهاية في طفولتها ومراهقتها وشبابها والسنة التي قضتها في برشلونة. كان رأسها يتألم باستمرار، وتفكر في بحثها عن ابنتها في أوروبا والهند لمدة أربع سنوات. جلبت لها الوخز والحزن، وفي بعض الأحيان بكت أمايا، والدموع تتدحرج على خديها، والتي وجدت صعوبة في السيطرة عليها. حاولت مرارًا التحكم في عقلها، مع التركيز على تنفسها، لكنه كان تمرينًا محبطًا، وعانت دون نجاح. سيطر عليها عقلها تمامًا، وسحق مشاعرها ودمر أهدافها، حيث تصرف مثل إعصار، لا يمكن السيطرة عليه، بلا هدف ومدمر. اعتقدت أن مراقبة العقل من خلال التركيز على التنفس كان فشلاً، حيث كان العقل يركض في البرية، مما خلق إحباطًا شديدًا في أمايا.

عندما كانت في الغرفة، تقوم بالوساطة، فكرت أمايا في التخلي عن برنامج فيباسانا لمدة عشرة أيام، والتجول في شوارع نالاندا وبوده جايا من أجل السلام لأنها شعرت باليأس والهزيمة. بمجرد أن نهضت، وحزمت ملابسها ومستلزمات الحمام، واعتقدت أن فيباسانا كانت محتالة، لن يساعدها ذلك في السيطرة على عقلها. كانت هناك مشاعر وآلام غير معبر عنها داخلها ؛ أرادت الصراخ والبكاء بصوت عالٍ، والشعور بتمزيق قلبها، وتحطيم رأسها، والتدمير الذاتي، وهو ميل انتحاري مفاجئ.

صرخت: "أمايا". "ماذا تفعل ؟ سألت نفسها: " هل جننت ؟".

أمرت أمايا: "تحكم في نفسك، تحكم في عقلك". كان هناك إدراك مفاجئ لها ؛ كان التخلي عن فيباسانا مثل ترك نفسها للنسور، وتسليمها إلى ديكتاتورية العقل. كان لديها خياران: أن تكون تحت رحمة عقلها أو السيطرة على العقل ؛ أحدهما أدى إلى البؤس، والآخر إلى التنوير والنعيم. كان لدى أمايا الحرية في اختيار أي منها، واختارت الأخير، وهو أصعب قرار اتخذته في حياتها. جلست مرة أخرى في وضعية اللوتس، وأغلقت عينيها ونظرت إلى نفسها بعينيها الداخليتين. "ركز على تنفسك ؛ انظر إلى طرف أنفك"، وجهت عقلها.

جلست أمايا ساكنة ؛ وشهدت تغيرًا مفاجئًا في التركيز على تنفسها. كان هناك كائن واحد فقط في الكون، وهو هي، هي وحدها ؛ فعلت الشيء الوحيد، التنفس، وجلست بصمت، دون التفكير في أي شيء لفترة طويلة، في عالم الفراغ، العدم.

حصلت أمايا على نوم عميق واستيقظت حوالي الساعة الثالثة والنصف وهي تشعر بالجوع، وتذكرت أنها لم تتناول العشاء لأنه لم يكن هناك توفير للطعام بعد استراحة الشاي في المساء لمدة عشرة أيام. كان شاي المساء كوبًا واحدًا فقط، لكن أمايا قررت مواصلة فيباسانا دون تناول العشاء. كان هناك جرس صباح في الساعة الرابعة صباحًا، وكانت حاضرة في القاعة بحلول الساعة الرابعة والنصف من أجل التأمل الأول في اليوم. قررت أمايا تهدئة عقلها

تحت سيطرتها القوية، مع التركيز على التنفس لمدة دقيقة على الأقل. كانت تعرف أنها تستطيع تجربة التنوير من خلال الممارسة المستمرة من خلال التحكم في العقل، وكانت أفضل تقنية هي التركيز على تنفسها. أرادت أمايا القضاء على جميع الأفكار والمواقف والكراهية السلبية، وغرس التعاطف واللطف والتواضع والتواضع لزيادة الوعي. كانت تعرف أن لديها تصميمًا قويًا على التغلب على ماضيها، وأفراح الحاضر، مما يؤدي إلى مستقبل سعيد لمساعدة الآخرين والقضاء على معاناتهم. أرادت أن تطهر نفسها من كل السلبية، والسفر إلى ما وراء الأحزان، والرثاء، وإخماد المعاناة والحزن من خلال السير على طريق الصواب، وتحقيق الاستنارة.

لم تكن فيباسانا تمرينًا للتنفس بل عملية تنوير لمعرفة الأشياء كما هي ؛ تذكرت أمايا أن المعلم أخبرها أن يكون لديها منظور صحيح للواقع أو الوجود. يمكن للمتأمل أن يختبرها ضحلة أو عميقة، اعتمادًا على قسوة التركيز ومعرفة جسمه دون أي ارتباط، وبالتالي يصبح مراقبًا لوجوده. لم يقتصر الوعي الذي تم تطويره على التنفس بل كان يتخلل الجسم كله مع كل نشاط، مثل الجلوس أو الوقوف أو المشي أو الجري أو المراقبة أو النظر أو الأكل أو اللعب أو النوم أو أي شيء يفعله الشخص.

من خلال مراقبة التنفس، سيتعلم المتأمل مراقبة الأحاسيس الجسدية المختلفة، داخل الشخص وخارجه، مثل المشاعر والأفكار والإرادة والعمل البدني. من خلال السيطرة على العقل، يميز المتأمل ما إذا كان الإحساس ممتعًا أو غير سار ويدرك طبيعته ومصدره دون أي ارتباط. يصبح المتأمل واعياً، والجسد ككيان مختلف عن الذات. لذلك، كان الإعجاب بالجسم أو عدم الإعجاب به لا معنى له بالنسبة للفرد.

تدريجياً، يمكن لأمايا أن تشعر بالتنفس داخل فتحتي أنفها، والإحساس به يلمس الأجزاء الداخلية من فتحتي أنفها، ويملأها. كان هناك تأثير تبريد عندما دخلت وإحساس بالدفء عند الزفير. كان الشعور كيانًا منفصلاً، مثل التنفس، وكانت هناك ثلاثة كائنات مختلفة: الجسم والتنفس والشعور. شعرت أمايا بالهواء يدور في جميع أنحاء جسدها ؛ كان بإمكانها ملاحظته كغريب. بعد ذلك، استطاعت أمايا التركيز على تنفسها لمدة دقيقتين تقريبًا دون تشتيت الانتباه. لقد كان إنجازًا حيث أطاع العقل اتجاهاتها وسار في طريقها المختار.

كان الخطاب في ذلك اليوم حول تعاليم بوذا أنه يجب على المرء تجنب النقيضين، تدليل الجسم أو التعذيب الذاتي، سواء كان خسيسًا أو عديم الفائدة. كان وحيًا لأمايا، وفضلت اتباع المسار الأوسط. سألت أمايا عن كيفية إطالة التركيز في جلسة الأسئلة والأجوبة. أخبرها المشرف أن تنظر إلى نقطة وهمية على الحائط بعقل فارغ وتركز على رؤية أي شيء آخر. تعلمت أمايا أن العقل يحتاج إلى مزيد من التدريب للحفاظ على تركيزها، وستركز لفترة أطول بحلول اليوم التالي. كانت هناك بعض الأسئلة الأخرى حول التنفس والأحاسيس والانتباه والتحكم في العقل. كانت الإجابات موجزة، إلى حد ما، وتهدف إلى الممارسة في الوساطة اليومية. استمعت أمايا إليهم بعناية لاستيعاب محتواهم في فيباسانا. استوعبت تقدمها، الذي كان تدريجيًا ومتسقًا ومكتسبًا بشق الأنفس. نمت أمايا جيدًا حتى الساعة الرابعة صباحًا واستيقظت على سماع الجرس.

بزغ فجر اليوم الثالث، وكانت أمايا في القاعة الساعة الرابعة والنصف ؛ ودخل الصمت في كيانها ؛ وشهدت سكونًا عميقًا ومتخللًا وشاملًا. انفصلت، واقفة بشكل واضح، تراقب جسدها وعقلها وفكرها بشكل مستقل. أمرت أمايا، وأطاعوها، واتبعوا توجيهاتها. بدأت في استخدام الأدوات في أفعالها دون إثارة أو مقاومة. اختبرت بدء القبضة على حواسها ومشاعرها وعواطفها ورغباتها وخيالها وهي تركز على طرف أنفها لمدة ساعة تقريبًا دون انقطاع. كان طرف أنفها مرئيًا حتى بعد إغلاق عينيها. ثم ركزت على المثلث بين الشفتين العلويتين وقاعدة الأنف ؛ شعرت أنها تكتسب قوة، وإتقان على جسدها وعقلها. سافرت ببطء من قاع المثلث، وشهدت كل ذرة وجسيم وخلية. كانت الرحلة لا نهاية لها، كما لو كانت متجولة في الفضاء اللانهائي، لدهور، ملايين السنين الضوئية. كانت رحلة حتى نهاية أنفها في نقطة محددة، والتي كانت واسعة مثل الكون. كانت مشاركة خالدة، سفر بلا مساحة، وكانت وحدها. ومع ذلك، فقد حددت الكون من حولها كما لو كان حقيقيًا وغير واقعي، محدودًا ولا نهائيًا، متسلسلًا وغير منظم، عابرًا وأبديًا.

عانت أمايا من التغيير إلى ما لا نهاية، كما لم يكن هناك شيء دائم. ومع ذلك، كانت على دراية بكل شيء من حولها، وراءها، وكانت متيقظة لأنها كانت على دراية بوعيها. تلك المعرفة حولتها. تعلمت أنه لا شيء يمكن أن يهزمها، ويتغلب عليها لأنها كانت واعية، وفي الوقت نفسه واعية بوعيها، وشعور مضيء، ونور داخلها، وإحساس حارق بوجودها، والذات الأعمق.

جلب الوعي القوة إلى عقلها والاتجاه إلى عقلها. ركزت دون الشعور بالتعب أو الضعف أو الخمول أو الإحباط. ثم التفتت نحو جسدها وبدأت في مراقبة الأجزاء الدقيقة منه من أخمص القدمين إلى أعلى رأسها، والتي كانت عملية تدريجية ودقيقة وشاقة. وجهت أمايا عقلها إلى الشعور بالإحساس، ولمسه بعمق دون حكم، دون مفاهيم مسبقة. تبعها العقل، وطاعت كل كلمة من كلماتها وأوامرها، وكلما شعرت بإحساس معين، توقفت مرة أخرى. طلبت من العقل أن يلاحظها بعمق، وليس أن يكون جزءًا منها ولكن مجرد مراقب خارجي. كان وعي أمايا التدريجي بأن جسدها مليء بالملايين والملايين من الأحاسيس، مثل الكون الواسع الذي يضم مليارات المجرات، منفصلًا ومضيئًا ومشبعًا. كانت كل بقعة من الجسم عبارة عن مقعد وكنز من الإحساس والمشاعر. كانت معرفة جديدة لأمايا، لم تفهمها من قبل. فجأة عرفت أمايا أنها كانت مجموع الأحاسيس والمشاعر والوعي، لكنها مختلفة عنها، مثل القدر، لم تكن الطين، ولم يكن النور هو الشمس، أو لم يكن الجمال هو الوردة، لأنها كانت مخلوقات من الطين والشمس والورد. كان الإحساس هو خلقها، منفصلًا ومستقلًا عنه، كيانًا فريدًا، الوجود ناقص الجوهر. وقفت أمايا وحدها، وراقبت وحدها ووجودها بشكل مستقل دون أي تأثير من الأشياء من حولها ؛ فهم منفصل عن الأحزان والآلام والكرب والعذاب لأنها كانت إبداعاتها، وليس كيانها.

أمايا موجودة بشكل منفصل. لقد فصلت مشاعرها عن العقل، مدركة أنها كانت مسيطرة على أحاسيسها ؛ وبالتالي، لا ينبغي أن تهيمن عليها. بسبب نقص هذا الوعي، عانت من مآسي لا توصف ؛ حتى ذلك الحين، اعتقدت أن الأحاسيس والمشاعر كانت هي، وكانت لا تنفصل عن الذات. عندما يلاحظ الشخص الأحاسيس والعواطف والجسم والعقل كأجزاء

حميمة من الفرد، تأتي المعاناة. كان الإدراك الجديد هو أنهم لم يكونوا هي، ومع بزوغ فجر معرفة هذا الانفصال، برزت أمايا مهيمنة وقررت أنها لن تظل أبدًا عبدة للمعاناة.

فكرت أمايا في جسدها ككيان منفصل، مختلف عن وجودها، لأنه كان تعبيرًا خارجيًا عن كيانها. كانت الأحاسيس هي وعيها بالتغيرات في الجسم، وكانت المشاعر هي التأثير اللاحق للحواس. وككيان منفصل، يمكنها الوقوف خارج جسدها وعواطفها. بمجرد أن أغرقت أمايا نفسها في المشاعر، عانت بشدة، دون أي مخرج. لم يكن الهروب ممكنًا إلا عندما أدركت أنها كيان مستقل، وليست جزءًا لا يتجزأ من المشاعر. عندما سادت المشاعر، أصبح دمار المعاناة واضحًا. أصبح عقلها مكثفًا ومركزًا عند التأمل، وبدأت أمايا تقضي وقتًا طويلاً في التفكير في أنها يمكن أن تغير رأيها إلى أداة منتجة للقضاء على المعاناة. كانت واعية للعقل الذي يحتاج إلى التدريب والإشراف المستمر والتوجيهات. خلاف ذلك، يمكن أن يصبح العقل تخريبيًا وقسريًا ومستقلاً، مما يخلق بؤسًا لها، وستستمر المعاناة حتى الموت.

يمكن للعقل أن يعمل على أشياء خارج الذات ويساعد العقل على تحليل الأشياء وتفسيرها، مما يخلق المعرفة. كانت العلاقة بين العقل والكائن جوهرية في ظل العيون الساهرة للذات، والتي من شأنها أن تبدأ اليقظة. أطلقت عليه أمايا اسم التدريب العملي الذي يُعطى للعقل. كان التركيز السليم للعقل نتيجة لفيباسانا، وتعلمت أمايا ذلك في يومها الثالث من التأمل. خلال المناقشة مع المشرف، سألت أمايا عن كيفية إحداث تغيير دائم.

أجاب المشرف: "الشخص الوحيد الذي تريد تغييره هو أنت، لذا ركز على عقلك، وتحكم فيه ودربه".

لقد كان في الواقع وحيًا لأمايا، حيث لم يكن من حقها تغيير أي شخص، حيث يجب أن يبدأ التغيير من الداخل كما يمكن للآخرين القيام بعملهم. سيكون العقل المركز هو مركز هذا التغيير، لأن الذات فقط هي التي يمكنها توجيه العقل للتصرف وليس أي شخص آخر. من خلال تقييد شخص ووضعها في السجن، لا يمكن لأحد أن يستعبدها إلا العقل. كانت جدران السجن التي لا يمكن التغلب عليها موجودة فقط داخل العقل. عندما تكون الذات في حالة تأهب، لن ينجح العقل أبدًا في حبس الذات. سيكون القضاء على أفعال العقل الغادرة أمرًا ضروريًا لقهر المعاناة.

قالت روز: "إن سر السعادة يتطور إلى ما يمكنك أن تصبح عليه"، وتذكرت أمايا وجهها المبتسم عندما غادرت المنزل إلى نالاندا. تأملت أمايا في ما قالته روز، حيث كانت السعادة جزءًا لا يتجزأ من التنوير. يمكن للفرد تطويره باستمرار من خلال التركيز على الجسم والعقل، وإدراكهم ككيانات منفصلة، والنفس كمراقب يقف خارجها. ما يحدث داخل الجسد والعقل لا ينبغي أن يؤثر على الذات ؛ إنه يستعبد الذات. كانت السيطرة على العقل هي الطريقة الوحيدة لتحقيق السعادة. يمكن للذات أن تدرك طبيعتها الأصيلة وتوجه الجسم والعقل للتطور وفقًا لاتجاهات الذات، وبالتالي تصبح النعيم طمسًا للذات. ونتيجة لذلك، فإن السعادة ستزيل المعاناة من الوجود.

كان خطاب ذلك اليوم حول أصل المعاناة وانقراضها. كانت الأوهام تعبيرات عن عقل متجول، من شأنه أن يقمع الوعي، وبالتالي تصبح الأحاسيس والمشاعر والعواطف بارزة، وتظهر الرغبة الشديدة في السيطرة على الفرد. ملاحظتهم تتحكم في العقل من خلال التركيز

والتركيز على العقل مع تقييده كان ضروريًا. التدريب المستمر للعقل والانتباه العميق من شأنه أن يؤدي إلى السيطرة على العقل، وفصل الذات عن عبودية الجسم وسبي العقل. فقط من خلال تحرير العقل يمكن القضاء على المعاناة وإخمادها. كان العقل بحاجة إلى التحرر من أوهام الماضي ورغبات المستقبل. كان العقل هو الرحم، حيث ينبت الغضب والحسد والغيرة والحزن والألم وكراهية الذات واليأس والسلوكيات القاتلة والمعاناة. "في عزلة المرء، سيدرك الشخص طبيعته الدقيقة"، كانت الرسالة الأخيرة لهذا اليوم. فكرت أمايا في الخطاب أثناء سيرها إلى غرفتها، المليئة بـ "الأفكار النبيلة". بالنسبة لأمايا، أصبحت فيباسانا ممارسة مستمرة للبقاء بعيدًا عن الذرائع غير الصحية، لتقييد العقل لتحقيق ملء وجودها. كان تحرير الطاقات والصحوة والتنوير هي الخطوات النهائية. بدأت في تقييم كل شيء، واختبار صحة الحقائق، وأدركت أن التعاليم والكتب المقدسة والدين والمعتقدات كانت ضارة وخلقت المعاناة. كان إدراكًا أن أي شيء يؤدي إلى الرفاهية، والقضاء على المعاناة، وخلق السعادة والتنوير كان جيدًا. كان الهدوء والسلام مصير الفرد، وفي مثل هذه البيئة، كان الفرح موجودًا في الشخص والأسرة والمجتمع. كانت غنية وجميلة.

نامت أمايا دون التفكير في أي شيء، مجردة من الشعور على الإطلاق، محرومة من الكوابيس لأن عقلها كان خاليًا من الأوهام والأوهام. في اليوم التالي، أثناء التأمل، عانت أمايا من النعيم، وأدركت أنها كانت ممتلئة بوجودها، وكانت هي التي جعلتها سعيدة. لا يمكن لأي قوى خارجية أن تنكر تحقيقها في الحياة، واختيار الفرح. كان وعيًا بأن الأحزان والألم لم يكونا جزءًا من كيانها ؛ يمكنها أن تقف بعيدًا عنهما إذا قررت ذلك. الجشع والعداء والغيرة والحسد والفخر والسلوك البغيض والأنانية أدت إلى المعاناة. تسبب الخمول واللامبالاة والقسوة في معاناة البشر والحيوانات، وكان من واجب الجميع مساعدة الآخرين على تحقيق السعادة والتنوير. أدت الرغبة في الملذات الجسدية والمواد والأفكار المستعبدة للعقل إلى المعاناة ؛ تأمل أمايا. في المقابل، الصمت العميق والتفكير في سعادة الشخص المعززة. أثناء بحثها عن نفسها من خلال الصمت، أدركت أنه لا توجد تجربة خارقة للطبيعة أعلى من الذات.

تأملت أمايا على والدتها، التي اقترحت عليها حضور برنامج فيباسانا التدريبي للسنوات الثلاث السابقة قبل الذهاب إلى الفراش مباشرة.

"أمي، أنا ممتن لك. لقد غيرت حياتي باقتراحك أن أحضر تأمل فيباسانا. لقد حولتني إلى ما هو أبعد من الاعتراف وساعدتني على معرفة من أنا وقدراتي وإمكانياتي. الآن أؤمن بالعمل، بدلاً من مجرد التفكير والقلق ؛ أصبح عقلي أداة يمكنني العمل بها، بدلاً من أن يستخدمني العقل كأداة للتدمير. لقد تغلبت على المعاناة ؛ إنه لمن دواعي سروري أن أكون على قيد الحياة، وأن أختبر الصحوة والتنوير ". فجأة تذكرت كلمات روز: "لكي تكون سعيدًا، تحتاج فقط إلى شيئين، جسم سليم وعقل سليم". حللت أمايا كلمات والدتها ووجدت أن جسدها سليم لكنها حاولت الحصول على عقل سليم. كانت مسؤوليتها هي استعادتها وجعلها نابضة بالحياة ومطيعة. كان عقلها هادئًا، ونامت أمايا بسلام حتى الصباح لأول مرة بعد أربع سنوات.

نقلتها أمايا إلى عالم جديد من الواقع في اليوم الجديد، لم تكتشفه من قبل. كان ثنائي الأبعاد، ومعرفة الذات والوعي بالمعرفة ذاتها. راقبت الجسد والعقل وهي تقف خارج جسدها

وعقلها. كان هناك وعي بأن جسدها وعقلها مختلفان عن الذات، وكان لهما وجود مستقل فيها، لكنهما لم يتمكنا من ممارسة وجودهما بدونها. ومع ذلك، يمكن للجسم والعقل إخضاع الذات، وإبطال أنماط تفكيرها وتغيير عملية تفكيرها. ونتيجة لذلك، ستكون عبدة للعقل. من خلال تدليل جسدها، ستفشل في تجربة العدد اللانهائي من الأحاسيس التي ينتجها الجسم في جميع أجزاء الجسم تقريبًا. للتغلب على الجسم من هيمنة العقل، كان من الضروري القيام بـ فيباسانا، وتهيئتها للوقوف خارج الجسم والعقل، ومراقبتها على أنها مجرد أشياء. كانت معرفة كاشفة لأمايا، حكمة معرفة الطبيعة الأساسية للجسد والعقل مع معرفتها كموضوع لمعرفتها، ووصفت ذلك بالمعرفة المصاحبة. كان الوعي الثاني الذي أوجدته هو معرفة وعيها، والذي وصفته بالمعرفة الانعكاسية. كان لدى أمايا حيوية داخلية هائلة ؛ لقد حررتها من عبودية الإحساس والإدراك والخيال والحكم. أصبحت قوية، وأدركت أنها "كانت تعرف أنها تعرف" ولا يمكن لأحد إخضاعها لتغيير مبادئها وقيمها وقراراتها. كانت وحدها قادرة على تحرير نفسها من الأحزان والآلام والمعاناة، وكانت وحدها مسؤولة عن أفعالها.

كان تحقيق الحرية والمسؤوليات والواجب هو النتائج الأساسية لمعارف أمايا الانعكاسية. كان التحرر من كل شيء، الروحانية، الدين، الله، الأيديولوجيات، الانتماءات السياسية، الخرافات، الأحكام المسبقة، الأحكام المسبقة، الحسد، الغيرة، مواقف تشويه الذات، ازدراء الذات، عقدة النقص، عقدة التفوق، قمع الذات، التعذيب الذاتي وخداع الذات. لم تكن المعرفة الانعكاسية التي اختبرتها تمحوها وتهينها وتشوهها، بل كانت تمكّنها وتعززها وتحتفل بوجودها وحريتها في التصرف والاستمتاع بحياتها بالكامل. لم يكن سوء الاستخدام لإخضاع الآخرين أو التقليل من شأنهم ؛ كان لإعادة بناء العلاقات، وتعزيز الأمل، وتجديد حياة مجزية. كانت الحرية من استغلال الآخرين ولكن تمكينهم من تحقيق إمكاناتهم الوليدة. فكرت أمايا في المسؤولية والعلاقات، حيث كانت هناك نتيجة لعدم القيام بشيء ما أو إجبار شخص ما على القيام بشيء ما. كانت متعددة الأبعاد، بما في ذلك العرضية والقانونية والأخلاقية، وكانت فكرتها عن المسؤولية الأخلاقية تجاه الإنسانية. ومع ذلك، لم يكن هناك نظام أخلاقي وعالمي مسبق. كانت المعرفة الانعكاسية التي اكتسبتها أمايا من خلال فيباسانا أقوى أداة حققتها طوال حياتها.

تأمل أمايا في الصحوة والسلام في الأيام التالية ؛ كلاهما مترابطان ولا ينفصلان وضروريان لحياة سعيدة. خلال الخطاب، طلب المعلم من المتأملين مراقبة كل شيء من حولهم عندما يعودون إلى أماكنهم دون مبالغة. كان التقييم الموضوعي للعالم ضروريًا للتعايش السعيد والاستيقاظ.

"لا ينبغي أن تكون الحياة سريعة وبطيئة للغاية، لأنها تؤدي إلى التهور الجسدي والعقلي، ونقص الوعي بما يحدث من حولك وفي داخلك"، تابع المعلم.

كان تحرير العقل من العبء غير الضروري والغضب والانتقام والعداء والتخيلات الجنسية والمتعة أمرًا ضروريًا في تحقيق التنوير لأن أنماط الحياة غير الصحية دمرت التفكير الموضوعي والنقدي. ومع ذلك، كان من الضروري طرح الأسئلة، ولم يتمكن سوى الاستجواب الشامل من الحصول على إجابات لأن الاستكشاف كان أساس جميع التغييرات التي تعلمتها أمايا.

لا تخف أبدًا من التشكيك حتى في أغلى القيم والعقائد. قررت أمايا أن تكون الشخص الذي لا يخاف من التساؤل وفضح الباطل والأكاذيب في الحياة. لم يكن هناك أحد يتجاوز عتبة التحقيق ؛ لا أحد مقدس تماما. كانت هناك علاقة سببية في كل ما هو موجود، وكان هذا الارتباط أساس التفكير. يجب أن يكون السبب أساس أفعالك ومعتقداتك ؛ أي شيء يتجاوز العقل هو الخرافة. قالت أمايا لنفسها إن الإيمان ليس له سبب ؛ وبالتالي كان الإيمان خيالًا.

تعلمت أمايا الكثير من وساطة اليوم الأخير، مما ساعدها على اتخاذ قرارات حيوية في حياتها. عندما وجهت عقلها ليكون منتبهاً، شعرت بالبهجة في الاستماع إلى نفسها الداخلية: امتلك أشياء قليلة في الحياة، واستخدم فقط الأشياء الأكثر احتياجًا. كانت الأشياء المادية تستعبدها لأنها تخلق الارتباطات والرغبة الشديدة والغيرة والحسد. تخلص من الأشياء التي جعلتها تعتمد عليها. وبنفس الطريقة، فإن سعادتها بمساحة محدودة جعلتها تشعر بالرضا. تناول طعامًا صحيًا وكافيًا ومغذيًا، ولكن لا ينبغي أن يصبح النظام الغذائي بدعة. يمكن للطعام أن يجعل الراهب مجنونًا، لأن الشراهة كانت شريرة. قررت أمايا تجنب تناول الطعام بعد منتصف النهار إذا كانت بمفردها، لأن وجبتين ستكونان كافيتين لحياة صحية.

وقررت أنه من الضروري اكتساب معرفة جديدة، وخلق المعرفة، والعمل من أجل تحقيق الذات ورفاهية الآخرين، والنوم بما فيه الكفاية كل يوم للبقاء سعداء وراضين. أدركت أمايا الحاجة إلى الاستيقاظ في الوقت المحدد، مع التركيز على عقلها لتكون نشطة ومنتجة.

تقبل المواقف لأنها خارجة عن إرادتك، ولكن طور موقفًا علميًا تجاه الحياة والعالم والكون. لا يمكنك إيقاف شروق الشمس والقمر الساطع ووميض النجوم وتشكيل الثقوب السوداء والجاذبية والأمطار أثناء الرياح الموسمية. انظر حولك وانظر كيف تحدث الأشياء. شاهد شروق الشمس والضوء والسماء والنجوم والغيوم والاستحمام، ولاحظ الفصول وتعلم من الحيوانات والطيور والنباتات والأشجار. انظر إلى الجبال المتموجة والغابات والشلالات والأنهار والبحيرات. استمتع بجمال المحيط وروعته، حيث يمكن للأمواج أن تعلمك العديد من دروس الحياة، لأنها ثابتة، ولا تتعب أبدًا من نشاطها. كل شيء من حولك جميل ورائع ومليء بالتحديات. أخبرت أمايا نفسها أن تكون واحدة معك، وواحدة مع العالم، وواحدة مع الكون. تمتع دائمًا بشعور متعاطف بالقلب مع أولئك الذين يعانون. الإيمان بقوة الجماعات ووحدة الإنسانية. أخيرًا، قم بعمل فيباسانا كل يوم، ساعة واحدة بمجرد استيقاظك، وساعة واحدة في المساء ؛ كان قرارًا حازمًا.

لاحظت الصمت التام داخلها عندما اقترب برنامج تدريب فيباسانا لمدة عشرة أيام، مما غيرها تمامًا. كان هناك فرح داخلي فيها مع انتهاء أيام معاناتها، ووجدت أمايا التنوير والاستيقاظ وأخيراً السلام مع نفسها. كان قلبها مليئًا بالاتزان لأنها تمكنت من التغلب على سلبيتها وتركيزها على الذات والخمول. كانت الحياة للأنشطة البناءة والمفاهيم الجديدة والأفكار والهياكل والأحداث. تعلمت أمايا أنها ملحمة مستمرة من الإبداع والترفيه والبناء وإعادة البناء والانفتاح على إمكانيات جديدة.

عرفت أمايا أن الدورة التي استمرت عشرة أيام كانت مجرد بداية وليست نهاية. كانت بحاجة إلى مواصلة الحياة التأملية يوميًا لتطويرها إلى جزء لا يتجزأ من الذات والبقاء نابضة بالحياة فكريًا. ستصبح حياتها تعبيرًا حيًا عن فيباسانا لإزالة الأعباء الثقيلة التي كانت

تحملها لسنوات. كسر الأغلال التي قيدت جسدها وعقلها بشدة خلق معاناة لا يمكن تصورها. يمكن للفيباسانا تخفيفها بشكل دائم والقضاء على الآلام الجامحة، وتوفير صورة واضحة للحياة، والطبيعة الأصيلة للعقل، والفكر والوعي لتحقيق الأمل والسلام والهدوء. تركت أمايا نالاندا بتصميم قوي على دمج فيباسانا في حياتها اليومية. كانت تعود إلى نالاندا أو بوده جايا كل عام لمدة شهر واحد لحضور تأمل لمدة عشرة أيام والعمل كمتطوعة للأيام المتبقية.

عانقت روز أمايا بمجرد دخولها المنزل ؛ لاحظت أن تغيير أمايا كان مرئيًا وحيويًا ودائمًا. بدت أمايا رصينة، وكانت لمستها لطيفة وحنونة ولطيفة.

"أمي، لقد تغيرت إلى الأبد ؛ لقد خلقت في البداية ألمًا مبرحًا لكنها أصبحت سامية ودائمة. دخلت فيباسانا في عقلي وعقلي وقلبي. أحبها كأنها ملكي، وأصبحت جزءًا من حياتي ". بينما كانت تجلس بالقرب من والدتها، روت أمايا الأحداث داخلها.

"يمكنني ملاحظة التغيير ؛ تبدو متواضعًا ومتعاطفًا وممتنعًا ومحبًا. لقد استعدت ابنتي، البالغة الناضجة، التي لديها العديد من الأشياء التي يجب القيام بها في حياتها "، هتفت روز.

"نعم، أمي، أريد أن أبدأ حياة جديدة. لقد قررت أن أمارس المحاماة، وهي وسيلة بناءة لمساعدة النساء اللواتي يعانين من الاستغلال والقهر والتعذيب. أريد أن أساعد أكبر عدد ممكن من النساء للحصول على العدالة، لتخفيف معاناتهن ".

نظرت روز إلى ابنتها بعقل هادئ ؛ استطاعت أن تشعر بقناعات أمايا ونواياها وتصميمها. أكدت روز: "إنها فكرة رائعة ؛ دعمي الكامل معك".

ناقش روز وأمايا الأمر عندما جاء شانكار مينون من مومباي لمقابلة ابنته.

قال وهو يعانق ابنته: "أمايا، إنها فكرة ذات مغزى ؛ يمكنك القيام بعمل جيد ؛ أنت أفضل شخص لمساعدة النساء اللواتي يحتجن إلى مساعدة قانونية".

في غضون يومين، زار أمايا وروز وشانكار مينون كوتشي للعثور على سكن مع مساحة مكتبية لأمايا. بعد ثلاثة أيام من البحث المكثف، تمكنوا من تحديد موقع فيلا على بعد حوالي ثلاثة كيلومترات من المحكمة. اشتراها شانكار مينون ؛ وهبها إلى أمايا. جزء من المنزل، بما في ذلك غرفة معيشة وغرفتي نوم ومطبخ أمايا تم تحويله كمسكن لها وأربع غرف لأغراض مكتبية. أشرفت روز على التعديلات الهيكلية الداخلية للمنطقة السكنية وشيدت خزائن الحائط والخزائن والرفوف والأثاث. اشترت أجهزة كمبيوتر وطابعات وآلات نسخ والمعدات الإلكترونية اللازمة للمكتب.

جنبا إلى جنب مع شانكار مينون، أصدرت روز أوامر لكتب القانون والمجلات والمنشورات حول حقوق الإنسان والعدالة وعلم الاجتماع وعلم النفس والاقتصاد والنشاط الاجتماعي، وآخر التطورات في العلوم والذكاء الاصطناعي. كان هناك قسم خاص للمالايالامية والفرنسية والإسبانية والإنجليزية مع حوالي مائة قطعة من الخيال والشعر. قدمت لها روز كتابين عن بوذا وفيباسانا، والتي تعتز بها أمايا. كانت أجمل هدية قدمتها روز لأمايا بيانو، وعزف كل من أمايا وروز موسيقاهما المفضلة لساعات معًا.

قبل بدء الممارسة القانونية، فوضت أمايا وكالة دولية لبيع فيلاها في برشلونة والأثاث وأجهزة الكمبيوتر والكتب والدراجات النارية والسيارات، والتبرع بالإجراءات إلى منظمة

رعاية الطفل في غضون ثلاثة أشهر. كان هناك ثمانية كرور روبية في مصرفها، والدية التي حولها كاران إلى حسابها، وتبرعت أمايا بالمبلغ لتعليم الفتيات في أجزاء مختلفة من الهند.

لمدة عامين، مارست أمايا المحاماة تحت إشراف محامٍ أول، قدم لها تدريبًا مكثفًا لتطوير مهاراتها وموقفها وتصبح ممارسًا قانونيًا ناجحًا. تعلمت أمايا الدروس الأساسية المتمثلة في إجراء المقابلات والصياغة وتقديم الطلبات في المحكمة وإجراءات المحكمة الأساسية والآداب والعرض البليغ والقوي والمنطقي للقضايا التي تؤدي إلى حجج قوية. تعلمت أمايا أحد أهم الدروس من كبيرها من خلال تقديم نفسها في المحكمة بياقات بيضاء صلبة وثوب أسود ومخاطبة القضاة على أنهم "ربي" أو "سيادتي" بتواضع. أخبر كبير القضاة أمايا أن العديد من القضاة كانوا أنانيين ونرجسيين يحبون الآخرين ويعاملونهم مثل الآلهة.

عندما بدأت أمايا في ممارسة المهنة بشكل مستقل، كانت ترسيخ نفسها كمحامية فعالة أمرًا شاقًا. فاجأها الفساد والمحسوبية والطائفية والتحيزات الدينية بين القضاة وزملائهم المحامين، وهو ما لم تواجهه من قبل. تلقت أمايا تصفيقًا غير مسبوق من الجماعات النسائية والناشطين عند تمثيل مجموعة من النساء المنتميات إلى قبيلة في السنة الثالثة. لسنوات عديدة، عانت هؤلاء النساء من الاستغلال الجنسي والمالي من قبل ضباط الغابات وتجار الأخشاب بارونات التعدين. تعرضت أمايا لتهديدات بالقتل والمقاطعة الاجتماعية والمحظورات المهنية عند فضح التجاوزات. مع تسليط الضوء على الوثائق والإحصاءات الأصيلة، روى أمايا القصص التي لا توصف لحوالي اثني عشر طفلاً ولدوا من الاغتصاب وأمهاتهم المستغلات. وكان الحكم لصالح الضحايا، كما توقع عامة الناس والجماعات النسائية. منحت المحكمة تعويضًا كبيرًا للضحايا وسجنًا طويل الأجل لنحو اثني عشر من ضباط الغابات ورجال الأعمال. غيرت القضية مكانة أمايا بين الأخوة القانونية، وعلى مدى السنوات الخمس عشرة المقبلة، كانت لديها رحلة ناجحة لمساعدة الناس على التغلب على معاناتهم.

في اليوم الذي احتفلت فيه أمايا بعامها العشرين من الممارسة القانونية، تلقت مكالمة هاتفية من امرأة شابة مجهولة ؛ غيرت المكالمة حياتها مرة أخرى إلى أبعد من الخيال. بعد بضعة أيام فقط، عرفت أمايا أن الشابة لم تكن سوى سوبريا، ابنتها المختطفة. في ليلة الجمعة، واجهت صعوبة في النوم لأنه في اليوم التالي، اليوم الخامس عشر من تلقي المكالمة، ستذهب إلى شانديغار للقاء ابنتها لأول مرة.

حوالي منتصف الليل، لاحظت أمايا رسالة جديدة على شاشة هاتفها من سوبريا: "ماما، أريد التكفير عن جرائم والدي ؛ لكن لا يمكنني تركه. الخيار الوحيد هو..." كانت رسالة غير مكتملة، لكن تأثيرها أرعب أمايا بهزة مفاجئة في قلبها. "لا، سوبريا. صرخت أمايا: "لا تفكر بجموح"، حيث أن العمل المخفي في كلمات سوبريا حطم سلام أمايا للحظة وجيزة. لقد كان فألًا مخيفًا للمعاناة لسنوات عديدة قادمة. على الفور، أرسلت أمايا رسالة مفادها أنها ستصل إلى مطار شانديغار كما هو مقرر، حوالي الساعة الثانية بعد الظهر. استمرت اضطرابات النوم بينما كان عقلها متورطًا في الكارثة الوشيكة، حيث كان رأسها أيضًا مهتاجًا للخروج من مستنقع العبث. على الرغم من أنها نامت لمدة ساعة فقط، إلا أن أمايا استيقظت في الساعة الرابعة صباحًا. بعد حصولها على فيباسانا، أرسلت بريدًا إلكترونيًا إلى

سوناندا تأذن لها بتمثيل قضاياها، إلى جانب إدارة مكتب أمايا خلال إجازتها الممتدة، إن وجدت. كما مكنت سوناندا من بيع عقار أمايا والتبرع بالإجراءات لمؤسسة تشايلد كونسيرن إذا لم تتمكن من العودة في غضون عام واحد.

كانت الرحلة في التاسعة من كوتشي ؛ استغرق الوصول إلى دلهي أكثر من ثلاث ساعات بقليل. بعد ظهر يوم على متن رحلة متصلة، لمست أمايا شانديغار. كانت الإثارة في مقابلة ابنتها سلبية لأن معاناة المأساة التي ستواجهها كانت مقلقة. وقفت أمايا بصبر لمدة خمس عشرة دقيقة تقريبًا، لكن لم يكن أحد ينتظرها. كان الخوف كامناً في قلبها أكثر من خيبة الأمل، التحذير المسبق من كارثة تلوح في الأفق. استغرق الأمر حوالي عشرين دقيقة للوصول إلى عش الوقواق، مقر إقامة سوبريا. استطاعت أمايا رؤية مقر شركة الدكتور كاران أشاريا للأدوية. كان هناك حشد كبير إلى حد ما، وتم إيقاف العديد من المركبات من القنوات التلفزيونية والصحف وأقسام الشرطة في المجمع. بشكل غير متوقع، وقفت أمايا بلا حراك بينما كانت هناك نقالة ذات ملاءات بيضاء، تم دفعها إلى سيارة إسعاف من قبل بعض رجال الشرطة.

"سيدي، أنا المحامية أمايا مينون، مستشارة الدكتور بورنيما أشاريا. قالت أمايا وهي تقدم نفسها لضابط شرطة: "أريد مقابلتها على الفور".

"سيدتي، أنا آسف لأنك قد لا تتمكنين من مقابلتها اليوم. وقالت الضابطة إنها رهن الاعتقال للاشتباه في ارتكابها جريمة قتل ".

كانت أمايا عاجزة عن الكلام لبعض الوقت. تساءلت أمايا: "متى سأتمكن من مقابلتها ؟" مستعادة رباطة جأشها.

"قد لا أتمكن من القول على وجه اليقين. على الرغم من أنه يوم الأحد، إلا أنه سيتم إحضارها أمام قاضٍ غدًا وربما في حجز الشرطة أو القضاء للأربعة عشر يومًا القادمة ".

أصر أمايا: "بصفتي محاميها، لدي الحق في مقابلتها".

"أنا أعرف ذلك. لكن عليك الحصول على إذن كتابي من قاضٍ لمقابلتها ".

رأت أمايا مصورين ومراسلين صحفيين يركضون نحو سيارة جيب للشرطة متوقفة عند مدخل المنزل، حيث دخلت شرطيات إلى السيارة الجيب، وهي امرأة غطت رأسها بقطعة قماش سوداء.

"سوبريا!" نادى أمايا وركض نحو الجيب.

قال ضابط الشرطة وهو يوقف أمايا: "سيدتي، لا يُسمح لك بالتحدث معها".

فتحت أمايا هاتفها الخلوي لمعرفة آخر الأخبار، وكانت هناك بث مباشر من قنوات تلفزيونية مختلفة. "توفي الدكتور كاران أشاريا الليلة الماضية حوالي الحادية عشرة ؛ كان في الخامسة والخمسين من عمره. وكان رئيس مجلس إدارة شركة أشاريا للأدوية. كانت الدكتورة أشاريا في غيبوبة لمدة ثلاثة أشهر ونصف بسبب حادث سيارة. تؤكد التقارير الطبية أن الحبل الشوكي لديه تضرر بشدة. ونتيجة لذلك، كان في حالة حرجة خلال اليومين الماضيين. توفيت زوجته الدكتورة إيفا أشاريا بسرطان المبيض قبل ثلاث سنوات. لدى

الدكتورة أشاريا ابنة، الدكتورة بورنيما، الرئيس التنفيذي للشركة. درس في دلهي، وبحث في لندن وبالو ألتو، كاليفورنيا، وعمل في شانديغار وأصبح جراحًا وعالمًا مشهورًا دوليًا. طورت الدكتورة أشاريا دواءً لمرض الزهايمر قبل ربع قرن، وتم حظره لاحقًا بسبب آثاره الجانبية الرهيبة. أعربت الأخوة الطبية وحكام البلاد عن أعمق تعازيهم في وفاته المفاجئة ".

يمكن لأمايا أن تتخيل ما كان يمكن أن يحدث. قالت لنفسها: "أحتاج إلى الدفاع عن ابنتي".

ثم، كانت هناك الأخبار العاجلة: "ألقت شرطة شانديغار القبض على الدكتور بورنيما أشاريا، الرئيس التنفيذي لشركة الدكتور أشاريا للأدوية، ابنة الدكتور كاران أشاريا، بتهمة قتل والدها المزعوم. تم الاعتقال بعد ظهر يوم السبت. أظهرت لقطات كاميرات المراقبة الدكتورة بورنيما وهي تعطي والدها حقنة حوالي الساعة العاشرة والنصف مساء الجمعة. لم تقم بإدخال تفاصيلها في سجل العلاج. رأى طبيبان يعتنيان بالدكتور كاران أشاريا على مدى الأشهر الثلاثة والنصف الماضية أن الدكتور أشاريا كان قد توفي بالفعل بحلول الساعة العاشرة مساءً يوم الجمعة. وقال طبيب آخر إنه كان القتل الرحيم غير المصرح به. لكن الدكتور بورنيما لم ينكر بعد تهم القتل ".

ذهبت أمايا إلى المحكمة صباح الاثنين واستأذنت لمقابلة سوبريا. عندما وصلت إلى مركز الشرطة حوالي الساعة الثالثة بعد الظهر، تمكنت أمايا من رؤية امرأة تجلس على الأرض داخل السجن. لم تستطع أمايا رؤية سوى الجزء الخلفي من رأسها بينما كانت المرأة تنظر نحو الحائط.

"سوبريا"، ناداها أمايا بصوت منخفض، واقفة خارج القضبان الحديدية المغلقة.

أجابت المرأة دون تحريك رأسها: "نعم يا أمي".

قالت أمايا: "أريد أن أتقدم بطلب الكفالة من أجلك".

"لا يا أمي. ردت المرأة: "لا داعي للمطالبة بكفالة".

"لماذا ؟" سألت أمايا.

"أريد أن أعاني لتعديل جرائم والدي. كانت الجرائم التي ارتكبها ضدك لا تغتفر. وبما أنه لم يستطع الخضوع للعقاب، فقد قررت أن أكون في السجن لمدة أربع وعشرين سنة قادمة ".

"سوبريا، سيكون تمرينًا غير مثمر. لم يعد موجوداً. قال أمايا: "اسمح لي بالدفاع عنك".

"أمي، لقد أحببتني. [NEUTRAL]: لا يمكنني رد حبك إلا من خلال معاناتي. إذا لم أعاني، فأنا أناني ولن أحظى بالسلام. لقد قرأت في منشوراتك ؛ أن العقوبة كانت نتيجة طبيعية ضرورية للتكفير عن جريمة. لذلك، يجب أن أخضع للسجن، لأنه لا يوجد خيار آخر "، أوضحت المرأة.

"سوبريا، أنت شابة، والمستقبل في انتظارك. يمكنك مساعدة ملايين الأشخاص من خلال منتجاتك الصيدلانية. فكر في الجانب الأكثر إشراقًا من الحياة "، حاولت أمايا إقناع المرأة.

"بنفس الطريقة، ورثت اسم والدي وشهرته وثروته ؛ جرائمه هي أيضًا إرثي، وفقط بحبسي خلف قضبان السجن يمكنني تعويضهم. أوضحت المرأة: "أريد أن أعاني".

"إنها مهنتي أن أدافع عنك. قالت أمايا: "لا تفكر في العلاقات بيننا".

"للدفاع عني، عليك أن تكذب على المحكمة. لكنك تضمن الحقيقة والعدالة. لقد قرأت في مكان ما أنك كنت ممارسًا منتظمًا للفيباسانا ؛ أعتقد أنك كذلك. الحقيقة وحدها لا يمكن أن تكسب التقاضي، لكن الكذب يتعارض مع مبادئ فيباسانا، وهو ما تكره القيام به. لذا، فإن الدفاع عني سيكون غير أخلاقي ". كانت المرأة مؤكدة.

كانت أمايا انعكاسية لبعض الوقت. ما قالته ابنتها عن فيباسانا والحقيقة أثر بعمق على قلبها. "سوبريا، توفي والدك وفاة طبيعية حوالي العاشرة ليلة الجمعة. مع العلم أنه مات، أعطيته حقنة في العاشرة والنصف. وبحلول منتصف الليل، أرسلت لي الرسالة، التي كانت فكرة لاحقة "، قالت أمايا.

كان هناك صمت طويل. ثم قالت المرأة ببطء وتعمد، "ماما، أنت مدركة للحقيقة، ولكن في كل حالة، قد لا تعكس الحقيقة العدالة. عندما تكون هناك مواجهة بين الحقيقة والعدالة، من الضروري الوقوف مع الحقيقة. ولكن بدون العدالة، تكون الحقيقة باطلة. أنا لا أرفض الحقيقة بل أؤيد الالتزام بالعدالة. لا أستطيع الاختباء وراء الحقيقة، التنصل من العدالة. إنه واجب أخلاقي، ولا يمكنني الهروب منه. يجب أن أعاني لأنه كان خياري الوحيد لأن والدي أساء إليك بشدة، ولم يعد كذلك. جريمته تصرخ من أجل العدالة، وأنا فقط من يمكنه معاقبته. إلى جانب ذلك، ليس لدي مخرج منه لأنك أمي، وكان والدي. امتنع عن الدفاع عني. إذا كنت تعيقني، فقد أضطر إلى التجول في شوارع شانديغار والتكفير عن الذنب لبقية حياتي مثل أوديب. وداعاً يا أمي ".

قالت أمايا وهي تستدير للمغادرة: "وداعاً يا سوبريا".

في اليوم التالي، استقل أمايا رحلة إلى جاكرتا ؛ كانت هناك رحلة ربط إلى وايساي في أرخبيل راجا أمبات. هناك انضمت إلى منظمة رعاية الطفل كأخصائية اجتماعية متطوعة ميدانية لتوزيع الكتب على الأطفال في آلاف الجزر المجهولة المنتشرة عبر المحيط الشاسع طوال أيام حياتها.

نبذة عن المؤلف

قام فارغيز الخامس ديفاسيا بتدريس اللغة الإنجليزية في مدرسة لويولا، تريفاندروم. وهو أستاذ وعميد سابق في معهد تاتا للعلوم الاجتماعية في مومباي ورئيس معهد تاتا للعلوم الاجتماعية في حرم تولجابور الجامعي. كان أستاذاً ومديراً في معهد MSS للخدمة الاجتماعية، جامعة ناجبور، ناجبور.

حصل على شهادة الإنجاز في العدالة من جامعة هارفارد، ودبلوم في قانون حقوق الإنسان من كلية الحقوق الوطنية في جامعة الهند بنغالور، وتخرج في الفلسفة من كلية القلب المقدس شينباغانور، وماجستير في العمل الاجتماعي من معهد تاتا للعلوم الاجتماعية، مومباي، وماجستير في علم الاجتماع من جامعة شيفاجي كولهابور، وبكالوريوس في القانون، وماجستير في الفلسفة، ودكتوراه من جامعة ناجبور.

وقد نشر أكثر من عشرة كتب مرجعية أكاديمية في علم الجريمة والإدارة الإصلاحية والضحايا وحقوق الإنسان والعدالة الاجتماعية والبحوث التشاركية والعديد من المقالات في المجلات الوطنية والدولية التي يراجعها الأقران. وهو مؤلف مختارات من القصص القصيرة، امرأة ذات عيون كبيرة، نشرتها دار أولمبيا للنشر، لندن، وروايات، نساء بلد الله الخاص، نشرتها حلول الكتاب، شبكة إندوليخا الإعلامية كوتايام والعزوبية، نشرتها دار أوكيووتو للنشر، حيدر أباد. وقد كتب رواية مالايالامية، نشرتها Mulberry Publishers، كاليكوت. حصل فارغيز الخامس ديفاسيا على جائزة مؤلف العام 2022 عن روايته الأولى، نساء بلد الله، التي قدمتها دار أوكيووتو للنشر. يعيش في كوزيكود، كيرالا.

البريد الإلكتروني: *vvdevasia@gmail.com*